BASTEI
LÜBBE

Über das Buch:

Hanna Altweg ist schön und erfolgreich, aber keineswegs glücklich. Ständig muß die Starautorin sich und anderen beweisen, wie begehrenswert sie ist, obwohl kein Mann sie auf Dauer zu fesseln vermag. Auch ihre Ehe mit Olaf hat nicht lange gehalten. Hanna hat die Familie verlassen, kaum daß ihre Kinder der Grundschule entwachsen waren.

Lisa, die schon in Kindertagen immer als das liebe Mädchen galt, während die rebellische Hanna stets um Zuneigung buhlen mußte, hat als Lehrerin den Beruf ihres Lebens gefunden. Nun endlich, mit zweiundvierzig, scheint auch der Mann ihres Lebens gekommen zu sein. Doch als Hanna von der bevorstehenden Heirat ihrer Schwester erfährt, faßt sie einen bitterbösen Plan.

Ein spannender Roman um zwei Frauen, die bei aller Unterschiedlichkeit tief durch ihre Familiengeschichte geprägt sind und daran leiden, bis sie einen hoffnungsvollen Neuanfang wagen können.

Über die Autorin:

Annegrit Arens, Jahrgang 1950, war nach dem Studium der Germanistik als Lehrerin tätig. Sie ist Mutter von vier Söhnen. Heute lebt Annegrit Arens als freie Autorin in Köln und hat bei BASTEI LÜBBE eine Reihe von sehr erfolgreichen Romanen veröffentlicht, darunter *Der geteilte Liebhaber* (14417), *Der nächste Mann ist auch nicht anders* (13702) und *Madonna auf Abwegen* (14296).

Annegrit Arens

Fremde Betten

gel.

BASTEI LÜBBE

Heike Schn.

BASTEI LÜBBE TASCHENBUCH
Band 14686

1. Auflage: März 2002

Vollständige Taschenbuchausgabe
der bei Gustav Lübbe Verlag unter dem Titel
Die helle Seite der Nacht erschienenen Paperbackausgabe

Bastei Lübbe und Gustav Lübbe Verlag sind Imprints
der Verlagsguppe Lübbe

Umschlaggestaltung: Gisela Kullowatz
Titelfoto: Mauritius
Satz: Dörlemann Satz, Lemförde
Druck und Verarbeitung: Ebner Ulm
Printed in Germany
ISBN: 3-404-14686-7

Mit beiden Händen

Es war April. Im April, das weiß jeder, zeigt das Wetter sich von seiner launischsten Seite, dennoch ärgerte Hanna das Trommeln des Regens. Für heute war eigentlich Sonne angekündigt, ihre Wickelbluse aus hauchzartem Organza paßte zu einem strahlendblauen Himmel und dem Thema ihres jüngsten Romans, in dem sie vom Jungsein und von Fummelspielen erzählte. Jeder Journalist, den sie kannte, und sie kannte etliche, würde bei ihrer Aufmachung laut jubeln, nur dieser da tat es nicht. Wenn sie einen Kartoffelsack trüge oder ihre karottenrote Mähne unter einer dieser scheußlichen Kappen versteckt hätte, die gerade wieder in Mode waren, so hätte seine Reaktion kaum abschätziger sein können. Hätte sie geahnt, was für einen Langweiler man ihr zum Interview schicken würde, so hätte sie nie und nimmer zugesagt.

»Offen gestanden nehme ich Ihnen nicht ab, daß ein Mädchen mit fünfzehn Jahren so tough ist wie Ihre Heldin.« Der Kaffeelöffel des Reporters schepperte gegen die Tasse, einmal und noch einmal. Er schien zu glauben, sie kaufe ihr Porzellan in der Kaufhalle. »Erst recht nicht vor über zwanzig Jahren«, fügte er hinzu.

Es hörte sich an, als ob er von einem Kapitel aus dem angestaubten Geschichtsbuch seiner Großmutter spräche. Hanna kochte innerlich. Woher wollte er wissen, was in einem jungen Mädchen oder in einer Frau vorgeht? Er war weder das eine noch das andere, er hatte keinen blassen Schimmer davon, was sogar schon ein Kind hart machen konnte. Besser, man war hart oder »tough«, wie er es nannte, als früher oder später zu zerbrechen wie eine gesprungene Tasse. Natürlich würde sie ihm das nicht auf die Nase binden. Dieser Typ war die absolute Fehlbesetzung, egal was der verantwortliche Redakteur ihr am Telefon erzählt hatte. Junge Presse! Wohl eher ein Babyface mit der Moral eines Hinterwäldlers! Der würde ihr weder die Hauptperson ihres neuen Romans noch Erlebnisse schlechtmachen, auf die sie stolz war. Sie war stolz darauf, daß ihr niemand je wieder unter dem Deckmantel der Liebe das Heft aus der Hand nehmen würde.

»Haben Sie vielleicht einschlägige Erfahrungen als weiblicher Teenager?« fragte Hanna betont spöttisch, während sie mißmutig den melierten Lambswool-Pullover anstarrte, unter dem sich alles mögliche verbergen mochte, nur nichts Interessantes. Diese Typen mit Rollkragenpullis gab es vor zwanzig Jahren auch schon.

Er ließ sich Zeit mit seiner Antwort, womöglich mimte er den Beleidigten und überlegte, wie er es ihr in seinem Artikel heimzahlen konnte, griff dabei in die Versace-Zukkerdose, mit den Fingern, obwohl eine silberne Zuckerzange daneben lag. »Haben Sie alles selbst erlebt, worüber Sie schreiben?« Drei Stück Zucker. Es spritzte. Dreimal.

»Ich habe genug erlebt.«

»Was ist aus Ihrer Sicht der grundlegende Unterschied zwischen jungen und älteren Liebhabern?«

»Jeder weiß, daß Jungs in einem gewissen Alter Opfer ihrer steigenden Säfte sind. Sie können nichts dafür.« Falls er sich einbildete, ihr intime Geständnisse entlocken zu können, war er schief gewickelt. Niemand schaffte das, außerdem würde er tot vom Hocker fallen, wenn sie ihm erzählte, wie tough sie als Fünfzehnjährige tatsächlich gewesen war.

»Und Mädchen? Frauen?« Der Kaffeelöffel zeigte auf sie, eine feuchte Zuckerkruste überzog die Spitze, von der es auf ihre wunderschöne Tischplatte aus Bergahorn tröpfelte. Hanna hätte den Kerl umbringen können.

Sie beugte sich abrupt vor, ihr Ausschnitt klaffte, ausnahmsweise ohne ihr Dazutun. Sie raffte den Stoff zusammen. »Wenn sie klug sind, lassen sie sich nicht zu Opfern machen, sondern sehen zu, daß sie möglichst bald selbst ihren Spaß haben.«

»Spaß statt Liebe?«

»Sie schreiben nicht zufällig für die Hauspostille des Vatikans?«

»Wie vertragen sich Spaß und Verhütung?«

»Prima.«

»Sie haben Zwillinge bekommen …«

»Nicht für den Papst und auch nicht für Vater Staat.«

»Sondern?«

»Für mich selbst. Weil mir danach war. Uns.«

»Ihre beiden Kinder sind also Wunschkinder?«

»Natürlich.«

»Sie leben beim Vater, soweit ich weiß …«

»Ich bin im Job erfolgreicher als er, er hat einfach mehr Zeit. Sie verwechseln leben und versorgt werden. Meine Kinder sind oft bei mir und in den Ferien sowieso.«

»Hört der Spaß beim Geld auf? Tauscht Ihre minderjährige Heldin, die nur unwesentlich älter als Ihre eigene Tochter ist, deshalb so bereitwillig ihren ersten Liebhaber aus? Sie ist noch feucht vom Vorgänger, hält noch dessen Freundschaftsring umklammert und empfängt schon den nächsten Lover – zum Preis eines Big Mäc im ersten deutschen McDonald's.«

»Geld ist nur ein Symbol.« Hannas Erster war lappig wie die Weichbrötchen gewesen, zwischen die ein cleverer Amerikaner seine flach gepreßten Frikadellen gepackt und zum Siegeszug rund um den Globus geschickt hatte. Der wahre Genuß mit beiden Händen! Mit diesem Slogan ging es 1976 los, er hatte Hanna inspiriert, was fürs Schlemmen galt, hatte auch andernorts Gültigkeit.

»Ein Symbol wofür?«

»Dafür, wie weit es einer in dieser Welt bringt.«

»Sie haben es ziemlich weit gebracht, wenn man Ihre Auflagenhöhe als Gradmesser nimmt. War das den Preis wert?«

»Welchen Preis, bitte?«

»Sie sind geschieden, Ihre Kinder leben beim Vater, Sie gelten als Einzelkämpferin. Wo bleibt da die Liebe?«

»Ich schwimme in Liebe, wenn ich und wann ich will, ich verkneife mir nichts.«

»Sie halten es also wie Ihre Heldin Franziska?«

»Ich lasse mich nicht für einen Big Mäc auf einem schmierigen Klo vögeln, falls Sie das meinen.«

»Und warum muten Sie dann all diese Unsäglichkeiten der Hauptperson in Ihrem neuen Buch und folglich auch Ihren Lesern zu?«

»Zumuten? Wollen Sie die Leserpost sehen, die ich sackweise bekomme? Den Frauen macht's Spaß, großen Spaß, wenigstens ein paar Stunden aus ihrem langweiligen Leben ausbrechen zu können. Plötzlich sind sie selbst noch einmal fünfzehn oder sechzehn und entdecken die Macht, die sie besitzen. Wenn sie wollten, würden die Jungs durch brennende Reifen springen, nur um ans Ziel zu gelangen …«

»Die Passage fehlt bei Franziska.«

»Es ist ein Roman.« Hanna stand auf, stieß an die Tischkante. Dieser Mensch war ein Ignorant. »In einem Roman«, fuhr sie fort, »handelt es sich bekanntlich um fiktive Erlebnisse, oder bilden Sie sich allen Ernstes ein, ich würde mein eigenes Leben abschreiben?«

»Sie schreiben in der Ich-Form, vielleicht verstärkt das den autobiographischen Charakter. Allerdings hatte ich bei dieser bewußten Szene gleich das Gefühl, daß kein junges Mädchen beim ersten Mal so tough sein kann.«

»Wenn Sie sich da mal nicht irren.«

Hanna wartete nicht einmal, bis der Aufzug oben angelangt war, sondern schloß einfach die Tür zwischen ihm und sich. Im Hinausgehen hatte er sein Sakko wieder übergestreift, das er hinter sich über die Stuhllehne gehängt hatte. Cord, feingerippt, sandfarben, die Taschen ausgebeult, genau wie bei dem Freier, dessen Ring ihre Romanheldin Franziska noch umklammert hielt, während sie schon für den nächsten den Rock hob.

Ob der Pressemann sich angegriffen fühlte, weil er das gleiche Sakko trug? Sie könnte ihn zurückrufen und ihm sagen, daß es ein Zufall war, daß manchmal sogar sehr viel ältere Männer als er so etwas trugen.

Du bist so schön weich.

Das ist meine Jacke, Schätzchen! Du bist auch schön weich, noch viel weicher, soll ich dir zeigen, wo?

Es war, als ob jemand einen Sack über sie stülpte. Dunkel, kein bißchen weich und erst recht nicht schön, ein Gefängnis, dem sie entfliehen mußte. Nur weg! Raus hier!

Hanna rannte auf die wabernde Helligkeit zu, von der sie wußte, daß es Glas war. Doppelglas, eingepaßt in eine Falttür, es brauchte nicht viel Kraft, um sie zu öffnen. Normalerweise schaffte sie das mit einer Hand, nur heute wollte ihr die Tür nicht gehorchen, der Griff entglitt ihr immer wieder. Hanna zerrte daran, zerrte wie verrückt, so als ob ihr Leben davon abhinge. Sie mußte den Gierhänden entkommen, die ihr jetzt überall auflauerten. In solchen Momenten ertrug sie keine festen Wände um sich herum. Ebensowenig wie andere Menschen. Sie hatte gelernt, daß niemand einem half, wenn's drauf ankam, erst recht nicht diejenigen, von denen man es erwarten sollte. Sie hatte ihre Lektion gelernt.

Der Griff gab nach. Lautlos glitt die Tür zur Seite. Sie stolperte ins Freie. Ihr Fluchtpunkt im siebten Stock war zwölf Meter lang, fünf Meter tief, eine Dachterrasse in Südwestlage mit direktem Blick auf den Rhein.

Unlängst hatte der Hausbesitzer alle Brüstungen mit einem Gitteraufsatz bestücken wollen, um der Sogwirkung des Wassers oder der Dummheit seiner Mieter vorzubeugen. Doch seine Beweggründe interessierten Hanna nicht. Hauptsache, ihre Wohnung war geblieben, wie sie war, andernfalls wäre sie ausgezogen. Sie hatte keine Angst vor der schwindelerregenden Höhe. Sie hatte so gut wie nie Angst, aber wenn die Angst sie doch einmal einholte und sich einer dunklen Kappe gleich über sie stülpte, dann rannte sie einfach hinaus ins Freie und wußte: Hier passiert mir nichts.

Es war in dem Zimmer mit der grün und weiß gemusterten Tapete passiert, einer Strukturtapete. Wenn man mit dem Finger darüberstrich, fühlten sich alle grünen Teile erhaben an. Hanna hatte jedesmal an Moospolster denken müssen, wenn sie den Zeigefinger über die grünen Linien und Schnörkel führte, die auf den Wänden kein konkretes Muster ergaben. Es war das einzige Zimmer, in dem sie mit ihren nicht immer sehr sauberen Kinderhänden die Tapete anfassen durfte. Obwohl es wie alle anderen Räume ihres Elternhauses täglich mindestens eine halbe Stunde lang gelüftet wurde, roch es hier anders. Nach den Zigarillos und dem Rasierwasser seines Bewohners, aber auch nach Franzbranntwein und der blauen Flüssigkeit, mit der desinfiziert wurde, doch das war noch nicht alles. Es roch auch nach den Geschichten, die Ulrich Machill seiner Enkelin zu erzählen pflegte.

Wenn er so erzählte, trat alles andere in den Hintergrund, dann sah Hanna statt der rustikalen Stollenwand und den Bettpfosten Steilwände und Felsnasen aufragen. Schwitzen und Keuchen und über allem der Drang, es bis ganz oben zu schaffen. Die Grenzen zwischen dem Kletterer von einst und dem Kind Hanna waren geschrumpft, sie beide waren eins gewesen, die einzigen echten Abenteurer in dem Haus, das so ordentlich war, daß es einem die Luft abschnürte. Daran konnten auch geöffnete Fenster und Luftbefeuchter nichts ändern. Und dann, eines Tages, tauchte die Kappe auf, stülpte sich über ihren Kopf und ihr Gesicht, schluckte es, stieß sie in ein dunkles Loch, das ihr angst machte.

Nein, ich will die Kappe nicht, sie ist mir viel zu groß, ich kann nichts mehr sehen, außerdem ist sie im Zimmer viel zu warm.

Es ist die Kappe, die ich getragen habe, als ich ›Die drei Zinnen‹ bezwungen habe.

Die drei Zinnen?

Ja, es war ein grandioses Abenteuer, wir sind zu vieren aufgebrochen, aber zuletzt war ich ganz allein, die anderen hatte der Mut verlassen. Die Kappe hier ist mir vom Kopf geweht, doch ich habe sie aus einem Felsspalt geborgen, für dich, mein Schätzchen.

Für mich?

Nur für dich! Gefällt sie dir nicht?

Doch. Schon. Es ist bestimmt eine schöne Kappe …

Es ging nicht um die Kappe. Hanna hatte nicht einmal

gewußt, wie sie aussah. Sie wußte nur, daß von jetzt auf gleich die wunderschönen Bilder in ihrem Kopf geschluckt wurden und nur noch die Schwärze vor ihren Augen und der Griff dieser Hände übrigblieben. Greifhände. Klammern. Es gab kein Entkommen. Das Zimmer lag im ersten Stock, direkt über der Küche, oft konnte man oben das Klappern der gußeisernen Pfanne hören. Und umgekehrt? Hanna wußte es nicht. Sie hatte nie danach gefragt. Sie hatte auch nie geschrien. Und weil es keinen Balkon gab, auf den sie hätte fliehen können, war sie stumm und regungslos geblieben, bis es wieder hell um sie herum wurde.

Jetzt aber schrie sie. Und sie bewegte sich, brach aus der Erstarrung aus, es gab nichts mehr, was sie festhielt. Fünf weit ausholende Schritte, der Boden knarrte unter Hannas Sohlen, dann erreichte sie die Balustrade, stützte sich auf und beugte sich vor, weit vor. Nur noch ein Streifen gefalztes Zinkblech trennte sie von dem Strom und den Schiffen, die von hier oben wie Spielzeugboote aussahen. Sie atmete tief durch, der Duft der Pflanzen ringsum stieg ihr in die Nase, am stärksten duftete der Lavendel.

Der Lavendel gehörte zu einer Geschichte, die erst begann, als die andere Geschichte bereits zu Ende war. Aus dem Kind Hanna war ein Teenager geworden. Die grünweiße Tapete war überklebt worden, helle Möbel hatten die Stollenwand und das wuchtige Eichenbett ersetzt, auch der Lehnsessel mit dem verschossenen Brokatbezug war verschwunden. Als Hanna in die Schule kam, mußte sie nicht länger ein Zimmer mit ihrer Schwester Lisa teilen. Von da an hatte sie ihr eigenes Zimmer. Sein Zimmer. Das Zimmer von Ulrich Machill. Der Duft der Lavendelsäckchen im Kleiderschrank überlagerte die alten Düfte, und wenn Hanna das Fenster öffnete, fand der Duft, der dem Schrank entströmte, draußen ein Echo. Hanna konnte sich auf nichts besinnen, was über viele Meter hinweg so intensiv roch wie Lavendel.

Sie hatte sich ausgemalt, wie man einen Menschen auf diese Weise betäubte. Den Schmerz aussperrte. Alles aussperrte, was nicht in die Welt paßte, von der sie als junges Mädchen träumte. Eine Welt, die sie erobern wollte. Und der Gradmesser für den Erfolg, den man hatte, waren Jungs, die eines Tages jene Männer sein würden, die man gerade erst ahnte. So gesehen lief das, was sie kurz vor ihrem fünfzehnten Geburtstag – es war der Tag vor ihrer Konfirmation gewesen – getan hatte, auf einen glatten Selbstbetrug hinaus. Sie hatte einen echten Mann bezwingen wollen, aber es war nur die Karikatur eines Mannes gewesen. Ein Wicht, nicht der Rede wert.

Dennoch waren wenige Tage später die Lavendelbüsche hinter ihrem Elternhaus entfernt worden, was erst recht albern war. Hatten sie sich eingebildet, ein paar Büsche würden die Geschichte rundtragen? Sollte der Lavendel dafür bestraft werden, daß er nicht Zeter und Mordio geschrien hatte? Damals, als der betäubende Duft der blauen Blüten sich mit dem Geruch von Schweiß mischte, ihrem eigenen und dem des Jungen. Er rann feucht zwischen ihren Brüsten durch, die noch gefangen waren, bis sie seine ungeschickt tastenden Finger dirigierte und gleichzeitig zum Haus hin lauschte, wo ihre Mutter und ihre Schwester auf der Terrasse saßen und Spargel schälten. Zwei Körbe voll. Zu Hannas Konfirmation sollte es Spargel mit westfälischem Schinken und zerlassener Butter zu jungen Kartoffeln geben, aber dann wurde anderntags doch nur Leipziger Allerlei aufgetischt. Hanna haßte Erbsen und Möhren, ebenso wie sie den Duft des Lavendels liebte, betörend und mit ihr im Bunde, bis das törichte Wehklagen ihrer Schwester Lisa es aus ihr herausgelockt hatte.

Was hast du mit ihm angestellt, Hanna? Warum rennt er plötzlich vor mir davon, als ob ich die Pest hätte?

Hast du sie nicht?

Er ist mein Freund, er geht mit mir.

Jetzt nicht mehr.

Du bist eine Teufelin, Hanna! Wie konntest du mir das antun? Einen Tag vor deiner Konfirmation. Hast du überhaupt keinen Respekt vor Gott und der Kirche? Was du gemacht hast, ist Sünde ...

Sünde! Hatte Lisa vergessen, was in ihrer geliebten Bibel stand? Auge um Auge, Zahn um Zahn! Abgesehen davon hatte sie nichts verpaßt, ihr erster fester Verehrer war ein Tolpatsch erster Güte gewesen. Rein und raus, er hatte Hanna weh getan, von Spaß keine Spur. Lisa hätte erst recht geflennt, wäre sie selbst das Opfer gewesen. Sünde! Das war das Stichwort für ihre Mutter gewesen, sie hatte noch das Spargelmesser in der Hand, als sie der Sünde nachforschte, sie war fast so fromm wie Lisa. *Hat deine Schwester noch nicht genug durchgemacht?* Es war Hanna nicht klar, wovon ihre Mutter sprach, es konnte wohl kaum von dem Asthma die Rede sein, unter dem Lisa litt. Wahrscheinlich war es nur eine Floskel. Es folgte die keineswegs realistische Schilderung vom Glück, das Lisa in den Armen dieses Knaben hätte finden können, offenbar hatten sie im Geist schon die Hochzeitsglocken läuten hören. Doch das hatte Hanna zu verhindern gewußt. Dafür hatte ihre Mutter ebenfalls einen Namen, sie nannte es Schande. Lisa hatte in ihrer Wut und Verzweiflung die Lavendelbüsche geköpft. Sie hatte der jüngeren Schwester keine Ruhe gelassen, bis diese ihr den Ort jener Schande gestand. Und dann hatte der Vater die große Schaufel geholt und die Lavendelbüsche ausgegraben.

Auch die Schande hatte zwei Seiten.

Die Türklingel schlug an. Sehr melodisch und weit weg, erst als sich das Läuten mehrmals wiederholte, wurde Hanna klar, daß jemand bei ihr vor der Tür stand. Das Zifferblatt ihrer Armbanduhr war beschlagen, sie rieb darüber, hoffentlich war die Uhr wasserdicht. Auch ein Geschenk, sie bekam oft etwas geschenkt, manchmal waren ihr diese Geschenke näher als der Schenkende. Sie erinnerten an schöne Stunden und taten nicht weh. Es war eine wunderhübsche kleine Uhr. Der kleine Zeiger aus Blattgold stand jetzt auf der römischen Elf. Um elf Uhr kam gewöhnlich die Post, brachte ihr Leserbriefe, Bettelbriefe, Rezensionen, Angebote von Verlagen, die sie abwerben wollten, und natürlich Liebesbriefe. Doch Hanna hatte nicht viel für Liebesworte übrig, von denen sie wußte, daß sie alle eines gemeinsam hatten: Sie sollten sie gefügig machen. Unterm Strich hatte sie mehr von den Tiraden, die ihren Romanfiguren galten und die, egal ob Lob oder Schmäh, in den Köpfen ihrer Leser eine Spur hinterließen. Der Dialog über ihr Werk war im allgemeinen eine ebenso ungefährliche wie lukrative Form der Zwiesprache. Letzte Woche etwa hatte der »Joke« ein Interview mit ihr gemacht, das sehr viel erfreulicher verlaufen war als das Gespräch gerade eben. Ob etwa schon das versprochene Prüfexemplar in der Post war?

Hanna steuerte die Diele an, plötzlich hatte sie es eilig, ihre Füße hinterließen schmuddelige Spuren auf dem Parkett. »Komme schon, komme sofort.«

»Hatten Sie ein Malheur?« Ein Stapel Briefe zeigte auf den durchnäßten Organza, der an ihrem Körper klebte und nun statt leuchtend orange fast braun aussah. Unter der Schirmmütze hervor sprang sie die blanke Neugier an, die fremden Augen signalisierten ihr unmißverständlich, daß ihr Anblick keinerlei erotische Assoziationen auslöste. Der

Mann war neu im Dienst und schien nicht einmal zu wissen, wer sie war.

»Warum sollte ich?«

»Sie sind klatschnaß, und erst der schöne Boden! Hatten Sie vielleicht einen Rohrbruch?« Er deutete auf das Holz zu ihren Füßen. Importware aus Südafrika, unversiegelt, von makelloser Qualität, der Ausgleich für neun Jahre wischfestes PVC, das sie mindestens einmal täglich hatte putzen müssen, um die Dreckspuren von zwei kleinen Kindern mitsamt Hund und einem Ehemann zu beseitigen.

Allerdings hätte sie ihrer Familie und ihrem Geburtsort nicht den Rücken kehren müssen, nur um dem PVC und der Enge einer Wohnung zu entkommen, die aus allen Nähten zu platzen drohte, als die Zwillinge größer wurden. Schließlich hatte ihr Großvater ihr das Haus vermacht, in dem er lebte, bis er in Hannas Elternhaus gezogen war. Sein Haus war schöner, großzügiger, es war wie geschaffen für all die Erinnerungen, die sich in den verborgensten Winkeln versteckten.

Ulrich Machill hatte dieses Haus nicht freiwillig verlassen. Nach seinem Absturz in den Bergen hatte er einfach keine andere Wahl gehabt. Er war ein Opfer seiner größten Leidenschaft geworden. Über Jahrzehnte hinweg hatte er Steilhänge und Felsnasen bezwungen – heute würde man ihn wohl als Cliffhanger bezeichnen –, bis er im Rollstuhl landete. Einige fanden, es sei die gerechte Strafe für seinen Übermut. Gottes Strafe. In Versmold galt er seit jeher als Exot, besonders den Frömmlern war er schon immer ein Dorn im Auge. Auch seine Invalidität hatte ihn nicht duldsamer gemacht. Nicht einmal die Pflegerinnen aus dem christlichen Hospiz mochten ihn, dabei waren sie zur Nächstenliebe verpflichtet. Er mochte sie auch nicht, stritt mit ihnen über Themen, die ihnen heilig waren. Schließlich zogen auch sie sich mehr und mehr zurück, bis sie schließlich ganz wegblieben.

Die Familie mußte daraufhin allein mit dem Invaliden zurechtkommen. Sie tat es auf ihre Weise. Hannas Mutter kochte und wusch und absolvierte all jene Handreichungen, die der Arzt ihr auftrug. Sie tat es stumm, ohne ein einziges freundliches Wort für diesen Mann, der ihr leiblicher Vater war. Der Umstand, daß Hannas Erinnerung auch keine bösen Worte preisgab, bestätigte lediglich das Ausmaß der Isolation, die man dem Mann aufbürdete, der nur noch in seinen Geschichten auflebte. Geschichten, die niemand außer Hanna hören wollte. Eine Hanna, die noch nicht schreiben und lesen und rechnen konnte. Dafür konnte sie zuhören. Zwei Jahre lang hatte sie sich von den Schilderungen seiner Abenteuer fesseln lassen. Zwei Jahre lang bewohnte er den Raum neben dem Kinderzimmer, das sie sich mit Lisa teilen mußte. Dann hatte die Familie ihn nach jener schrecklichen Nacht in eine geschlossene Anstalt abgeschoben. Nicht mehr Herr seiner Sinne sei er, hieß es, für sich selbst ebenso wie für seine Familie eine Gefahr. Er würde am besten ganz aus dem Leben treten.

Doch diesen Gefallen tat Ulrich Machill ihnen nicht. Statt dessen suchte er Zuflucht in den finsteren Kammern der Depression, in der Grauzone zwischen Leben und Tod. Er ließ sich Zeit mit dem Sterben. Viel Zeit. Fast noch ein Vierteljahrhundert verbrachte er in jener Anstalt und war in dieser Zeit für Hanna tatsächlich so gut wie tot gewesen.

Mit jedem Jahr wurden die bedrückenden Bilder blasser. Neue Bilder tauchten auf. Die Liebe oder das, was man landläufig dafür hielt, hatte darin auch einen Platz. Am Ende einer langen Reihe von mehr oder minder langweiligen Jungs mit nicht weniger faden Vorstellungen von dem Leben, auf das sie zutrieben, war Olaf aufgetaucht. Hanna hatte sich in Olaf verliebt. Sein Job führte ihn von Stadt zu Stadt, und es schien nur noch eine Frage der Zeit zu sein, wann sie Versmold zusammen den Rücken kehren würden. Doch dann meldeten sich die Zwillinge an, Olaf verlor die Lust am Reisen, und das Haus, das Ulrich Machill Hanna vor fünf Jahren hinterlassen hatte, erschien ihm als neue Bleibe gerade recht.

Er ahnte nicht, was der Umzug für Hanna bedeutete.

Obwohl schon lange fremde Mieter im Haus ihres Großvaters wohnten, schien dieser plötzlich wieder allgegenwärtig zu sein. Das alte Parkett knarrte noch immer, auch die Holzpaneele an den Wänden waren geblieben und das Treppengeländer, über das Hanna zuletzt als Fünfjährige vom Obergeschoß ins Parterre gerutscht war; und der Keller war vollgepackt mit den Reisesouvenirs und alten Möbeln des Großvaters, die er zuletzt in dem Zimmer ihres Elternhauses benutzt hatte. Olaf war auf Anhieb begeistert.

Natürlich müssen die Leute ausziehen, Hanna. Allein das Eichenparkett ist ein Traum. Du wolltest doch immer Holzböden haben.

Aber sie wohnen schon eine Ewigkeit dort. Sie sind eingezogen, nachdem mein Großvater als Pflegefall zu uns gekommen ist. Nach so vielen Jahren kannst du die Leute nicht einfach auf die Straße setzen.

Wer ist dir wichtiger? Wildfremde Leute oder deine eigenen Kinder? Sie werden jedes ein Zimmer ganz für sich alleine haben. Antonia kann endlich Klavier spielen, damit liegt sie uns doch ständig in den Ohren, und Paul kann sich nach Herzenslust im Garten austoben. Das Grundstück ist groß genug für einen Fußballplatz und einen Pool obendrein. Willst du ihnen das vorenthalten?

Die Kinder hatten den Ausschlag gegeben. Hanna und Olaf hatten nicht einmal auf Eigenbedarf klagen müssen, die alten Mieter waren sehr einsichtig gewesen. Viel zu einsichtig. Ein halbes Jahr später war der Umzug erfolgt, der Anfang vom Ende. Paul und Antonia waren schon im Gymnasium, als Hanna die Flucht ergriff. Sie hatte es einfach nicht mehr ausgehalten, daran änderte auch das Eichenparkett in allen sechs Räumen nichts.

Sie sah auf den Boden zu ihren Füßen. Parkett. Keine Eiche, sondern warm schimmerndes Meranti aus Südafrika. Darauf ihre Füße in modischen Ballerinas und andere Füße in einem Schuhwerk, das zu dem Gesicht darüber paßte. Bieder, auch neugierig, ein Eiferer vor dem Herrn.

»Meine Post«, forderte sie.

»Bitte«, sagte der Postbote. Dann ging er. Endlich.

Hanna ratschte den ersten Umschlag auf, dann den zweiten, es war nichts dabei, was nach einer Besprechung aussah.

Drei Rechnungen. Kleinkram.

Eine Einladung zu einer Glas-Weinprobe für Freunde des Hauses: Unkostenbeitrag sechsundachtzig Mark. Frechheit!

Der obligatorische Bettelbrief, diesmal sollte sie mit signierten Gratis-Exemplaren ihres jüngsten Werks die Katholische Arbeitnehmerbewegung e.V. unterstützen. Sollte das ein Witz sein? Ausgerechnet sie sollte der Kirche in die Hände arbeiten?

Nächster Wisch: Eine Buchhandlung am Ende der Welt wollte wissen, ob sie für fünfhundert Mark plus Übernachtung plus Fahrkarte zweiter Klasse aus ihrem Buch lesen würde. Ihr Honorar betrug mindestens das Doppelte, sie reiste grundsätzlich erster Klasse. Die schiere Provokation!

Der letzte Umschlag war aus Ökopapier, stumpf und schmutziggrau, die Handschrift war ihr fremd, dafür kannte sie den Poststempel um so besser. Versmold. Wer schrieb ihr aus ihrer Heimatstadt, die in Wahrheit ein Dorf war? Sie bekam fast wie nie Post von dort, was gut war, praktisch gab es kaum noch Kontakt dorthin. Es reichte, wenn sie zu Ostern und Weihnachten und vielleicht noch zu einem runden Geburtstag hinfuhr, um sich davon zu überzeugen, daß ihre Mutter noch immer die alte und ihr Vater nur noch ein Schatten seiner selbst war, während ihre Schwester zu einer tragenden Säule der Gemeinde avanciert war. Um Paul und Antonia zu sehen, mußte sie nicht dorthin, die beiden waren zum Glück groß genug, allein den Zug zu ihr nach Köln zu nehmen.

Hannas Daumen schabte über das glanzlose Papier und über die Briefmarke, hin und her, sie konnte sich nicht entschließen, das Kuvert zu öffnen. Als ob sie sich fürchtete, was erst recht lächerlich war. Es würde ihr schon niemand eine Bombe ins Haus schicken … Kurz entschlossen riß sie das Kuvert auf, und lediglich ein Stück Zeitung fiel heraus. Das Papier war billig, passend zur Hauspostille eines Städtchens, in dem der Hund begraben lag. Eine Annonce, sauber ausgeschnitten: »Wir freuen uns, die Verlobung unserer Tochter Lisa Altweg mit Carl Bronnen bekanntzugeben.«

»Was? Das gibt's doch nicht!« Nein, das konnte nicht sein, daß ihre fünf Jahre ältere Schwester Lisa doch noch unter die Haube kam! Über zwanzig Jahre lang hatte es keinen ernstzunehmenden Verehrer mehr gegeben, und Hanna hatte bei sich gedacht, daß es nur gerecht war, wenn ihre Schwester sich voll und ganz auf die I-Dötzchen, die sie unterrichtete, und auf ihre Nichte Antonia und den Neffen Paul konzentrierte. Aber nun, mit zweiundvierzig Jahren, hatte sie doch noch einen Dummen gefunden. Wer war dieser Carl Bronnen? Hanna hatte den Namen noch nie zuvor gehört. Wer war dieser Mann, der mit ihrer Schwester den Bund fürs Leben schließen wollte?

Grauweiße Schnipsel segelten zu Boden, verbrüderten sich mit dem feuchten Dreck, den Hanna von der Terrasse hereingetragen hatte. Ihr wunderschönes Parkett war nicht mehr wiederzuerkennen, ebensowenig wie sie selbst. Hanna heulte Rotz und Wasser wie zuletzt als Kind. Sie hatte sich seitdem das Heulen abgewöhnt, es gab bessere Methoden, um sich zu schützen.

Wir freuen uns, die Verlobung unserer Tochter Lisa …

Sie freuten sich. Sie hatten es nicht einmal für nötig befunden, Hanna einzuweihen. Weil sie Angst hatten? Wovor? Vor ihr, Hanna? Weil sie schon einmal anstelle der Schlafmütze Lisa aktiv geworden war? Wer hatte ihr bloß die Annonce zugeschickt? Vielleicht freuten sie sich zu früh. Hektisch wühlten Hannas Hände in dem Wust aus leeren Umschlägen und beschriebenem Papier.

»Wir erlauben uns, für unsere Bemühungen …« Weg damit, das war es nicht.

»Unser kulinarisches Angebot zur Glas-Weinprobe umfaßt …« Weg, weg, weg.

»Wir würden uns sehr freuen, wenn Sie in unserem Literaturtreff in Harsewinkel …« Das war es, ein Wink des Himmels! Dieses Kaff lag höchstens zwanzig Kilometer von dem entfernt, in dem Hanna geboren worden war und wo sie noch immer einträchtig gluckten und sich sorgten, wenn der teure Deckhengst ihres Vaters lahmte oder Läuse Mutters Rosen verunzierten, an Lisas Schule die Windpocken ausbrachen oder Hannas Exmann wieder mal nicht rechtzeitig mit den Kleinen zum Sonntagnachmittagskaffee erschien, weil er strikt gegen das Autofahren war und sein Fahrrad schon wieder einen Platten hatte. Sein Rad oder das von Paul oder Antonia. Antonia und Paul waren bislang die einzigen Enkel von Gerd und Hedi Altweg.

Ob ihre Schwester überhaupt noch gebären konnte?

Hanna stellte sich eine hochschwangere Lisa mit dem erschöpften Gesichtsausdruck einer Spätgebärenden vor. Das komplette Gegenteil einer aufblühenden jungen Mutter. *Ich taufe dich im Namen des Vaters, des Sohnes und des Heiligen Geistes!* Ihre Schwester war so vernarrt in Kinder, daß sie sich notfalls mit dem Glöckner von Notre Dame einlassen würde, wenn er nur getauft und zeugungsfähig wäre. So war es, genauso mußte es sein, und alle spielten mit.

Bei Lisa, der lieben Lisa, spielten sie immer mit.

Bilderfetzen, sie kamen und gingen, attackierten Hanna von allen Seiten und waren so nah, daß sie einen Moment lang nicht wußte, wo sie dieses Fiepen einordnen sollte. Damals hatte es noch kein Handy gegeben, im Haushalt der Altwegs existierte seit jeher nur ein einziges Telefon für vier Personen, ein Standgerät, wohingegen Hanna nun für sich allein fünf Telefone besaß, in jedem Zimmer eines und obendrein das neue Handy. Es war dieses Winzding, das da fiepte. Noch ehe der Anrufer sich meldete, wußte Hanna dank der Anzeige auf dem Display, wer am anderen Ende der Leitung war. Es gab eine Zeit, da hatten diese elf Zahlen sie heftig aufgewühlt, und fast wäre es zu spät gewesen …

»Wo zum Teufel steckst du?« Er war erregt, in diesem Zustand war seine Stimme sehr dunkel und voll, so wie jetzt gerade. »Hattest du nicht heute früh ein Interview?«

»Hatte ich.« Ob er befürchtete, sie hätte Stationen aus dem Werdegang ihrer Heldin live nachgestellt? Normalerweise würde es sie reizen, Salz in die Wunde zu streuen, die sie witterte, aber heute war kein normaler Tag.

»Das scheint ja ein intensives Gespräch gewesen zu sein, wenn du noch drei Stunden später nicht in der Lage bist, den Hörer deines Telefons abzunehmen.«

»Ich habe fünf.«

»Ich weiß, du bist unersättlich.«

»Ja«, sagte Hanna lustlos und verkrampft und lauschte dem Echo ihrer Stimme. Ihr war klar, daß es den Literaturwissenschaftler Dr. Jonas Kaulard freuen würde, sie so zu erleben. Obwohl zwischen ihnen nur noch die rein beruflichen Bande zwischen Lektor und Autorin existierten, schwang noch immer etwas von dem anderen mit. Sie war vor allem auf seine Stimme hereingefallen, die sie eingelullt hatte; vielleicht hatte es ihr auch die fast altväterliche Ausdrucksweise angetan, deren er sich bediente, sofern er nicht wie jetzt in Rage geriet. Er konnte sehr eifersüchtig und sehr zynisch sein.

»Scheint nicht besonders gelaufen zu sein, oder?«

»Der Typ war miserabel, wollte mich darauf festnageln, daß Franziska so was wie mein Abziehbild ist.«

»Ist sie das nicht?«

»Sie ist fünfzehn und tut's für einen Big Mäc oder einen Ring aus der Wundertüte.«

»Hast du den Vertrag schon unterschrieben?«

Das Vertragsangebot, von dem Hanna ihm erzählt hatte, wurmte ihn. Und wie! Der Gedanke, sie an die Konkurrenz zu verlieren, raubte ihm den Schlaf, was kein Wunder war: Schließlich war sie sein bestes Pferd im Stall. Trotzdem war es unfair, über diese Frage eine Gemeinsamkeit mit ihrer Protagonistin herzustellen, die es so nicht gab. Er benutzte das Wort »Vertrag« als Synonym für »Wundertüte«, das hörte sie heraus.

»Ich bin ein freier Mensch, die Konditionen im anderen Verlag sind einfach besser, allein das Fixum ist doppelt so hoch. Übrigens komme ich nicht aus der Gosse.«

»Unser Verleger wäre bereit, dir entgegenzukommen.«

Na bitte! Warum nicht gleich so? »Wieviel?«

»Wir halten mit.«

Zu schnell, viel zu schnell! Wenn der Verleger sein Angebot so bereitwillig verdoppelte, hatte er sich schon andernorts abgesichert, darauf wettete sie. Einer, der seine Leute anraunzt, wenn sie für eine Kurzmitteilung einen DIN-A-4-Bogen verschwenden, geht kein sechsstelliges Risiko ein. Hanna wagte einen Schuß ins Blaue, immerhin wußte sie, daß sowohl die »Riegel-Film« wie auch die »Alfa Pictures« Interesse an einer Verfilmung ihres neuen Buches signalisiert hatten. Mehr als Interesse, und weil die Amis im Moment schon genug Probleme mit der Vermarktung ihrer »Lolita« hatten, tippte sie auf die deutsche Produzentin, die schon so manches heiße Eisen angepackt hatte.

»Was habt ihr bei Sabrina Riegel für die Filmrechte an meiner Franziska herausgeholt?«

Sein Räuspern war ähnlich verräterisch wie die Zahlenkombination auf dem Display ihres Handys. Er wand sich, und Hanna fing an, ihre alte Freude an diesem Spiel wiederzuentdecken. Genau das war es, nur darauf kam es an. Jagen, abjagen, dem anderen immer eine Nasenlänge voraus sein, das galt im Job ebenso wie in der Liebe.

»Du weißt also schon …« – nächstes Räuspern –, »aber du weißt ja selbst, eine Option ist noch kein fester Vertrag, tausend Kleinigkeiten können dazwischen kommen …«

Hielt er sie für ein Greenhorn? »Wieviel habt ihr ausgehandelt?«

»Zehntausend.«

»Ich rede nicht von der Optionssumme.«

»Nun, wir sind uns noch nicht ganz einig, am liebsten wäre der Riegel ein *buy out* gewesen, mit dem sie alle Rechte erwirbt, ohne einen Pfennig extra zahlen zu müssen, wenn es zu einer Verfilmung im Ausland oder einer Version fürs Fernsehen kommt …«

»Okay, ihr habt hart gerungen, und was ist dabei rausgekommen?«

»Du bist ganz schön tough. Irgendwann …«

Es interessierte Hanna nicht, welche Schreckgespenster ihr Lektor beim Blick in die Zukunft vor sich sah. Seine Perspektive war nicht die ihre, sie redeten verschiedene Sprachen, hatte er das noch immer nicht begriffen? Allerdings gehörte Jonas Kaulard in seiner Zunft zu den Besten, so gesehen wäre sie dumm, ihn in die Wüste zu schicken. Die Summe, die er nannte, gefiel ihr, signalisierte sie doch ihren gestiegenen Marktwert.

»Wetten, daß die Konkurrenz bereitwillig erhöht, wenn sie von dem Abschluß bei der Riegel hört?«

Er fluchte. Er erhöhte nochmals. Hannas Pulsschlag zog mit, und wie fast immer, wenn das Jagdfieber in ihr die Oberhand gewann, egal, was der Auslöser dafür war, sendete ihr Körper die Signale von Lust. Ihre Brustwarzen waren nun winzige Dolche, ihr Schoß wurde feucht, alles in ihr lechzte nach Erlösung. Durch ihn? Warum nicht durch ihn? Es hatte Momente gegeben, die sehr schön waren.

»Du könntest mich gleich mit einer Flasche Champagner besuchen und mit mir auf meine Heimführung anstoßen. Ich bleibe euch erhalten.«

Um noch einmal in ihr Bett zu gelangen, würden einige ihrer abgelegten Liebhaber durch brennende Reifen springen. Wenn es den Mann erst einmal gepackt hatte, spielte es keine Rolle mehr, wie bieder er war. Dann vergaß sich sogar ein Jonas Kaulard. Einmal hatte er sich sogar im Lastenaufzug des Verlags vergessen, und der Verleger hätte sie um ein Haar erwischt.

»Nein.«

»Wie bitte?« Hatte sie richtig gehört? Hatte er tatsächlich abgelehnt?

»Ich werde nicht zu dir nach Hause kommen. Wir können gerne im Verlag oder in einem Restaurant miteinander anstoßen.«

»Hast du Angst?«

»Ich habe keine Lust, das noch mal durchzumachen.«

»Das?« Ihr Mund spitzte sich, produzierte Töne, die rauh und geil waren; ihr machte er nichts vor, wie ehrenhaft er seinen Antrag damals auch verpackt hatte. Männer, die keine andere Chance mehr sahen, bei ihr zum Zug zu kommen, griffen gern zum letzten Mittel, um die Trophäe dingfest zu machen. Ein Heiratsantrag war nichts anderes als ein Exklusivvertrag, mit dem die Nebenbuhler ausgeschlossen wurden.

Er legte auf. Leise. Weil er sich ertappt fühlte? Hanna hätte sich gern eingeredet, daß es so war, doch während sie sich Jonas feige und verlogen und folglich schwach ausmalte, begann sie selbst zu zittern. So sehr, daß sie sich schleunigst hinsetzen mußte. Ihr Blick fiel auf den Umschlag, in dem die Anzeige aus Versmold gesteckt hatte, und es erschien ihr wie ein böses Omen, daß sie den Umschlag nicht ebenfalls zerrissen hatte.

Was sollte sie tun? Sich wie jene drei berühmten Affen verhalten: nichts sehen, nichts hören und nichts sagen? Hatte sie vielleicht schon viel zu lange die Augen verschlossen? Wer sagte denn, daß ihre Schwester es nicht förmlich darauf anlegte, Antonia zu ihrem Ebenbild zu formen? Eine Ähnlichkeit bei Haarfarbe und Knochenbau war nicht zu leugnen, die Natur höchstpersönlich hatte eine Querverbindung gezogen, doch alles andere? Es kam gewiß nicht von ungefähr, daß Antonia mausgrauen Schlabberkleidern und stundenlangen Dehnübungen an der Stange und Tschaikowsky – welcher normale Teenager schwärmte schon für Tschaikowsky? – den Vorzug gab und tausend

Ausreden fand, um sich nicht von ihrer leiblichen Mutter verwöhnen zu lassen: Schicke Klamotten, Popkonzerte, Spaßbad, Reisen oder ein Besuch im »Phantasialand«, andere Mädels in ihrem Alter würden sich darum reißen.

Lisa liebte Kinder, das stimmte; sie würde auch niemals einem Kind etwas zuleide tun, am allerwenigsten ihrer Nichte. Doch Liebe konnte die seltsamsten Formen annehmen, und je enger der Radius eines Menschen war, um so heftiger verbiß er sich in dieses Lieben. Lisa, die sanfte Lisa, war eine Liebende der ganz besonderen Art; mit sanften Ködern ließ sich oft noch viel mehr erreichen als auf die harte Tour. Lisa hatte schon sehr viel erreicht; sie hatte Antonia auch den Floh mit dem Ballett ins Ohr gesetzt, und sie strebte nach mehr, das lag auf der Hand. Man mußte ihr einen Riegel vorschieben.

Doch wie und wann? Am Telefon? Besser nicht! Nicht jetzt.

Neue Zweifel überrollten Hanna. Die Abfuhr von Jonas steckte ihr noch immer in den Knochen, von allen Seiten sprangen sie höhnische Fratzen an, wollten schon immer gewußt haben, daß sich die Waagschale früher oder später zur anderen Seite neigen würde, und dann wäre Schluß mit dem unaufhaltsamen Aufstieg der Hanna Altweg.

Hanna hielt es in ihrer Wohnung nicht länger aus. Wenigstens der Regen hatte mittlerweile aufgehört, und so fuhr sie mit offenem Verdeck los, genoß den Fahrtwind wie den Vorgeschmack einer nahen Liebkosung und ebenso die bewundernden Blicke, die ihr folgten. Sie spürte, daß sie langsam wieder auflebte. Das Glück blieb ihr hold, auf Anhieb fand sie einen freien Parkplatz in unmittelbarer Nähe des »Before«. Eine Bar mit Berliner Flair, die Zimmerdecke voller Rosen und echte Rosen auf den Tischchen, dazu schummriges rotes Licht und Live-Musik und lauter junge Leute, die bewiesen, wie gefragt das Lebensgefühl von gestern auch bei der Jugend von heute war. Sogar die Mode lehnte sich wieder an die Zeit an, in der Hanna angefangen hatte, ihre Macht zu entdecken. Nabelfreie Caprihosen waren damals wie heute der letzte Schrei, und Hanna hatte nicht nur die Hauptfigur ihres jüngsten Romans in diese Hosen gesteckt, sondern trug sie auch selbst. Sie konnte es sich leisten, das bestätigte ihr die Spiegeltür vis-à-vis ebenso wie die Blicke ringsum.

»Starke Hose.« Der Knabe, der das sagte, meinte sie, soviel war klar. Er stand mit seinem Kumpel an der Theke im Stil der fünfziger Jahre und saugte an einem neongrünen Strohhalm. Er hatte zwei Stecker im linken Nasenflügel, es mußte sich seltsam anfühlen, wenn man darüberstrich. Hannas Finger zuckten, so als wollten sie auf der Stelle ausrücken und dem Geheimnis der beiden Metallpunkte im empfindlich dünnen Fleisch dieser Nase nachspüren. Noch trennten sie etliche Meter von dem Duo. Auf die Entfernung schätzte sie den mit den Nasensteckern auf Mitte Zwanzig.

»Capri läßt grüßen«, erwiderte sein Nachbar nun, er versuchte nicht einmal, sein Starren auf Hannas Hose zu kaschieren. »Ich glaub', die kenne ich woher.«

»Aus einer von deinen Seifenopern?«

»Dafür ist sie zu alt, sieh sie dir mal genau an, die ist mindestens …« Den Rest schluckte der Refrain von *Who the fuck is Alice?*, den die meisten mitsangen.

Hanna sagte sich, daß sie besser nicht hierhergekommen wäre. Nicht heute. Sie hätte es wissen müssen. Nur mühsam widerstand sie der Versuchung, die Perlmuttdose aufzuklappen, die ein Geschenk von Jonas war. Manchmal setzte sich etwas Puder ab, dunkelte nach, hob hauchzarte

Fältchen in den Augenwinkeln hervor. »Zu alt«, hatte der Kerl gesagt, so als ob sie schon zum alten Eisen gehörte.

»Magst du einen ›Charly Chaplin‹?« Der neongrüne Strohhalm befand sich nun unmittelbar neben ihrem Ellbogen. Irrtum ausgeschlossen, sie erkannte auch die Stimme wieder. Starke Hose. Hatte er es ernst gemeint? Meinte er es noch immer ernst? Hanna hob den Kopf und sah ihn an, probierte ein Lächeln.

»Ein ›Fireball‹ wäre mir lieber.«

»›Fireball‹ hört sich gut an. F-e-u-e-r-b-a-l-l.« Er starrte auf ihren nackten Nabel, seine Zungenspitze schnellte vor, befeuchtete einen Mundwinkel, dann den anderen.

»Er ist gut.« War ER gut? Ihre Augenpaare bewegten sich nun auf einer Höhe.

»Und was magst du noch außer heißen Hosen und feurigem Gesöff aus der Karibik?«

»Die passende Musik.«

»Tanzt du auch?« Er bewegte die Hüften. Sehr schmal, kein Gramm Fett, ohne Gürtel würde er glatt die Hosen verlieren.

Hatte sie ihm geantwortet? Hanna wußte es nicht, vielleicht hatte sie auch bloß ihre Augen sprechen lassen. Plötzlich war alles wieder da, sie war wieder stark, sie spürte ihre Wirkung, las sie an seinen Händen ab, die das Glas umklammerten, während er ein Bein vorschob und mit seinem Knie ihr Knie berührte, schwankend zwischen Schüchternheit und Forschheit. Die Kommentare hinten an der Bar konnten ihm nichts mehr anhaben, er hatte Feuer gefangen, überall. Ihre Hand griff nach seinem Arm, der von der Theke gerutscht und an der Stelle liegengeblieben war, wo sich der Jeansstoff nun merklich spannte.

»Wo?« fragte er.

»Bei mir.« Sie ging vor, ließ ihn einsteigen, startete,

führte ihm vor, was dieses Gefährt mit ihr am Steuer hergab, ließ sich forttragen vom Rausch der Geschwindigkeit und der Vorfreude auf das Ziel, das immer näher rückte. Gleich. Manchmal genügte wirklich ein einziger guter Fick, um die Welt wieder ins Lot zu bringen.

»He, mach mal halblang, was glaubst du, was meine Freundin sagt, wenn die 'nen Anruf aus dem Krankenhaus bekommt? Gehört die Kiste überhaupt dir?«

»Was glaubst denn du?« Hanna verabscheute Zweifler.

»Hör mal, ich will keinen Ärger. Auch nicht mit deinem Alten oder so.«

Sie riß das Steuer nach rechts und trat auf die Bremse. »Steig aus!«

»Aber ...«

»Sonst tut's weh.« Sie zeigte, wo, ihre Hand deutete lediglich die Richtung an, aber das genügte. Ein Feigling, daran änderte auch seine Jugend nichts.

Der Verriß

Das Verlagshaus, ein nüchterner Bau, lag im Industriegebiet. Das Lektorat befand sich ebenso wie die Räume der Verlagsleitung im obersten Stockwerk, wo man kein Fenster mehr öffnen konnte, seit die Klimaanlage eingebaut worden war. Das lag mittlerweile fast ein Jahr zurück, trotzdem war Jonas Kaulard noch immer versucht, den Hebel zu kippen, den es nicht mehr gab. Obwohl er wußte, daß das beharrlich surrende Gerät ihn optimal mit Frischluft versorgte, hatte er an Tagen wie diesem nach wie vor das Bedürfnis, das Fenster vor seinem Schreibtisch aufzureißen. Vollkommen zwecklos. In letzter Zeit fiel es ihm schwer, konzentriert bei der Sache zu bleiben. Er ließ den Metallgriff rasch wieder los, dennoch konnte er seine Augen nicht von dem Hof dort unten lösen. Ein offenes Rolltor, ein Gabelstapler, ein LKW, kein besonders interessanter Anblick. Außerdem hatte er zu arbeiten, das Manuskript lag aufgeschlagen auf seinem Schreibtisch. Er zögerte noch, was nicht am Text lag, der auf wunderbare Weise die Abenteuer einer Seereise von Venedig nach Beirut anno 1434 beschrieb. Worte, die sich nicht in ihn hineinbohrten und festkrallten wie die von Hanna. Es handelte sich um einen geistvollen Reiseroman und nicht um seichte Bekenntnisse eines Schmuddelkindes.

Hanna Altweg war kein Kind mehr, gleichwohl erkannte er charakteristische Züge von ihr in der Romanfigur Franziska. Beim Redigieren hatte er gelitten wie ein Hund, und sie hatte es gewußt und gelacht und mit ihm gespielt, wie sie mit allen Männern spielte. Das war ihm bereits klar gewesen, bevor er sich mit ihr einließ. Vielleicht hatte er auf ein Wunder gehofft.

Ob sie auch mit diesem Reporter …?

Er sagte sich, daß es ihm egal sein müßte, und gratulierte sich zu seinem »Nein!«, während er das Wendemanöver eines Lasters beobachtete. Vor und zurück, immer wieder.

Warum, zum Teufel, hatte er nicht zugesagt und eine Flasche Champagner besorgt, um ein allerletztes Mal zu spüren, was er nur bei ihr spürte und in keinem Buch finden konnte? Warum nicht? Die Antwort lag auf der Hand. Weil er ein Trottel war, aber nicht trottelig genug, um jedesmal den Tanzbären für sie abzugeben, wenn ihr danach war.

Ob jetzt jemand anders an seiner Stelle …?

Um ein Haar hätte der Idiot dort draußen die Einfahrt gerammt, der Winkel stimmte nicht, nichts stimmte mehr. Das Telefon stand genau vor Jonas, er brauchte nur die Hand auszustrecken. Es war noch früh, er könnte sie anrufen und sagen, er habe es sich anders überlegt.

Nein! Nie im Leben würde er das tun. Nie mehr, er hatte es sich geschworen.

Sie konnte so unglaublich zärtlich sein. Von jetzt auf gleich schlüpfte sie in die Weibchenrolle, war das Weib schlechthin. Dann ließ sie ihn vergessen, wie knallhart sie noch Sekunden zuvor gewesen war und gleich wieder sein würde. Hanna verkörperte für ihn die perfekte Illusion des Wandels, von dem er wußte, daß es ihn in Wahrheit nie gab und nie geben würde. Sie war, wie sie war. Immer unterwegs, immer anders, die Reise ins Unbekannte. Fesselte sie ihn deshalb so? Schon als Junge hatte er Abenteuerromane geliebt, nur daß gedruckte Robinsonaden ihn nicht an den Rand des Wahnsinns treiben konnten.

Hanna aber konnte das und wußte es und benutzte ihr Wissen.

Gleich acht Uhr. Das Telefon verschwamm vor seinen Augen, nahm wieder Konturen an. Draußen auf dem Hof knatterte ein Auspuff, der LKW hatte es geschafft. Er fuhr davon und hinterließ eine ölige Pfütze, in der helle Lichtpunkte flirrten. Jonas trat einen Schritt zurück und mußte sich weit zur Seite beugen, um durch das geschlossene Fenster den Himmel begutachten zu können. Die düsteren Regenwolken waren verschwunden, die tiefstehende Sonne warf einen Rest Helligkeit auf die triste Landschaft aus Verwaltungsgebäuden und Lagerhallen. In der City öffneten nun die ersten Bars, nach und nach trudelten die Gäste ein.

Hanna würde das Verdeck aufklappen, wenn sie losfuhr. Er glaubte ihre Haare wie eine rote Fahne wehen zu sehen. Schon blieben die Passanten stehen, verrenkten sich die Hälse. Schmerz durchzuckte ihn. In seinem Kopf jagten sich die Namen der Lokale, die sie ansteuern könnte: »Tingel Tangel«, »Meyer Lansky's«, »Hemingway«, »Apollo«, »Before« ... Es waren zu viele Bars, die sie mochte, zu viele Männer; junge Männer, oft noch Jungs.

Sie hatte keinen Hehl daraus gemacht, daß sie nicht einmal davor zurückschreckte, ihn mit einem Paketboten zu betrügen, den sie zum ersten Mal in ihrem Leben gesehen hatte, ein Milchgesicht, dessen Akne noch nicht vollständig abgeheilt war. Hauptsache, es stieß ihn, Jonas, vor den Kopf. Dabei hatte er sie deutlich spüren lassen, wie ernst er es meinte. Er hatte sie heiraten wollen, so hirnverbrannt war er gewesen. »Ich will dich für immer mit Haut und Haar«, hatte er ihr erklärt und sich betont burschikos ausgedrückt, was sonst nicht seine Art war, doch er wußte, wie sehr sie alles Pathetische verabscheute.

So, du willst mich also mit Haut und Haar? Dürfen's auch ein paar Innereien sein?

Du solltest aufhören, wie deine Franziska zu sprechen. Das hier ist kein Kapitel aus deinem Roman, ich meine es ernst. Im übrigen bist du zu alt, um dich wie dieses Flittchen aufzuführen.

Und wieder hatte er geglaubt, das Funkeln in ihren Augen zu sehen, als sie aufgesprungen und aus seinem Büro gestürmt war. Hanna hatte sich nicht einmal nach den heruntergefegten Papierbögen umgeblickt. Sie hatten kurz zuvor über das letzte Kapitel ihres jüngsten Romans gesprochen, der zu diesem Zeitpunkt noch nicht gedruckt war. Er hatte dafür plädiert, daß sie die Schlußszene abmilderte. In seiner Vorstellung erlebten sie die Veröffentlichung schon als festes Paar. Er hatte es ihr und sich ersparen wollen, daß jemand in seiner zukünftigen Frau Züge jenes kleinen Luders entdeckte, das im Roman Franziska hieß. Vielleicht war dies kein besonders geschickter Aufhänger für einen Heiratsantrag, trotzdem war es ihm heiliger Ernst damit gewesen. Er war ihr hinterhergelaufen.

Er hatte Erinnerungen an gemeinsame Erlebnisse, die stärker als die Stimme der Vernunft waren. Besonders jener Abend hatte sich ihm eingeprägt, als sie wie ein Kind in seinen Armen geschluchzt hatte.

Dabei war nur kurz der Strom ausgefallen. Plötzlich war es stockfinster gewesen, um ein Haar hätte er sich beim Rasieren geschnitten, da ertönte ihr Schrei. Sie hatte um Hilfe geschrien, er war mit dem Schaum im Gesicht und der Klinge in der Hand aus dem Bad gerannt, hatte an Einbrecher und Meuchelmörder gedacht, doch sie hatte lediglich ihren Rock in der Schiebetür zur Terrasse eingeklemmt. Sie stand dort draußen im Dunkeln und zerrte und schrie, als ob es um ihr Leben ginge. Obwohl ihm die Frage auf der

Zunge lag, warum sie überhaupt nach draußen gestürmt war, anstatt sich die nächstbeste Kerze zu schnappen und in Ruhe abzuwarten, bis die Störung behoben war, hatte er nichts dergleichen geäußert und sie einfach in den Arm genommen. Ihr Kummer war zu groß gewesen, um sie mit Worten zu erreichen, hatte er gespürt, und ihr langsames Erschlaffen in seinen Armen, begleitet von Tränen und einer völlig ungewohnten Hilflosigkeit, hatte ihm recht gegeben.

Es war die erste und einzige Nacht, in der sie ihn bat, bei ihr zu bleiben, sonst wechselte er spätestens im Morgengrauen in die eigene Wohnung über. Sie fand es praktischer, nur dieses eine Mal nicht.

Halt mich fest! Halt mich ganz fest! Das hatte er getan. Nicht einmal, als sie endlich eingeschlafen war, hatte er sie losgelassen und auch nicht das Licht ausgeknipst, auf dem sie wie ein ängstliches kleines Mädchen bestanden hatte. Es war eine denkbar unbequeme Nacht gewesen, er hatte kein Auge zugetan. Dennoch hätte er nichts lieber gemacht, als eine solche Nacht mit ihr zu wiederholen.

Deshalb war er ihr nachgelaufen. Hatte den Paketboten ignoriert, mit dem sie draußen auf dem Korridor vor seinem Büro wild flirtete. Er hatte auf sie eingeredet. Jonas hatte alle ihre Gemeinsamkeiten aufgeführt. Nur ihre Bettgeschichten, die hatte er vorsichtshalber ausgespart. Besonders den Job, der sie verband, hatte er ins Feld geführt. Ein solides Fundament, auf dem so manches andere gedeihen mochte. Vertrauen. Freundschaft. Eine Bastion gegen das Alter, auch sie wurde schließlich nicht jünger. »Wir sollten es noch einmal miteinander versuchen, Hanna«, hatte er gesagt. Darauf sie: »Danke, nein! Als Lektor bist du okay, aber privat hab' ich's lieber ohne deine Korrekturkringel.«

Jonas hob die Hand, es war eine wohlgeformte Hand; ein

paar Wochen lang hatte sie danach gelechzt, von diesen Fingern berührt zu werden. Keine Ecke in diesem Gebäude war vor ihr sicher gewesen, sie war unersättlich, hatte ihm zugesetzt, bis sein Kopf leer war. Vorsicht, ade! Manchmal hatte er noch Stunden, nachdem sie weg war, in seinem Büro oder am Konferenztisch gesessen und den Kopf in den Händen vergraben. Er hatte sie gerochen, an einer Fingerkuppe geleckt und unsinnige Lust verspürt, sich davontragen zu lassen, bis die Stimme eines Mitarbeiters oder des Chefs ihn aufschreckte.

»Herr Kaulard, stimmt etwas nicht?«

»Nein, alles in Ordnung!« Dann hatte er mit dem Füllfederhalter, der sein Monogramm trug und ihn stets begleitete, geschäftig zu kritzeln begonnen. Hieroglyphen, Kürzel, die niemand verstand und verstehen durfte; sie hatte ihn soweit gebracht, daß er sogar seine Korrekturzeichen mißbrauchte: Bei ihm wurden sie zum Geheimcode für Zungenspiele der besonderen Art. Was für andere wie die Anmahnung eines fehlenden Einzugs aussah, war seine höchst intime Reminiszenz an die Unterbrechung kurz zuvor im Lastenaufzug. Vierundzwanzig köstliche Wochen lang wimmelten die Korrekturvorschriften des Deutschen Instituts für Normung e.V. von Zweideutigkeiten, dann war Schluß.

Privat hab' ich's lieber ohne deine Korrekturkringel.

Jonas stand noch immer in seinem Büro am Fenster und malte mit dem Zeigefinger einen abgeflachten Kreis auf die dreifach verglaste Scheibe, und dann einen zweiten und einen dritten. Mit diesem Zeichen wurden gewöhnlich verschmutzte Buchstaben und zu stark erscheinende Stellen gekennzeichnet. Die Fingerkuppe kreiste immer schneller auf dem Glas, das seine Zeichen schluckte, sie unsichtbar machte und ihr recht gab. Wütend holte er aus, seine Faust spiegelte sich, er selbst spiegelte sich, er sah die Kontur eines großgewachsenen Mannes in der Pose eines wütenden Kindes, dann sah er einen zweiten Mann, deutlich kleiner als Jonas. Er mußte das Klopfen überhört haben. Es erfolgte ohnehin nur pro forma, weil Franz Hönich die Tür stets in demselben Moment aufzureißen pflegte, in der sein Knöchel das Holz berührte. Er war in diesem Gebäude, daran ließ er grundsätzlich keinen Zweifel, der Hausherr. Er war einer der letzten persönlich haftenden deutschen Verleger.

Ein Fossil, dachte Jonas, genau wie ich selbst. Er drehte sich zu dem Mann um, mit dem er seit über zwanzig Jahren zusammenarbeitete. Er trug einen Anzug mit ausgebeulten Taschen, wahrlich keine elegante Erscheinung. Jonas stellte sich vor, wie Hanna ihn, Jonas, mit diesem Patriarchen in einen Topf warf, über ihn genauso spottete wie über die Marotten eines Mannes, der an Briefbögen und Porto ebenso wie an der Mode sparte. Seine Revers waren längst passé, sein Outfit alles andere als ansprechend. Eine alberne Beobachtung, sagte Jonas sich schließlich, seiner unwürdig, genau wie der Kauf des neuen Sakkos, das er selbst trug, obwohl er sich darin nicht wirklich wohl fühlte. Seit nunmehr drei Wochen quälte er sich in diese unbequeme Jacke und in anthrazitfarbene Hemden in der Hoffnung, daß Hanna käme. Sie sollte sehen, daß er wenigstens in puncto Mode mit ihren Knusperknaben Schritt zu halten vermochte. Falls sie sein verändertes Aussehen überhaupt zur Kenntnis nahm, würde sie spötteln.

Jonas zog sich an seinen Schreibtisch zurück, konzentrierte sich auf die Platte aus gemasertem Holz und den Stapel Papier und atmete tief durch. Hier war sein Metier, hier an seinem Schreibtisch war er unschlagbar. Wollte er das auch noch aufs Spiel setzen? Reichte es nicht, wenn er sich als Mann zum Narren machte? Seine Hände griffen in die lose aufeinandergeschichteten Bögen. »Diese Reise von Venedig nach Beirut«, sagte er, doch seine Stimme war eher ein Krächzen.

»Stimmt etwas mit dem Manuskript nicht? War nicht eben billig, aber ich hab's riskiert. Reiseabenteuer liegen voll im Trend, davon können die Leute zur Zeit den Hals nicht vollkriegen.«

»Doch, doch, das Manuskript ist seinen Preis wert, hundertprozentig.« Ohne es überhaupt zu merken, hatte Jonas die obersten zehn, zwanzig Blätter zu einer Rolle zusammengeknautscht und wirbelte damit in der Luft herum. Verlegen strich er sie wieder glatt, räusperte sich, zwang seine Gedanken auf die Reise von Venedig nach Beirut. Er sammelte sich, fand seine Stimme wieder, sprach schnell, fast hastig: »Der Text ist spannend und obendrein gut geschrieben, eine wunderbare Mischung aus wahrhaftigen Reiseerlebnissen und dichterischer Freiheit. Man fühlt sich förmlich in die Psyche eines blasierten Weltenbummlers versetzt, der unversehens mitgerissen wird, dabei ist der Autor noch blutjung.« Er stockte erneut, es schnürte ihm die Luft ab, wenn er sich vorstellte, was im Lauf dieser Nacht unweigerlich passieren würde. Mit einem Liebhaber, jünger als er, den sie irgendwo aufgabelte. Es war billig, widerlich, er sollte froh sein, daß er dieser Femme fatale entkommen war. Aber Jonas war nicht froh.

»Und was ist mit unserer Femme fatale? Geht da auch alles klar, oder beschäftigt sie sich weiterhin mit Abwanderungsgedanken?« Als könnte er seine Gedanken lesen, wechselte der Verleger das Thema.

»Sie meinen Hanna Altweg?« fragte Jonas ein wenig irritiert zurück.

»Wen sonst?«

»Sie bleibt. Sie wird den nächsten Vertrag wieder mit uns machen. Allerdings müssen wir kräftig drauflegen, sie hat die Filmrechte voll ausgespielt.«

»Und wer hat ihr davon erzählt?«

»Ich bestimmt nicht.«

»Hoffentlich nicht. Es fehlte noch, daß ein Mann wie Sie sich für so ein Biest zum Narren machte.«

»Immerhin bringt das Biest in unserem neuen Programm den höchsten Umsatz.« Es fiel ihm schwer, Hanna so zu nennen, obwohl es den Tatsachen entsprach. Noch mehr empörte es ihn, wenn ein anderer sich anmaßte, sie in Bausch und Bogen zu verurteilen, während er gleichzeitig seinen Profit aus ihr zog.

Es hatte Augenblicke gegeben, in denen sie selbst unter ihrer Biestigkeit zu leiden schien. Irgend etwas schleppte sie mit sich herum, er wußte nur nicht, was. Vielleicht wußte sie das selbst nicht so genau. Jedenfalls hatte er sich sehnlichst gewünscht, einen Blick hinter die Mauern werfen zu können, die sie um sich herum errichtet hatte. War Hannas harte äußere Schale vielleicht nichts anderes als ein Schutzwall? So stark und unverletzlich Hanna scheinbar war, sie hatte zweifellos einen sensiblen Kern zu verbergen.

Vor allem diese verletzliche Hanna hatte es Jonas Kaulard angetan. An diese Frau hatte er versucht heranzukommen.

»Solche Weiber verstehen seit jeher mit ihren Pfunden zu wuchern, die fangen mit einem Ring aus der Wundertüte an und düsen mit großen Klunkern im dicken Auto davon.«

»Diese Wundertüte ist lediglich Fiktion, frei erfunden. So beginnt das erste Kapitel. Es ist ein Stilmittel und hat nichts mit der Autorin zu tun.«

Der Schmuck, den Hanna trug, hatte allerdings etwas mit ihr zu tun, mit ihrem Lebenswandel. Wer hatte ihr diese wertvolle Uhr mit den römischen Ziffern verehrt? Den silbernen Flitzer hingegen hatte sie sich selbst geschenkt, das hatte sie ihm erzählt, und egal, was man ihr sonst Übles nachsagen konnte, Lügen war nicht Hannas Stil.

Es war wohl kaum ein Zufall, daß sie sich genau das gleiche Modell gekauft hatte, in dem sie ihre jugendliche Protagonistin zum Schluß davonfahren ließ. Die rundliche Kinderhand zwischen den Beinen des nicht mehr ganz jungen Fahrers und im Seitenspiegel das rasch aufholende Motorrad, darauf ein Mann mit Helm und diesen lächerlichen Stiefeln an den Füßen und sonst nichts am Leib. Ein junger Mann, auf den sie nicht näher einging, von dem Hanna nur sagte, daß Franziska ihn mit ihren runden Kinderaugen ansaugte, während ihre Hand unaufhörlich weiter arbeitete, auf und ab. Die Tachonadel schnellte hoch, alles raste, die letzte Passage erinnerte an schnelle Kamerafahrten, zog die Bilder zusammen: Es endete mit einem kehligen Lachen und zwei kindlich anmutenden Händen, die umfaßt hielten, was keine Filmzensur zulassen würde. Genuß mit beiden Händen, sie hatte auf dieser Stelle beharrt – es war widerlich obszön.

»Sind Sie sicher, daß alles nur Fiktion ist? Glauben Sie im Ernst, jemand sähe einen Unterschied zwischen dieser kleinen Nutte Franziska und ihrer Schöpferin? Mal abgesehen von den drei Jahrzehnten, die zwischen den beiden liegen, was die Sache für unsere Autorin nicht besser macht.«

»Es sind nur zweiundzwanzig Jahre.« Das wußte er immerhin genau, er hatte Hannas Personalausweis gesehen, Geburtsdatum, Geburtsort, das war so ziemlich alles, was er mit absoluter Sicherheit über sie wußte. Was den großen Rest betraf, da war er sich keineswegs sicher.

»Hoffentlich wissen Sie über sich selbst genausogut Bescheid. Ich fände es schade, wenn ich zusehen müßte, wie mein bester Mann sich wegen eines Weibs ruiniert, dessen Prosa ähnlich rüde wie ihr Lebensstil ist. Und sehen Sie zu, daß die Sache in der Presse nicht umkippt! Andernfalls bleiben wir nämlich auf unserer Film-Option und einem überteuerten nächsten Œuvre aus derselben Schmierfeder sitzen. Gab's da nicht gerade ein Interview mit ›Good Life‹? Das Blatt liegt voll im Trend, für die Filmkiste könnten wir gut noch Rückenwind gebrauchen.«

In dem schmalbrüstigen Haus am Chlodwigplatz ging es zu wie in einem Bienenstock. Die auf fünf Etagen verteilten winzigen Räume reichten längst nicht mehr aus, um der Redaktion des noch jungen Magazins Platz zu bieten. Es gab weder einen Aufzug noch doppelt verglaste Scheiben. Die in kurzen Abständen um die Ecke biegenden Bahnen quietschten in den Gleisen, bimmelten gegen Autofahrer und Fußgänger an und strapazierten die Nerven von über einem halben Dutzend freier Journalisten. Bis zum Drucktermin mußte alles fertig sein. Das letzte Wort hatte der Chef, der nicht mehr ganz so jung war wie seine Mitarbeiter, dafür aber genug Geld besaß, um dieses betont jugendliche Blatt zu finanzieren. Zur Zeit drängte sich die Redaktion noch am Chlodwigplatz, alles war mehr oder weniger improvisiert. Doch sobald der Neubau in der Vorstadt fertig war, würde man umziehen. Dann würde sich auch entscheiden, wer eine feste Anstellung als Redakteur erhielt.

Dirk Fischer gehörte zu den aussichtsreichsten Kandidaten; von den letzten fünf Titelstorys stammten drei aus seiner Feder. Der Chef hatte ihn wiederholt vor versammelter Mannschaft gelobt und persönlich auserkoren, eine Bestsellerautorin zu interviewen, die »jederzeit für saftige Schlagzeilen gut ist«. So hatte Markus Stamm sich ausgedrückt und hinzugefügt, daß er voll und ganz auf Dirks

Fähigkeiten als gewiefter Journalist vertraue: »Kitzel es aus ihr heraus, Junge!«

Okay, er hatte gekitzelt, wenn auch vielleicht nicht so, wie sein Boß das gemeint hatte. *Offen gestanden nehme ich Ihnen nicht ab, daß ein Mädchen mit fünfzehn Jahren so tough wie Ihre Heldin ist!* So war es losgegangen, diesen Satz hatte er vorbereitet, hatte ihn losgelassen und sich auf den Kaffee konzentriert, den sie ihm angeboten hatte. Wie verrückt hatte er in der Tasse gerührt und sich verboten, sie anzuschauen. Trotzdem war er nicht umhin gekommen, ihre Maskerade zur Kenntnis zu nehmen, mit der sie seine Phantasie anstacheln wollte.

Phantasie? Wozu brauchte er noch Phantasie, wenn ihm alles so dreist dargeboten wurde?

Morgen erschien sein Artikel, den er »Blick in den Abgrund« betitelt hatte, sogar das Foto paßte dazu: der Schnappschuß eines Kollegen in einer Bar namens »Before«. Ein junger Mann mit zwei Steckern im linken Nasenflügel war ihr ins Netz gegangen, ihre Hand krallte sich um den Unterarm, hinter dem ein Stück Zippverschluß hervorblitzte. Es sah aus, als ob sie ihm gleich sein Ding aus der Hose holen wollte. Alles an ihr signalisierte Attacke, der Gegensatz zu ihrem Gesicht konnte nicht krasser sein. Müde, seltsam hoffnungslos und weit weg von ihrem sprechenden Körper.

Was quälte sie nur?

Er starrte auf das Foto, griff danach und rückte es näher an seine Augen. Einen Moment lang spürte er, wie sich sein Brustkorb zusammenzog. Es fehlte nicht viel, und er hätte den Text vor sich auf dem Bildschirm kurzerhand gelöscht. Es fehlte nur noch das Okay des Chefs. Der Chef würde sich freuen, wenn sich morgen über dreihunderttausend Leser das Maul über die Bestsellerautorin zerrissen, sie durch den Schmutz zogen, die Grenze zwischen ihr und ihrer Romanfigur verwischten.

Sie hatte es nicht besser verdient.

Hannas Hand zitterte vor Wut, sie mochte es kaum glauben, daß dieser Körperteil zu ihr gehörte. Sie starrte sie voller Widerwillen an, bis die Worte am anderen Ende der Leitung zu ihr durchdrangen und ihre Wut über die gedruckten Ergüsse dieses Schmierfinks von Journalist auf die nicht weniger bissigen Kommentare ihres Lektors lenkten. Jonas Kaulard, Hüter der deutschen Sprache und vertraglich dazu verpflichtet, ihr literarisches Schaffen nach bestem Wissen und Gewissen zu betreuen, deshalb hatte sie ihn überhaupt angerufen.

»Was sagst du dazu? Du als mein Lektor? Es ist die Höhe!«

»Seit wann nimmst du dir zu Herzen, was so ein Schmierenschreiber zu Papier bringt?«

»Es ist gelogen. Infam. Tu was dagegen! Frag den schlauen Anwalt, den ihr immer interviewt, wenn ihr Angst habt, ich könnte was geschrieben haben, was irgendwen persönlich kränken könnte. Jetzt bin ich gekränkt, ich persönlich.«

»Warst du nicht immer der Meinung, daß eine negative Presse besser als gar keine Presse ist?«

»Dieser Rohling tut so, als ob ich am Ende wäre.« Hanna suchte die Stelle, die Zeitung entglitt ihr, fiel zu Boden. Sie ging in die Knie.

»Bist du noch dran?«

»Ich hab's, jetzt hab' ich's wieder, weißt du, was dieser Wicht da schreibt? Ich lese es dir vor. Er nennt es ›Blick in den Abgrund‹, und dann zählt er minutiös auf, wo Franziska es überall getrieben hat und weshalb. Als ob er das wüßte, keinen blassen Schimmer hat er! Er läßt nicht mal

Franziskas schwere Kindheit gelten, schließlich kommt sie aus ganz miesen Verhältnissen, das hält ihr sogar die Kirchenzeitung zugute, erinnerst du dich? Wenn man diesen Dreck liest, könnte man glatt annehmen, meine Romanheldin hätte statt eines Herzens eine Registrierkasse in der Brust. Dabei habe ich diesem Schmierfinken ausdrücklich gesagt, daß Geld nur ein Symbol ist. Und dann verrät er in einem Atemzug, was ich verdiene, er nennt es meinen pekuniären Keuschheitsgürtel, allein dafür gehört er gesteinigt. Woher weiß er überhaupt, was ich verdiene? Steckt ihr alle unter einer Decke? Keiner kann wissen, was ich verdiene, wenn ihr es ihm nicht verraten habt.«

»Die meisten Leute können rechnen. Die Prozentstaffel bei Erfolgsautoren ist überall dieselbe, die Auflagenhöhe steht gleich auf der ersten Seite – eine simple Rechenaufgabe.«

»Mein letztes Garantiehonorar kannte er auch. Wie ist das möglich, he?«

»Auch das kann man sich leicht zusammenreimen. Kein Verlag bezahlt vorab mehr, als er voraussichtlich später über den Verkauf wieder reinholt. Der Gradmesser ist die Auflage des letzten Romans, das funktioniert wie beim Vorauszahlungsbescheid vom Finanzamt. Und daß dir keiner das Fell über die Ohren zieht, liegt auf der Hand. Darauf gibst du schon acht.«

»Du willst damit sagen, ich soll mir das gefallen lassen?«

»Wenn du Wert darauf legst, daß es bei dem ausgehandelten Fixum für dein nächstes Werk bleibt, sehe ich keine andere Chance. Filmproduzenten reagieren bekanntlich sehr sensibel, wenn die Presse Blut leckt. Und dieser junge Spund scheint dich mächtig auf dem Kicker zu haben. Du solltest etwas für dein Image in dieser Stadt tun. Hast du die Einladung zur Glasprobe bekommen?«

»Unkostenbeitrag sechsundachtzig Mark? Eine Unverschämtheit.«

»Das wäre aber eine Chance, dein Image aufzupolieren. Gute Presse gegen schlechte Presse. Wo es gratis zu essen und zu trinken gibt, hängt immer jede Menge Journaille herum. Geh hin, zeig dich von deiner besten Seite, damit stopfst du allen das Maul. Und danach könntest du auf Lesereise gehen. Wir haben wieder etliche Anfragen vorliegen. Wenn du willst, stelle ich dir eine Route zusammen. Mainz, Karlsruhe, Freiburg, Genf, Lausanne, Zürich. Bis du zurück bist, ist längst die nächste Skandalnummer dran.«

»Wenn schon, dann lese ich in Harsewinkel.«

»Das hört sich an wie tiefste Provinz.«

»Ich komme von dort.« Sie kam von dort, aus tiefster Provinz, und genau dort versuchte man soeben, sie auszuschließen. Damit war ihre Pechsträhne erst so richtig in Gang gekommen. Seitdem sie die anonyme Verlobungsanzeige erhalten hatte, machte sie einen Fehler nach dem anderen, verlor den Boden unter den Füßen, und wenn sie nicht achtgab, auch noch ihren klaren Kopf.

»Gut, du liest in deiner Heimat, das macht sich immer gut, wir könnten zusammen die Passagen aussuchen, die für ein ländliches Publikum geeignet sind, dann hängst du noch ein paar erholsame Tage bei deiner Familie dran, und alles ist wieder in bester Ordnung.«

»Verzichte dankend. Auf deine Hilfe übrigens auch. Meine Lesung ist nächsten Mittwoch, es reicht, wenn ihr euch um den Formalkram kümmert.«

»Vergiß die Glasprobe nicht.«

»Nur, wenn ihr die sechsundachtzig Mark übernehmt.« Kein Bauchfell zeigen, nur nicht klein beigeben; es ging nicht um ein paar Mark, darum ging es nie. Auf diesem

Zeitungsfoto allerdings sah sie aus, als ob sie demnächst reif für die Domplatte wäre: Haste mal 'ne Mark?

Um Geld brauchte Hanna sich nicht zu sorgen. Gemessen an den Maßstäben ihrer Familie daheim, war sie steinreich. Ihr Vater konnte sich nur noch mit seinem Reiterhof über Wasser halten, seit die Subventionen in der Landwirtschaft kräftig zusammengestrichen worden waren. Ihre Mutter verdiente nicht mal ein Taschengeld mit den Blumen, die sie auf dem Wochenmarkt verkaufte. Olaf lag Hanna mit Kind und Kegel und unverkäuflichem Ökogemüse auf der Tasche. Und was ihre Schwester Lisa betraf, so hätten deren Bezüge als Grundschullehrerin nicht einmal ausgereicht, um Hannas Miete abzudecken.

Sie dagegen hatte Geld, und Geld bedeutete Macht. Seit jeher regierten Sex und Geld die Welt. Sie war auch mächtig. Und müde. Unendlich müde. Sie bekam nicht einmal mehr die Antwort von Jonas Kaulard mit.

Der Verlag ging kein Risiko ein, Hanna registrierte es am nächsten Morgen mit einer Mischung aus Überdruß und Spott. Ein Bote – so verknöchert, daß sie vermutete, er wäre von ihrem Lektor persönlich ausgesucht worden – hatte ihr gerade den Einzahlungsbeleg für die Glasprobe in einem exklusiven Kölner Ladenlokal und eine Reservierungsbestätigung für das Hotel »Landskrone« in Harsewinkel überreicht. Der beigefügte Kurzbrief informierte sie darüber, daß die einzige Buchhandlung vor Ort den Büchertisch übernehmen würde und die Plakate bereits auf dem Weg seien. Ihre Fahrtkosten möge sie bitte selbst mit dem Veranstalter abrechnen. Es war die unpersönlichste Mitteilung, die sie jemals von Jonas Kaulard erhalten hatte. Wenn dies nicht zweifelsfrei seine Schrift wäre, könnten die Worte genausogut von einem x-beliebigen Verlagsangestellten stammen, der einer drittklassigen Autorin Instruktionen für ihre ersten Auftritte in der Öffentlichkeit erteilte. Hanna hatte nicht übel Lust, den Inhalt dieses Umschlags noch vor den Augen des Überbringers zu zerfetzen, aber statt dessen kritzelte sie brav ihren Namen auf die Empfangsbestätigung und daneben noch einen Satz: »Weiß nicht, ob ich heute abend Zeit für Glaskörper habe.«

Die nächsten Stunden verbrachte sie mit geschäftigem Nichtstun; sie inspizierte Schuhe und trennte Schals von Tüchern, entdeckte einen häßlichen Flecken auf ihrem neuen Hosenanzug, hatte sich aber in den Kopf gesetzt, heute genau diesen Anzug anziehen zu müssen, wenn sie bei der Glasprobe bestehen wollte – falls sie überhaupt hinging. Sie machte sich zur Schnellreinigung auf und ließ sich beim Friseur zurechtmachen und war restlos erschöpft, als sie wieder in ihrer Wohnung anlangte. Den Hosenanzug hatte sie auch nicht abgeholt. Sie legte sich ins Bett, fuhr das Kopfteil hoch und sah hinaus auf den Fluß. Die Winterpause war zu Ende, die Fähren waren wieder im Einsatz, sie verkehrten im Halbstundentakt; bei jedem Anlegen und Abfahren wurde die Glocke am Steg geläutet, dann ertönte das langgezogene Tuten. Selbst wenn sie jetzt in einen erholsamen Schlaf fallen sollte, würde dieser Krach sie bald wieder herausreißen.

Ob sie hingehen sollte?

Glasprobe. Beratung durch einen Sommelier. Als ob sie nicht selbst wüßte, aus welchem Glas sie ihren Barbaresco oder ihre Cuvée Prestige oder Grappa trinken mußte. Sie besaß alle Gläser, die sie brauchte, es gab keinen Rotwein, keinen Champagner und keinen Tresterbranntwein, für den sie nicht gerüstet war. Außerdem hatte sie noch ein Dutzend Weißweingläser, das reichte. Nur für passionierte Biertrinker oder Likörfreunde sah es bei ihr düster aus. Es erfüllte sie mit Genugtuung, ihre Schränke nicht mehr mit Dingen vollstopfen zu müssen, die sie nicht interessierten, bloß Staub ansetzten und alle naselang poliert werden wollten. Hol mich raus, wiener mich blank, zeig mich her! Nicht bei ihr. Den ganzen mundgeblasenen Plunder hatte sie zusammen mit dem Speiseservice für zwölf Personen und der Damastwäsche Olaf überlassen.

Ihre Eltern hatten vor fünfzehn Jahren nichts ausgelassen, was zu einer traditionellen Brautausstattung gehört. Sie hatten sich in Unkosten gestürzt, viel Geld ausgegeben, sehr viel Geld. Wozu? Um ihr schlechtes Gewissen zu beruhigen, das offensichtlich von Zeit zu Zeit an die Oberfläche gelangte, um sogleich wieder unterdrückt zu werden? Oder hatten sie nur deshalb so bereitwillig ihr Portemonnaie geöffnet, um nichts von dem hergeben zu müssen, was ihnen wirklich am Herzen lag? Es hatte nicht sehr viele Dinge in Hannas Elternhaus gegeben, an denen ihr Herz hing, doch das über vier Generationen hinweg vererbte Service – achteckig, der Rand schwarz und gold, es sah aus, als ob das Gold aus dem Schwarz bräche – gehörte dazu. Was, wenn die Eltern dieses Service für die Hochzeit ihrer Schwester Lisa aufgespart hatten? Hanna dachte erneut an die Zeitungsannonce. Mit offenen Augen lag sie immer noch auf ihrem Bett und verlor sich in Gedanken immer tiefer in ihre Vergangenheit.

Das Service stand seit jeher in der Anrichte im Eßzimmer. Ein wuchtiges Möbel, schwarzbraunes Holz mit Kassetten, die das Kind Hanna an gewaltige Schokoladentafeln erinnerten. Sie mochte keine dunkle Schokolade. Die Anrichte erschlug den kleinen Raum, den man vom Wohnzimmer – das ihr Vater zugleich als Büro nutzte – abgetrennt hatte. Wenn Besuch zum Essen kam, mußten zwei Stühle zwischen Eßtisch und Anrichte gerückt werden. Dann war der Zugang zum guten Geschirr blockiert.

»Deck du den Tisch, Lisa«, pflegte die Mutter zu sagen, wenn Gäste erwartet wurden. Auf diese Weise betonte sie, wie vertrauenswürdig die ältere Tochter ihr erschien. Wieviel besser sie sich dazu eignete, mit dem guten Porzellan zu hantieren, das nur zu besonderen Gelegenheiten auf den Tisch kam.

Sie, Hanna, hatte helfen wollen. Sie durfte nicht. Man hatte ihr vorgehalten, was sie alles schon kaputtgemacht hatte. Als ob man häßliches Steingut mit feinstem Porzellan vergleichen könnte! »Laß das Lisa machen«, hatte es geheißen. Was für Uneingeweihte wie eine Pflicht klingen mochte, die man Hanna abnahm, war in Wahrheit ein Privileg gewesen. Hanna durfte die Tassen und Teller und Terrinen, die sie so sehr bewunderte, nicht anfassen und noch viel weniger nach oben in das Zimmer transportieren, in dem Ulrich Machill in seinem Rollstuhl saß und das er nie verließ. Nicht einmal zu seinem Geburtstag oder zu Weihnachten hatte er von dem guten Service essen sollen. Hanna hatte dafür gesorgt, daß er es doch durfte. Sie hatte die Abwesenheit von Eltern und Schwester genutzt, sich zu der Anrichte geschlichen, ein Gedeck herausgenommen, die Leberwurstschnitte für den Großvater zur Feier des Tages hübsch mit Radieschen und Petersilie garniert, auch schwarzen Tee aufgegossen – der etwas dünn geraten war, aber sie war ja noch klein – und alles hochgetragen.

»Oho, das gute Porzellan«, hatte er gesagt und sie für ihren Mut gelobt. Nur der Tee war ihm zu dünn gewesen, er hatte sie mit der halbvollen Teekanne losgeschickt, um sie mit dem guten Rum aufzufüllen, den ihr Vater neuerdings im Schlafzimmer aufbewahrte. »Mach nur, mein Kleines, so schnell kommen sie nicht zurück.«

Aber Lisa war früher heimgekommen und hatte Hanna erwischt. Sie hatte ihr nur stumm die Rumflasche und die bauchige Teekanne aus der Hand genommen und sie fortgeschickt. »Ich regele das schon«, hatte sie erklärt und sich wie Mutter angehört, obwohl sie damals erst zehn Jahre alt war. Dann war Lisa die Treppe hochgegangen, hatte die Vorfreude des Großvaters auf einen guten Schluck im Keim erstickt: »Nein, ich bin nicht Hanna, und ich stehle auch keinen Schnaps für dich!« Sie hatte immer schneller gesprochen, ein dünnes Ziepen gegen die Stimme von Ulrich Machill, die nichts von ihrem alten Zauber eingebüßt hatte. Wenn er zornig war, stach er sogar den Pastor in der Kirche aus. Bei niemandem wurde er so rasch zornig wie bei Lisa. So sehr er seine jüngste Enkelin liebte, so sehr verachtete er die ältere. »Paß auf, daß du keine alte Jungfer wirst«, pflegte er zu sagen und warnte sie stets, all die schönen Seiten des Lebens nicht ungenutzt vorbeigehen zu lassen. An jenem Abend tat er das auch, er fuhr mit dem Rollstuhl hin und her, immer lauter, und dann wurde es still. Ganz still. Von jetzt auf gleich.

Hanna hatte auf dem untersten Absatz der Treppe gestanden und in diese unheimlich lastende Stille gelauscht. Als sie es nicht mehr aushielt, hatte sie sich auf Zehenspitzen hinaufgeschlichen, mit angehaltenem Atem, auf jeder Stufe verharrend, wenn das alte Holz leise knarzte. Und dann hatte sie es gesehen. Sie hatte mit eigenen Augen gesehen, wie ihre Schwester Lisa nichts ausließ, um auch noch den einzigen Menschen an sich zu reißen, der ihr, Hanna, in diesem Haus nahestand. Der Großvater gehörte ihr allein, weil nur sie ihn liebte. Und nun hatte sich Lisa auf seinen Schoß gesetzt, strafte ihre eigenen Worte Lügen. Lisas halboffener Mund erinnerte an einen Karpfen auf trockenem Land – nie im Leben konnte ein Ulrich Machill sie schön finden. Niemals. Warum jagte er sie dann nicht zum Teufel? Seine Arme konnte er doch bewegen, er hätte sie von sich stoßen können, wenn er auch sonst im Rollstuhl gefangen war.

Soweit Hanna sich erinnern konnte, hatte Lisa nie etwas getan, was den Unwillen der Eltern erregte. Sie war ordentlich. Hilfsbereit. Fromm. Lieb, so unglaublich lieb. Sie verpetzte nicht einmal ihre widerspenstige jüngere Schwester. Weil sie keiner Fliege etwas zuleide tun konnte. Mit allen ging sie so liebevoll um wie mit den achteckigen Tassen und den zerbrechlichen Tellern. Das war auch heute noch so. Die meiste Liebe verwendete sie auf Hannas Tochter Antonia, die ihr von Tag zu Tag ähnlicher sah. Ein Schabernack der Natur? Oder auch nur ein Beweis dafür, wie überaus geschickt Lisa dem großen Wagenlenker in die Speichen griff und die Dinge in ihrem Sinne richtete? Sie war eine Heuchlerin. Wobei nicht einmal auszuschließen war, daß Lisa sich allen Ernstes einredete, eine Heilige zu sein und alles ausmerzen zu müssen, was in ihren Augen als gotteslästerlich anzusehen war.

Gehörte der Flamenco-Rock, den Hanna ihrer Tochter gekauft hatte, etwa auch in diese Kategorie? Unmengen von schwarzem Taft, das Futter leuchtendrot, dazu ein knappes schwarzes Leibchen. Nur bei den Schuhen war Hanna ratlos gewesen, Antonia wuchs jetzt so schnell und ließ sich immer seltener sehen. Seit Wochen weigerte sich ihre Tochter standhaft, nach Köln zu kommen, angeblich wollte sie keine Stunde von ihrem Flamenco-Kurs verpassen. Aber hätte sie sich nicht wenigstens am Telefon bedankt, wenn sie den Rock erhalten hätte? Sie hatte ihn mit keinem Wort erwähnt, dabei war sie ansonsten sehr höflich, fast schon zu höflich. Auch das verriet den Einfluß ihrer Tante Lisa. Was, wenn Lisa das Pariser Modell stillschweigend als Teufelswerk eingeordnet und beiseite geschafft hatte? Sie hatte ja schon in ihrer eigenen Jugend verrückt gespielt, wenn Hanna außer Sichtweite ihres Elternhauses den Rockbund umkrempelte oder den Büstenhalter auszog. Eines Tages, daran erinnerte Hanna sich nun auch, war der nabelfreie Bolero, den sie sich heimlich von ihrem Taschengeld gekauft und im Schonbezug der Matratze versteckt hatte, spurlos verschwunden gewesen. Nach dessen Verbleib fragen konnte sie schlecht, insgeheim hatte sie ihre Mutter im Verdacht und legte sich schon eine Ausrede zurecht, wollte das frivole Kleidungsstück ihrer besten Freundin unterjubeln und hatte diese bereits eingeweiht, völlig umsonst. Ihre Mutter sprach sie niemals auf diesen Bolero an. Weil in Wahrheit Lisa die Diebin war?

Warum war sie nicht viel eher darauf gekommen?

Der Bolero damals und der Tanzrock heute und dazwischen hundert, tausend mehr oder weniger versteckte Übergriffe, die Hanna im letzten Jahr in Versmold zugelassen hatte, weil es ihre einzige Chance war, wenigstens stundenweise diesem Haus zu entfliehen, in dem die Erinnerungen sie bedrängten und um das Olaf eine Mauer aus ökologisch unbedenklichem Gemüse errichtete. Er hatte keine Sekunde lang vorgehabt, seine Kinder im Garten herumtoben zu lassen, sondern war alsbald vom Generalvertreter zum Landwirt umgesattelt, plötzlich ständig präsent und voll mit guten Ratschlägen, wie Hanna dieses und jenes besser machen könnte. So war es losgegangen. Sie war geflohen, zunächst nur stundenweise, und ihre Schwester hatte sich der Kinder angenommen und sie mit Apfel im Schlafrock und süßem Reis mit Zucker und Zimt verwöhnt und Hanna gratuliert, als deren erste Kurzgeschichte in der Bielefelder Tageszeitung – damals hatte Bielefeld für Hanna noch die Aura einer Großstadt – veröffentlicht wurde.

Die Geschichte selbst fand Hanna heute eher peinlich, weil sie zum Ende hin vor sentimentalen Ergüssen nur so strotzte. »Protokoll der Hausfrau Hanna A.«, es hätte eine wunderbare Persiflage auf ihr Hausfrauendasein werden können, wenn sie nicht zuletzt doch Zweifel und Skrupel eingeholt hätten.

Olaf hatte lediglich gemeint, es wäre ihm lieber, wenn sie ihm die unvermeidlichen Schreibarbeiten abnähme, die in seinem alten Job eine Sekretärin erledigt hatte, anstatt über die unsichtbare Nabelschnur zwischen Kind und Kochtopf oder die Gemeinsamkeiten von Putzen und ehelichem Sex zu philosophieren. Er betonte, wie zufrieden er immerhin in der zuletzt genannten Disziplin sei.

Hanna hatte seiner Zufriedenheit ein jähes Ende gesetzt und ihren ersten Roman zu schreiben begonnen. Je lebendiger ihr die erfundenen Figuren wurden, desto weiter entrückten die dunklen Bilder in ihr und um sie herum. Doch sie kamen zurück, stürzten sich immer wieder auf sie …

Es war einer der Tage gewesen, an denen nur das einfache Geschirr benutzt wurde. Das Dekor hieß »Wildrose«, doch es sah sehr zahm aus, wenn es mit Rinderrouladen oder Gulasch oder Schnitzel garniert wurde. Gutbürgerliche Kost, für die ganz besonders der Vater schwärmte. Er mischte sich sonst selten in Dinge ein, die den Haushalt oder die Erziehung seiner Töchter betrafen. Die meiste Zeit verbrachte er im Stall. An jenem Tag tat er das nicht. Obwohl seine beste Milchkuh kalbte, stand er nicht wie gewohnt nach dem Mittagessen auf, sondern folgte der Mutter in die Küche. Mit einem schmutzigen Teller links und einem anderen rechts, das Besteck lag falsch, ein Messer glitt zu Boden. Hanna hatte das Messer aufgehoben und folgte den beiden in die Küche, ihr Instinkt sagte ihr, daß da etwas war, was sie wissen sollte. Sie wurde fortgeschickt, nur Lisa durfte bleiben.

»Geh spielen, Hanna«, hatte die Mutter befohlen, die sie sonst immer zum Helfen anhielt.

Hanna hatte so getan, als ob sie gehorchte. Draußen vor der Tür hatte sie ihren Ball laut auftitschen lassen, was im Haus strengstens verboten war. Niemand hatte protestiert. Ein weiteres Indiz, daß etwas im Gange war. Auf Zehenspitzen war sie ins Haus zurückgeschlüpft, und da waren sie schon zugange, wähnten sich sicher …

»Wir müssen was unternehmen«, sagte die Mutter gepreßt und drängend zugleich.

»Nun ja …«, darauf der Vater, zögernd.

»Wir sollten ihn in ein Heim geben. Es ist nicht gut, wie es jetzt ist.«

»Und wenn wir versuchen, eine Pflegerin aus Bielefeld zu besorgen?«

»Sie wird wie alle anderen nach ein paar Tagen wieder gehen. Keine hält es bei ihm aus. Ich halte es bald auch nicht mehr aus. Ganz zu schweigen von Lisa. Niemand kommt mehr mit ihm klar.«

»Und was ist mit Hanna? Unsere Hanna hat doch keine Probleme mit ihm.«

»Weil sie sich so ähnlich sind. Weil er hofft, sie zu seiner Verbündeten zu machen. Sein Kopf verwirrt sich immer mehr. Einen Tag fühlt er sich als Bezwinger von irgendwelchen Zinnen, und am nächsten stürzt er ab. In solchen Phasen ist nichts und niemand vor ihm sicher, dann reißt er alles mit. Er ist zerstörungswütig, kann sich aber hervorragend verstellen. Es ist wohl nur noch eine Frage der Zeit …

Die Abstände zwischen guten und schlechten Phasen werden immer kürzer.«

»Wir sollten ihn in ein Krankenhaus einweisen lassen. Dafür bezahlt die Kasse.«

»Der Arzt sagt, das geht nicht. Er hat nichts, was man mit einer Operation aus der Welt schaffen könnte. Er ist ein Pflegefall und darüber hinaus hochgradig depressiv.«

»Wir können uns keine Unterbringung im Heim leisten. Nicht im Moment. Vielleicht, wenn ich ein Stück Land verkaufe, unser Nachbar hat auch verkauft. Andererseits fehlt es uns dann später bei der neuen Koppel. Gib mir noch ein paar Wochen Zeit.«

Das war im Frühjahr gewesen. Noch ehe die Bäume ihr Laub abwarfen, kam Ulrich Machill ins Krankenhaus. Man hatte dafür gesorgt, daß er doch noch ein Fall für die Menschenflicker wurde. Es gab viel zu flicken, folglich durfte er lange bleiben, und die Kasse bezahlte. Erst nach Weihnachten wechselte er in die Nervenheilanstalt über, in der er bis zu seinem Tod blieb. Einsam wie ein Tier, nur daß es keine Höhle gab, in der er sich vor seinen Artgenossen hätte verkriechen können. Sie beobachteten ihn rund um die Uhr und mischten ihm Sedativa unter sein Essen, weil er ihnen die Pillen und Tropfen aus der Hand schlug. Dann war er gestorben. An den düsteren Bildern in seinem Kopf?

Hanna fragte sich oft, ob Depressionen erblich waren. Wenn sie das Eichenparkett und die Holzpaneele und die alten Möbel in dem Haus betrachtete, das einmal Ulrich Machill bewohnt hatte, dann war ihr, als ob dreißig Jahre Dunkelheit nach ihr griffen. So lange hatte ihr Großvater in der geschlossenen Anstalt verbracht, erst dann durfte oder wollte er sterben. Sie aber wollte leben, sie mußte raus aus der Enge ihrer Ehe, fort von den bedrängenden Erinnerungen an den Großvater in dem geerbten Haus. Der unerwartete Erfolg ihres ersten Romans hatte die materiellen Voraussetzungen geschaffen. Ihre Schwester Lisa konnte nun ihre Rolle als »Ersatzmama« ungestört ausleben. Was Olaf und seine »Neue« den Zwillingen nicht geben konnten oder wollten, dafür sorgte nun die gute Lisa; Olaf und die Neue fühlten sich eher fürs Praktische zuständig, das begann beim Wäschewaschen und hörte beim Abfragen der Vokabeln auf. Bei Lisa hingegen manifestierte sich die Liebe in Äpfeln im Schlafrock und zahllosen anderen Verwöhneinheiten, die nicht unbedingt nötig und gerade deshalb heiß begehrt waren. Sie kosteten auch Zeit.

Ob Lisa bedacht hatte, daß mit ihrer bevorstehenden Heirat ganz besonders Antonia Probleme haben würde? Sehr wahrscheinlich würde Antonia es ihrer Tante übelnehmen, wenn sie plötzlich nicht mehr so viel Zeit aufbringen könnte und statt dessen ihre ungeteilte Aufmerksamkeit einem Fremden schenkte. Immer vorausgesetzt, die Hochzeit fand wirklich statt.

Wir erlauben uns, die Verlobung unserer Tochter …

Es brachte nichts, wenn sie weiter hier auf ihrem Bett lag und sich von Bildern heimsuchen ließ, die ihre Stimmung immer weiter verdüsterten, in die sie der Verriß eines Magazins getrieben hatte, das vor einem Jahr noch nicht einmal existiert hatte. Was zählte, waren Taten. Immer. Letztlich entschied die Macht des Faktischen.

Hanna sprang auf, ihr begehbarer Kleiderschrank ließe jede Frau vor Neid erblassen. Sie liebte es, sich herauszuputzen, und genoß die bewundernden Blicke der Männer ebenso wie das boshafte Blitzen in den Augen ihrer Begleiterinnen.

Los! Nur los!

Noch während sie sich von Kissen und Laken befreite und über die am Boden verstreut liegenden Schuhe und

Kleider stolperte – sie mußte eben völlig daneben gewesen sein –, entwarf sie in ihrem Kopf bereits ihr Outfit, mit dem sie die da draußen überraschen würde. Jetzt gleich. Heute noch. Heute und morgen und immerzu. Ihr Gespür für Farben und Schnitte war untrüglich, ihr gelangen die gewagtesten Kombinationen. Es war, als betete sie den »Steckbrief« nach, den unlängst eine namhafte Frauenzeitschrift über sie veröffentlicht hatte. So war es, genau so.

Als Hanna pünktlich um halb sieben in ihr Auto stieg, fühlte sie sich gewappnet. Sie würde dem Sommelier die Show stehlen und die bei der Glasprobe anwesenden Frauen gelb vor Neid werden lassen. Doch eine Prise Überdruß mischte sich schon in Hannas Vorwegnahme des Spektakels. Es würde wie immer sein, eine Ansammlung von reichen Langweilern, in die ihr Auftritt wie eine Bombe platzte. Knappe Corsage, darüber ein Gehrock, soweit es den Schnitt betraf. Das Material dagegen war durchsichtiger als ein Moskitonetz, die Hose saß wie eine zweite Haut, ihre Mähne wogte wild und rot, karottenrot. Sie startete ihren Wagen. Superpünktlich, es war erst zehn vor sieben. Ihr Lektor hätte seine helle Freude an ihr – was die Pünktlichkeit betraf.

Es war nach acht. »Sieht so aus, als ob die keinen mehr reinließen«, sagte der Taxifahrer, »ziemlich versnobte Gesellschaft, hatte schon drei Fuhren vor Ihnen. Mein Kollege hat vorhin sogar den Obermacker von dieser neuen Filmgesellschaft herkutschiert, wie heißt er noch gleich? Der stand heute noch groß in der Zeitung.«

»Ich auch«, sagte Hanna. Eigentlich wollte sie nur diesen Redefluß stoppen. Prominentengeil – widerwärtig!

»Sie? In der Zeitung?« Der Mann sah sie an, taxierte sie,

er widersprach ihr nicht, doch der Zweifel in seinem Mienenspiel war kaum zu übersehen.

Hanna wandte den Blick ab, tastete nach ihrem Portemonnaie und vermied es, in den Rückspiegel zu sehen, von dem sie wußte, was er ihr zeigen würde.

Warum, verdammt, war sie zurückgefahren und hatte sich so kostümiert?

Teuer, langweilig, Ton in Ton vom Hut bis zu den klassischen Pumps. Sie trug Saharabeige vom Scheitel bis zur Sohle. Was war plötzlich mit ihr los? Warum konnte sie auf einmal den Gedanken nicht ertragen, sich in einer Korsage, die ihre Mutter für frivole Unterwäsche hielte, erneut zur Außenseiterin zu machen? Das hier ist kein Kapitel aus deinem Roman! Wie wahr, nie im Leben hätte ihre Heldin Franziska sich von einem Taxifahrer als geltungssüchtige Person in Saharabeige abstempeln lassen.

»Vergessen Sie's«, sagte Hanna. »Wieviel macht's?«

Der Mann zeigte auf das Taxameter, rundete ab, bot ihr an, noch ein paar Minuten zu warten: »Nur für den Fall, daß Sie doch nicht mehr reinkommen. Kostet Sie auch nichts, ich hab' sowieso gleich Feierabend.«

Hanna lehnte ab. Brosamen waren nicht ihr Fall.

Jemand hielt eine Rede, es wurde geklatscht; durch die große Glastür machte Hanna eine Phalanx aus aufmerksam vorgebeugten Köpfen über weiß bezogenen Schalensesseln aus. Saubere Reihen. Sesselreihen. Tischreihen. Klatschreihen. Im Mittelpunkt funkelndes Glas, dazwischen Brotkörbe. Jetzt wurde das jeweils erste von sechs Gläsern angehoben, geschüttelt, sie konnte den Inhalt auf diese Entfernung nicht erkennen. Es sah verrückt aus, wenn an die zweihundert Menschen im Takt ein scheinbar leeres Glas kreisen ließen, von dem Hanna wußte, daß es mit dem

Munde geblasen war, aus einer Böhmer Glashütte stammte, auf eine mehr als zweihundert Jahre alte Tradition zurückblickte und unter dem Namen »Hochzeitsglas« Furore gemacht hatte. Die offene Kelchform war tödlich für jeden guten Tropfen, was ihre Eltern nicht daran gehindert hatte, ihr ein Dutzend davon zur Verlobung zu schenken, der Rest war zur Hochzeit gefolgt.

Ob Lisa auch schon ihre Gläser kassiert hatte?

Hanna hätte nun liebendgern das Angebot des Taxifahrers angenommen und sich zurückfahren lassen, doch dafür war es zu spät. Man hatte sie bereits gesichtet, sie mußte nicht einmal ihre Einladung vorweisen. Ihr Name stand zusätzlich auf einer Liste der geladenen Gäste und auf einem Schildchen an einem der langen Tische. Es war der letzte freie Platz, zu dem man sie führte, links ein Pfeiler, rechts ein höflich hochruckender Herr, zu dem auch eine Dame gehörte. Hanna nahm Platz, dann brach sie zusammen mit dem Vortrinker am Rednerpult einen akzeptablen Pinot Grigio und als nächstes einen Hermitage auf, dessen Duft sie an geröstetes Brot und schwarze Oliven und ihre letzte Reise nach Florenz erinnerte. Sie ließ sich nachschenken, ihr wurde warm, sie zog ihre Kostümjacke aus und spürte, wie ihre Hochsteckfrisur sich aufzulösen begann. Das Hütchen rutschte mit, und sie nahm es kurzerhand ab. Ihr Nachbar zur Rechten bückte sich nach den rieselnden Haarnadeln. Es sah lustig aus, wie er sich dort am Boden zu schaffen machte. Ein Kellner eilte ihm zu Hilfe, während Hanna nach dem fünften, dem bauchigsten Glas griff, in dem es nun purpurrot schimmerte. Ein Burgunder Grand Cru, samtig-dicht und im Abgang holzbetont, fast bitter, der König unter den Rotweinen. Dieses Glas faßte Unmengen, eingegossen wurde allerdings lächerlich wenig. Sie hielt das Glas gegen das Licht, beäugte es von rechts und von links, es änderte sich nichts an dem mickrigen Pegelstand, sie schnalzte mit der Zunge. Tzzz …

»Schmeckt er Ihnen nicht?« Das mußte der Typ sein, der eben ihren Haarnadeln hinterhergekrabbelt war. Eigentlich sah er nicht so aus, als ob er es nötig hätte, ein paar Klemmen nachzujagen, die im Drogeriemarkt ein oder höchstens zwei Mark kosteten, dachte Hanna und taxierte den Anzug, der garantiert nicht billig gewesen war. Nicht unbedingt ihr Fall, aber zweifelsfrei teuer, das galt auch für die Armbanduhr und die Dame, die an ihm klebte.

»Fingerhut«, sagte sie.

»Wieso Fingerhut? Das hier ist sogar ein extrem großes Glas, man nennt es spaßeshalber auch Goldfishbowl, weil sich glatt ein paar Fische darin tummeln könnten.«

»Könnten«, sagte Hanna klagend.

»Sie wollen, daß man Ihnen Goldfische …?«

»Ich will, daß man mir den Pott richtig vollmacht, verdammt!« Die Dame zwei Plätze weiter zuckte zurück, Hanna vermerkte es mit Genugtung. Es gab nichts Schlimmeres, als wenn eine Frau sich wie eine Klette an einen Kerl krallte. Auf die Tour würde sich nie etwas ändern.

»Das ist ein sehr ungewöhnlicher Wunsch für eine Dame, die meisten vertragen nur ein paar Tropfen, das gilt besonders bei diesen schweren Rotweinen. Angeblich ist die Gerbsäure schuld. Haben Sie keine Probleme mit der Gerbsäure?«

»Sehe ich so aus, als ob ich mit irgendwas Probleme hätte?« Hanna warf den Kopf zurück, ihre offene Mähne schwang locker hin und her. Ein paar karottenrote Haare blieben am Kinn ihres Nachbarn haften, die dunklen Bartstoppeln betätigten sich als Fangarme, was ähnlich komisch war wie der Aufschrei seiner Begleiterin. Bildete sie sich ein, Hanna wollte ihren Adonis, der keiner war, mit der Masche der Loreley betören?

Das Buffet war bereits eröffnet und Hannas Goldfischglas schon zum zweiten Mal mit dem Grand Cru aufgefüllt – Kleinvieh macht auch Mist –, als ihr Tischherr sich den Rückstau an den Meeresfrüchten zunutze machte, um das zuvor jäh abgebrochene Gespräch wieder aufzugreifen. Er fing bei den Problemen an, die sie offensichtlich nicht hatte, wie er betonte, um sodann zu seinen Problemen überzuleiten, wobei er mit einer vielsagenden Kinnbewegung auf die Warteschlange vor den Meeresfrüchten hindeutete. Leicht konfuses Zeug, das er sich da zusammenstotterte. Es dauerte eine Weile, bis Hanna dahinterkam, wie er sich die nächste Glasprobe vorstellte.

»Mein Keller ist bestens bestückt, Sie werden Ihre helle Freude daran haben, wir beide werden …«

Hanna stand auf, kein ganz einfaches Unterfangen, zumal nun ein Teller mit Langustenschwänzen auf sie zurückte, appetitlich arrangiert. Kurzerhand schob Hanna die Visitenkarte ihres Nachbarn in die Tischmitte, bevor sie auf den Ausgang zusteuerte. Sie war nicht mehr fit genug, um etwas von dem Streit zu haben, der sich hinter ihrem Rükken an dem unschuldigen Stück Pappe entzündete. Dieser Grand Cru hatte es in sich, und wenn sie Glück hatte, bescherte er ihr eine traumlose Nacht.

Wo der Lavendel blüht

Der alte Stadtkern war nicht größer als mancherorts ein Einkaufszentrum auf der grünen Wiese. Alles Fremde wurde in dieser Kleinstadt mit Argwohn betrachtet und erst recht jemand, der aus der Großstadt kam. Der kommissarische Leiter des Literaturtreffs, ein gebürtiger Berliner, war deshalb froh, daß er Harsewinkel endlich den Rücken zukehren durfte. Der Umbau und der Umzug an seine neue Arbeitsstelle hatten sich hingezogen. Ursprünglich sollte alles schon im letzten Herbst über die Bühne gehen, doch dann hatten eine Schlechtwetterperiode und der Rotstift der Kommune einen Strich durch die Rechnung gemacht. An allen Ecken und Enden wurde gespart, auch hier an seinem alten Arbeitsplatz. Zuletzt sollte Carl Bronnen sich sogar entscheiden, ob er lieber den Bestand an Büchern aufstockte oder in andere Dinge investierte, die erst einmal Lust aufs Lesen machten. Dabei schien es keine Rolle zu spielen, ob es sich dabei um eine Schmökerecke oder eine Dichterlesung handelte. Eine Schnapsidee von Bürokraten!

Er war kein Bürokrat. Carl hatte improvisiert und sich die richtigen Sponsoren gesucht, er konnte mit sich zufrieden sein. Doch er war es nicht, dafür wucherten unter der glatten Oberfläche dieser Kleinstadt zu viele andere Dinge. Der Tratsch im Schankraum seines Hotels hatte ihn aufmerken lassen. Der Apotheker, der Bürgermeister, der Metzger, der Arzt, lauter ehrenwerte Leute, kamen zu dem

Stammtisch in der »Landskrone«, ein Lehrer war auch dabei. Der Lehrer war der erste, der von dem Kollegen aus dem Nachbarort erzählte, dem eine seiner Schülerinnen etwas anhängen wollte. Er hatte auch von der Frau erzählt, die es gewagt hatte, den eigenen Kollegen beim Schulamt anzuprangern. Eine Nestbeschmutzerin, hieß es, darin war man sich einig. Im Umkreis von fünfzig, sechzig Kilometern hatte sich im Lauffeuer eine geschlossene Front gegen Lisa Altweg gebildet.

Lisa Altweg war die Frau, die Carls Leben eine völlig neue Wende geben sollte.

Er hatte diese scheinheiligen Sprüche nicht mehr hören können, in denen sich Empörung und Geilheit mischten. Die üblichen Witze über Ostfriesen oder Blondinen wurden durch detaillierte Schilderungen über ein kleines Luder ersetzt, das seinen Lehrer in die Bredouille bringen wollte: lupft sein Röckchen … setzt sich auf seinen Schoß … reibt sich … heizt ihm ein … will nicht hören … Ja, soll der Lehrer sie runterprügeln? Dann sperren sie ihn wegen körperlicher Züchtigung ein.

Er, Carl, hatte sich einmischen wollen, um diesen Pharisäern deutlich die Meinung zu sagen, doch der Schuß wäre nach hinten losgegangen. Zu festgefahren waren die Ansichten dieser Dorfgrößen. Er konnte sich nichts Widerwärtigeres vorstellen als das, was seit Jahren an jener Schule gelaufen und stillschweigend geduldet worden war. An diesem Punkt hörte für ihn jede Toleranz auf. In seinem Wunsch, etwas zu unternehmen, hatte er sich an die mutige Pädagogin gewandt, der ihr Schulleiter dadurch den Mund zu stopfen suchte, daß er sie offiziell zur Vermittlerin zwischen dem betroffenen Mädchen und seinen Eltern einerseits und Kollegium und Schulbehörde andererseits ernannt hatte. Doch diese Rechnung war nicht aufgegangen. Lisa

Altweg hatte vielmehr sehr eindeutig Partei für das Opfer ergriffen, das im Gegensatz zu dem Täter aus eher fragwürdigen Verhältnissen stammte.

Aber war das ein Grund, den Täter in Schutz zu nehmen? Ganz bestimmt nicht, und genau das hatte er ihr gesagt. Carl war zu ihr gegangen, hatte sich vorgestellt und ihr erklärt, wie sehr er ihren Mut bewunderte.

So hatten sie sich kennengelernt. An die weitere Entwicklung konnte er sich nicht mehr so genau erinnern; auf jeden Fall hatte es ihn nicht unbedingt gedrängt, in sein Hotel zurückzukommen. Der Abend war gerade erst angebrochen, und so hatte er sie auf einen Schoppen Wein ins nahe Bielefeld eingeladen, wo man trotz Kräutertee – darauf bestand sie für sich – noch andere Gemeinsamkeiten entdeckt hatte.

Auf den ersten Blick hätte er es nicht für möglich gehalten, daß es auch nur eine einzige Übereinstimmung zwischen ihnen geben könnte. Sie erschien ihm so unglaublich sanft, fast schon bieder. In Anbetracht ihres mutigen Engagements hatte er sie sich sehr viel forscher vorgestellt. Dennoch machte sie ihn neugierig. Hinter ihrer sanften Art verbarg sich etwas anderes, und das war, darauf hätte er schwören mögen, weder fad noch dumm und auf gar keinen Fall lau. Die folgenden Treffen mit ihr hatten etwas von der Operation mit einem Schälmesser. Man mußte sehr behutsam vorgehen, um an sie heranzukommen; nur wenn es um die Belange von Kindern ging, sprudelten die Worte aus ihr heraus. Er hatte sich vorgestellt, wie es wäre, wenn ein Mann diesen Wandel bewirkte. Und dann hatte er sich ausgemalt, wie es wäre, wenn er selbst dieser Mann wäre. Er wurde es auch kurze Zeit später. Nur noch wenige Wochen, dann war es auch offiziell soweit …

Der März war sein letzter Monat in Harsewinkel, im

Mai würde er seine neue Stelle in Bongsiel antreten. Seit dem Verlassen der Universitätsbibliothek, deren Leiter er einmal gewesen war, betätigte sich Carl als hauptamtlicher »Feuerwehrmann« im Kulturbetrieb. Er war heute hier und morgen dort, und irgendwann hatte er es aufgegeben, sich jedesmal eine neue Wohnung zu suchen, und es vorgezogen, im Hotel zu wohnen. Dennoch besaß auch er ein festes Heim. Jeder Mensch brauchte das. Sein Zuhause lag auf Amrum, er liebte die Insel, ihr Klima und die See. Wenn er ein paar Tage am Stück freihatte, fuhr er dorthin und ließ die Seele baumeln. Auf Amrum, bei ständigem Westwind, war er im Frieden mit sich und fand sein inneres Gleichgewicht wieder.

Demnächst würde er jedes Wochenende mit der Fähre auf die Nordseeinsel übersetzen können. Zu zweit, es war schon ein seltsamer Gedanke, in Zukunft zu zweit am Meer entlangzugehen, Hand in Hand in die Weite zu sehen, sich nur ab und zu nach einer Muschel zu bücken und nichts zu hören als das Kreischen der Möwen. Ob es Lisa gefallen würde? Wäre es ihr nicht viel zu spartanisch? Sie war die erste Frau, von der er annahm, daß sie sich dort wohl fühlen könnte. Er war sich aber keineswegs sicher, ein letzter Rest Zweifel blieb. Dabei wünschte er sich in letzter Zeit mehr und mehr, endlich einmal in beständigen Verhältnissen zu leben. Es mochte am Alter liegen. Neuerdings spielte er sogar immer öfter mit dem Gedanken an ein eigenes Kind. Lisa liebte Kinder über alles und gewann noch dem aufsässigsten Dreikäsehoch etwas Sympathisches ab. Sie würde eine phantastische Mutter abgeben. Allerdings war sie nicht mehr die jüngste, sie war nur sechs Jahre jünger als er selbst. Sie beide könnten schon junge Großeltern sein. Ob sie es wirklich wagen sollten, noch gemeinsam ein Kind in die Welt zu setzen?

»Sie sehen aus, als ob Sie ein dickes Problem wälzten. Gefällt Ihnen die Anordnung nicht?« Eine Stimme riß ihn aus seinen Gedanken.

»Anordnung?« Er sah auf. Einen Moment lang hatte er Mühe, das Gesicht der hübschen jungen Frau vor sich von dem anderen Gesicht zu trennen, das ihn so intensiv beschäftigte, das er nur ungeschminkt kannte, dessen Reiz sich erst auf den zweiten und dritten Blick erschloß, das er aber nicht mehr missen mochte.

»Die Stühle für die Lesung natürlich.«

»Zu viele«, sagte er hastig, »es sieht vollgequetscht aus. Es macht keinen guten Eindruck, wenn zu viele Plätze frei bleiben. Lieber ein paar Stühle dazu stellen, sollte der Ansturm wirklich größer als erwartet sein.«

Er überflog das Arrangement zwischen Büchertisch und Fenster, dicht an dicht reihten sich die Stühle aneinander. Wenn es nach ihm ginge, wäre das heute abend ohnehin anders gelaufen, doch er hatte sich bewußt davor gehütet, seiner Nachfolgerin dazwischenzureden. Jeder mußte eigene Erfahrungen und auch Fehler machen, aber nun hatte sie ihn ja gefragt. Es ging lediglich um die Sitzordnung, und er fühlte sich noch immer ein Stück weit verantwortlich. »Selbst bei unserem Sachbuchautor oder einem namhaften Politiker sind wir mit halb so vielen Stühlen ausgekommen«, fügte er hinzu.

Sie lachte auf, es klang amüsiert, beinahe, als ob sie sich über ihn lustig machte. Ein winziger Klecks Wimperntusche verirrte sich, sie hatte heute ganz entschieden zu kräftig in den Schminktopf gegriffen. Auch ihr Kleid war sehr viel offenherziger als ihre übliche Garderobe. Einen kurzen Augenblick argwöhnte er, sie trüge nicht einmal einen Büstenhalter, doch dann sah er weiter unten ein Stück Spitze blitzen. Halbschalen, trägerlos, schließlich war es nicht so, als ob er in derlei völlig unerfahren wäre. Mit bald fünfzig Jahren hatte jeder gesunde Mann seine Erfahrungen gesammelt, gute und schlechte, doch unterm Strich blieb anderes haften als zwei verführerisch dargebotene Brüste.

»Was gibt's da zu lachen?« Er fixierte den schwarzen Brösel in ihrer rechten Lidfalte.

Das Lachen verebbte und machte einem eifrigen Ausdruck in ihren Augen Platz. Seine Nachfolgerin hatte er als eine eher zurückhaltende Persönlichkeit kennengelernt, die ihre Worte genau abwog und mit Gefühlsausbrüchen geizte. Deshalb und wegen ihrer fachlichen Kompetenz hatte er sich vehement für sie eingesetzt. Ihre Begeisterung war völlig fehl am Platz. »Sie scheinen sich nicht darüber im klaren zu sein, was für einen Goldfisch wir uns da für heute abend geangelt haben«, sagte sie und bemerkte nicht einmal, wie verfehlt dieser Ausdruck »Goldfisch« war. Sie redete weiter, immer schneller, ließ sich von ihrer eigenen Begeisterung davontragen, doch er schwieg. Er mußte schweigen.

»Wir sind restlos ausverkauft, eine Hanna Altweg ist die Attraktion schlechthin. Und wer nicht gerade an Krücken humpelt oder allem Weltlichen abgeschworen hat, der ist mit von der Partie, zumal die Autorin gar nicht weit von hier aufgewachsen ist. Sozusagen ein Heimspiel, sonst liest sie nur vor Großstadtpublikum. Ich finde es ausgesprochen sympathisch, daß sie uns spontan zugesagt hat.«

»Hoffentlich sagen Sie das hinterher auch noch.« Er griff nach einem der Bücher, die auf dem Tisch vor ihm drapiert worden waren. Alle hatten dasselbe Cover, schon diese Abbildung in Hochglanz empfand er als geschmacklos, auch wenn es bei näherem Hinschauen nur ein Big Mäc war, über den sich ein pralles rotes Lippenpaar stülpte und den zwei junge Hände umklammert hielten. Vordergründig war es bloß ein Big Mäc, doch jeder assoziierte etwas anderes, und genau diese Absicht steckte dahinter. Er hätte sich gewünscht, nicht ausgerechnet auf diese Weise mit der Person in Kontakt zu kommen, der er früher oder später ohnehin begegnen würde. Lieber später, sagte er sich. Es war ein Fehler, heute abend überhaupt hierher zu kommen, eine Ausrede gab es immer.

»Übrigens möchte ich nicht, daß Sie Frau Altweg meinen Namen nennen. Ich werde mich im Hintergrund halten und mich in den letzten Reihen irgendwo dazusetzen. Es könnte sein, daß ich sowieso früher losmuß.« Eine Lüge, doch das stand ihm nicht auf der Nase geschrieben.

»Haben Sie Angst vor ihr? Sie soll die Männer gelegentlich ziemlich gnadenlos ins Gebet nehmen.«

»Ist ja interessant«, bemerkte Carl und versuchte betont gleichgültig zu erscheinen. Der Schock, als er hörte, daß ausgerechnet diese Person – er weigerte sich schlicht, sie Schriftstellerin zu nennen – demnächst mit ihm verwandt sein würde, saß ihm noch spürbar in den Knochen.

»Nun, sie kann natürlich auch ganz anders sein, das macht wohl gerade ihren Reiz aus. Wenn man der Presse nur die Hälfte von dem glaubt, was sie schreibt, so ist ihre neueste Heldin Franziska tatsächlich ein Stück weit sie selbst.«

»Ein ziemlich durchtriebenes Frauenzimmer«, sagte er wie aus der Pistole geschossen.

»Ja«, die Frau rückte an der Spitze in ihrem Ausschnitt und brachte die beiden Brüste zum Schaukeln. Es steckte bestimmt keine Absicht dahinter, dennoch hatte es für ihn den Anschein, als ob der bloße Gedanke an diesen trivialen Roman sie dazu trieb, ihre eigenen geschlechtsspezifischen Merkmale ins rechte Licht zu rücken. »Ja«, sagte sie noch einmal, »diese Franziska ist zweifelsfrei ein Luder, aber was für eins!« Sie schien tatsächlich voller Bewunderung für die bedauernswerte Protagonistin aus Hanna Altwegs Roman zu sein, was Carl erst recht wütend machte.

Engagierte er sich etwa als Mann für den Schutz des anderen Geschlechts vor sexuellen Übergriffen, damit sich sogar eine intelligente Frau wie seine Bibliothekarin von der Schmuddelgeschichte eines Teenagers, der einen Mann wie einen Big Mäc verschlang, fesseln ließ?

Für Carl war das der blanke Hohn, alles in ihm wehrte sich dagegen, derlei in seinem Metier Vorschub zu leisten. So etwas war keine Literatur und gehörte nicht zwischen zwei Buchdeckel und erst recht nicht in eine öffentliche Bücherei.

»Offen gestanden glaube ich nicht, daß man so etwas auch noch unterstützen sollte. Es kommt mir vor wie ein genetischer Defekt, den man anstaunt und hochhält, einfach weil man ihn nicht einordnen kann. Für junge Leute reichlich gefährlich, fürchte ich.«

»Sie können beruhigt sein, die meisten Karten sind an ältere Semester weggegangen.«

»Wie alt sind die Frauen im Schnitt, die heute herkommen?«

»Von dreißig bis fünfzig und darüber hinaus, schätze ich, der Anteil der Männer ist übrigens beachtlich. Haben Sie den Roman von der Altweg eigentlich selbst gelesen?«

»Ich habe angefangen, irgendwann habe ich das Buch zugeschlagen, ziemlich früh. Wer tut sich so was schon freiwillig an, wenn er eine Bibliothek wie diese zur Verfügung hat?«

»Ich zum Beispiel, und wenn ich ganz ehrlich bin, so hat mich die Story dieser Franziska mitgerissen; plötzlich konnte ich gar nicht mehr aufhören. Man muß ja nicht mögen, was sie tut, aber irgendwie ist es doch plausibel und konsequent – dazu ihre Herkunft, sie kommt quasi aus der

Gosse. In gewisser Weise hat es mich befriedigt, als sie nicht diesem reichen Knacker mit seinem roten Luxusschlitten erlegen ist, das wäre irgendwie billig gewesen.«

»Silbern«, verbesserte er, »er war silbern.«

»Ach ja.« Ihr Blick sprach Bände; zu spät fiel ihm ein, daß diese Szene die letzte in einem Buch war, von dem er angeblich nur ein paar Seiten gelesen hatte. Am liebsten wäre er auf der Stelle verschwunden, schließlich konnte er schlecht preisgeben, warum er sich diese Lektüre angetan hatte. Nicht freiwillig, soviel stand fest, sondern sozusagen aus familiären Gründen; er hatte sich verpflichtet gefühlt, ein Machwerk zu lesen, von dem sogar die Presse behauptete, daß es autobiographisch sei. Man mußte schließlich wissen, was über die Schwester der Ehefrau geschrieben wurde. Er hätte es trotzdem bleiben lassen sollen. Der Text war gewalttätig, glorifizierte einen sexuellen Beutezug, egal wie süß das Lächeln dieses Teenagers war, den eine fast Vierzigjährige sich zur Heldin erkoren hatte.

Warum tat Hanna Altweg das?

Der Unterschied zu ihrer älteren Schwester Lisa hätte größer nicht sein können. Carl konnte kaum glauben, daß die beiden tatsächlich Kinder ein und derselben Eltern waren. Um ihre Zwillinge scherte Hanna sich einen Teufel, sie hatte sie einfach im Stich gelassen. So etwas hätte Lisa niemals übers Herz gebracht. Welche normale Mutter tat das auch? Nach allem, was er gehört hatte, füllte Hanna Altweg ihr Leben lieber mit häufig wechselnden Männergeschichten aus. Er hatte selbst Frauen diesen Typs kennengelernt; auch in seinem Leben hatte es Zeiten gegeben, in denen es ihn nicht lange bei ein und derselben hielt. Doch damit war jetzt Schluß. Nie mehr! Er hatte es sich geschworen, als er dieses Häuschen auf Amrum kaufte, wo er sicher vor solchen Frauen und vor sich selbst war.

Wie sehr mußte Lisa als die ältere Schwester gelitten haben. Hanna hatte einfach alles bekommen, was sie wollte. Immer schon. Sie litt heute noch, das stand für ihn fest. Für eine Frau wie Lisa mußte es einfach unbegreiflich sein, wie jemand ganz nach Lust und Laune heute dies, morgen das tun wollte, als ob das Leben nur ein Spiel wäre, dem bald ein neues folgte. Aber es war kein Spiel.

Ohne Hanna Altweg auch nur einmal gesehen zu haben, wußte Carl Bronnen, daß diese Frau Gift für ihn war.

Hanna hatte fast vergessen, wie es hier aussah. Die letzten sechzig Kilometer mußte sie über die Landstraße fahren. Sie passierte unzählige Ortschaften, erinnerte sich, erkannte die Kapelle hier und die Koppel dort. Da hinten hatten sie immer Äpfel geklaut, die nicht einmal besonders lecker waren, aber am strengsten bewacht wurden. Den Bauern konnte es egal sein, wenn man ihnen ein paar Äpfel oder Birnen stibitzte, die andernfalls herabfielen und verfaulten, es ging ihnen auch nicht um das Obst, sondern um das Prinzip und die Einhaltung von Geboten. Du sollst nicht stehlen! Punkt. Amen. Der Besitzer der größten Obstwiese jedenfalls hatte immer den Oberaufseher gespielt, und es war nur natürlich, daß sie sich als Kinder gegen ihn verbündet hatten. Eine Bande, deren heimliche Anführerin Hanna gewesen war, und je heftiger Lisa protestiert und mit mütterlicher Bestrafung gedroht hatte, um so dreister waren Hannas Mutproben ausgefallen. Sie hatte den Köder für den Geizkragen gespielt, ihn mit ihrem kurzen Röckchen und einem unschuldigen Lächeln abgelenkt, und Lisa hatte nichts dagegen tun können, es sei denn, sie hätte ihre kleine Schwester verpetzt. Doch diese Blöße gab sie sich bekanntlich nie, egal wie verbunden sie diesen scheinheiligen Spießern von kleinauf war. Leute, die sich niemals freiwillig von ihrer Scholle fortbewegten. Leute, die jeden Sonntag in die Kirche gingen und lauthals über die Schlechtigkeit der Welt lamentierten. Und was war mit ihnen selbst? Es gab hierzulande genug Leichen im Keller, auch wenn kein Gerichtsmediziner jemals aktiv geworden war und jeder Verstorbene seine liebevoll gepflegte Grabstätte erhielt. Sie, Hanna, war nicht umsonst aus ihrer Heimat geflohen …

Das war vor vier Jahren gewesen, und abgesehen von den paar Besuchen in ihrem Elternhaus hatte sie sich in dieser Gegend nicht mehr blicken lassen. Nun hingen seit ein paar Tagen überall in Harsewinkel und Umgebung Streifenplakate von ihr aus. »Hanna Altweg liest aus ihrem Roman *Mit beiden Händen.*« Ihr Foto darauf war schon älter, die bräunliche Verfärbung Absicht, der Bezug zwischen den Jugendjahren der Autorin und ihrer jugendlichen Heldin sollte betont werden, eine PR-Masche, nicht mehr. Wie würde dieses alte Foto in ihrer Heimat wirken? Würde es die Erinnerung an jene Hanna wiederbeleben, die sie persönlich kannten? Die über dreißig Jahre lang dazugehört, beizeiten geheiratet und zwei Kinder bekommen hatte, bevor sie ein Haus erbte und dann plötzlich durchdrehte?

Hanna bremste, weil sich unmittelbar vor ihr an der Kreuzung ein doppeltes Hindernis auftat. Ein Auto mit Anhänger und eins ohne, die beiden Fahrer hatten die Fenster nach unten gekurbelt und hielten offenbar ein Schwätzchen, einfach so. Ihr war spontan danach, zu hupen und durchzubrettern, ihnen einen kräftigen Schrecken einzujagen. Sie schätzte den Abstand ein, es könnte klappen, einer der beiden Männer sah nun auf, sah sie an, nickte. Sie nickte zurück, versuchte sich auf das nicht mehr junge, aber auch noch nicht alte Gesicht zu besinnen. Sie taxierte es auf Anfang Vierzig, verspürte einen Stich, er könnte in ihrem

Alter sein. Einer aus ihrer alten Bande? Vom Gymnasium, zu dem sie alle zusammen mit dem Bus fuhren? Damals war die Verkehrsanbindung noch schlechter gewesen als heute für die Zwillinge. Der andere Mann war fast schon kahl auf dem Kopf, doch auch er lächelte nun so, als ob er Hanna wiedererkennen würde.

Hanna wartete, bis sie ihr endlich freiwillig Platz machten, froh, daß sie auf diese Entfernung nicht erkennen konnten, wie durchsichtig ihre Bluse war, ganz zu schweigen von ihrer nabelfreien Hose. Seit Wochen trug Hanna bei ihren Lesungen Kleidungsstücke, die typisch für das Lebensgefühl der Jugend von damals und heute waren. Alles zielte auf Provokation, dahinter der Wunsch, diesen und jenen Typ in die Knie zu zwingen, daran hatte sich nichts geändert. In einer Stadt wie Köln konnte man in einem gewagten Aufzug am hellichten Tag über die Domplatte bummeln, zumal modische Verrücktheiten längst nicht mehr das Privileg der Teenies waren. In ihrer alten Heimat jedoch galten andere Regeln. Alles, was aus der Großstadt kam, war per se verdächtig. Die eigenen Torheiten hatten spätestens mit dem ersten Kind aufzuhören, und wenn die Mutter von zwei Versmolder Teenagern sich halbnackt präsentierte, wäre der Skandal perfekt. Wollte sie das? Wollte sie ihre Kinder wirklich mit hineinziehen? Ihnen das Leben hier unnötig schwermachen? Wasser auf die Mühlen geben, die ohnehin fleißig mahlten …

Die Straße beschrieb nun eine Kurve und entzog Hanna den neugierigen Blicken. Sie bremste erneut, stieg aus, klappte den Kofferraum auf, begutachtete den Inhalt ihres Köfferchens mit den Augen der Menschen, die eine Lisa Altweg zur Vertrauenslehrerin oder zur ehrenamtlichen Vorsitzenden des Blumenzüchtervereins wählten. Hanna sagte sich, daß sie es sich in dieser Aufmachung nur unnötig schwermachte. Und mit den Passagen, die sie andernorts las, katapultierte sie sich hierzulande womöglich selbst ins Aus. Deshalb bürdete sie sich nicht eine Lesung in einer Bücherei auf, die kein Mensch kannte. In tiefster Provinz, in der die Scheinheiligkeit blühte.

Wir freuen uns, die Verlobung unserer Tochter Lisa …

Hanna sah auf die Uhr, überschlug die Zeit, die sie bis nach Bielefeld und wieder zurück brauchte. Es wurde knapp, aber ohne sie würde die Lesung nicht anfangen, es mußte klappen. Sie machte kehrt, kaufte Jeans und dazu eine Hemdbluse und ein T-Shirt, zog sich auf der Toilette eines Eiscafés um, erntete erstaunte Blicke von den Jungs, die ihr hinterhergepfiffen hatten, als sie ankam, bestellte einen doppelten Espresso und dazu einen Grappa, der seifig schmeckte. Sie begann, die Lesezeichen in ihrem Roman umzustecken, strich Sätze, ganze Absätze fielen ihrer Zensur zum Opfer; dafür nahm sie Stellen auf, die bewiesen, daß sie sich in der Zeit auskannte, die ihre jugendliche Heldin geprägt hatte. Die Schilderung von politischen Hintergründen und kulturellen Strömungen wurde, wie sie wußte, sehr gern als Gradmesser für das Können eines Schriftstellers genommen, außerdem war sie garantiert unverfänglich. Also fügte Hanna zusammen, was sie über den Tod von Mao, den Triumph von »Gold-Rosi«, die Königshochzeit in Schweden, das Erdbeben im Friaul oder die Trennung von Ike & Tina Turner geschrieben hatte. Am Ende war sie selbst erstaunt, wieviel Zeitgeist sie um ihre Heldin herum gesponnen hatte.

Jetzt war es genug, das reichte. Sie hob die Hand, winkte dem Kellner, sah auf ihre Armbanduhr aus Blattgold mit den römischen Ziffern. Gleich acht. Um acht Uhr sollte ihre Lesung beginnen, und sie mußte noch über fünfzig Kilometer Landstraße hinter sich bringen.

»Ob sie in einen Stau geraten ist?« Die Bibliothekarin schob zwei Finger zwischen die Lamellen der Jalousie, spreizte sie und sah angestrengt durch die Ritze hinaus in die Dunkelheit; nicht zum ersten Mal, sie war sichtlich nervös. Die Frage war mehr ein Flüstern, denn sie galt nur dem Kollegen und sparte bewußt die voll besetzten Stuhlreihen aus.

»Vielleicht hat sie es sich anders überlegt.« Hoffentlich, dachte Carl und wußte gleichzeitig, daß dieser heimliche Wunsch nicht fair war, weil er die Bemühungen seiner Nachfolgerin torpedierte. Aber diesmal war ihm das Hemd näher als der Rock.

Er bezog die Unruhe im Raum auf die Frau, die ihre Leser nun schon seit fast einer halben Stunde auf sich warten ließ und nicht einmal anrief, womit sie gleichsam bestätigte, wie unwichtig ihr andere Menschen waren. Etwas wie Genugtuung machte sich in ihm breit. Er hatte recht gehabt mit seiner Einschätzung.

Das Telefon klingelte. Er zuckte zusammen, machte aber keinerlei Anstalten, den Hörer abzunehmen, obwohl der Apparat keinen Meter weit von ihm weg stand.

»So gehen Sie doch dran! Warum heben Sie denn nicht ab?« Die Bibliothekarin schob Carl beiseite und gewährte ihm einen tiefen Einblick in das ohnehin viel zu freizügige Dekolleté, riß den Hörer an sich, bestätigte ihm mit den ersten Worten, daß seine Hoffnung enttäuscht wurde: Sie kam doch noch, sie war fast schon vor der Tür, der Rest war Makulatur.

Nie im Leben nahm er ihr ab, daß sie in einen Stau geraten war! Nicht um diese Zeit und auf der Landstraße, die nach Harsewinkel führt. Typisch Großstädterin! Dabei kam sie aus dieser Region. Er würde es den Leuten nicht verübeln, wenn sie ihr Geld zurückverlangten und gingen.

Der Parkplatz war neu und fast bis auf den letzten Platz belegt, er faßte gut und gerne fünfzig Fahrzeuge. Wo steckten deren Besitzer bloß? Ob sie alle gekommen waren, um sie lesen zu hören? Normalerweise konnten es Hanna gar nicht genug Zuhörer sein, doch diesmal wäre ihr das Gegenteil lieber, zumal sie ganz entschieden über die Zeit war. Pünktlichkeit zählte hierzulande zu den wichtigsten Tugenden. Zahlreiche Bilder zuckten in ihr auf, wie sie als junges Mädchen und auch noch als junge Mutter fürs Zuspätkommen gemaßregelt worden war. Strafarbeiten in der Oberstufe und die Protokollführung auf Elternversammlungen im Kindergarten von Antonia und Paul; das alles war zwar in Versmold passiert, doch in Harsewinkel würde es nicht viel anders zugehen, es handelte sich um denselben Menschenschlag.

Hanna bemerkte zu spät, daß sie ihren Schirm im Auto vergessen hatte. Es regnete nun stärker. Sie hastete dennoch weiter, laut Wegbeschreibung waren es höchstens noch dreihundert Meter. Am Ende der Fußgängerzone, hieß es auf dem Blatt, das sich zu wellen begann. Es handelte sich um die Hauptstraße, sie erkannte die Häuser wieder, eine Klassenkameradin hatte über der Apotheke an der Ecke gewohnt. Sie hatten fast gleichzeitig entbunden, später hatten ihre Kinder zusammen im Sand gespielt; ob sie heute abend auch mit von der Partie war? Wie hieß sie noch gleich? Sonja? Nein, Swenja, sie hieß Swenja. Der Imbiß dort war neu. Es roch nach verbranntem Fett, obwohl hinter der Scheibe niemand zu sehen war. Ebensowenig wie auf der Straße, gespenstische Leere, keine hell erleuchtete Kneipe, kein Kino, an den Geschäften waren die Rollgitter nach unten gelassen, in den Häusern nur hier und da einzelne Fenster beleuchtet. Hanna fühlte sich wie ein Phantom, während sie über das Kopfsteinpflaster stöckelte. Die dünnen Absätze blieben immer wieder in der feuchten Erde der Fugen hängen, ratschten über die groben Kanten; die Schuhe paßten weder zu diesem Pflaster noch zu ihrer Verkleidung. Ja, sie fühlte sich verkleidet, und das machte die Sache nicht besser. Sie kam über eine halbe Stunde zu spät.

»Wir sind ausverkauft.« Ein junges Mädchen drückte von innen gegen die Glastür, die Hanna öffnen wollte.

»Aber ich bin die Autorin.« Hanna zeigte auf das Streifenplakat unmittelbar neben sich.

»A-u-s-v-e-r-k-a-u-f-t.« Dazu ein Kopfschütteln, unwillig, sie hatte Hanna nicht verstanden, geschweige denn erkannt. Der Regen war schuld. Die Dunkelheit.

»A-u-t-o-r-i-n.« Hanna tippte sich gegen die Brust.

Eine andere Frau näherte sich. Sehr schick, gute Figur, hübsches Gesicht, für hiesige Verhältnisse fast schon aufreizend gekleidet. Die Frau öffnete ihr. »Ich bin die Bibliothekarin.« Sie streckte Hanna die Hand entgegen, flüchtig, führte sie dann umgehend zu dem Podest, das angestrahlt war, weder ein Mikrofon noch das Blumengesteck fehlte, es gab sogar eine Tischdecke aus rotem Leinen mit Hohlsaum, das Stickgarn war blau, die Farben wiederholten sich in dem Kissenbezug auf dem Stuhl davor, ein Stück gute Stube eingebettet in einen Halbkreis aus Stühlen. Hanna vermied es, in die Gesichter ringsum zu schauen, entschuldigte sich für die Verspätung, wollte ihr Publikum schon wie gewohnt mit ein paar lockeren Worten über ihren Werdegang einstimmen und brach ab, bevor sie richtig angefangen hatte.

Sie hatte eben die Textstellen geändert, die sie vorlesen würde, nicht aber den Vorspann.

Sollte sie diesen Leuten auftischen, was sie sonst zu sagen pflegte?

Guten Abend, ich freue mich riesig, bei Ihnen in der Großstadt zu sein. Für ein Landmädel wie mich (Pause für den ersten Lacher) ist es das Größte, aus einem Kaff herauszukommen, in dem die geklauten Äpfel das Interessanteste sind (zweiter Lacher). Haben Sie auch schon mal Äpfel geklaut? (Schmunzeln.) Ich hätte ja auch lieber in meinen wilden Jahren ein paar Kondome mitgehen lassen, das sind bekanntlich die Klau-Hits schlechthin, aber da, wo ich herkomme, werden die abgezählt. Immer. Vom Apotheker und vom Ehemann und vom Pastor. Spätestens an dieser Stelle hatte Hanna ihre Zuhörer im Griff. Anderswo auf jeden Fall, aber nicht hier.

Wenn sie denen hier erzählte, wie sie sie sah, könnte sie gleich einpacken.

Hanna räusperte sich. Das Mikro knatterte. Ihre Pumps waren feucht, an einem Absatz war ein Blatt hängengeblieben. Am liebsten zöge sie die Schuhe aus, aber das ging nicht, also schob sie die Füße nach hinten und beugte den Oberkörper vor, weit vor. Die erste Reihe bestand nun aus Handtaschen, die, von jeweils zwei Händen umklammert, wie kleine Barrikaden auf dem Schoß aufgebaut waren; darunter Beine in Strumpfhosen und Hosen, aber keine einzige Jeans war dabei.

Wie hatte sie nur vergessen können, daß hierzulande jede Abweichung vom Alltagstrott mit entsprechender Kleidung gewürdigt wurde? Man hatte sich für ihre Lesung fein gemacht, nur die Autorin selbst fiel aus dem Rahmen. Warum, würde man sich fragen. Weil ihr dieses Publikum zu unwichtig war, um sich in Schale zu werfen? Weil sie ihren Zuhörern etwas vorschwindeln wollte? Jeder wußte doch, wie sie sich anderswo präsentierte. Leichtgeschürzt, passend zu ihrer Heldin, und nun kam sie als Pfadfinderin daher, fehlte nur noch das Tüchlein um den Hals. Man hatte sie erwischt, noch bevor es richtig losging. Du sollst nicht lügen! Amen.

»Ich dachte, das hier wäre eine Lesung.«

Der erste offene Affront, es wurde höchste Zeit, allerhöchste Zeit ...

»Ich freue mich, heute abend bei Ihnen sein zu dürfen. Vielleicht hat der eine oder andere schon einmal etwas von mir gehört ... (Keine Reaktion) ... Ich bin nämlich hier in der Nähe aufgewachsen, und meine erste Geschichte habe ich aufgrund eines Wettbewerbs in Bielefeld veröffentlichen dürfen, eine Kurzgeschichte. Vielleicht hat sie damals sogar jemand von Ihnen in der Zeitung gelesen, sie ist nämlich groß abgedruckt worden ... (Schweigen) ... Tja, und dann ging es weiter, heute schreibe ich eben längere Geschichten, Romane ... (Cover hoch und rasch wieder runter, die Illustration war zweideutig, sollte zweideutig sein) ... Manche Leute haben Schwierigkeiten damit, Fiktion und Realität auseinanderzuhalten, das sage ich lieber gleich vorweg. Dieses Buch erzählt die Geschichte eines Mädchens, das zu einer Zeit aufgewachsen ist, als man von Königshochzeiten träumte, den ersten Big Mäc kreierte und einen absoluten Nobody als Präsidenten der Vereinigten Staaten von Amerika begrüßte. Sie erinnern sich doch noch alle an die Schlagzeile *Peanut farmer is President*? ... (Schweigen) ... Jimmy Carter, das war Jimmy Carter, ein Erdnußfarmer und Erweckungsprediger ...«

»Ich dachte, die liest aus ihrem Roman.« Gemurmelt, trotzdem gut hörbar. Kopfnicken.

Hanna schlug das Buch auf, aus dem sie seit seinem Erscheinen vor knapp drei Monaten schon mindestens fünfzigmal gelesen hatte. Passagen, in denen Franziska den Zuhörer ansprang und mit ihren nicht immer sauberen Fingern nach allem griff, was sich ihr anbot. Hanna war daran gewöhnt, daß ihre jugendliche Heldin sie alle in ihren Bann zog, die einen früher, die anderen später, auch die Männer bildeten keine Ausnahme, gleichgültig, wie abfällig sie sich vorher oder nachher über das äußerten, was im Roman passierte. Es heizte ihnen ein, ließ sie mucksmäuschenstill werden, und wer sich nicht gleich im Anschluß ein Exemplar kaufte und von Hanna signieren ließ, der tat es unweigerlich ein oder zwei Tage später, das hatten ihr alle Buchhändler bestätigt. »Es ist ein Phänomen«, hatten sie gesagt, manche mit einem Hauch von Verachtung in der Stimme, obwohl sie gegen den Geldstrom, der sich ebenso in ihre wie in Hannas Kasse ergoß, nichts einzuwenden hatten. Der Rubel rollte, sie war schon in der vierten Auflage, ein Rekordergebnis bis heute abend.

Heute rollte der Rubel nicht. Die Handtaschen blieben Barrikaden, schoben an Hanna vorbei zum Ausgang, ließen sie mit einer hübschen Bibliothekarin zurück, die ihre Enttäuschung kaum noch verbergen konnte; oder vielleicht wollte sie es nicht einmal.

»Irgendwie hatte ich Sie mir völlig anders vorgestellt, Frau Altweg.«

»Es geht hier nicht um mich, sondern um meinen Roman, um die Geschichte eines jungen Mädchens namens Franziska.«

»Aber es hörte sich an wie eine Chronik aus der Mitte der siebziger Jahre, plötzlich war Ihre Franziska nur noch ein Anhängsel von gewonnenen Goldmedaillen und Präsidentschaftswahlen und Stars. Ich habe mich wirklich gefragt, was die Männer überhaupt an ihr finden. Und die Frauen, für mich war Franziska ein Wesen, das jeden um den Finger wickeln kann und sich von nichts und niemandem aufhalten läßt, so was wie eine Naturgewalt, nur schillernder, immer wieder anders.« Die Augen huschten über Hannas Gesicht, das T-Shirt, die Jeans und Schuhe, auf denen nun weißliche Kränze sichtbar wurden.

Die Schuhe konnte sie in den Müll werfen, den Rest auch, nie mehr würde sie sich so etwas antun. Nie mehr! Sie hätte einfach ihre Familie besuchen sollen, auch wenn sie es ansonsten vermied, dort öfter als zwei-, dreimal im Jahr zu einer Familienfeier zu erscheinen. Um die Kinder nicht zu verwirren, hatte sie gesagt, und das war nicht einmal gelogen, auch wenn es nicht die ganze Wahrheit war.

Wir erlauben uns, die Verlobung unserer Tochter Lisa …

Ob man ihrer Familie zutragen würde, wie unsterblich sie sich heute blamiert hatte? Daß sie ausgesehen hatte wie ein Anhängsel von allem möglichen, kein bißchen fesselnd, geschweige denn mitreißend? Es kam Hanna so vor, als hätte sie sich soeben das eigene Grab geschaufelt.

Es regnete noch immer. Die Straßenbeleuchtung war bescheiden, um elf Uhr lag in Harsewinkel der Hund begraben, und wer trotzdem noch nicht heimgehen mochte, der hatte lediglich noch in der »Landskrone« die Chance, ein Bier gezapft zu bekommen. Es war das einzige Hotel am Ort und hatte bis Mitternacht geöffnet.

Nach fast einem Jahr fand Carl Bronnen den Weg von der Bibliothek hierher im Schlaf, er putzte sich gewohnheitsmäßig die Schuhe auf dem Rost vor der Hoteltür und noch einmal auf dem Putzlappen ab, der bei feuchtem Wetter in dem Vorraum lag, von dem es rechts in den Schankraum und links hinauf zu den Hotelzimmern ging.

Carl zögerte noch. Ganz gewiß würde Hanna ihm bald folgen, und er wollte ihr auf gar keinen Fall begegnen. Sein Stillstehen wurde umgehend von der Wirtin registriert, der so gut wie nichts entging und die nun wie jeden Abend nach neun hinter der Theke stand, damit ihr Mann, der zugleich der Koch war, schon schlafen gehen konnte.

»Na, Herr Bronnen, wie war's?« Sie rief laut, das war ihm

peinlich, die letzten paar Zecher sahen schon auf. Er trat rasch näher, stützte sich auf den Tresen, es tröpfelte aus seinem Ärmel, er hatte seinen Regenschirm stehenlassen, das passierte ihm sonst nie.

»Nun, wie soll es schon gewesen sein?« Ob er einfach so tun sollte, als sei er gar nicht dort gewesen?

»Sie sind ein Geheimniskrämer, Herr Bronnen, nun sagen Sie schon, ob's so – na Sie wissen schon – war. Der halbe Ort war ja auf den Beinen, hätte mich selbst auch gern auf den Weg gemacht, aber mein Karl-Heinz muß um neun ins Bett, sonst kommt er morgens früh nicht aus den Federn, ist immer dasselbe, dabei hätte ich sie mir nur zu gern angeschaut. Ist sie wirklich so wie auf den Fotos in der Zeitung? Was hatte sie an?«

»Jeans und eine Bluse und darunter ein T-Shirt.« Nie im Leben hätte er gedacht, daß sie so auftreten würde. Niemand hätte das gedacht, die Leute waren enttäuscht, dafür hatten sie keine zehn Mark Eintritt gezahlt und sich obendrein den Hintern wund gesessen.

»J-e-a-n-s? Sie meinen, so ganz normale Jeanshosen?«

»Soll wohl sein.«

»Aber da muß doch irgendwas gewesen sein, was aus dem Rahmen fällt.« Die Hand der Wirtin glitt über den üppigen Busen, den der Büstenhalter, dessen Ränder sich durch den Pullover abmalten, kaum zu halten vermochte. Die falsche Schale, wohl auch das falsche Modell, dachte er und überlegte, was die Trägerin selbst oder ihr Mann bei diesem überquellenden Fleisch empfand. Lust? Offenbar dachte die Frau in diese Richtung, während sie ihre Brust streichelte. Wollte sie ihm einen Tip geben, wo Hanna Altweg ihre Reize gezeigt haben könnte?

Sie irrte sich, es war eine Verpackung gewesen, die einem dutzendweise über den Weg lief, und das galt keineswegs nur für die Kleidung. Er hatte recht behalten, auch in diesem Punkt hatte er recht behalten: Was heute abend als Literatur feilgeboten wurde, war jämmerlicher als der Versuch jeder x-beliebigen Hausfrau, mit ihrem Schulwissen zu glänzen. Geradezu peinlich.

»Sie hat von Maos Tod und der Wahl Jimmy Carters zum Präsidenten und der Hochzeit des schwedischen Königspaares erzählt und von der Eröffnung des ersten McDonald's in Deutschland.«

»Aber es ging doch um ganz was anderes! Dieses Buch soll doch d-i-e Enthüllung sein. Ich hab's ja noch nicht gelesen – wann komm' ich schon noch zum Lesen? –, aber ich hab' schon zu meiner Freundin gesagt, wenn sie damit fertig ist, soll sie's mir ausleihen. Es muß unglaublich zur Sache gehen, und in der Zeitung stand, daß es jede Menge Übereinstimmungen mit der Autorin gibt. Auf den Fotos sah sie nicht gerade sehr anständig aus, eher so wie von einem anderen Stern, allein die durchsichtige Bluse und nichts darunter, oder so gut wie nichts, deshalb sind doch die Kerle heute abend überhaupt hin, sogar solche, die sonst nie im Leben die Nase in ein Buch stecken ...«

»Sie hatte Pumps aus Reptilleder an«, sagte er und glaubte, die nassen Schuhe mit den hohen Pinnen vor sich zu sehen, die immer weiter unter den Stuhl gewandert waren, sich schließlich rechts und links um je ein Stuhlbein gehakelt und der vorgebeugten Gestalt etwas unglaublich Hilfloses gegeben hatten, gerade so, als wollte sie sich an den beiden Holzstecken festhalten. Sie mußte gleich kommen, jede Sekunde, er wollte ihr nicht begegnen, auf gar keinen Fall, andererseits ...

»Zapfen Sie mir noch ein Alt«, sagte er, »ich nehm's mit rüber, hier vorn ist es mir zu zugig.« Er zeigte auf die Nische hinter der Tür, wo man geschützt saß und doch alles mitbekam. Auf dem runden Tisch stand der Wimpel vom Schützenverein. Die Brüder waren die ärgsten, niemand sonst hatte so massiv gegen Lisa Front gemacht, als sie dem schmutzigen Treiben ihres Kollegen einen Riegel vorschieben wollte. Ein paar von den Schützenbrüdern hatte er bei der Lesung gesichtet, was garantiert kein Zufall war. Sicherlich hatten sie sich lüsterne Bekenntnisse versprochen, eine Fünfzehnjährige hier und eine Elfjährige dort, es war ekelhaft, es widerte ihn an. So gesehen war es gut, daß seine zukünftige Schwägerin sich als Chronistin der siebziger Jahre versucht hatte.

Als draußen endlich die Eingangstür aufgeschoben wurde, war er der letzte Gast im Schankraum, die Wirtin hatte schon abgeräumt, die Gläser ausgespült und angefangen, nebenan die Tische zum Frühstück einzudecken, deshalb hörte sie auch nicht, wie sich jetzt ihr letzter Hotelgast ins Haus schlich.

Wie konnte man auf solch hohen Absätzen so leise gehen? Was hatte sie so lange getrieben?

Er sah auf seine Uhr, so als ob er nicht wüßte, wie spät es war. Ihrem schleppenden Gang nach zu urteilen, schien sie müde und erschöpft zu sein. Kein Wunder, der Abend war ja alles andere als erfolgreich für sie verlaufen. Die Treppe schien ihr Mühe zu bereiten, es dauerte eine Ewigkeit, bis sie oben im ersten Stock anlangte. Er hörte sie mit dem Schlüssel klimpern, immer wieder schlug das Metall gegen das Türblatt, einmal polterte es sogar zu Boden. Er widerstand dem Impuls, aufzuspringen und ihr zu helfen. Er blieb sitzen, aber er hatte kein gutes Gefühl. Er kam sich schäbig vor, so als ob er etwas dafür könnte, wie dieser Abend für Lisas Schwester abgelaufen war.

Sie hatte karottenrote Haare. Nie zuvor hatte er eine Frau mit solchen Haaren gesehen. Schon rein äußerlich war sie das genaue Gegenteil ihrer Tochter. Carl mochte Antonia gut leiden. Sie ähnelte Lisa, hatte dieselben blauen Augen und schon jetzt diese winzige Falte zwischen den Brauen, wenn sie sich konzentrierte. Sie war sehr pflichtbewußt und im Gegensatz zu ihrem Bruder eine hervorragende Schülerin. Begabt und fleißig, das galt auch für den Tanzkurs, den sie besuchte. Wenn sie tanzte, verschwand die feine Kerbe an ihrer Nasenwurzel, ihr Rücken streckte sich, die Bewegungen wurden fließend, beim Flamenco wurde sie glatt ein anderer Mensch. Erstaunlich, daß sich Nichte und Tante ähnlicher waren als Mutter und Tante.

Einmal volltanken

Im Hellen sah der Parkplatz beinahe freundlich aus, an der weiß gekalkten Mauer wuchs Efeu, lediglich eine große Pfütze zeugte noch von dem Regenguß gestern abend. Hannas Schuhe fühlten sich noch immer klamm an, dafür paßten sie aber wieder zu ihrer Kleidung. Sie hatte die durchgeschwitzten Jeanshosen mitsamt Oberteil – sie konnte sich nicht erinnern, je so viel Schweiß abgesondert zu haben – in den Papierkorb ihres Hotelzimmers gestopft. Aus den Augen, aus dem Sinn, hatte sie gedacht, doch die Rechnung ging nicht auf. Ebenso wie sie keine Chance hatte, sich ohne Frühstück davonzustehlen.

»Aber Sie müssen doch frühstücken, Frau Altweg, das ist im Preis drin, ist schon alles bezahlt!«

Die Wirtin war aus dem Schankraum auf sie zugeschossen, wo bereits um neun Uhr früh die ersten Zecher an der Theke standen. Wahrscheinlich Handelsvertreter, sie hielten den Hotelbetrieb in solchen Orten am Leben. Zum Glück war niemand vom Vorabend dabeigewesen. Auch kein Einheimischer, der sich darauf berufen konnte, mit Hanna zur Schule gegangen zu sein oder zu den Auserwählten gehört zu haben, die ihre ersten Schamhaare oder ihre knospenden Brüstchen begutachten durften. Gratis. Im Gegensatz zu ihrer Romanheldin hatte sie niemanden zur Kasse gebeten, eher noch hatte sie für jede Liebkosung gezahlt. Dennoch überkam sie vor diesem Schankraum panikartig das Gefühl, sofort an den Pranger gestellt zu werden, wenn sie sich auch nur im geringsten auffällig benahm.

Sie hatte also dem Drängen der Wirtin nachgegeben und gefrühstückt. Ohne wirklich Appetit zu verspüren. Ein Kännchen Kaffee, ein Ei, eine und noch eine Scheibe Roggenbrot, dick belegt mit Wurst aus »eigener Schlachtung«, wie die Wirtin ausdrücklich betont hatte, die offensichtlich mit Hanna ins Gespräch kommen wollte. Die Neugier sprang der guten Frau aus den Augen. Nur die Lesung am Vorabend erwähnte sie nicht, was ein sicheres Anzeichen dafür war, daß Hannas Niederlage sich bereits rumgesprochen hatte.

Hanna lobte die Blutwurst und das Ei und bestätigte, daß sich viel in Harsewinkel getan hatte. Dann glaubte sie ein paar Minuten lang Ruhe zu haben, weil die Wirtin gerufen wurde. Sie verschwand treppauf.

Vielleicht hat einer der Vertreter einen Aschenbecher mitgehen lassen, dachte Hanna und stand auf. Die Gelegenheit war günstig. In ihrer Eile hatte sie wohl nicht achtgegeben und wäre um ein Haar mit einem anderen Gast kollidiert, der ihr vage bekannt vorkam. Er war nicht übermäßig groß, auch nicht gerade klein, schlank, ohne mager zu wirken, mit lichtem Haar, blond oder weiß, schwer zu sagen, nicht einmal seine Augenfarbe war eindeutig. Obwohl all dies auf Mittelmaß hindeutete, gehörte er nicht zu den Leuten, an denen man vorbeilief, egal wie oft man ihnen schon begegnet war. Es mußte an der Art liegen, wie er sich bewegte, sehr geschmeidig, man könnte sagen elegant, auch wenn er mit seiner Kleidung und seinem Haarschnitt signalisierte, daß er keineswegs als Beau angesehen werden wollte. Es war die seltsame Mischung aus Vorwärtslaufen und Verharren, die Hanna aufmerken ließ. Sie wollte sich bei ihm entschuldigen, weil sie ihn fast über den Haufen gerannt hatte, aber er sah weg. Also ging sie weiter auf die Tür zu, die hinaus auf die Straße führte, als die Stimme der Wirtin sie erneut stoppte.

»Halt, Frau Altweg! Ihre Hose, Sie haben Ihre Hose vergessen. Und die gute Bluse.«

Sollte Hanna leugnen, Besitzerin der Jeans nebst Bluse zu sein, welche die Putzfrau soeben beim Leeren der Papierkörbe in ihrem Zimmer entdeckt haben mußte? Nur kein Aufsehen, hatte sie gedacht und die Hand ausgestreckt. »Danke vielmals, habe ich glatt übersehen.«

»Das lag alles zusammengeknuddelt im Abfall.«

»Muß mir versehentlich reingerutscht sein.«

»Es sind sogar noch die Preisschildchen dran, aus Bielefeld.«

»So?« Hanna mußte der Frau, die ihr keinen Ton geglaubt hatte, das Zeug nahezu aus der Hand reißen. Man warf nichts weg, was nicht in Fetzen hing.

Vor der weißgekalkten Wand auf dem sonnigen Parkplatz stand ein Abfallbehälter. Hanna steuerte ihn an, streckte die Hand mit dem Kleiderbündel aus – und zog sie rasch wieder zurück. Einmal reichte, lieber schon fuhr sie die Staffage ihrer Niederlage im Auto spazieren. Wohin fuhr sie überhaupt?

Bestimmt besuchen Sie jetzt Ihre Kinder? Die leben doch auch gleich hier in der Nähe?

»Natürlich«, hatte Hanna geantwortet und gewußt, was die Wirtsfrau dachte, was alle hier dachten, was nicht einmal ein blutjunger Reporter aus der Großstadt zu begreifen schien: Versorgt werden war nicht leben, und wer sagte denn, daß sie leichten Herzens auf ihre Kinder verzichtete? Sollte sie laut wehklagen? Man würde sie fragen, warum sie dann überhaupt weggegangen war. Wegen ein paar Hirngespinsten? Man würde sie in eine Nervenheilanstalt einsperren, sie wäre nicht die erste aus der Familie, die dort landete. Nein, sie jammerte nicht, sie handelte lieber, ging vorwärts, ohne sich ängstlich umzuschauen. Antonia und Paul fehlte es an nichts, sie behielten ihr altes Leben und hatten die Aussicht auf ein anderes Leben, das mit jedem Tag, den sie älter wurden, näher rückte und an dem sie probeweise so oft teilhaben konnten, wie sie nur wollten. Aber noch waren ihnen das Fußballtraining und die Flamencostunden und natürlich auch die Clique wichtiger. Hätten sie erst einmal ihr Abitur in der Tasche, dann würden sie ihrer Mutter aus freien Stücken folgen, zuerst Paul und dann Antonia.

Während Hanna ihr Auto aufschloß, überlegte sie, was ihre Tochter wohl sagen würde, wenn ihre Mutter gleich ohne Voranmeldung auftauchte. Antonia hatte ganz eigene Vorstellungen von dem, was sich gehörte. Ihre Prioritäten setzte sie schon als Dreikäsehoch nicht nach Lust und Laune, sondern so, wie es ihrem Gerechtigkeitssinn entsprach. Es war kein einziges Mal vorgekommen, daß sie wie ihr Bruder den Wellensittich zu füttern vergaß oder bei den Hausaufgaben schummelte, nur weil ihre beste Freundin auftauchte. Im Gegensatz zu Paul ließ sie sich weder drängen noch ködern und entschied im Zweifelsfall immer zugunsten des Schwächeren, egal ob das nun ein Kanarienvogel oder ein Mensch war. Manchmal dachte Hanna, daß Antonia ihre Tante Lisa für schwach hielt und deshalb so demonstrativ deren Partei ergriff. Sie war eben noch zu jung, um zwischen Schein und Sein zu unterscheiden.

Und heute? Wie würde es heute sein? Hallo, Antonia, wollte nur mal sehen, wie du in deinem neuen Flamenco-Kostüm ausschaust. Oder hast du es etwa gar nicht bekommen? Und dann? Antonia könnte über ihrer Nasenwurzel diese nachdenkliche Falte entstehen lassen, die an ihrer Tante schon schlimm genug aussah, bloß daß die schon über Vierzig war. Endloses Schweigen und dann vielleicht die Mitteilung, daß der Rock und das Leibchen sehr wohl bei ihr eingetroffen waren und ihr nur nicht gefielen? Ebensowenig wie der Überraschungsbesuch aus Köln, was sie natürlich nicht laut sagen würde, doch als Mutter spürte man sofort, wenn einem das eigene Kind entglitt.

Hanna war nicht in der Verfassung, das zu verkraften. Außerdem mochte es sehr wohl sein, daß an diesem Samstag Schule war, zweimal im Monat war das so, leider konnte Hanna sich nie merken, für welche Samstage das galt. Und selbst wenn heute unterrichtsfrei war, mochte Antonia beim Flamenco oder bei Lisa sein. Was Paul betraf, so verbrachte er ohnehin jede freie Minute auf dem Fußballplatz. Hanna startete. Bevor sie den beiden gegenübertrat, mußte sie wissen, was wirklich lief. Deshalb war sie hier.

Seit Hannas Vater die unrentable Haltung von Schweinen und Kühen aufgegeben und als einer der letzten über die Hälfte seines Grund und Bodens verkauft hatte – zu spät, um noch kräftig abzusahnen –, sah es bei ihnen daheim völlig anders aus. Es roch auch besser. Pferde stanken eben nicht, und um diese Jahreszeit waren sie ohnehin die meiste Zeit draußen auf der Koppel. Es war ein ausgesprochen idyllisches Bild, das sich Hanna nun bot. Saftig grüne Wiesen, frisch gestrichene Holzgatter, rund ein Dutzend friedlich grasende Warmblüter, etwa die Hälfte davon Pensionsgäste. Der andere Teil gehörte zum festen Bestand der Reitschule, mit der ihr Vater sich über Wasser hielt. Der Stall grenzte unmittelbar an die mit dem Wohnhaus verbundene Laube, um deren Holzgitter sich die Rosen rankten, die der ganze Stolz ihrer Mutter waren. Auf dem Kopfsteinpflaster davor belauerte eine Katze zwei Kaninchen, die an einem Rosenstrauch nagten, eine Idylle, die von einer schrillen Frauenstimme unterbrochen wurde. »Wer hat schon wieder den Karnickelstall offengelassen? Hundertmal habe ich …«

Öfter, dachte Hanna und fühlte sich in die Zeit zurückversetzt, als dieses Nörgeln ihr galt. Wenn die Katze in den Hühnerstall gelangt, die Kaninchen aus ihrem Gehege entwischt waren oder die beste Milchkuh mit prallem Euter beim Nachbarn – einem Hungerleider und Tunichtgut, wie ihre Eltern behaupteten – verschwunden und gemolken wieder aufgetaucht war, dann richtete sich der Verdacht automatisch auf sie, obwohl Lisa theoretisch genauso als Schuldige in Betracht kam. Dann schwindelte Hanna das Blaue vom Himmel, erfand Landstreicher und Vergeltungsaktionen von Mitschülern und wartete förmlich darauf, daß Lisa sie Lügen strafte, doch das tat sie nie. Immer war die Mutter von Hannas Schuld überzeugt und sah mahnend den Vater an, damit er endlich ein Machtwort spräche, aber er schwieg. Aus Liebe zu seinem Nesthäkchen oder aus Bequemlichkeit, das ließ sich schwer sagen.

Gerd Altweg ging Auseinandersetzungen seit jeher lieber aus dem Weg. Er war auch nicht besonders redselig, bei seinen Tieren genügten ein Kraulen und eine Ration Futter, um sie bei Laune zu halten. Notfalls verbrachte er aber auch eine ganze Nacht im Stall, etwa wenn eine Kuh kalbte. Er war ein ebenso gutmütiger wie friedliebender Mensch. Wenn die drei Frauen unter seinem Dach sich nicht einig werden konnten, verschwand er einfach im Stall. Oft genug war Hanna ihm gefolgt. Außer den großen Tieren gab es dort auch jede Menge Katzen und Meerschweinchen und sogar einen Ziegenbock. Sobald ihre Mutter nach ihr rief, duckte Hanna sich, um nicht von der Stalltür aus oder durch das winzige Fenster der Futterkammer entdeckt zu werden. Herein kam Hannas Mutter nie, weil sie genau wie Lisa an Asthma litt und auf Tierhaare ähnlich allergisch reagierte wie etwa auf Pollen oder Nüsse und hundert andere Sachen. Der Vater hatte Hanna jedenfalls nie verraten und so getan, als ob er ihre Anwesenheit glatt vergessen hätte. Sehr mutig war er noch nie, auch wenn er damals einem Kraftpaket glich. Ohne seine Schweine und Kühe wirkte er auch äußerlich geschrumpft. Es tat Hanna weh, ihn jetzt so zu sehen.

»Ist ja schon gut, Liebes, ich sperr' die Ausreißer wieder ein, deinen Rosen ist nichts passiert.« Er bückte sich, entfernte hastig ein angeknabbertes Blatt, noch ein zweites, sein Handteller füllte sich. Als Hanna auf ihn zutrat, ließ er Rosenblätter und Grünzeug auf den sauber geharkten Weg fallen. Vor Schreck? Plagte ihn das schlechte Gewissen?

Wir freuen uns, die Verlobung unserer Tochter Lisa …

Es war beileibe nicht nur dieses heimliche Verlobungsspektakel, an dem er sich beteiligte, indem er nichts dagegen tat. Soweit Hanna zurückdenken konnte, hatte er sich aus dem Staub gemacht, wenn sie wirklich Hilfe gebraucht hatte. Er konnte ihr nicht weismachen, daß er nie, wirklich nie etwas von ihrer Not bemerkt hatte. »Papa …«, weiter war sie selten gekommen; manchmal hatten ihr die Tränen in den Augen gestanden, dann war er um so schneller abgetaucht. Das Vieh, ein Defekt an der Pumpe, auf einem Hof gab es vielerlei, um das man sich kümmern mußte. Um seine Jüngste hatte er sich nicht wirklich gekümmert. Weil er fürchtete, sie könnte ihn zu sehr aufwühlen?

»Hanna! Du?« Er wischte sich eine Hand an der Hose ab, erst die eine, dann die andere, sehr umständlich, was seiner Art entsprach, aber Hanna dennoch verdächtig erschien. Zuletzt hatte er sie an Heiligabend gesehen, die Ostereiersuche hatte Hanna verpaßt, weil sie ihr neues Buch in Genf vorstellen mußte. Fast vier Monate waren seit ihrem letzten Treffen verstrichen, wäre es da nicht normal, wenn er sie spontan in seine Arme schließen würde? So wie früher, wenn er mit ihr schmuste. Nur mit ihr, draußen in dem warmen Stall. Im nachhinein kam es ihr so vor, als ob er bei ihr gesucht hatte, was er bei seiner Frau und seiner älteren Tochter entbehrte. Lisa sträubte sich schon als Zehnjährige gegen jede überflüssige Berührung, auch darin ähnelte sie ihrer Mutter, die Hanna nie mehr als einen Wangenkuß mit dem Vater hatte austauschen sehen.

»Ja, ich.« Verletzt fügte sie hinzu: »Hoffentlich komme ich nicht ungelegen?« Sie beobachtete ihn genau, wartete auf seinen Protest und ein warmes Echo in seinen Augen, doch er wandte sich zur Küchentür um und formte beide Hände zu einem Trichter, was völlig überflüssig war, weil er sich noch eben auf dieselbe Entfernung problemlos mit ihrer Mutter verständigt hatte.

»Hanna ist da«, rief er.

»Hanna?« rief es zurück, dann polterte etwas zu Boden, ein Fluch folgte: »Vermaledeite Viecher, erst meine Rosen und dann …«

»Unser Nesthäkchen ist da«, Hannas Vater griff nach ihrem Arm, »einfach so, unsere berühmte Schriftstellerin«, seine Hand war rauh und blieb an dem hauchzarten Blusenstoff hängen, es war ihm unangenehm, ebenso wie der Blick auf den hautengen Körperstrumpf darunter. »Nun komm schon, Mutter!«

Hannas Mutter erschien mit je einem Kaninchen rechts und links, die Tiere zappelten wie wild, doch sie hielt sie fest am Genick gepackt und ließ ihnen keine Chance zu entweichen. »Sie waren in der Küche«, sagte sie. »Jetzt wollten sie tatsächlich auch noch den Feldsalat fürs Mittagessen anknabbern.« Und an Hanna gewandt: »Bleibst du über Mittag, Hanna?«

»Ich habe gerade gefrühstückt. In Harsewinkel, ich hatte dort eine Lesung.«

»So.« Sie händigte Hannas Vater die zappelnden Tiere aus, er schien froh zu sein, sich davonmachen zu können. Im Gegensatz zu seiner Frau war ihm deutlich anzumerken, daß er sich nicht wohl in seiner Haut fühlte. Sie warf einen Blick auf die verstreut liegenden Rosenblätter und das Grünzeug; über ihrer Nase tauchte die Kerbe auf, die Hanna zum Glück nicht geerbt hatte, dann glitten ihre Augen an Hanna hoch, registrierten die durchsichtige Bluse über dem Bodystocking, der Kurven betonte, die Hanna ebenfalls nicht ihr verdankte, denn sie war wie Lisa gleichmäßig kräftig gebaut. Nicht dick, aber eben auch nicht so schlank, daß Busen, Hüften oder Po markant hervorgehoben würden. »Ich habe gedacht, du liest nicht mehr in der Provinz«, sagte sie mit einer Stimme, die stets ein wenig zu hoch klang, um melodisch zu sein.

»Manchmal eben doch.«

»Du hättest es uns mitteilen können.«

»Es kam sehr plötzlich, genau wie eure Anzeige mit Lisas Verlobung in der Zeitung.«

Sie bückte sich, die Falte zwischen ihren Augen vertiefte sich, zuckte, es mußte sehr anstrengend sein, jedes winzige Blatt vom Weg aufzuklauben. Als sie wieder hochkam, schnaufte sie schwer. Wie ihre eigene Mutter und ihre Schwester – beide waren sehr früh gestorben – litt sie an Asthma. Sobald eine ihrer beiden Töchter als Kind gehustet hatte, hatte sie ihnen feuchte Tücher ins Zimmer gehängt und ihnen Eukalyptusbonbons zu lutschen gegeben. Hanna mochte die Bonbons gern und hatte deshalb oft einen Hustenanfall simuliert.

Jetzt ließ Hannas Mutter sich Zeit mit ihrer Antwort, bis auch das letzte Hüsteln verebbt war. »Nun, das ist so, Lisa wollte es nicht an die große Glocke hängen ...«

»Ich gehöre zur Familie.«

»Sicher, aber du hast doch sowieso kaum Zeit. Ursprünglich sollte es gar keine Anzeige in der Zeitung geben, aber in so einem kleinen Ort spricht sich nun mal alles blitzschnell herum, und nachdem Lisa dann noch ihre Stelle gekündigt hatte, erschien es uns einfach besser, den Stier bei den Hörnern zu fassen.«

»Sie bleibt nicht an ihrer Grundschule?« Schwanger, dachte Hanna, Lisa muß schon schwanger sein, nichts könnte sie sonst dazu bringen, ihre Schützlinge im Stich zu lassen. Hanna klangen ihre Worte im Ohr, wenn sie sich über Kollegen ausließ, die eine erste Klasse übernahmen und dann nicht bis zum Ende der Klasse vier behielten. »In diesem Alter ist das fatal«, hörte Hanna sie sagen, »da ist die Lehrerin so etwas wie eine zweite Mutter, das ist eine Verantwortung, die man nicht einfach abgeben kann, weil man vielleicht eine Stelle in Aussicht hat, an der eine Beförderung hängt oder zu der es weniger weit zu fahren ist. Das ist pädagogisch einfach nicht zu rechtfertigen.« Es sei denn, ergänzte Hanna stumm, man bekäme selbst ein Kind.

»Deine Schwester wechselt die Schule und die Wohnung, sie zieht ganz weg.«

»Sie zieht weg? Wohin denn?« Vier, bald fünf Jahre war Hanna nun aus Versmold fort. Jede Wette wäre sie eingegangen, daß Lisa nie und nimmer fortgehen würde. Was mußte passiert sein, wenn ihre bodenständige Schwester nach zweiundvierzig Jahren ihre Scholle verließ, die Wurzeln verleugnete, ihren Neffen und ihre Nichte und ihre erste Klasse im Stich ließ?

»Nun, eigentlich will sie auch nicht, daß wir ihre neue Adresse verraten.«

»Ich bin ihre Schwester.«

»Sicher, nur solltest du akzeptieren, daß sie in vielen Dingen anders ist als du, völlig anders. Sie braucht jetzt ihre Ruhe, es ist für sie ein sehr großer Schritt. Die Sache damals hat ihr schwer zu schaffen gemacht. Sie hat es nie so ganz verwunden und keinem Mann mehr so richtig vertraut. Sie war keine Frau, für eine Frau ist so etwas schon schlimm genug, manche tragen an so was ein Leben lang. Sie hätte daran zerbrechen können, sie war ja noch ein Kind.«

»Sie war fünf Jahre älter als ich.« Mit bald zwanzig Jahren war man kein Kind mehr. Wenn schon, war sie, Hanna, diejenige gewesen, der man nachsehen mußte, was sie getan hatte. Auch wenn man keine Ahnung von den wahren Beweggründen der knapp fünfzehnjährigen Hanna gehabt hatte, hätte man ihr ungestümes Naturell und ihre Jugend berücksichtigen müssen. Erst recht als Mutter. Jede Mutter, die ihr Kind liebte, hätte das getan. Ihre Mutter hingegen hatte es gutgeheißen, daß der Lavendel am Ende des Gartens mit Stumpf und Stiel ausgerottet wurde. Sie trugen ihr noch immer nach, was am Tag vor Hannas Konfirmation im Schutz des Lavendels passiert war.

»Du weißt nicht, wovon du redest, Hanna. Diese fünf Jahre Unterschied sind deiner Schwester zum Fluch geworden. Alles, was du mit deinem Kükengeruch abbiegen konntest, hat sich bei Lisa ins Gegenteil verkehrt. Es ist ein Wunder, daß es nun doch noch eine Chance für sie gibt. Mach sie ihr nicht kaputt, hörst du!«

Das »wieder« fehlt, dachte Hanna. Sie, Hanna, war eben die geborene Zerstörerin, diesen Ruf hatte sie in ihrer Familie weg, daran würde sich auch in hundert Jahren nichts ändern. Niemand wollte wissen, was von all dem aufs Konto der sanften Lisa ging. Hanna hatte geahnt, daß dieses Wiedersehen so ablaufen würde, trotzdem tat es ihr weh, von den eigenen Eltern als eine gebrandmarkt zu werden, der man nicht vertrauen konnte, die nur Ärger machte, der man besser nichts verriet. Dabei war sie keine Verräterin, ganz im Gegenteil.

»Ich besitze einen Computer, Mutter. Mit einem Computer und der entsprechenden Software weiß ich in Null Komma nichts, wo meine Schwester sich gemeldet hat. Sie und ein gewisser Carl Bronnen, so heißt er doch, nicht wahr? Soll ich im PC nachschauen?«

»Bongsiel«, ihre Fingerspitzen zermusten die Blätter, die sie noch immer in der Hand hielt, die nun wieder zu Boden fielen, aber diesmal bückte sie sich nicht. »Sie ziehen nach Bongsiel, genaugenommen sind sie schon umgezogen. Sie renovieren gerade, bis zum Ende der Osterferien wollen sie fertig sein, und dann unterrichtet Lisa schon an der anderen Schule. Deine Schwester hat ihre Versetzung zum Halbjahr durchgesetzt. Der Schulrat ist ihr sehr entgegengekommen, obwohl er sie natürlich nur ungern gehen läßt. Sie ist seine zuverlässigste Kraft und sehr beliebt. Es wird für uns alle nicht leicht sein, für sie selbst am allerwenigsten, sie hat bestimmt jetzt schon Heimweh.«

»Und warum geht sie dann weg?« Schulwechsel, hämmerte es hinter Hannas Schläfen, nicht schwanger, von schwanger war nicht die Rede, noch nicht, doch etwas war trotzdem im Busch.

»Es gab ziemlichen Ärger wegen eines Kollegen, der sich schlecht benommen haben soll. Deine Schwester hat versucht zu schlichten, trotzdem sind die Wogen immer höher geschlagen, und wenn sie dabei nicht ihren zukünftigen Mann kennengelernt hätte, wäre sie womöglich daran zerbrochen. Stell dir das vor, da gibt es plötzlich Leute, die auf die andere Straßenseite überwechseln, wenn Lisa ihnen begegnet. Gegen den bewußten Lehrer läuft jetzt ein Disziplinarverfahren. Anfangs war er selbst dafür, daß Lisa als Schiedsfrau hinzugezogen wird, aber jetzt macht er nur noch Stimmung gegen sie. Es ist unbegreiflich, das teilt die Menschen hier in zwei Lager, und warum? Ausgerechnet wegen dem jüngsten Balg von diesem Betrüger. Ich kenne keine andere Elfjährige, die so dreist und verwahrlost ist. Rotzfrech, läßt sich nichts sagen, hängt noch im Dunkeln auf der Straße rum. Zweimal habe ich sie beim Rauchen erwischt und wie sie die Kippen bei uns über den Zaun geworfen hat: Im Grunde glaubt keiner, was sie über diesen Lehrer erzählt, nur deine Schwester. Lisa ist einfach zu gut für diese Welt, und wenn es um Kinder geht, vergißt sie jedes Quentchen Vorsicht. Aber das ist kein Kind mehr, egal was auf der Geburtsurkunde steht. So ist einfach kein Kind in dem Alter.«

»Du meinst die Kleine von Pitt?« Dem Nachbarn. Ein Hungerleider und Tunichtgut. Verdächtigt, vor Jahr und Tag die beste Milchkuh der Altwegs zu sich hinübergelockt zu haben. Großverdiener beim Verkauf von heruntergekommenem Land und Boden an die Kommune, die Hannas Vater zwei Jahre später nur noch einen Spottpreis bot, weil da schon das Geld für den geplanten Bau der Umgehungsstraße ausgegangen war und doch alles beim alten blieb. Pitt lachte sich ins Fäustchen, konnte sich ein neues Dach und einen Pool im Garten und sogar eine neue Ehefrau leisten, von der die Kleine stammte, die gut und gerne seine Enkelin sein könnte.

»Genau die. Der Apfel fällt bekanntlich nicht weit vom Stamm …«

Manchmal doch, dachte Hanna und sah dem Gesicht

ihrer Mutter an, daß sie dasselbe dachte. Einmal hatte sie es sogar laut ausgesprochen …

Es war warm gewesen. Schwül. Die Badetasche stand gepackt im Flur, daneben die Kühlbox mit gebratenen Koteletts und Kartoffelsalat. Seit Tagen wartete Hanna darauf, daß sie wie alle anderen an den Badesee fuhren. Sie besaß einen neuen Badeanzug, weiß mit roten Segelbooten darauf, die Biesen an dem angesetzten Röckchen und auch das Höschen darunter waren nur rot, der erste Anzug, den sie nicht von Lisa geerbt hatte. Sie war so stolz darauf gewesen, daß sie ihn gleich nach dem Kindergarten angezogen hatte und alle naselang wissen wollte, wann Lisa endlich aus der Schule komme. Wegen Lisa hatte Hanna drei Tage lang aufs Baden im See warten müssen, Lisa hatte wieder einen ihrer Asthmaanfälle gehabt.

Und dann kam Lisa, aber sie wollte erst ihre Hausaufgaben machen, und die Mutter pflichtete ihr bei. »Es ist sowieso noch zu warm«, hatte sie gesagt, aber das war nur eine Ausrede gewesen. Hanna war so, wie sie war, zu ihrem Großvater hochgelaufen. Sie wollte sich bei ihm beschweren, er würde sie verstehen.

Er verstand sie, obwohl sie ihn aus seinem Mittagsschläfchen gerissen hatte.

»Hanna! Hanna, wo steckst du denn? H-a-n-n-a …«

Sie war die Treppe hinuntergelaufen. Erhitzt, auch leicht beschämt, weil nun sie es war, die alle warten ließ. In ihrer Hand das Fünfmarkstück, das der Großvater ihr gegeben hatte. »Kauf dir ein Eis dafür, mein Hübsches!« hatte er gesagt. Das war noch nicht alles. Er hatte ihr obendrein zehn Mark für eine neue Badeente gegeben. Nicht in die Hand, er hatte ihr den Schein in das gesmokte Oberteil geschoben, wo es knisterte und kitzelte und zugleich ein Gefühl heimlichen Triumphs erzeugte. Die alte Ente war kaputt, nun konnte sie sie einfach gegen eine neue austauschen, und niemand würde etwas merken …

Sie merkten es doch. Die Mutter stoppte sie noch am Fuß der Treppe, sehr aufgeregt. Hanna hatte nicht verstanden, was sie so aufbrachte. Warum sollte sie dem Großvater nicht den wunderschönen neuen Badeanzug zeigen und sich Geld für ein Eis geben lassen? Sie hatte es laut gefragt, sehr laut, ihre Stimme war für ein so kleines Mädchen ausgesprochen kräftig.

»Weil wir es dir verboten haben, Hanna.«

»Und warum?«

Die Antwort waren sie ihr schuldig geblieben. Sie hatten mit einer Gegenfrage gekontert.

»War sonst noch was, Hanna?« hatte die Mutter gefragt und sie am Oberarm gepackt. So fest, daß es weh tat.

Hanna hatte den Kopf geschüttelt. »Nein, wieso?« Sie war rot geworden, hatte den Kopf rasch gesenkt, ihren Arm befreit und beide Arme vor dem Oberteil verschränkt, das ihr Geheimnis barg. Das war ein Fehler.

»Was hast du da, Hanna?« Die Mutter hatte zugegriffen, grob, hatte den Geldschein wie den Beweis für etwas Unsägliches aus Hannas Badeanzug gezogen, ihn geschwenkt und so seltsam gekeucht, wie sie es sonst nur tat, wenn ein neuer Asthmaanfall im Anmarsch war. Diesmal war es kein Asthma gewesen, das sie plagte. Sie hatte auch geweint. Weil sie ihrer Jüngsten die zehn Mark für eine neue Badeente neidete? Weil sie genau wie Lisa wütend darüber war, daß der Großvater die Jüngste bevorzugte?

»Ihr seid ja nur neidisch!« Hanna hatte mit dem Fuß gestampft.

»Hör auf! Hör sofort auf damit! Du mußt lernen, dich zu

beherrschen und zu gehorchen, es ist zu deinem eigenen Besten, Hanna, hörst du?«

Hanna hatte es gehört, aber sie hatte es nicht geglaubt. Sie wußte es besser. Sie waren an jenem Tag im Hochsommer nicht zum Baden gefahren, der Kartoffelsalat und die Koteletts kamen in den Kühlschrank, und ihr Geld – die gesamten fünfzehn Mark – kam in den Becher mit dem Geld für die Kollekte am Sonntag in der Messe. Hanna haßte die ewig kalte und düstere Kirche. Sie liebte den Badesee und ihren Großvater. Sie hatte sich geweigert, etwas zu versprechen, was sie nie halten würde. Dafür wurde sie bestraft. An diesem Abend durfte sie nicht einmal das »Sandmännchen« sehen. Statt dessen hörte sie, wie die Mutter es sagte. Zu Lisa, die ihre zehnjährige Vertraute war.

»Deine Schwester ist nicht wie du und wie ich und auch nicht wie dein Vater, sie ist aus einem anderen Holz geschnitzt. Sie kommt nach ihm, wir müssen ihr helfen, sonst verrennt sie sich in ihren Trotz, und eines Tages …« Dann war nur noch ein Schneuzen zu hören, zweifaches Schneuzen, und Hanna malte sich auf ihrem Lauschposten aus, wie sie einander Trost spendeten, weil sie mit einem Wesen geschlagen waren, das so völlig aus der Art schlug und dem sie im Geist der Nächstenliebe helfen mußten.

Hanna konnte sich vorstellen, wie diese Hilfe aussah. Darauf verzichtete sie gerne. Sie war stolz darauf gewesen, wie ihr Großvater zu sein, der einmal ein echter Abenteurer gewesen war.

»Hanna …« Die Stimme der Mutter riß Hanna aus ihrem Abstecher in die Vergangenheit. Mutter war älter geworden, sprach nun schleppend, so als ob es ihr Mühe bereitete, den Namen ihrer Jüngsten auszusprechen. »Du sollst nicht glauben … Es gibt Dinge im Leben …«

Hanna fiel ihr ins Wort. Sie ertrug das nicht länger. Noch immer nichts als Ausflüchte und Drumherumreden. »Worum geht's?« fragte sie knapp. »Geht es ums Mittagessen? Ich bleibe nicht, falls du das wissen willst. Ich werde die Kinder besuchen und dann ...«

»Ich würde mir das überlegen, Hanna.«

»Es sind meine Kinder.«

»Natürlich sind sie das, aber sie werden nicht dasein. Bei diesem Wetter sind die beiden hundertprozentig am Badesee, schließlich sind noch Ferien, oder hast du das vergessen?«

Hanna hatte es vergessen. Was für ein Armutszeugnis, dachte sie, wie konnte sie als Mutter nur vergessen, daß hier noch Ferien waren, während bei ihr in Nordrhein-Westfalen die Schule längst wieder begonnen hatte. Das kam davon, wenn man nicht zusammen wohnte. Sie begann, sich zu verteidigen, und spürte selbst, wie erbärmlich das alles klang. So, als ob der Job ihr wichtiger wäre, aber das stimmte nicht.

»Ich war doch in Genf, ich habe ihnen ein Päckchen geschickt und sie angerufen, eigentlich wollten sie mich besuchen, aber dann kam Antonias Tanzkurs dazwischen, und jetzt bin ich praktisch ständig auf Achse, ich muß gleich schon wieder weiter zum nächsten Termin.«

Offensichtlich erleichterte es ihre Mutter zu hören, daß Hanna dringend weiter mußte, das stand ihr im Gesicht geschrieben. Sie wollte nicht einmal wissen, wohin Hanna so dringend mußte, dabei war sie sonst versessen auf Details.

Hanna fragte sich, wohin sie wirklich mußte. Wollte. Sie rief ihrem Vater, der sich noch immer mit ein paar Salatblättern am Kaninchenstall zu schaffen machte, ein »Tschüs!« zu, zog das Holzgatter hinter sich ins Schloß, winkte noch einmal zurück, stieg in den Wagen und gab Gas. Nur weg!

Sie verlangsamte erst, als vor ihr die Tankstelle auftauchte, die sie schon angesteuert hatte, als sie noch als glücklich verheiratet galt. Fluchtpunkt, Treffpunkt – der Pächter der Tankstelle im Einzugsgebiet von einem Dutzend Dörfern unweit der 476 wußte schon vor etlichen Jahren, wohin der Trend ging. In den Dorfkneipen regierten die Alten, an der Tanke traf sich die Jugend, hier gab es alles, von Katzenstreu bis zur Weinflasche mit integriertem Korkenzieher und mehr, viel mehr, aber das war offiziell nicht im Sortiment und stand auch nicht auf der Preistafel. Hanna bremste.

Es war wie immer, sogar der Pächter war geblieben. Hanna erkannte ihn schon von weitem an seinem grellbunten Hemd, Marke Hawaiizauber, an dem er stets nur drei Knöpfe in der Mitte schloß, im Sommer wie im Winter, um viel nackte Haut und dunkel gekräuseltes Haar zu zeigen. Er bezeichnete sich selbst gern als »feurigen Typ«, daran erinnerte Hanna sich ebenfalls. Sein Naturell oder das, was er dafür hielt, war vielleicht auch der Grund dafür, daß er beide Augen zudrückte, wenn es um mehr als eine Tankfüllung oder eine Bockwurst, einen Kaffee aus dem Automaten oder eine Dose Bier ging.

War das noch immer so?

Die Zapfsäulen waren leer, was um diese Zeit nicht weiter ungewöhnlich war. Ein Stück weiter ein aufgebocktes Auto, darunter die Hosenbeine eines Blaumannes. Im Kiosk gesellten sich nun zwei kurze Kleidchen zu dem bunten Männerhemd, zwei Teenager mit einem Kasten Bier, der wenig später kichernd und triumphierend aus dem Glaskabuff heraus und zu den vier Motorrollern getragen wurde, die einen Kreis bildeten, in dessen Mitte etliche Jugendliche warteten und das Duo mit lautem Grölen empfingen. Das war schon früher so gewesen. Schüler oder

Auszubildende, die hier ihre Mittagspause verbrachten und die Mädels vorschickten, um das Verbot, Alkohol an Minderjährige abzugeben, zu unterlaufen und obendrein einen ordentlichen Rabatt herauszuholen. Musik dröhnte aus einem Recorder, altvertraute Songs schallten zu Hanna herüber, holten sie zurück in die Zeit, als sie noch daran glaubte, wie alle anderen zu sein, nur ein bißchen flotter. Da waren sie wieder, Neil Diamond mit »Beautiful Noise« und ein paar Minuten später Donna Summers lasziv ins Mikro gehauchtes »Love To Love You, Baby«.

Sie stieg aus, zögernd. Die jungen Leute beachteten sie nicht. Sie folgte dem Schild »Toiletten«, bog um die Ecke des Gebäudes: Eine Tür für die Frauen, gegenüber die Tür für Männer, doch der Korridor ging noch weiter, er war gut und gerne zehn Meter lang. Linker Hand trennten ihn ein Schaukasten mit alten Fußballpokalen, ein Aquarium mit exotischen Fischen und ein paar kümmerliche Grünpflanzen von dem schlauchförmigen Raum, der sich ebenfalls über die gesamte Längsseite erstreckte. Darin vier Waschmaschinen, eine Trockenschleuder, außerdem ein paar kreuz und quer stehende Klappstühle und je ein Automat für Waschpulver, Getränke und Kondome. Hanna vermutete, daß in dem winzigen WC kein Platz dafür war, dort kollidierte schon der Seifenspender mit der Tür. Der Fernseher in der Ecke existierte ebenfalls noch, einer der ersten Portablen und so wuchtig wie ein modernes Standmodell. Rechts gingen im Abstand von höchstens zwei Metern fünf nicht beschriftete Türen vom Korridor ab. Am Ende des Ganges stand »Zimmervermietung«. Das Schild war aus Pappe und nur mit Klebeband befestigt. Man sah, daß es schon des öfteren abgerissen worden war, vom Kleber waren braungelbe Streifen zurückgeblieben.

Hinter dieser Tür befand sich das Büro des Pächters, das

wiederum einen direkten Zugang zum Kiosk auf der Vorderseite hatte. Der Pächter betrieb die Tankstelle allein, zumindest war das vor fünf Jahren so. Niemand konnte ihm etwas anhaben, wenn er an übernächtigte LKW-Fahrer oder von einer Panne heimgesuchte Touristen eine von den fünf Kammern vermietete, die nicht größer als ein Hundezwinger waren und gerade mal Platz für ein Bett, einen Hocker und ein Waschbecken boten. Ein paar Leute aus der Gegend hatten versucht, ihm deshalb Ärger zu machen, und prompt den kürzeren gezogen. Vermutlich waren die Beschwerden von Leuten bearbeitet worden, denen nicht klar war, daß so gut wie keine Touristen und noch weniger Laster diese Strecke benutzten.

Es sei denn, sie hätten einen Tip bekommen, so wie Hanna kurz nach dem Umzug in das Haus ihres Großvaters …

Olaf hatte auf Hannas Drängen hin die alten Tapeten durch weiße Rauhfaser ersetzt und auch die dunklen Türen und Deckenbalken überstrichen, obwohl er das eigentlich für unsinnig hielt. Das Parkett hatte er sorgfältig abgedeckt, während er das Haus renovierte. Hanna war bei den Kindern geblieben und hatte Geschirr, Spielzeug und Kleider verpackt. Sie hatte alle Hände voll zu tun. Es drängte sie nicht, früher als nötig das Haus des Großvaters zu beziehen. Sie wußte nicht, warum das so war. Sie wollte es auch nicht wissen. Sie hoffte lediglich, daß die weiße Farbe an den Wänden etwas nützen und die Kinder glücklich sein würden. Sie wollte, daß es sich lohnte, diesen Schritt zu tun, der ihr wie das Balancieren über einen dünnen Steg vorkam, unter dem der Abgrund lauerte.

Es gibt keinen Abgrund, sagte ihre Vernunft. Es gab nicht den geringsten Grund, sich zu fürchten. Vielmehr sollte sie sich freuen, weil Olaf von jetzt auf gleich zu rauchen aufhörte, seinen Job in der Tabakindustrie an den Nagel hängte und gleich nach dem Umzug anfangen würde, das brachliegende Grundstück zu nutzen. »Viel zu groß für einen Garten«, hatte er gesagt, die pure Verschwendung. Er hatte ihr vorgerechnet, was sich in einer Zeit wie dieser mit Obst und Gemüse aus ökologischem Anbau verdienen ließe. Sogar Paul und Antonia hatten sich von seiner Begeisterung anstecken lassen. Eine Welle der Euphorie hatte Hannas Familie erfaßt, nur sie selbst war skeptisch. Sie begann die Fragen der Kinder, wann es endlich soweit sei, zu fürchten.

Dann war es soweit. Olaf hatte sich von einem ehemaligen Kollegen einen Lieferwagen geliehen. Die beiden luden gemeinsam all die vielen Kartons und auch die Möbel der Kinder auf, den Rest ließen sie stehen. Das Sofa, den Couchtisch, die Küche sowieso, sogar das Ehebett. »Eine Überraschung wartet auf euch!« hatte Olaf gesagt, und Hanna hatte nicht weiter nachgehakt. Die Kinder lärmten, und außerdem war da Olafs Kollege, der sie so ansah, als ob er hinter ihrer Erschöpfung und dem Gammel-Look, der mittlerweile untrennbar zu ihrem Dasein als Hausfrau und Mutter zu gehören schien, die andere Hanna witterte, die sie einmal gewesen war. Hübsch, vielleicht sogar schön, mit dem sehnsuchtsvollen Ausdruck der Abenteuerlust.

Die Überraschung war Olaf gelungen. Es roch noch überall nach Farbe, doch leer waren die Räume nicht. Olaf hatte sich einfach im Keller und auf dem Speicher bedient und zusammengetragen, was ihm gefiel. Und alles trug den Stempel von Ulrich Machill.

Bett, Schreibtisch, Likörschrank, Kanapee, Eßgruppe, klirrende Kristalleuchter und samtene Lampenschirme, und auf dem Podest im Erker wie auf einem Thron der Sessel, in dem der Großvater mehr oder weniger die letzten beiden Jahre in ihrem Elternhaus vor seiner Einweisung in jene Anstalt zugebracht hatte. Verschossener Brokat, über der Rückenlehne fehlte das Schondeckchen, das die Mutter alle zwei Tage ausgewechselt hatte. Die wulstigen Lehnen abgeschabt, an einer Stelle sah das Futter durch, ein blasses Rot wie verblichenes Blut, nicht größer als ein Fünfmarkstück, trotzdem sprang es ins Auge, wuchs und wuchs. Die Vergangenheit hatte Hanna mit aller Macht angesprungen, sie war mit einem Schrei zurückgewichen und hatte sogar den Teller mit Brot und Salz – ein Willkommensgruß der Nachbarn – fallen lassen. Die beiden Männer hatten sie angestarrt. Die Kinder auch.

»Bist du von Sinnen, Hanna?«

Sie hatte den Kopf geschüttelt. Hin und her, haltlos, sie hatte sogar den fremden Kollegen vergessen; es hatte gedauert, bis sie wieder sprechen konnte, eher schon war es ein Krächzen. »Der Sessel muß weg. Wo hast du ihn her? Es kann ihn gar nicht mehr geben …«

»Du siehst doch, daß es ihn gibt. Soweit ich weiß, hat dein Lieblingsopa darin gesessen, wenn er dir von seinen Abenteuern erzählt hat.«

»Sie haben ihn verschenkt. Ich weiß genau, daß sie alle Sachen verschenkt haben, die er mit zu uns nach Hause gebracht hat.«

»Sicher. Deine Eltern haben die komplette Einrichtung des Zimmers, das er bei euch hatte, an seine ehemalige Zugehfrau verschenkt. Den Sessel wollte sie nicht mehr, weil er ein Loch in der Lehne hat und zu sperrig ist. Ich habe ihn speziell für dich dorthin in den Erker gestellt. Das Loch kann man stopfen oder abdecken.«

»Nein, das kann man nicht. Niemals! Man kann es nicht stopfen und auch nicht abdecken.« Hanna hatte es geschrien, sie hatte auch geweint, der Kollege – er hieß Peter – war stillschweigend verschwunden, die Kinder hatten sich in den Garten verdrückt, und Olaf hatte angefangen, die Kartons auszuladen. Hanna hatte sich das Gesicht mit kaltem Wasser gewaschen und mit dem Auspacken begonnen. Abends hatte sie wie immer das Abendbrot gerichtet und mit Antonia und Paul den Ranzen für den nächsten Tag gepackt, besonders Paul vergaß oft etwas. Sie hatte das Kakaogeld abgezählt, in zwei Umschläge gesteckt und sie beschriftet. Kein Wort über das, was passiert war.

Sie hatte auch mit Olaf geschlafen. In dem Bett, in dem Ulrich Machill schlief, als er noch gesund und ein Held war. Ihr Held. Sie hatte geweint. Sie hatte noch einmal versucht, etwas zu erklären, was sie selbst nicht verstand. Vielleicht hatte sie gehofft, Olaf könnte ihr helfen. Er war ihr Mann. Er hätte wissen müssen, daß sie mit ihm ein neues Leben hatte beginnen wollen, fern von allen familiären Erinnerungen, fern von dem heimatlichen Mief und den dunklen Bildern in ihrem Kopf.

»Spinnertes Zeug«, hatte er gesagt und sich einfach umgedreht. Er war beleidigt, weil Hanna keinerlei Freude über seine Überraschung zeigen wollte.

Hanna schlief unruhig, zu unruhig für Olaf. Ihre Träume störten ihn. Und so zog er einfach auf das Sofa und ließ sie allein. Nicht einmal der Sex konnte sie für kurze Zeit zusammenbringen. Er hatte nur noch Augen für seine Gurken und Äpfel aus ökologischem Anbau.

Die Kinder gingen ihrer Wege, sie waren schon groß, neun Jahre alt, bald zehn. Da rief jener Peter an, der einmal Olafs Kollege war. Sie hatte schon vergessen, daß er so hieß: Peter.

»Hallo, Peter hier. Wollte nur mal hören, ob Sie's noch immer so schrecklich in Ihrem neuen Haus finden.«

Sie konnte sich an ihn erinnern. Er klang sympathisch. Er war der erste, der nicht von ihr erwartete, daß sie vor Glück über das neue Haus jubelte. Er hatte ihr von dieser Tankstelle an der 476 erzählt. Der Gedanke an die Tanke hatte sie nicht mehr losgelassen. So, als ob man dort alles auftanken könnte, was man brauchte, um weiter zu funktionieren. Nicht nur Sprit, hatte Peter gesagt, und das stimmte …

Es wurde zur Sucht. Es war ein Teufelskreis. Eine Dose Bier oder eine Tasse Kaffee, dazu eine Bockwurst und laut dröhnende Musik aus der Musik-Box, ein den Takt mitklopfender Fuß, ein Blickwechsel, dann der Gang zu dem nur provisorisch befestigten Schild »Zimmervermietung«, ein geflüstertes »Wir haben die vier, die eins, die …«, und schon lag sie in Armen, die ohne Gesicht blieben, nur warm und mitreißend waren, ohne sie je zu bedrängen. Peter war nur einer von vielen. Sie alle waren auf der Durchreise, hatten den Kopf voller bunter Träume, und nebenan schäumte und schleuderte die Wäsche, die noch zu dem alten Leben gehörte. Wäre Hanna nicht für immer aus Versmold fortgegangen, so wäre sie wohl daran zerbrochen. Für ein Doppelleben hatte sie nicht genügend Kraft …

Nun stand sie hier und fragte sich, warum sie angehalten und wie vor ein paar Jahren automatisch den Weg zum hinteren Teil der Tanke eingeschlagen hatte.

Ob es noch immer so war?

Hanna hörte zwei Männerstimmen hinter der Tür mit dem Pappschild, gedämpft. Verstehen konnte sie nichts, sie war zu weit weg, außerdem machte sich gerade jemand an einem der Automaten zu schaffen. Sie konnte nicht erkennen, um welchen Apparat es sich handelte, weil das Aquarium mit den Südseefischen und ein nicht eben schmaler

Rücken ihr im Weg waren. Das Lederblouson trug zusätzlich auf, die Hosen waren ebenfalls aus Leder, der unter den Arm geklemmte Helm kennzeichnete den Motorradfahrer, das schulterlange Kopfhaar war plattgedrückt. Ein Schrank von einem Kerl, der offenbar auf das Mädchen wartete, das sich gerade ein Getränk aus dem Automaten zog und dem anscheinend der Mut fehlte, das Kleid mit den dünnen Spaghettiträgern auf der nackten Haut zu tragen. Es hatte ein weißes T-Shirt darunter angezogen, was sehr brav aussah, genauso wie die farbigen Strümpfe in Häkeloptik und der lange Haarzopf, der jetzt hochwippte. Ein Geldstück schepperte, Hanna wartete vergeblich auf das Poltern einer Dose Cola oder Bier oder eines Päckchens Waschpulver, auf irgendein Geräusch. Ein Kondom. Nichts fiel so leise wie ein Kondom in den Ausgabeschacht.

Und der Mann dort drängte. »Nun mach schon, ich hab' nur noch 'ne halbe Stunde Pause, und ich hab' voll bezahlt.«

Hanna mußte sich zurückhalten, um nicht laut »Nein!« zu schreien. Am liebsten wäre sie zu dem Mädchen hingelaufen, hätte es gewarnt. Ein verückter Impuls, wie sie sich gleich darauf sagte. Was ging es sie an, ob ein fremder Teenager es mit diesem Kerl trieb? Der Zopf mochte schuld sein, Antonia trug ihr Haar genauso. Oder die Erwähnung von Geld. Ich hab' voll bezahlt. Das hieß ja wohl, daß mittlerweile nicht nur an den Zapfsäulen vorn gegen Barzahlung getankt wurde. Es erschien Hanna als eine Verunglimpfung des Ortes, der vor ein paar Jahren ihr einziger Fluchtpunkt gewesen war. Er war billig geworden.

Voller Widerwillen beobachtete sie, wie das Pärchen hinter der Tür mit der Nummer eins verschwand, verfolgte es in Gedanken, stellte sich vor, wie der bullige Typ die Kleine zur Eile antrieb: Turbo-Sex zum Ausgleich für die volle Stunde, die er bezahlt hatte und nicht mehr konsumieren konnte. Automatisch setzte sie Fuß vor Fuß, bis sie keinen Meter vor der »Eins« zu stehen kam, doch die Kammern waren deutlich besser isoliert als das Büro daneben. Auch hier ging es um Geld.

»Ich an Ihrer Stelle ...«, hörte sie den Besitzer der Tanke sagen, das Anschleudern einer Waschmaschine hinter Hanna schluckte die folgenden Worte; es ging weiter mit der Beschreibung eines Mädchens. Es ging zu wie auf einem Pferdemarkt, nur daß hier keine Tiergebisse verglichen wurden, sondern Alter und Typ. »Die Kerstin ist genausogut wie Ihre Mara, probieren Sie sie einfach mal aus, Mann, die sollten Sie sich nicht entgehen lassen. Knackig, die reinste Augenweide, noch in der Ausbildung, aber sie ist schon neunzehn, Sie können gern die Kopie vom Personalausweis sehen, ich weiß ja, daß Sie in dem Punkt besonders heikel sind.«

Das nächste Schleuderintervall aus dem Waschsalon zerriß die Antwort des anderen Mannes, bei dem es sich zweifelsfrei um einen Stammkunden handelte. Er wollte nicht, soviel bekam Hanna immerhin mit.

»Ich wollte Mara nur ganz kurz ..., aber wenn sie gerade keine Zeit hat ...« Drittes Rattern, dann bewegte sich die Türklinke. Hanna schaffte es gerade noch bis hinter den Schaukasten mit den Fußballpokalen, duckte sich, der junge Mann vor der rotierenden Metalltrommel warf ihr einen erstaunten Blick zu, der auf seiner Mara beharrende Kunde trat hinaus auf den Gang.

Hanna kannte ihn. Sie hatte ihn noch heute morgen im Hotel gesehen. Der freie Raum zwischen einem goldfarbenen und einem silbernen Pokal, bei dem bereits überall die Metallfarbe abblätterte, reichte aus, um ihn zu beobachten. Er wirkte unschlüssig, auch das erinnerte sie an die Begegnung im Hotel. Ein chronischer Zauderer? Bleiben oder gehen, Attacke oder Rückzug, die sich öffnende Tür der Nummer eins nahm ihm diesmal die Entscheidung ab.

»He, warte! So warte doch!« Es war das Mädchen mit dem Zopf, sein Gesicht hatte zum Glück keinerlei Ähnlichkeit mit dem von Hannas Tochter. Es war geschminkt, und billiges Parfüm war bis in den Waschsalon zu riechen. Die langen dünnen Beine steckten in solch hohen Plateauschuhen, wie sie zur Zeit wieder in Mode waren, doch die Strumpfhosen fehlten. Mintgrün, abgestimmt auf die Grundfarbe des Trägerkleids, das nun kein T-Shirt mehr brav aussehen ließ.

»Nein, nein!« Der Mann wehrte ab. »Ist schon gut, Mara. Ich wollte dir sowieso nur das da geben.«

Ein Umschlag? Hanna glaubte, daß es ein Umschlag war, den er der Kleinen zusteckte, doch die schien damit nicht einverstanden zu sein, sie schüttelte trotzig den Kopf.

»Ist das Geld? Ich will kein Geld für nichts. Warte noch fünf Minuten. Er geht sofort, er ist gleich fertig, seine Mittagspause ist sowieso vorbei, wenn ich gewußt hätte, daß du heute kommst ...«

Aus dem Inneren der Kammer ertönte Protest. Schimpfen. Dann folgte der Motorradfahrer von eben, die viel zu langen Haare zerzaust, die Lederjacke über dem Arm, ganz kurz sah es so aus, als ob er auf den anderen losgehen wollte, doch dann entschied er sich anders und peilte die Tür zum Büro an: »Ich werd' mich beschweren, ist 'ne Sauerei, da bezahl' ich für 'ne ganze Stunde, und was krieg' ich raus? Nicht mal fünfzehn Minuten und 'nen halben Interruptus, wo sind wir denn hier?«

»In einer Tankstelle.« Das war wieder der Stammkunde, der nun zwischen den beiden stand. Seine Stimme klang aggressiv, als er fortfuhr: »Habe ich Sie nicht neulich bei Tabakwaren Mölder hinter der Theke gesehen? Würde mich schon interessieren, was der alte Mölder von seinem Angestellten hält, der seine Mittagspause in einem Puff verbringt.«

»Und Sie? Was ist mit Ihnen?«

Stille. Ein Moment lang Stille. Dann verhalten: »Schon gut, es tut mir leid.«

Hanna glaubte, nicht richtig gehört zu haben. Nicht richtig zu sehen, die Gestalt, keine fünf Meter weit weg von ihr, schien alle Spannkraft zu verlieren, sackte förmlich in sich zusammen, störte sich nicht an dem höhnischen Auflachen des Motorradfahrers, der nun mit einem Blick auf die Uhr – »Scheiße!« – davonhastete, ignorierte auch die Hand des Teenagers, die nach dem Ärmel des Sakkos griff. Schwarz lackierte Nägel auf erzkonservativem Hahnentritt. Ein Bruch. Viele Brüche.

Ganz kurz vergaß Hanna alle Vorsicht und richtete sich auf, um den Mann an seinem Mienenspiel als Lügner oder zumindest als ausgekochten Taktiker zu überführen. Wo gab es denn so was? Ein Kerl, der halbe Kinder bumste – auch mit neunzehn waren sie noch Kinder – und nun an Gewissensbissen zu leiden schien. Warum? Hatte er Angst bekommen, oder zählte er zu den frommen Kirchgängern, von denen es hierzulande mehr als genug gab und die sich einbildeten, mit einem Sündenbekenntnis wäre alles vom Tisch, erledigt und vergessen?

»Es muß dir nicht leid tun, wirklich nicht. Warum sollte es dir leid tun? Ich war immer gern mit dir zusammen, das weißt du doch.« Der Spaghettiträger rutschte, wurde zurückgeschoben, einmal und noch einmal, das junge Gesicht rötete sich. Vor Eifer? Oder Wut?

»Du weißt nicht, was du da sagst. Du bist noch zu jung, um zu begreifen, was du dir antust. Aber ich bin alt genug, und ich hätte es wissen müssen, ich hätte nicht hierherkommen dürfen. Zigmal habe ich es mir gesagt, aber ich habe nicht durchgehalten. Verzeih mir, kannst du mir verzeihen?« Die Schultern vorgezogen wie bei einem alten Mann, den Kopf gesenkt, zwei Hände in einer flehenden Geste vorgestreckt. War das echt? Konnte das echt sein? Oder andersherum: Konnte dieses Ausmaß an Verzweiflung geheuchelt sein?

Obwohl Hanna sich dagegen wehrte, berührte sie das, was sie dort sah. Ein Mann, der Opfer seiner Gier war und darunter litt, so sehr litt, daß alles von ihm abfiel, was ihn heute morgen noch aus dem Mittelmaß hervorgehoben hatte. Nicht mehr elegant, ohne Drive, nur noch eine jämmerliche Gestalt.

Das Mädchen schien den Vorgang anders zu werten, es schob sich näher an den Mann heran, zutraulich, auch eine Spur kokett, so als ob plötzlich sie die ältere wäre. Sie faßte nach einer der dargebotenen Hände, legte sie sich über die nackten Schultern, drückte sich an das Sakko, schien sich ihre warme Höhle im Schutz dieser fremden Achsel bauen zu wollen. »Ich muß dir nichts verzeihen, ich habe es freiwillig getan …«

»Du hast es für Geld getan. Ich habe dich mit einem Hunderter gekauft. Ich habe gedacht, es wäre fair, ein glattes Geschäft, aber das ist es nicht.«

»Für dich tu' ich's auch ohne Geld. Ich brauch's nicht unbedingt, es ist nur für Kleider und so, manchmal kann ich einfach nicht widerstehen, und dann komm' ich her, es ist so einfach.«

»Können Sie wechseln?« hörte Hanna eine fremde Stimme sagen, während sich ein Geldschein zwischen sie und den Schaukasten schob.

»Wechseln?«

»Den Zwanziger, ich müßte noch an den Trockner, der

nimmt nur Münzen, ziemlich alte Kiste, und der Wechselautomat ist wieder mal am Arsch.«

Hanna tastete nach ihrer Tasche. Hatte sie überhaupt eine Tasche dabei? Griff nach dem Portemonnaie, Suchen und Klimpern, als sie wieder aufsah, begegnete sie dem Blick des Mannes, den sie heute morgen im Hotel »Landskrone« beinahe überrannt hätte. Er starrte sie an wie eine Erscheinung. Entsetzt, regelrecht entsetzt.

Kannte er sie? Hatte er gestern abend etwa ihre Lesung besucht? Ganz auszuschließen war es nicht, daß er mit von der Partie war. Egal, es konnte ihm egal sein, was sie über ihn wußte. Sie kannte nicht einmal seinen Namen, und es war mehr als unwahrscheinlich, daß sie sich jemals wieder über den Weg liefen. Sie würde auch nicht mehr zu dieser Tanke kommen, nie mehr. Aus. Vorbei. Was immer sie hier zu finden gehofft hatte, es war nicht mehr da. Aus Abenteuern waren Geschäfte geworden. Ein Hunderter die volle Stunde, Liebe zum Dumping-Preis, nur weg hier. Hanna ließ den Mann mit dem Zwanziger ohne Antwort und machte kehrt.

Bongsiel, sie würde nach Bongsiel fahren, sie hatte keinen Grund, mit ihren Fragen hinter dem Berg zu halten. Als Lisas einzige Schwester gehörte sie dazu, sie hatte diesen Abstecher in ihre alte Heimat nur auf sich genommen, um sich persönlich davon zu überzeugen, was hinter einer Verlobungsanzeige steckte, die man ihr vorenthalten wollte. Keine Schwangerschaft, soviel stand fest, eher schon ein Skandal, in den Lisa, die brave Lisa, ebenso wie ihr Zukünftiger verwickelt war. Was war los? Traute sich die Wahrheit endlich ans Tageslicht? Stück für Stück, so wie sich der blaßrote Stoff unter dem haltsuchenden Griff einer Kinderhand durch den Brokatbezug der Sessellehne gebohrt hatte?

Schmerz gegen Schmerz. Ihr eigener Schmerz gegen den von Lisa. Es war so schwer, sich den fremden Schmerz auszumalen, ohne sich schmutzig zu fühlen. Stets war es so, als ob der fremde Schmutz an ihr selbst hängenbliebe, sich ausbreitete, ihr die Luft zum Atmen nähme, sie in ein neues Abenteuer triebe. Schrill. Hektisch. Betäubend.

Sie dachte an ihre Kinder. Wenn sie an Antonia und Paul dachte, konnte sie wieder freier atmen, das war wie ein Schwall frische Luft. Sie würde tun, was sie tun mußte, und gleich danach die beiden besuchen. Sie könnte sie zu sich ins Auto laden und mitnehmen, sie hatten schließlich noch Ferien, und ein paar Tage Urlaub täten ihnen gut. Nur sie drei, sie würde ihnen einen Abstecher nach Paris oder London vorschlagen, das würde ihnen gefallen.

Was hätte Hanna mit vierzehn dafür gegeben, dorthin zu kommen? Das war Leben, pulsierendes Leben, dort kannte sie sich aus.

Familienbande

Während Hanna die Autobahn ansteuerte, kreisten in ihrem Kopf noch die Bilder von London und Paris. Shopping am Piccadilly, Bummel durch Soho, vom Vergnügungsviertel in die Royal Opera oder auch zu einem Fußball-Match ins Wembley-Stadion, ihrem Sohn zuliebe. Und für Antonia würde sie den Zauber der Grands Boulevards neu entfalten: Cité, Ville, Sorbonne, natürlich würden sie auch in die »Folies-Bergères« und in den »Lido« und ins »Crazy Horse« gehen, das gehörte für Neulinge einfach dazu; und wenn es sein mußte, würde sie sogar einen Ausflug ins Euro-Disneyland auf sich nehmen, dort wäre dann sie selbst der Neuling, aber das war es ihr wert. Paul und Antonia würden aus dem Staunen gar nicht mehr herauskommen …

Vor ihr tauchte der erste Hinweis auf die Autobahn auf, ihre Richtung war Hamburg.

»Lisa ist mit dem InterRegio über Hamburg gefahren«, hatte ihre Mutter gesagt, »sie mußte den Zug nehmen, weil ihr Auto einfach nicht mehr anspringen wollte.« Was bei einer Schrottmühle von fast zwanzig Jahren kein Wunder war, egal wie oft Lisa ihren Liebling neu lackiert und gewachst hatte, hatte Hanna gedacht, jedoch den Mund gehalten, es ging um Wichtigeres.

Sie mußte nun ausgerechnet in die Gegend fahren, die sie immer hinter sich lassen wollte. Die Marschen und das

Wattenmeer erinnerten sie an all die Familienurlaube, die sie unwillig hatte über sich ergehen lassen müssen. Zuerst mit Mutter und Schwester – der Vater hatte Glück, als Landwirt konnte er sich daheim unentbehrlich machen –, später mit Olaf und den Zwillingen. Über dreißig Jahre lang war Wandern und Buddeln im Sand angesagt gewesen, und ebensolange hatte Hanna davon geträumt, jene weit entfernten Orte aufzusuchen, die der Großvater ihr so farbig ausgemalt hatte, als sie noch ein kleines Mädchen war. Was hätte sie nicht dafür gegeben, seine »Drei Zinnen« zu sehen? Im Gardasee zu baden? Zwischen Italien, der Schweiz und Frankreich so selbstverständlich hin und her zu pendeln, wie ihre Mutter das nicht einmal schaffte, wenn sie von Versmold nach Bielefeld fuhr. Es waren Traumbilder, welche die Zwangsaufenthalte an der Nordsee regelmäßig verdarben.

Es genügte schon, heute erneut in diese Richtung fahren zu müssen, um auf Abwehr zu schalten.

»Bongsiel« klang provinziell, dieser Ort mußte irgendwo im Hinterland von Hamburg liegen, denn Hanna sah ihre Schwester beim besten Willen nicht im Dunstkreis von Reeperbahn und Alsterarkaden. Sie gab den Namen in ihren Bordcomputer ein und ließ sich lotsen, die einfachste Sache der Welt, und schon wanderten ihre Gedanken erneut, diesmal schweiften sie eindeutig in die verkehrte Richtung. Was kümmerte es sie, daß ein wildfremder Mann gelegentlich Gewissensbisse bekam? Wetten, daß er in einem der nächsten Momente der Schwäche bald nachgeben würde? Vielleicht sogar eben noch, schließlich hatte sie das Finale nicht mehr abgewartet.

Hanna glaubte die Szene vor sich zu sehen, wieder griffen die schwarz lackierten Nägel in das Tuch mit dem Hahnentrittmuster, klammerten sich fest, wehrten sich gegen die scheinbare Zurückweisung. Hü und Hott, ein kluges Spiel, schon schloß sich die Tür, wurde der Trost verabreicht, der keiner war. Doch wie sollte ein Mädchen in diesem Alter das wissen? Da war gewöhnlich nur der diffuse Drang nach einem tollen Fummel oder einer heißen Nummer oder einem Ersatz-Papi oder etwas, womit man angeben konnte, gewöhnlich war es alles zusammen, und immer nutzte es Männern, die auf der Klaviatur einer Mädchenseele zu spielen wußten. Die Trostnummer war nichts als eine weitere Facette im männlichen Beutezug, die den Kick erhöhte. Sie, Hanna, würde nicht so dumm sein, darauf hereinzufallen. Wer wußte besser als sie, was sich hinter Streicheln und Reue verbergen konnte?

Ein Schleier legte sich vor ihre Augen, verwischte die Konturen der anderen Fahrzeuge und die Schrift auf den Schildern, gestern und heute schoben sich ineinander. Hanna erlangte ihre volle Aufmerksamkeit erst wieder, als sie die Autobahn schon längst wieder verlassen hatte und eine Baustelle sie zwang, das Tempo zu drosseln. Die Autos wurden wieder zu Autos, die Schilder zu Schildern, die Fahrbahn zur Fahrbahn.

Nur eine Spur war befahrbar, im Moment war der Gegenverkehr an der Reihe, und ihre Geduld wurde auf eine harte Probe gestellt. Es dauerte und dauerte. Sie haßte es, auf der Stelle zu stehen, also beschloß sie, kehrtzumachen und die Umleitung zu benutzen, die ein paar Meter zuvor ausgeschildert war. Daran erinnerte sie sich vage. Nicht an die Namen, ihr Steuerungssystem ersparte ihr die Notwendigkeit, sich mit Ortsnamen zu belasten, die sie nicht interessierten. Sie hupte, rangierte und mußte tatsächlich auf ein Stück lehmige Wiese ausweichen, weil diese Holzköpfe zu blöd oder zu stur waren, um ihr genug Platz zum Wenden zu machen. Geschafft! Sie schaffte alles, wenn sie es nur ernsthaft wollte, man durfte sich nur nicht kleinkriegen lassen.

Von dem Straßenschild sprangen Namen sie an, die sie spontan mit norddeutscher Heimatdichtung in Verbindung brachte. Gotthelf, Stifter, Keller, Storm, vor allem Theodor Storm, dessen Balladen sie in der Schule auswendig lernen mußten. Zuletzt hätte Hanna laut schreien mögen, wenn vom »Abendfreden« oder »Min Jehann« oder von der »Stadt am grauen Strand« die Rede gewesen war. »Doch hängt mein ganzes Herz an dir, du graue Stadt am Meer ...«

Gemeint war Husum. Es waren nur noch knapp fünfzig Kilometer bis dorthin, und dann ging es weiter nach Norden, immer an der Küste entlang. Die Küstenstraße beschwor in ihr den seligen Ausdruck von Lisas Augen, wenn sie von der See schwärmte.

Wohl an die dreißigmal – jeden Sommer und oft auch noch zusätzlich in den Kartoffelferien und über Ostern – waren sie als Kinder mit ihrer Mutter und deren Schwester an der See gewesen, um ihre Bronchien zu kräftigen, wie es hieß. Hanna hatte die salzige Luft und den Sand gehaßt, ihre Haare wurden strohig, und ihre Haut brannte, dazu die Langeweile endloser Strandwanderungen.

Mit Olaf war es nicht viel anders gewesen. Zuerst fehlte das Geld für weite Reisen, dann betonte er die Bekömmlichkeit des Nordseeklimas für die Zwillinge. Hannas Mutter hatte ihn darin unterstützt, und eine Weile lang hatte Hanna tatsächlich gefürchtet, ihre Kinder könnten das chronische Asthma der mütterlichen Linie geerbt haben. Also fuhren sie an die See, immer wieder an die See. Wahrscheinlich zählte Olaf im Grunde seines Herzens zu den Menschen, die sich nur dort wirklich wohl fühlten, wo sie auf ein vertrautes Echo stießen. Fast wie zu Hause! Das war das höchste Lob. Ansonsten hätte Olaf seinen alten Job, in dem er nach Herzenslust herumreisen durfte, wohl kaum so bereitwillig über Bord geworfen.

Hanna hatte erst ihrer Heimat den Rücken zukehren müssen, um sich erfolgreich gegen die »Perlen der Nordsee« wehren zu können. Bis jetzt. Jetzt tauchten deren Vorboten links neben ihr auf: Halebüll, Wobbenbüll, Cecilienkoog, Reußenköge, irgendwo in der Nähe mußte ein Flughafen sein, eine Maschine zog dicht über ihrem Autodach hoch, eine andere schoß aus den Wolken, ringsum saftig grünes Land und dann das Schild »Bongsiel«.

War es möglich, daß ihre Schwester sich kurz vor Torschluß gleich zwei Jugendträume auf einmal erfüllen wollte? Meeresrauschen und Liebesrausch? Fehlte nur noch die Insel mit dem eigenen Häuschen, doch davon war bei ihrer Mutter nicht die Rede gewesen. Es hieß Wohnung und Festland, bis zum Ende der Schulferien wollte das Brautpaar sein Heim fertig renoviert haben, wo Lisa bereits jetzt wohnte.

Noch allein? Oder schon zu zweit?

Es beruhigte Hanna, vor einem Haus anzukommen, das in jeder anderen Kleinstadt stehen könnte. Die Fassade könnte einen neuen Anstrich vertragen, die Balkone sahen aus wie nachträglich angeklebte Vogelkäfige. Das Klingelbord wies acht Mietparteien aus, der Name »Altweg« stand ganz oben links, und darunter stand »C. Bronnen«.

Kavalier der alten Schule, dachte Hanna, ordnete sich zumindest auf einem Pappschildchen unter, das provisorisch war und förmlich danach schrie, gegen Messing mit Kursivschrift ausgetauscht zu werden, passend zu den sieben anderen. Sie drückte auf den Messingknopf. Zum Glück gab es keine Sprechanlage, gegen einen Aufzug hätte sie allerdings nichts einzuwenden. Es war eine Ewigkeit her, seit sie vier Etagen zu Fuß erklommen hatte. Sie hörte sich leise schnaufen und mußte automatisch an ihre Mutter denken. Fast gleichzeitig tauchte über Hanna ein Gesicht auf, das so aussah wie das Gesicht ihrer Mutter in jungen Jahren.

»Du?« Lisas Hände schlossen sich um das weinrot gestrichene Geländer.

»Ich«, sagte Hanna und war gewappnet. Auf Widerstand, Abwehr. Heute morgen hatte sie bereits eine Kostprobe davon bekommen, wie unerwünscht Überraschungsbesuche des Nesthäkchens bei der Familie waren. Hanna hatte die Munition schon parat: Na, Schwesterchen, ich habe gehört ... Und dann würde es zur Sache gehen. Schluß mit der geheuchelten Schwesternliebe! Hanna war eine hervorragende Kämpferin, und einmal in Rage, flogen ihr ungeahnte Kräfte zu. Sie wollte wütend sein, sie war's, allein der Vorgeschmack auf Lisas Zurückweisung brachte sie auf hundertachtzig.

»Ach, Hanna!« Lisa griff nach ihrem Arm und zog Hanna in die Wohnung. Auch das paßte, ihre Schwester war schon immer darauf bedacht gewesen, der Öffentlichkeit kein Schauspiel zu bieten. Erst recht nicht, wenn es ans Eingemachte ging.

In der winzigen Diele roch es nach frischer Farbe und Terpentin, Lisa selbst roch ähnlich. Sie schien dem Malermeister Konkurrenz machen zu wollen, was Hanna ebenfalls nicht wunderte, denn Lisa war schon immer sehr handfest gewesen. Dementsprechend kleidete sie sich auch. Die fürchterliche Bluse, die sie da trug, ähnelte auffallend dem Modell, das in Hannas Kofferraum noch auf Entsorgung wartete. Der Rock darunter war weit, betonte die leicht kastigen Hüften, höchst unvorteilhaft, genau wie die flachen Sandalen.

Hanna sagte sich, daß sie eindeutig die besseren Karten hatte, dennoch fühlte sie sich nicht wohl in ihrer Haut.

»Tut mir leid, wenn ich ungelegen ...«, weiter kam sie nicht, denn Lisa drückte nun die Wohnungstür ins Schloß und fiel ihr um den Hals, einfach so, wollte sie gar nicht mehr loslassen, schluchzte und wiederholte immer wieder dieses alberne »Ach, Hanna!«, bis Hanna ganz schummerig im Kopf wurde. Ihre Benommenheit wurde durch den Geruch nach Farbe und Lösungsmitteln und die Enge des winzigen Vorraums nur noch schlimmer; sie hatte nicht einmal Platz genug, um einen Schritt zurück zu tun, denn unmittelbar hinter ihr war die Wand. Es gab nichts Schlimmeres, als eingezwängt zu werden, nicht mehr vor und zurück zu können.

Wollte ihre Schwester sie nicht wenigstens hinein in die gute Stube bitten? Werkelte dort drinnen etwa ihr Verlobter? Lisa würde sie doch wohl kaum hier draußen zwischen Tür und Angel abfertigen wollen? Und was sollte dieser Ausbruch? Eine neue Masche passend zu ihrer mit einem Vierteljahrhundert Verspätung entdeckten Weiblichkeit?

»Hör mal ...«, sagte Hanna und peilte die nur angelehnte Tür vor sich an, von der sie annahm, daß sie ins Wohnzimmer führte. Viel Auswahl gab es nicht, und es war die einzige Tür mit einem Einsatz aus Glasornamenten. Rosen, Tulpen, Nelken, dieser blickdichte Glaskitsch paßte zu Lisa. »Hör mal«, wiederholte sie und kam sich albern vor, seltsam fehl am Platz, so als ob sie ihre Rolle vergessen hätte, »sollten wir nicht besser ...?«

Lisa fiel ihr ins Wort, auch das war ungewöhnlich. »Ich bin so froh, daß du gekommen bist, Hanna. Ich bin wirklich froh, die ganze Zeit hatte ich das Gefühl, ich müßte mit dir sprechen.«

»Und warum hast du es dann nicht getan?«

»Ich konnte zuletzt in Versmold keinen klaren Gedanken mehr fassen, ich war völlig zu. Du kannst dir ja nicht vorstellen, was dort los war. Dazu die Angst, wie es woanders sein würde, schließlich war dort meine Heimat, und ich habe nicht im Traum daran gedacht, jemals woanders zu leben. Aber es geht. Es geht sogar gut. Nach all dem Ärger ist es herrlich, einfach herrlich, wieder frei durchatmen zu können und keine Angst mehr haben zu müssen, was als nächstes passiert. Die Luft ist auch herrlich, und wenn ich zum Wäscheaufhängen auf den Speicher gehe, kann ich sogar ab und zu den Mast von einem Schiff sehen. Stell dir das vor. Kannst du dir das vorstellen?«

Hanna stellte es sich vor. Mein Gott! Sie hatte mitgezählt: Dreimal »herrlich« in einem Atemzug, wenn Lisa so weitermachte, blieb ihr bald die Puste weg. »Wäschst du jetzt jedes Höschen einzeln, damit du öfter zu deinen Schiffsmasten kommst?«

»Ach, Hanna, du bist doch noch immer die alte. Es ist einfach die Nähe zum Meer, die mich so aufkratzt.«

»Ich habe gehört, ein gewisser Carl Bronnen wäre ebenfalls beteiligt.«

»Er gehört natürlich dazu, er gehört mitten hinein in dieses wunderbare neue Gefühl. Ich kann mir schon gar nicht mehr vorstellen, daß es ihn nicht gäbe. Mir kommt es so vor, als ob wir schon eine Ewigkeit zusammen wären.«

»Und wie lange dauert diese Ewigkeit schon?«

»Vier Monate. Aber Monat ist nicht gleich Monat, selbst in einer einzigen Woche kann unglaublich viel geschehen, manchmal reicht sogar eine Stunde aus …«

Sie war geschwätzig, nie zuvor hatte Hanna sie so erlebt. Regelrecht überdreht. Euphorisch. Redete lauter hirnloses Zeug, so als ob die hinter ihr liegenden Wochen das reinste Zuckerschlecken gewesen wären. Was war mit dem Skandal, der sie angeblich an die Grenzen ihrer Belastbarkeit getrieben hatte, sie aufrieb, sie in ein Wrack zu verwandeln drohte? Sah so ein Wrack aus? Raus damit!

»Und was waren das für Monate?« Hannas Stimme war ein Messer, das Lisas Erinnerung aufschlitzte; sie zuckte zurück und kniff die Lider zusammen, bis von den eher dürftigen Wimpern nur noch helle Spitzen zu sehen waren.

»Es war scheußlich, wenn du die Ereignisse daheim meinst, ich hätte es ja auch nie im Leben für möglich gehalten, daß ich ausgerechnet bei etwas so Schrecklichem mein Glück finden würde. Wenn mir das jemand vor einem halben Jahr erzählt hätte, so hätte ich ihn für verrückt erklärt. Wahrscheinlich sollte ich mich schämen, daß ich bei alldem noch glücklich sein kann. Aber das tue ich nicht, jedenfalls nicht mehr, seitdem ich aus Versmold fort bin. Ich denke mir, daß ich ein Recht darauf habe … Es ist nur gerecht, finde ich. Außerdem hab' ich wirklich mein Bestes getan, um dem Mädchen zu helfen. Es wird nicht viel nützen, fürchte ich. Daß so was passiert, das ist kein Einzelfall. Und immer wird es unter den Teppich gekehrt, noch immer. Wie soll ich weiter in einem Ort leben, wo das schon wieder passiert? Ich kann das nicht. Niemand kann das von mir erwarten, das ist wie zweimal sterben. Und all die Leute, die sich gottserbärmlich aufregen, wenn einer seine Haustür dunkelgrün streicht, obwohl alle anderen blau sind, und die wie ein Schießhund aufpassen, wie oft jemand in die Kirche geht und was er in den Klingelbeutel wirft, die sehen einfach weg, wenn einer aus ihrer Mitte immer dreister wird und Dinge tut, die einfach kein anständiger Mensch und erst recht kein Christ tut.

Dabei hat es meinem Kollegen an nichts gefehlt. Er hat selbst Familie und sogar ein eigenes Haus, es geht ihm gut, gesund ist er auch, kerngesund, trotzdem hat er es getan, immer wieder. Es gibt nichts, was er zu seiner Entlastung anführen könnte. Für einen selbst – für das Opfer, meine ich – macht es sowieso keinen Unterschied. Immerhin war es kein Verwandter, meistens sind es ja nahe Verwandte, die so etwas tun. In diesem Fall war es der Lehrer, natürlich hätte er sofort vom Dienst suspendiert werden müssen, aber nicht mal das ist geschehen. Man muß den Ausgang des Verfahrens abwarten, heißt es. Sie schieben dem Kind die Schuld zu. Wer so früh raucht und so kurze Röcke anzieht und einen wie Pitt zum Vater hat – sie haben alle alten Sünden von unserem Nachbarn wieder aufgewärmt –, der ist praktisch selber schuld, wenn der Lehrer ihm unter den Rock greift, sagen sie. Sie sind Heuchler, alle miteinander. Kannst du verstehen, daß ich es dort keinen Tag länger ausgehalten habe?«

Hanna dachte, daß es nicht darum ging, ob sie verstand, daß es eine Wohltat war, den Heuchlern in ihrer Heimat den Rücken zuzukehren. Genau das hatte sie selbst getan, sie hatte keine Wahl gehabt. Bei Lisa sah das jedoch ganz anders aus. Von kleinauf hatte sie sich mit den Anhängern von grünen oder blauen Türen zusammengetan und davon profitiert, daß keiner sah, was hinter diesen Türen passierte. Bei ihr zu Hause waren auch Dinge geschehen, von denen Hanna nur dunkle Ahnungen hatte. Lisa war die letzte, die wehklagen durfte. Zumal auch das ganz offensichtlich nur Show war. Jetzt spielte sie die Leidende und tat so, als ob sie selbst das Opfer wäre, dabei hatte sie noch vor wenigen Minuten mit der Sonne um die Wette gestrahlt.

»Und was für eine Rolle spielt dein Verlobter dabei?«

»Carl hat mich gerettet. Es hört sich altmodisch an, ich weiß, aber es stimmt trotzdem. Als er plötzlich bei mir auftauchte und wissen wollte, ob ich die Frau bin, die für den Fall von Kindesmißbrauch zuständig ist, hat er etwas in mir ausgelöst. Eine Lawine. Er hat ›Fall‹ gesagt, aber er hat es anders gemeint. Er hat mir gezeigt, wie tief es ihm unter die Haut geht, wenn ein Mann so eine Schandtat begeht. Dabei hätte er sagen können: Was geht mich das an? Ich kenne den Täter und das Opfer nicht und komme nicht mal von hier. Er hat von der ersten Minute an so getan, als ob es auch sein Fall wäre. Wir haben uns festgeredet, und von da an saß er mit im Boot, in meinem Boot.«

»Boot gleich Bett?«

»Nein, es ging nicht ums Bett, obwohl die Leute natürlich gleich angefangen haben, in diese Richtung zu denken. Ich habe sogar anonyme Briefe erhalten, und der Schulleiter hat gemeint, ich solle doch aufhören, einem Kollegen Ärger zu machen, wenn ich selbst in wilden Verhältnissen lebte. Ich habe es Carl erzählt, er hat nur darüber gelacht. Und dann hat er es gesagt, dabei hat er nicht mehr gelacht, auf einmal ist er ganz ernst geworden.«

»Was hat er gesagt?«

Lisa holte tief Luft, man sah das Pochen an ihrem Hals, sie räusperte sich, bevor sie antwortete. Während sie sprach, senkte sie den Blick: »›Wenn das so ist‹, hat Carl gesagt, ›dann sollten wir möglichst rasch dafür sorgen, daß wir deinen Leumund wieder in Ordnung bringen.‹ Ich habe zuerst nicht mal verstanden, worauf er rauswollte, es hätte ja sein können, daß er mich nur aufmuntern wollte. Ein Spaß oder so, habe ich gedacht und vorsichtshalber geschwiegen, schließlich wollte ich mich nicht blamieren, aber er hat es ernst gemeint. Er hat gesagt, daß er mich heiraten und mit nach Bongsiel nehmen will, wo sein nächster Job auf ihn wartet. ›Du mußt hier raus!‹ hat er gemeint, und er hatte recht. Danach ging alles blitzschnell, das Schulamt hat mitgespielt und meine Versetzung zum Halbjahr befürwortet. Vielleicht waren sie insgeheim ja ganz froh, mich loszuwerden. Und Carl hat diese Wohnung gefunden, demnächst können wir beide mit dem Fahrrad zur Arbeit fahren, und am Meer sind wir zu Fuß in nur zehn Minuten. Es ist wie im Märchen.« Zuletzt hatte sie immer schneller gesprochen, und bei dem Wort »Märchen« hatte ein zaghaftes Lächeln um ihren Mund gespielt.

»Er ist also auch Lehrer?«

»Von Haus aus ist er so was Ähnliches; er hat viele Jahre bei der Vereinfachung von Schulerlassen mitgewirkt, das war im Rahmen eines Hochschulprojekts, und dann hat er angefangen, sich parallel die äußeren Rahmenbedingungen anzusehen, und überall Verbesserungsvorschläge gemacht. Anfangs haben sie ihn an seiner Uni für verrückt erklärt, zumal ständig Ebbe in der Kasse war. Doch dann hat er ein paar Förderer in der Privatwirtschaft gefunden und in der Mensa angefangen, seine Ideen umzusetzen. Weißt du, er ist ein sehr pflichtbewußter, engagierter Mensch. Halbheiten kennt er nicht; was er für richtig hält, setzt er durch. Dabei interessiert ihn nicht, was andere denken. Carl ist ein sehr eigenständiger Mensch, im Grunde lebt er sehr zurückgezogen und äußerst bescheiden. Wenn er nicht voll und ganz mit seiner Arbeit beschäftigt ist, dann liest und liest er. Es gibt praktisch kein Buch, das er nicht kennt. Wir haben endlos über all die Bücher geredet, die wir beide gelesen haben, und von Theodor Storm kennt er praktisch jedes Gedicht auswendig. Erinnerst du dich noch an die graue Stadt am Meer? ›Am grauen Strand, am grauen Meer, und seitab liegt die Stadt …‹«

»Hör auf!«

»Ich weiß, du hast noch nie viel für Heimatdichtung übrig gehabt, aber vielleicht ändert sich das ja auch noch. Du siehst ja, was sich in meinem Leben alles von jetzt auf gleich geändert hat.«

»Es riecht frisch gestrichen.«

»Eigentlich meinte ich nicht die Wohnung, obwohl sie natürlich dazu gehört. Es ist noch nicht alles fertig, wie du siehst, ein paar Möbel fehlen noch immer. Der alte Wäscheschrank muß aufgearbeitet werden, der Biedermeiersessel ist beim Polsterer, in der Küche sind noch keine Beschläge an den Türen, die Küche ist nagelneu, das Schlafzimmer auch, aber ich fühle mich trotzdem schon wie daheim. Komm, schau dir mein neues Heim an. Unser Heim. Klein, aber fein, es sind nur zwei Zimmer, Küche und Bad, einen winzigen Balkon gibt es auch. So, komm endlich rein, und schau dich um. Na, gefällt's dir?«

Gefallen? Ihr? Antonia würde dieses Wohnzimmer, zu dem Lisa als erstes die Tür mit den Glasornamenten aufstieß, vermutlich gefallen. Sie fände es gemütlich. Höchstens zwanzig Quadratmeter groß, Holzdielen, zwei hohe, schmale Fenster, davor das Sofa, das noch bis vor kurzem zusammen mit dem Likörschränkchen daneben in ihrem Elternhaus gestanden hatte. Erbstücke, die sich seit vier Generationen in der Familie befanden, ebenso wie das achteckige Porzellan mit dem gold-schwarzen Rand. Hanna versetzte es einen Stich. Dort stand es in dem Schränkchen aus Edelholz. Klapptüren aus Glas, Facettenschliff, ein würdiger Aufbewahrungsort für ein Service, das die Altwegs nur zu besonderen Gelegenheiten benutzten. Nun gehörte es Lisa, auch das hatte sie geschafft. Mit welcher Selbstverständlichkeit die Eltern sich von Dingen trennten, die ein Stück Familiengeschichte waren!

Da waren die doppelten Vorhänge, die Hanna von Lisas alter Wohnung im ausgebauten Dachgeschoß der Altwegs her kannte. Der üppig gekräuselte weiße Store und davor schweres Leinen, naturfarbener Grund mit blauen Streifen, eine Farbkombination, für die Lisa seit jeher eine Vorliebe besaß. Das Blau-Weiß wiederholte sich bei den Kissen und Kerzen und sogar bei dem Teeservice, das von einem der letzten gemeinsamen Urlaube an der See stammte. Damals hatte Lisa gerade ihr erstes eigenes Geld als Babysitter verdient. Anfangs hatte sie sich strikt dagegen gewehrt, Geld dafür anzunehmen, daß sie sich mit den Quengelkindern fremder Leute die Nacht um die Ohren schlug, aber zuletzt hatte sie einen Hungerlohn von fünf Mark pro Stunde akzeptiert und davon erst einmal Geschenke für die ganze Familie gekauft. Ein Betrag, auf den Hanna sich nicht besinnen konnte, blieb übrig. Sie wußte nur noch, daß sie mehr als erstaunt war, daß Lisa ihn nicht auf ihr Sparbuch einzahlte, sondern bis auf den letzten Penny für dieses Geschirr ausgab, von dem sie sich in all den Jahren nicht getrennt hatte.

»Sind noch immer alle sechs Gedecke von deinem eigenen Service heil?« Hanna betonte das Wort »eigenen«, Lisa sollte immerhin merken, daß das so dreist zur Schau gestellte Familienporzellan ihr nicht zustand.

»Natürlich, du kennst mich doch.« Lisa tat so, als ob sie die Spitze nicht verstünde. Ein Fremder würde ihr das unbesehen abnehmen, doch Hanna wußte es besser. Es fiel ihr schwer, sich zu beherrschen, sich weiter mit Andeutungen zu begnügen.

»Tja, aber wenn sich so viel bei dir geändert hat, wäre es ja denkbar, daß du jetzt auch das gute Porzellan zerschlägst.«

»Du weißt doch, wie ich daran hänge, oder?« Lisa wartete Hannas Antwort nicht ab, was nach ihrer eigenen Denkart ausgesprochen unhöflich war. Schon folgte die zweite Frage, bei der sich aber ebenfalls jede Erwiderung erübrigte: »Erinnerst du dich noch, wie wir beide mit Mutter und Tante Johanna eine Wattwanderung machen wollten und die Tante sich hinter der Bockwindmühle den Fuß umgeknickt hat und wir diesen winzigen Laden entdeckt haben, dessen Besitzer mir zehn Mark im Preis nachgelassen hat, weil ich nur noch hundertachtzig Mark hatte und mir nichts leihen wollte? ›Der übliche Mengenrabatt‹, hat er gesagt. Damals hab' ich ihm das sogar geglaubt, in Wahrheit hat er mir viel mehr nachgelassen. Er hieß Petersen, eigentlich wollte ich ihn immer mal wieder besuchen.«

»Von hier aus hast du es ja nicht mehr weit.«

»Ja, ist das nicht traumhaft?«

»Und du willst diesen Carl Bronnen also heiraten?«

»Sicher will ich das. Ich wäre ja verrückt, wenn ich es nicht täte. Warte ab, bis du Carl selbst kennengelernt hast, dann verstehst du mich.«

Bildete Hanna sich die winzige Pause, das Aufflackern von Besorgnis in Lisas Augen nur ein?

»Er und ich …«, fuhr Lisa fort, betonte diese drei Worte für Hannas Empfinden fast künstlich, »… wir haben so unglaublich viel gemeinsam; nicht nur das Meer oder die Dichtung oder das Engagement für fremde Kinder.«

Sondern? Das Gegenstück zu fremden Kindern waren eigene Kinder. War es das, worauf Lisa sie vorbereiten wollte? »Im Augenblick sieht man reichlich wenig von deinem Zukünftigen«, sagte Hanna laut.

»Er muß seine Nachfolgerin noch einarbeiten. Er ist sehr pflichtbewußt, auch darin sind wir uns ähnlich. Und außerdem plant er noch eine Überraschung, von der ich nichts wissen soll. Aber mir ist schon klar, daß es etwas mit dem Hobby zu tun haben muß, dem er in jeder freien Minute frönt, wenn er nicht gerade liest.«

»Ein Mann mit Hobbys? Na, hoffentlich bekommst du ihn hin und wieder mal zu Gesicht.«

»In Zukunft werden wir natürlich unsere Freizeit zusammen verbringen.«

»Und womit?«

»Das weiß ich noch nicht so genau, das ist eben die Überraschung. Ich könnte mir vorstellen, daß er irgendwo eine Hütte hat, wo er angelt oder malt oder liest, meistens hat er nur einen Rucksack dabei, und wenn er zurückkommt, sieht er so selig aus wie Paul, wenn er mit seinen Fußballkameraden unterwegs war. Hundemüde und glücklich wie ein Engel.«

»Paul war zuletzt in einem Zeltlager.«

»Ja, weil es da am billigsten für seinen Verein war, aber ich hoffe, daß Carl keine Vorliebe fürs Campen hat. Dort sind mir einfach zu viele Menschen.«

»Scheint mir ja ziemlich riskant zu sein, sich mit einem Mann zusammenzuschließen, von dem du noch nicht einmal weißt, wie er seine Wochenenden verbringt?«

»Ach Hanna, verdirb es mir nicht, bitte!« Flehend, kindlich, mit Tränen in den Augen und bebenden Mundwinkeln, sehr weich, butterweich, doch das war nur die eine Seite. Die schöne Seite. Lisa war wirklich sehr geschickt, sie gab sich keine Blöße. Sie hatte den Dreh heraus, wie man es anstellte, einem anderen den schwarzen Peter anzuhängen und selbst als Heilige dazustehen.

Es war die Zeit gewesen, als der dünne Steg über dem tiefen Loch immer dünner geworden war. Die Besuche in der Tanke, bleierner Schlaf, in den die Angst neue Löcher bohrte, manchmal war Hanna nicht einmal mehr in der Lage gewesen, ihren Kindern ein vernünftiges Essen auf den Tisch zu stellen. Dann saß sie nur reglos am Küchentisch und wartete darauf, daß etwas passierte, und aß Rosinen.

Als Kind hatte sie auch Rosinen gegessen, nur war ihr

früher nie davon übel geworden. Die Übelkeit als solche war nicht schlecht, sie lenkte ab, natürlich war ihr Verhalten für andere kaum nachvollziehbar. Olaf regte sich auf. Antonia und Paul meckerten über das Essen und aufgeplatzte Nähte am T-Shirt. Hannas Mutter redete schließlich ein ernstes Wort mit ihr. »So geht das nicht weiter, Hanna!« Sie hatte ja recht. Und dann kam Lisa. Keine Stunde nach der Mutter.

»Na, sollst *du* mir jetzt die Leviten lesen?«

»Nein, Hanna, das soll ich nicht.«

»Was willst du dann? Zusehen, wie mir speiübel wird? Wenn du ein oder sogar zwei von diesen Beuteln hintereinander weg ißt, wird dir auch übel.«

»Ich würde höchstens eine Tonne und bekäme obendrein meine Allergie.«

»Okay. Meine Rosinen willst du also nicht. Was willst du dann?«

»Diese Geschichten von dir, die du früher für unsere Schülerzeitung geschrieben hast, waren wirklich gut. Und dann deine Rede, als Vater sechzig wurde, eigentlich war es ja eher ein Gedicht und sehr lustig, aber andererseits war es auch wieder nicht lustig, es war wirklich gut. Sehr gut.«

»Freut mich.«

»Vielleicht solltest du wieder mal was schreiben. Einfach so. Oder hast du schon was Neues geschrieben?«

»Damit Olaf mich erst recht zur Schnecke macht? Er kommt ja so schon nicht mit mir klar. Kein vernünftiges Essen, überall Staubmoppen, vielleicht taucht als nächstes jemand vom Jugendamt bei mir auf.«

»Und wie wäre es, wenn ich koche? Du könntest mir sagen, was sie bei dir am liebsten essen, und dann lege ich los, und du schreibst. In dieser Rede klang etwas an, das ganz anders war. So, als ob wir uns gar nicht so schrecklich fremd wären. Wir sind doch immerhin Schwestern. So und so, ich kann das einfach nicht wie du ausdrücken. Jedenfalls denke ich, da ist schon was, was wir gemeinsam haben, bei allen Gegensätzen. Und deine Kinder sind meine Patenkinder. Ich finde schon … Überleg es dir einfach, es täte dir gut … uns … Es wäre kein Problem für mich, ehrlich nicht.«

Es war kein Problem für Lisa gewesen, das stimmte. Es war für niemanden ein Problem, höchstens für Hanna, doch das zählte nicht. Ein paar Wochen später wurde ihre erste Kurzgeschichte in der Bielefelder Tageszeitung abgedruckt, weitere vier Monate später hatte sie ihren ersten Roman fertig und gab auf. Nicht das Schreiben, das blieb und wuchs sogar, wurde nur noch von den Träumen überboten, die sie quälten. Die Phantasie, der sie auf dem Papier die Zügel schießen ließ, blähte auch die Erinnerung auf. Hanna tauchte immer tiefer hinein, und irgendwann hatten Lisas Kochkünste und Umsicht und Sorgen sich so breit gemacht, daß für Hanna kein Platz mehr vorhanden war. Niemand wollte mehr essen, was sie auf den Tisch brachte, Lisa kochte einfach besser. Sie nähte und chauffierte und tröstete auch besser, sie war wirklich perfekt. Sie hatte es geschafft, Hanna unter dem Vorwand schwesterlicher Liebe völlig ins Aus zu drängen. Niemand wollte mehr etwas von Hanna wissen. Nur die Männer an der Tanke wollten noch etwas von ihr. Hanna spürte, wie sie sich verlor. Sie war freiwillig gegangen. Sie, die Böse. Lisa, die Gute.

Hanna sagte sich, daß sie sehr vorsichtig sein mußte und sich auf gar keinen Fall von Lisas flehendem Blick durcheinanderbringen lassen durfte. Nichts als Show. »Ich will dir nur helfen«, sagte Hanna.

»Dann hilf mir, hilf mir wirklich, es reicht schon, wenn alle möglichen Leute versuchen, mir dreinzureden. Du bist doch immer vorwärts gestürmt und hast nur gelacht, wenn wir anderen aufgezählt haben, was alles schiefgehen könnte, und jetzt bin ausnahmsweise ich diejenige, die mit beiden Händen zupackt. So wie der Titel von deinem neuen Roman, das gilt ja nicht nur für einen Teenager und den Biß in einen Big Mäc. Hamburger habe ich sowieso nie gemocht, und deine Franziska hat mir richtig leid getan, im Grunde ist sie ja nur ein Opfer von all diesen Kerlen, die sie befingern wollen. Auch wenn Carl das anders sieht.«

»Und wie sieht er es?« Hanna verspürte Wut, die blanke Wut. Ein Mann, der Pitts frühreifer Tochter die Opferrolle zugestand, verdammte ihre eigene Heldin, obwohl diese weder einen Swimmingpool noch andere Vergünstigungen vorzuweisen hatte!

»So genau weiß ich das auch nicht, er hat es nur in einem Nebensatz erwähnt. Du schläfst doch hier? Carl hat eben angerufen, er schafft es heute auf gar keinen Fall mehr. Also haben wir Platz genug. Ich könnte uns was zu essen machen, ich wollte mir sowieso gleich was richten. Wie wär's mit Speckpfannkuchen und frischem Salat?«

Wenn Carl es heute nicht schafft, dann hieß das ja wohl, daß er am nächsten Tag auf der Matte stehen würde. Hanna wollte ihn kennenlernen. Sie wollte wissen, was für ein Mann ihr künftiger Schwager war, dafür nahm sie sogar eine Nacht bei ihrer Schwester in Kauf. Gleichzeitig wäre sie liebend gern weggelaufen. Aber bleiben und gehen ging nicht.

Hanna stimmte den Speckpfannkuchen zu, wahrscheinlich hätte sie auch nicht widersprochen, wenn Lisa ihr Sauerkraut oder Rotkohl vorgeschlagen hätte, obwohl sie beides verabscheute. Sie beobachtete, wie Lisa geschäftig am Herd hantierte und noch vor dem Essen in einen Morgenrock aus blau-weiß kariertem Flanell schlüpfte. Auch das erinnerte an früher, wenn Lisa sich manchmal schon am späten Nachmittag auszog, um die guten Kleider zu schonen oder es bequemer zu haben. Es war gut, daß dieser Morgenrock nicht geblümt war. Gesteppter Nylon, die Grundfarbe ein zartes Gelb, darauf lauter blaue Streublümchen mit grünen Häkchen, das sollten die Blätter sein, eines Tages war er verschwunden gewesen … Es war kein x-beliebiger Tag gewesen …

Mehrere Tage waren damals vergangen, bis Hanna sich traute, nach dem Verbleib von Lisas Morgenrock zu fragen. Das Gesicht der älteren Schwester glich einer Maske, im Haus der Altwegs ging es zu wie in einem Totenhaus, Flüstern statt Sprechen und ab und zu ein lautstarker Protest, der in aller Regel Hanna galt.

Laß das, Hanna!

Sie sollte nicht Hüpfekästchen auf der Straße spielen und sagen, man wisse noch nicht, wie es dem Großvater nach dem Unfall ginge. Sie sollte einfach sagen, sie wisse nichts, und sich wie ein großes, vernünftiges Mädchen verhalten. Sie war erst fünf. In Wahrheit trauten sie ihr noch weniger zu als einer Fünfjährigen. Aber sie war nicht dumm. Sie war helle und wartete auf eine günstige Gelegenheit. Die kam, als Lisa sich die Haare wusch und im Kleid aus dem Badezimmer kam, es tropfte ihr auf den frisch gestärkten Kragen, jeder mußte das sehen, allen vorweg die Mutter, doch die sagte nichts. Hanna schon.

»Warum ziehst du nicht deinen Morgenrock an, Lisa? Den gelben mit den Blümchen?«

»Das geht nicht.«

»Und warum geht das nicht?«

»Er ist mir zu klein.« Lisa hatte, als sie das sagte, ausgesehen, als ob sie im nächsten Augenblick zu weinen anfinge. Die Mutter war ihr zu Hilfe gekommen: »Er spannt unter den Armen.«

»Dann gib ihn mir.«

»Wir haben ihn in die Altkleidersammlung gegeben, Hanna.«

Lüge, nichts als Lüge! Alles, was noch halbwegs in Ordnung war – und dieser Morgenrock war noch so gut wie neu und natürlich auch nicht wirklich zu klein –, wurde automatisch an Hanna weitergereicht. Diesmal nicht, und das mußte einen Grund haben …

Gelb, dachte Hanna, ein zartes Gelb mit blauen Blümchen und grünen Häkchen daran. Dieser Morgenrock hier war blau mit weißen Rändern. Hanna sagte es sich vor. Blau mit weiß, sonst nichts. Es war wichtig, die Vergangenheit ruhen zu lassen, auch wenn alles mögliche in dieser Wohnung sie an früher erinnerte. Das taten auch diese Zettelchen, die überall herumlagen. Lisa mußte sich an allen möglichen und unmöglichen Orten Notizen machen, so als ob sie ihrem eigenen Gedächtnis nicht traute. Manchmal zeichnete sie auch etwas dazu, und niemals warf sie etwas weg, was sie einmal des Sammelns für würdig befunden hatte, auch das war geblieben. Im Bad begegnete Hanna den winzigen Parfümfläschchen wieder, die Lisa von klein auf hortete, ohne je etwas von dem Inhalt zu benutzen, das traute sie sich schon wegen ihres Asthmas nicht. Auch die Kakteensammlung hatte überlebt. Früher hatte Hanna die winzigen Stacheldinger verflucht, mit denen Lisa die Fensterbank im gemeinsamen Zimmer zubaute, oft genug waren Hannas Nylons darauf gelandet. Mittlerweile waren aus den Winzlingen handfeste Brummer geworden, die den wenigen freien Platz beanspruchten. Sogar der Wandteppich der verstorbenen Tante hatte einen Ehrenplatz gefunden, selbstgewebt; er zeigte einen von Möwen begleiteten Dampfer, zwei Frauen und zwei kleine Mädchen, das sollten offenbar sie selbst und Lisa sein. Gräßlich! Und die Sitzkissen waren noch immer mit jeweils vier Bändern um die Beine der beiden Holzstühle festgebunden. Damit keiner sie klaute?

Hanna hatte das Gefühl, an diesem Abend könnte sie rein gar nichts mehr aus der Fassung bringen, doch das stimmte nicht. Der Höhepunkt war das Schlafzimmer, wo über dem schlichten Doppelbett lauter Zeichnungen und Kartengrüße und andere Kunstwerke hingen, wie Kinder sie sich eben ausdachten oder von ihren Erziehern in Kindergarten und Schule eingeben ließen, um der »allerliebsten Mami« und manchmal auch der »allerliebsten Tante« eine Freude zu machen. Zu Weihnachten, zu Ostern, zum Muttertag, zum Namenstag, zum Geburtstag, zum Wieder-gesund-werden-Tag, und immer stand irgendwo der Name des kleinen Künstlers. In diesem Fall hießen die Künstler durch die Bank Antonia und Paul, wobei Hannas Tochter ganz entschieden den Vogel abschoß. Hanna kam nicht gegen den Gedanken an, daß Lisa noch sehr viel häufiger und vor allem liebevoller als sie selbst bedacht worden war. Antonia mußte ihrer Tante sogar von jedem Besuch in Köln eine Ansichtskarte geschickt haben, nur sie, denn jede Karte, die Hanna vorsichtig anhob, um die Rückseite zu entziffern, trug die Handschrift ihrer Tochter. Sauber, ohne Tintenklecks, manchmal sah man noch schwach die dünnen Bleistiftlinien durchschimmern, die sie nach dem Schreiben wieder vorsichtig ausradiert hatte. »Liebe Tante Lisa …«, so ging es jedesmal los, und zum Schluß folgte regelmäßig die Versicherung, sich ganz riesig auf das Wiedersehen zu freuen, das in aller Regel erfolgt sein mußte, bevor die Karte ankam. Paul hatte lediglich ein paarmal unterschrieben, man sah den krickeligen Buchstaben die Eile an, sich wieder in eines der Abenteuer stürzen zu dürfen, von denen die Abbildungen auf der Vorderseite nur einen schwachen Abglanz gaben: Dom, Funkturm, Zoo, Flora, Open-air-Konzert der Rolling Stones, Talentprobe im Rheinpark, Märchenwald, Deutzer Kirmes, Schiffstour zur Loreley ... Hanna hatte nichts unversucht gelassen, um Antonia und Paul ihre neue Heimat nahezubringen.

Hanna begann zu zählen, brach ab, sagte sich, daß es unsinnig war, etwas gegeneinander aufrechnen zu wollen, was jenseits der Zahlenwelt lag. Diese Karten vor ihr erzählten eine Geschichte, die weit über das hinausging, was darauf geschrieben stand. Es war die Fortsetzung des Verrats, den Lisa systematisch geübt hatte, um ihr die Kinder – die sie selbst gern gehabt hätte – zu entreißen. Sie schreckte nicht einmal davor zurück, sich mit diesen Trophäen zu schmükken. Nun schaut schon her, was für eine wunderbare Tante ich den Kindern bin! Zehnmal, hundertmal, tausendmal besser als die leibliche Mutter. Es juckte Hanna in den Fingern, den Wandschmuck abzureißen, Stück für Stück, wie von selbst schob sie ihre Hand vor.

Zum Glück kam Lisa gerade aus dem Bad zurück, und Hanna verschränkte die Arme rasch vor der Brust. Es war zu früh, taktisch unklug.

»Ist dir kalt? Soll ich die Heizdecke einschalten? Ich habe noch einen warmen Schlafanzug, die sind einfach himmlisch, und wenn dir meiner zu klein ist, gebe ich dir einfach einen von Carl, ihr beide seid etwa gleich groß.«

»Danke nein, es ist alles in Ordnung, ich mag's gern frisch.« Das fehlte noch, daß sie in den Pyjama von Lisas Bräutigam schlüpfte!

»Das ist die gute Seeluft, die frische Brise weht bis hierher. Ist das nicht herrlich? Ich kann dir gar nicht sagen, wie glücklich ich hier bin.« Sie hob die Bettdecke an, schob ihre mollige Wärme näher an Hanna heran, seufzte tief und wohlig auf, tastete noch einmal nach Hannas Hand, dann wurde ihr Atmen ruhig und gleichmäßig. Die Hand blieb auf Hannas Arm liegen, wurde schwer. Hanna schob sie beiseite, doch da rückte Lisa mit dem ganzen Körper nach und schmiegte sich im Schlaf an sie, sogar ihre Füße suchten den Kontakt zu Hannas Zehen, nie im Leben könnte sie so schlafen. Nicht mit einem Mann und noch viel weniger mit ihrer Schwester.

Schlief Lisa jetzt immer so?

Hatte sie vergessen, wie unangenehm es ihr war, wenn Hanna als kleines Mädchen zu ihr ins Bett krabbelte und sie umschlang und neugierig betastete? Betasten wollte, denn Lisa duldete es nicht. Jede Berührung hatte sie damals geniert. Fast jede, denn einmal hatte Hanna ja beobachtet, wie sie stillhielt. In der Hoffnung, der Großvater könnte ihre stämmigen Beine ebenfalls loben?

Zu ihrem vierten Geburtstag hatte Hanna ihr erstes Fahrrad geschenkt bekommen. Der Großvater hatte es ihr geschenkt, damit sie nicht schon wieder etwas von Lisa übernehmen mußte. Es war nagelneu und wunderschön. Sie wußte genau, wo sie ihre Runden im Hof drehen mußte, um den Großvater dort oben am Fenster glücklich zu stimmen. Ab und zu warf sie ein Kußhändchen zu ihm hoch, ihre Zöpfe flatterten im Wind, auf den ordentlich geflochtenen Haaren bestand ihre Mutter. Gegen den Fahrtwind war sie machtlos, er blähte auch das karierte Faltenröckchen, unter dem die Beine hervorlugten, die Ulrich Machill so gern lobte.

»Mein Kleines hat die herzigsten Beine auf der ganzen Welt.«

»Und Lisa?« hatte Hanna gefragt.

»Die hat Flaschenbeine wie eure Mutter.«

Es hatte Hanna glücklich gemacht zu hören, daß ihre Beine viel schöner als die ihrer älteren Schwester waren. Sie mochte es auch, wenn der Großvater sie sanft kitzelte. Wenn er sagte, daß sie eines Tages eine sehr verführerische Frau werden würde, kicherte sie ebenfalls.

»Du wirst allen Männern den Kopf verdrehen, nicht nur mit deinen Beinen.«

Ein Jahr später, als er ihr neue Rollschuhe schenkte, sagte er noch etwas anderes: »Nun halt schon still!« Als er das sagte, fing es an, nicht mehr nur schön zu sein. Da nützte es auch nichts, daß er das Blut in Lisas Adern mit Kamillentee verglich.

Hanna erwachte von einem Poltern, die Nachttischlampe war umgekippt, sie lag mit dem Oberkörper halb über der Kommode. Hinter ihr war es warm, kuschelig warm, doch das täuschte ebenso wie das schläfrige »Hanna? Hanna, was ist?«. Die Wärme konnte einen bis aufs rohe Fleisch verbrühen. Es heilt die Kamille, aber manchmal heilte sie nicht, manchmal war sie nur Täuschung. Hanna blieb Lisa die Antwort schuldig. Sie tat so, als ob sie schon wieder schliefe.

Carl mußte nicht auf die Uhr sehen, um zu wissen, daß es zehn Uhr war. Jeden Morgen pünktlich um zehn lief die »Christina« in den Hafen von Amrum ein, dann verkaufte der Kapitän persönlich den Fang der letzten Nacht: Krabben für fünf Mark den »Liter«, wie die Fischer sagten, manchmal gab es noch gratis Geschichten vom Kampf mit dem Wind aus Südwest und haushohen Wellen dazu. Der Kapitän berief sich gern auf seine Verwandtschaft zu Hark Oluf, dem berühmtesten Sohn der Insel, der auf dem

St.-Clemens-Friedhof begraben lag. In den Grabstein gemeißelt, stand dort zu lesen: »Hier liegt der große Kriegesheld, ruht sanft auf Amrums Christenfeld.« Die Worte huschten Carl durch den Kopf – warum, wußte er selbst nicht –, während er den Arm hob und dem Nachkommen jenes sagenumwobenen Seefahrers zuwinkte, mit dem ihn inzwischen fast schon so etwas wie Freundschaft verband und der ihm gleich wie gewohnt einen Beutel frische Krabben abfüllen würde.

Carl dachte, daß er demnächst zwei Liter brauchen würde. Vorausgesetzt, er kam noch einmal mit einem blauen Auge davon. Carl beschäftigte immer noch die fatale Begegnung an der Tanke 476 gestern mittag. Warum mußte er auch ausgerechnet in dieser mehr als zweideutigen Situation seine Schwägerin in spe treffen? Er mußte damit rechnen, daß sie ihrer Schwester von diesem Zusammentreffen erzählen würde. Doch was war schon dabei, eine Tankstelle aufzusuchen? Carl hatte dennoch ein ungutes Gefühl.

Er hätte nicht mehr dorthin fahren sollen, dabei hatte er dem Mädchen nur das Kuvert geben und sagen wollen, daß er nun nie mehr kommen würde. Was genau hatte Hanna Altweg von dem Gespräch mitbekommen? Wie lange stand sie schon hinter diesem Schaukasten mit angestaubten Pokalen? Hatte sie gehört, wie er sich schuldig bekannte? Er war's, dieser Motorradfahrer hatte ihm einen Zerrspiegel vorgehalten. Und plötzlich betrachtete er sich selbst als Schwein. Von wegen glattes Geschäft, er hatte den Köder ausgeworfen, und dieses junge Ding hatte ihn geschluckt und mit Gefühlen behängt, gegen die er ohnmächtig war. Das hatte ihn geschafft. Bevor er Lisa kennengelernt hatte, hätte er vielleicht auch nur höhnisch gelacht, wenn einer so mir nichts, dir nichts die Fronten wechselte. Heute Puffgänger, morgen reuiger Sünder. Aber so war's nun mal, erst trieb es ihn vorwärts, und hinterher zwickte ihn das schlechte Gewissen. Allerdings nicht so nachhaltig, daß er nicht früher oder später doch wieder losgezogen war. Ohne Lisa hätte er den Absprung wohl nie geschafft.

Ausgerechnet jetzt, wo er Nägel mit Köpfen machen und heiraten wollte, schickte ihm das Schicksal diese Frau über den Weg.

Allerdings war er für Hanna Altweg noch ein Fremder, dessen Sexualleben ihr gleichgültig sein konnte und es auch war, das hatte er ihrem Blick entnommen. Sie hatte ihn angesehen, als ob sie sich fragte, warum er sich wie ein aufgescheuchter Gockel benahm.

Er war ein Mensch, der saubere Lösungen brauchte. Jahrelang hatte er sich selbst etwas vorgemacht. Er hatte geglaubt, Sex und ein harmonisches Zusammenleben würden sich nicht miteinander in Einklang bringen lassen. Seine Frauengeschichten waren intensiv, aber niemals von langer Dauer gewesen. Was ihm in seinem Berufsleben nicht gelungen war, hatte sich auch nicht in seinem Privatleben erfüllt: Er hatte niemals feste Wurzeln geschlagen. Doch jetzt war er ruhiger und klüger geworden, zwar nicht ganz freiwillig, aber was passiert schon völlig ohne Fremdeinwirkung?

In seinem Fall hatten ein paar »Ösophagusvarizen« den entscheidenden Anstoß gegeben, Krampfadern in der Speiseröhre, die Folge von einem Cognac hier und einem Wein dort und ein paar Bierchen zwischendurch. Außerdem hatte er zuviel und meistens die falschen Sachen gegessen, an Umfang zugelegt und die kleinen Gefäßspinnen auf der Haut und das gelegentliche Kribbeln in Füßen und Fingern ignoriert, bis er an einem Freitag im Sommer vor drei Jahren hellrotes Blut gespieen hatte und als Notfall ins Krankenhaus gekommen war. Operation, Verödung der Varizen und der Rat des Arztes, seine Lebensgewohnheiten radikal umzustellen. Als erstes hatte er sich von der Frau getrennt, die ihm zu jener Zeit das Bett heizte und ihm einreden wollte, das Schicksal hätte sie füreinander bestimmt. Von wegen!

Ohne die Explosion in seiner Speiseröhre wäre es wohl noch ein paar Wochen heiß hergegangen, dann hätte sich wie üblich sein Verstand zu Wort gemeldet, eine Anhäufung von Peinlichkeiten wäre der Auftakt zum schrittweisen Rückzug und neuen Vorsätzen gewesen, denen unweigerlich die nächste Attacke von Hormonen gefolgt wäre, die ihn erneut blind für alles gemacht hätten, was nie und nimmer zueinander paßte.

Er hatte seinen Koffer gepackt und sich ins Auto gesetzt. Nur raus, hatte er gedacht! Und weil ihm im Krankenhaus eine Gedenkausgabe zum fünfundsiebzigsten Todestag von Theodor Storm aus dem Jahre 1963 in die Finger gefallen war – ansonsten bot die fahrbare Bibliothek nur religiöse Schriften oder wahlweise Jerry Cotton an – und die Bilder von der grauen Stadt am Meer ihm allgegenwärtig waren, steuerte er Husum an. Am Nissenhaus stieß er auf wahre Menschenmengen und ergriff erneut die Flucht. Die Küstenstraße führte ihn direkt nach Dagebüll, wo er auf den Kapitän der »Christina« traf, so kam er nach Amrum. Er hatte immer gewußt, daß die Beschwörung des Schicksals durch diese oder jene Geliebte Humbug war, doch was die Fäden betraf, die ihn zu seiner Insel lotsten, war er durchaus geneigt, an eine höhere Fügung zu glauben. Nicht in religiösem Sinn, denn er war überzeugter Atheist, aber vielleicht als Ergebnis gegenseitiger Anziehung, so wie bei einem Magnetfeld, und plötzlich saß er fest.

Er hatte zwölf Kilometer herrlichen Kniepsand und den stahlblauen Himmel und den »blanken Hans«, wie die Inselbewohner die rauhe See liebevoll nennen, zu seinen Verbündeten gemacht. Er hatte sich bei Wind und Wetter durchpusten lassen, sich Hornhaut an den Füßen gelaufen und die Hände beim Kampf mit seinem neuen Reetdach aufgeschnitten. Es hatte sich gelohnt, er war stolz auf sein Werk und hatte niemals auch nur die leiseste Versuchung gespürt, eine Frau mit hierherzubringen. Dabei war er beileibe kein Eremit, sondern nur klüger geworden.

»Moin-moin, Carl. Hat dir 'ne Möwe auf deinen feinen Frack geschissen?«

Carl schüttelte den Kopf. Benommen. Vor ihm das breite Grinsen des Krabbenfischers, in ihm rumorte noch das ungute Gefühl, und an seinem Körper – ohne den es all diesen Ärger nicht gäbe – hing immer noch das Jackett mit dem Hahnentrittmuster über der dunkelgrauen Hose, darauf abgestimmt Oberhemd und Krawatte. Es war seine Arbeitskluft, die er sonst spätestens auf der Fähre gegen Kleider austauschte, die nur noch bequem waren.

»Keine Bange«, sagte er laut und fühlte sich als Fremdkörper auf seiner eigenen Insel, auch daran war Lisas Schwester schuld.

»Hab' läuten gehört, du bringst uns demnächst 'ne fesche Deern vom Festland an.«

»Könnte schon sein.« Er hatte nichts gesagt, definitiv nicht, allerdings hatte er den Schreiner Pete – dessen Frau die Nichte des Käpt'n war – damit beauftragt, die Bettkoje zu erweitern, die Lisa gefallen würde, darauf wettete er Brief und Siegel.

Solide Handwerksarbeit, eingepaßt in die Fensternische, so daß man abends in den Sternenhimmel und morgens in die aufgehende Sonne schauen konnte und doch zum Wohnteil hin geschützt blieb. Im Untergeschoß stand der bollernde Kaminofen, und weil es nicht nur im Winter oft empfindlich kühl wurde, hielt er sich vorwiegend in diesem Raum auf, der Küche und Schlafzimmer und Wohnraum zugleich war. Wenn ein Kind käme, würde es natürlich zu eng werden, dann müßte man oben doch noch eine Heizung einbauen, gegen die er sich bislang gewehrt hatte. Aber wer sagte denn, daß es jemals soweit kommen würde? Im Moment war er nicht einmal mehr sicher, ob die »fesche Deern« ihn überhaupt noch haben wollte, wenn sie erfuhr, wohin es ihn gelegentlich getrieben hatte.

»Hoffentlich mag die Deern meine Krabben genausogern wie du.« Der nackte Arm, der doppelt so dick wie Carls eigener und von braunen Flecken übersät war, welche die Haut dunkler erscheinen ließen, als sie in Wirklichkeit war, zeigte auf das Schleppnetz der »Christina«.

»Laß dir da mal keine grauen Haare wachsen, Käpt'n!«

Der Mann nahm die Mütze vom Kopf, die der einzige Hinweis auf seinen Rang war, ansonsten trug er wie alle anderen ein Achselhemd und bis über die Waden hochgerollte Hosen. Er war fast kahl, das hatte Carl bei seiner Antwort vergessen. Der andere hatte sie wörtlich genommen, und nach all den vielen Litern Krabben und all dem Seemannsgarn wußte Carl, was er davon zu halten hatte, wenn plötzlich mit Worten gegeizt und die Glatze freigelegt wurde, die sonst eher versteckt blieb. Skepsis klang mit, und obwohl Carl wußte, wie unbegründet die Angst war, seine Braut könnte sich als Stadtpüppchen erweisen, schwieg er lieber.

Wer mochte wissen, was noch alles schiefging! Das mulmige Gefühl ließ Carl einfach nicht los, blockierte seine Gedanken und die letzten Handgriffe, die zu tun waren, bevor er Lisa hierherbrachte. Seit seiner Ankunft gestern hatte er praktisch nichts geschafft, er stierte nur Löcher in den Himmel, der klarer und blauer nicht hätte sein können, stand sich selbst im Weg und trödelte seit dem Morgengrauen hier am Hafen herum, der »Seezeichen« hieß und den Teufel tun und ihm ganz gewiß kein Zeichen geben würde. Der Hafen hieß so, weil auf seinem Gelände Bojen und Tonnen entrostet wurden und frische Farben bekamen, nicht mehr und nicht weniger. Er mußte sein Gerümpel selbst entsorgen, stellte sich nur die Frage, wann und in welchem Umfang.

Würde Lisa ihm glauben, daß nicht zuletzt die Rücksicht auf sie ihn dorthin getrieben hatte? Sie war einfach nicht die Frau, bei der man seinen Überdruck ablud, daran änderte auch die Verlobung nichts. Außerdem gab es diese Besuche an der Tanke schon, als er noch nicht einmal ahnte, daß eine Lisa Altweg überhaupt existierte. Fast ein Jahr lang hatte er in Harsewinkel gearbeitet, in jeder freien Minute war er auf seine Insel geflüchtet, trotzdem kamen immer wieder Situationen auf, in denen ihm die Decke auf den Kopf zu fallen drohte. Essen, arbeiten, mit einem Buch ins Bett, Tag für Tag, und wenn er dann doch einmal hinunter in den Schankraum der »Landskrone« gegangen war, hatte es ihm wenig später schon wieder leid getan, weil dieses Stammtischgeschwätz erst recht dazu angetan war, ihn aggressiv zu stimmen. Ganz besonders, als dieser Fall von Kindesmißbrauch Thema Nummer eins wurde und er an sich halten mußte, um nicht dazwischen zu fahren. Statt dessen war er wieder zu dieser Tanke gefahren. Er war hin, hatte ordentlich gezahlt und sich Erleichterung verschafft. Von seiner Seite aus war es Sex. Routinierter Sex. Nichts sonst. Keine Affäre, bei der die heiße Nummer mit ein bißchen Romantik oder wenigstens einem guten Essen nebst Small talk verbrämt wurde. Nichts von all dem. Es gab keine einzige Überschneidung mit dem, was ihn mit Lisa verband.

Mit Lisa war es von Anfang an anders als mit jeder anderen Frau zuvor. Sie hatte es zu keiner Zeit darauf angelegt, ihn zu reizen oder gar an die Angel zu bekommen. In ihren Augen hatte er eine Unschuld gelesen, von der er noch vor kurzem bestritten hätte, daß es sie überhaupt noch gab, erst recht nicht bei einer Frau in ihrem Alter. Dabei war sie alles andere als dumm. Er könnte niemals einen dummen Menschen neben sich ertragen. Sie war klug, überaus belesen und lieb aus tiefstem Herzen, dabei so unglaublich verletzlich. Sie hatte ihm nicht zeigen wollen, wie tief es sie getroffen hatte, daß die Menschen in ihrer Heimat nichts ausließen, um sie davon abzuhalten, einen aus ihrer Mitte zu entlarven. Mit ihr durfte man niemals Spielchen treiben. Sie würde daran zerbrechen. Manchmal fragte er sich, woher diese Angst rührte, die ihn besonders dann aus ihren Augen ansprang, wenn er ihr besonders nahe sein wollte. Wie ein scheues Reh. Aber sie hatten Zeit. Er würde ein Bollwerk aus Liebe um sich und Lisa errichten, an dem alles abprallte, was früher war.

Er würde mit ihr zusammen hier an der Mole auf die »Christina« und die Nordsee sehen und zwei Liter fangfrische Krabben auspulen und dem Seemannsgarn des Kapitäns lauschen, der ein Nachkomme jenes berühmten Seefahrers war.

Und vielleicht würden sie ja doch noch eine Heizung in seinem Inselhaus einbauen lassen, um auch das obere Stockwerk voll zu nutzen. Wenn du willst, würde er zu ihr sagen, könnten wir es ja versuchen. Gleich heute, wenn er sich beeilte, bekam er sogar noch die letzte Fähre vor der Mittagspause.

»Zwei Liter«, sagte er laut in das Grüppchen Leute hinein, das sich um den Krabbenfischer geschart hatte, »heute brauche ich zwei Liter.«

»Woll-woll. Denn grüß sie mal schön, deine Deern.« Der Kapitän griff mit beiden Händen in die aufgetürmten Krabben, füllte den Beutel, den ein Junge ihm aufhielt, wog ab und nahm den Zehnmarkschein, steckte ihn in die Lederbörse, die an seinem Gürtel hing, zog im Gegenzug eine Münze heraus und drückte sie Carl in die Hand. Ein Fünfer, er bestand darauf, der »Deern« ein Geschenk zu machen.

Hanna war früh aufgewacht und früh aufgestanden, obwohl sie sich nach der Nacht mit ihrer Schwester wie zerschlagen gefühlt hatte. Auf Lisa traf das offenbar nicht zu, sie kam Hanna jung und rosig vor, als sie sich in ihrem scheußlichen Schlafanzug räkelte und wie ein kleines Kind die Augen rubbelte und schon mit der Morgensonne um die Wette strahlte: »Jetzt mach' ich uns erst mal Frühstück, und dann zeig' ich dir was von der Gegend, Hanna.«

Sie war nicht zu bremsen, Hanna mußte Rührei, selbstgemachte Quittenmarmelade und frische »Schrippen« mit Salzbutter in sich hineinstopfen, bei dem ungewohnten Ausdruck für Brötchen hatte sie »Wie?« gefragt – der erste Wortbeitrag von ihrer Seite. Daraufhin hatte Lisa ihr erklärt, daß Carl gebürtiger Berliner sei und sie wohl schon angesteckt habe.

Hanna hatte keine Chance, den Eigenarten des ihr unbekannten Carl Bronnen zu entkommen, von dem sie bereits wußte, daß er deutsche Heimatdichtung über alles liebte, gelegentlich Probleme mit dem Magen hatte, sehr pflichtbewußt war und ein Fahrrad besaß, dessen Klingel jeder Kuh zur Ehre gereichte.

Auf dieses Hollandrad mußte Hanna steigen, um etwas von einer Gegend zu sehen, die ihr seit der Kindheit verhaßt war. Von Bongsiel aus war es nur ein Katzensprung nach Dagebüll, wo die Fähren nach Föhr und Amrum ablegten. Zwei Schwesterninseln, von denen die eine geschützt in der Etappe lag, wohingegen Amrum bei Sturmfluten an der Front stand. Ein Unterschied, der Hanna ebenso kalt ließ wie die Möglichkeit einer Wattwanderung von hier nach dort. Wann endlich würde dieser Carl Bronnen auftauchen?

»Bist du sicher, daß er heute noch kommt?«

»Hundertprozentig, wenn er einmal was sagt, dann hält er es auch, und am Telefon ...« Lisa mußte husten, nicht sehr heftig, und es klang sehr viel harmloser als die Anfälle, unter denen sie genau wie ihre Mutter schubweise litt. Dennoch konnte sie den Satz nicht zu Ende führen und auch nicht weiterradeln. Sie mußte absteigen und warten, bis sie wieder ordentlich Luft bekam.

»Mußt du eigentlich noch immer jeden Tag deine Kortisontabletten nehmen?«

»Ja, aber ich bin dabei, die Dosis zu senken, bei all dem Ärger in Versmold ist sie zu hoch geworden, aber ich krieg' das Asthma schon wieder in den Griff, du wirst sehen. Habe mich eben nur verschluckt.«

»Trotzdem solltest du aufpassen, du kommst in diesem Punkt total auf unsere Mutter und Tante Johanna und unsere Oma selig, mit chronischem Asthma ist nicht zu spaßen! Die kleinste Aufregung oder Überanstrengung, und schon geht es wieder los. Vielleicht hätten wir doch besser nicht so schnell radeln sollen, du siehst ziemlich käsig um die Nase aus.« Sie war blaß, das stimmte, allerdings hatte Lisa noch nie viel Farbe im Gesicht gehabt und am Körper noch viel weniger, denn dazu hätte sie sich ja in der Öffentlichkeit entblößen müssen. Hanna konnte sich nicht erinnern, Lisa je im Bikini gesehen zu haben.

»Ich habe mich wirklich nur verschluckt, du mußt dir

keine Sorgen um mich machen. Es reicht schon, wenn Carl anfängt, seine und meine Medikamente auf dem Tisch aufzubauen.«

»Ist er krank?«

»Hab' ich dir das nicht gesagt? Nichts Schlimmes, eine alte Geschichte. Vor drei Jahren hat es ihn an der Leber erwischt, und jetzt paßt er eben ein bißchen auf, allerdings habe ich ihn noch nicht soweit, daß er meinen Kamillentee mittrinkt, dabei schmeckt er wirklich gut. Natürlich nehme ich keinen Beuteltee; solltest ihn auch mal probieren.«

»Danke nein, ich bin kerngesund.« Und nach einer winzigen Pause: »Es ist schon ein Glück, daß du keine Kinder hast.«

»Wie?« Lisa schnellte herum, beinahe wäre ihr Rad gekippt, die Pedalen rotierten und verfingen sich in ihrem langen Rock.

»Du hängst fest.«

»Wo hänge ich fest?«

»An deinen Pedalen.«

»Wieso ist es ein Glück, daß ich kein Kind habe? Ich liebe Kinder, das weißt du genau.«

»Eben, und weil ich weiß, wie sehr du sie liebst, finde ich es gut, daß du nichts riskierst. Asthma ist nun einmal erblich.«

»Asthma wird von allem möglichen ausgelöst, und wenn man wieder mit sich im Lot ist und richtig lebt, ist das Risiko kaum noch der Rede wert. Ich merke ja schon nach ein paar Tagen an der See, wieviel besser es mir geht. Ganz zu schweigen von der Wirkung, die Carl auf mich hat. Warum sollte ich da nicht …?«

»Weil es unverantwortlich wäre.« Und nicht gerecht, aber das sagte Hanna nicht laut. Sie spürte, wie die Gegenwart ihrer Schwester alte Aggressionen in ihr aufkommen ließ. Sie wollte ihr weh tun, wollte sie an ihren wunden Punkten treffen und sich selbst Erleichterung verschaffen.

Sie stieg wieder auf das geliehene Rad und fuhr los, dieser fürchterliche Wind trieb ihr die Haare ins Gesicht, sie hörte nicht auf das Rufen und Klingeln hinter sich und bremste erst, als neben ihr eine silbergraue Karosserie auftauchte, die sie kannte, die ihre eigene war, die ihr signalisierte, daß sie ein paar Häuser zu weit gefahren war. Sie machte kehrt, höchstens zehn Meter trennten sie vom Eingang des Mehrfamilienhauses, vor dem ihre Schwester stand und ihr zuwinkte. Nicht die Spur beleidigt, im Gegenteil, mit der Sonne um die Wette strahlend. Ihr Fahrrad lehnte schräg an der Wand, blockierte den Bürgersteig und drohte jede Sekunde umzufallen, was sie alles nicht zu stören schien.

Was war nur los? Hatte das Asthma ihr jetzt schon den Kopf verwirrt?

Dann entdeckte Hanna den Mann. Haare, von denen sich nur schwer sagen ließ, ob sie noch blond oder bereits weiß waren. Sakko im Hahnentrittmuster über einer dunkelgrauen Hose, weder Schlips noch Oberhemd fehlten, doch was aussah wie ein Biedermann, war keiner. Sie kannte ihn.

»Hanna! Hanna! So komm schon, das ist Carl, jetzt lernst du ihn doch noch kennen.« Und zu dem Mann hin gewandt: »Carl, das ist meine Schwester Hanna, die Mutter von Antonia und Paul.«

»Ja«, sagte er, seine Stimme war rauh, kaum hörbar. Er sah Hanna an, während seine Arme sich schützend um Lisa legten und sie näher an seinen Brustkorb zogen. Eine unglaublich rührende Geste, von der nur Hanna wußte, wie verlogen sie war.

Sollte sie es ausposaunen? Sollte sie es jetzt gleich verraten? Wir haben bereits Bekanntschaft geschlossen, könnte sie sagen und die schmutzigen Details ergänzen und zusehen, wie Lisas Traum in Sekundenschnelle zerbröckelte.

»Freut mich sehr«, sagte sie laut und ging auf die beiden zu. Als sie dem Mann die Hand reichte, schoß der Wunsch in ihr auf, er möge auch sie in den Arm nehmen.

»Freut mich sehr!«

Carl hatte ein Summen im Ohr. Eine Mücke? Er würde sich nicht zerstechen lassen, auf gar keinen Fall. Er drängte sich an Lisa vorbei, die noch immer an der offenen Korridortür stand und darauf zu warten schien, daß ihre Schwester zurückkam. Das würde sie nicht tun.

Hoffentlich nicht! Er begann, nach dem Insektenspray zu suchen, von dem er wußte, daß es irgendwo stehen mußte. Er hatte es schließlich selbst gekauft. Endlich wurde er fündig, die Spraydose stand ganz hinten im Putzschrank, er griff danach, sprühte, hustete, dann hörte er Lisa husten. Ganz anders als er selbst, ein regelrechter Anfall, er hatte ihr Asthma vergessen.

»Tut mir leid, Lisa.« Er mußte sich zurückhalten, um mit seiner Entschuldigung nicht übers Ziel hinauszuschießen. Ihr Husten wurde schon schwächer, sie würde es seltsam finden, wenn er die Sache weiter hochspielte. Sie würde sich fragen, warum er plötzlich so aufgekratzt war, regelrecht überdreht. »Ich koche dir einen Tee«, fügte er hinzu und floh erneut vor den Augen, die jede Gefühlsregung spiegelten.

Was würde passieren, wenn die Wahrheit ans Licht kam?

Im Grunde war es ihm schleierhaft, warum Hanna Altweg eben geschwiegen hatte. Sie hatte ihn erkannt, keine Frage, ihr »Freut mich sehr!« war der blanke Hohn. Sie entsprach exakt seinen Vorstellungen. Eine Fackel, er hatte bei ihrem Anblick an eine Fackel denken müssen, und das lag keineswegs nur an dieser lodernden Mähne. Alles an ihr loderte und provozierte, ihr Blick ebenso wie Haare, Gesten und Worte. Am auffälligsten aber empfand er ihren Mund. Als sie ihm die Hand reichte und ihn damit aus der Umarmung mit Lisa riß – einer Umarmung, die ihm gleichermaßen Halt gewesen war –, hatte er nur auf diese fordernden, aufgeworfenen Lippen sehen können.

Carl war immer noch so in Gedanken, daß er das Pfeifen des Wasserkessels erst bemerkte, als Lisa plötzlich neben ihm stand und den Kessel von der Herdplatte zog.

»Du hast es also auch gemerkt?« Ihre Hand zitterte, ihre Stimme ebenso, nur ein Teil des blubbernden Kochwassers gelangte in die Kanne, der Rest rann seitlich vorbei: Eine Lache breitete sich aus, sie kümmerten sich nicht darum.

»Was gemerkt?« fragte Carl unsicher zurück.

»Daß Hanna komisch war. Schließlich bist du demnächst ihr Schwager, da benutzt man doch nicht solche Höflichkeitsfloskeln wie ›Freut mich sehr!‹. Überhaupt hatte ich das Gefühl, daß mit Hanna etwas nicht stimmt.«

»Hast du mir nicht immer erzählt, wie unberechenbar sie ist?« versuchte Carl auszuweichen.

»Ja, aber diesmal war es anders. Außerdem ist sie doch extra geblieben, um dich kennenzulernen. Und dann kommst du, und sie macht ein paar seltsame Bemerkungen übers Tanken und verschwindet wieder. Das kommt mir wirklich alles sehr merkwürdig vor.«

»Ist das so wichtig? Wir werden schon noch eine bessere Gelegenheit finden, um uns kennenzulernen.« Er griff über die Kanne, aus der es dampfte, löste ihre Finger von dem Griff, begann zuerst ihre Hand und dann den Arm und endlich ihr Gesicht zu liebkosen. Er streichelte sie, bis ihre Züge weich wurden, ihm wieder vertrauten. Sie konnte ihm vertrauen. Nun schien der Zeitpunkt gekommen, das Geheimnis um seine Insel zu lüften, und er erzählte ihr von dem Haus, das auf sie beide wartete. »Es wird dir gefallen«, sagte er und beschrieb alles ganz genau, er ließ nicht einmal die Möglichkeit aus, bei Bedarf im Obergeschoß eine Heizung einzubauen: »Für uns beide reicht der Kachelofen unten dicke aus, aber man weiß ja nie ... Und falls es nötig wird – es könnte ja immerhin sein ...«

In dieser Nacht sorgte er dafür, daß es wirklich dahin kommen könnte. Er ließ jede Vorsicht außer acht und umarmte Lisa und bezwang die Bilder ihrer Schwester, die ihn ansprangen. Er kannte diesen Typ Frau. Er konnte nur hoffen, daß sie schnell eine fettere Beute fand. Sie war die geborene Jägerin, dafür hatte er einen Blick.

Als Lisa in seinen Armen eingeschlafen war, schob er sie behutsam zur Seite und schlich sich aus dem Bett in die Küche, wo er erneut zu suchen begann. Diesmal kein Insektenspray. Er brauchte einen Cognac, er wußte genau, daß noch eine volle Flasche da sein mußte. Sie stand hinter dem Essigreiniger, er war sich nicht schlüssig, ob Lisa den Cognac absichtlich versteckt hatte. Um ihn vor sich selbst zu schützen? Er hatte ihr, als es ernst wurde, von seinem Alkoholproblem erzählt. Er hatte ihr auch gesagt, daß diese Sache überstanden war. Ob sie ihm nicht geglaubt hatte? Seine Hand zitterte, als er sich einen zweiten und einen dritten Cognac einschenkte. Es war der erste Rückfall seit langem.

Carls neue Wirkungsstätte lag landeinwärts, jeden Morgen fuhr er nun mit seinem alten Hollandrad an dem Getränkegroßmarkt und einem Dutzend Lagerhallen vorbei und dann immer weiter geradeaus, bis die Straße einen scharfen Knick machte und vor ihm die ehemalige Schlachthalle auftauchte. Dunkler Backstein, langgestreckt, an einer Seite stand ein Baugerüst. Dort mußten noch neue Fenster eingesetzt werden. Im Inneren lief der Umbau ebenfalls auf Hochtouren, das Hämmern war bis hier draußen zu hören, zum Glück nicht mehr lange. Heute wurden die letzten Regale in der eigentlichen Bibliothek eingebaut, parallel wurde an der Bühne gearbeitet. Der gesamte Umbau und die Organisation drumherum hatte ihn schon viele Nerven gekostet. Er war froh, daß die Sache bald ausgestanden war.

Als Carl das Büro betrat, das er sich mit Björn Feltes teilte, war dessen Schreibtisch leer. Dafür ertönten genau unter ihm kräftige Geräusche. Dort lag die Bühne, die bis zum geplanten Sommerfest im Juni fertig sein mußte. Björn war Carls rechte Hand und außerdem der Leiter der Theatergruppe, die sich zur Zeit aus neunzehn jungen Leuten – zumeist Schülern – zusammensetzte. Zuvor war Björn Lehrer gewesen. Der Versetzungsantrag von Lisa hatte ihm die Möglichkeit gegeben, sich zunächst für ein Jahr aus dem Schulbetrieb zurückzuziehen. Leider vergaß er über seinen Proben nur zu gern alles andere.

Beim Anblick des leeren Schreibtischstuhls ärgerte sich Carl prompt wieder. In letzter Zeit geriet er sehr schnell in Rage. Daran waren nicht nur Björn und die Bauarbeiten schuld. Obwohl mittlerweile zwei Wochen vergangen waren, seit er Hanna Altweg kennengelernt hatte und nichts weiter geschehen war, verspürte er immer noch eine innere Unruhe. Ihn plagte die Furcht, Hanna könnte jederzeit mit Lisa über das reden, was sie an der Tanke beobachtet hatte. Carl hatte noch keine Gewißheit, daß diese unglückliche Geschichte ausgestanden war.

Gereizt griff er nach dem Metallspieß, auf dem jeder, der etwas von ihm wollte, seine Nachrichten hinterließ. Wie üblich nichts als Ärger. Der Elektriker teilte ihm mit, daß die neue Schließanlage noch immer nicht eingetroffen war. Carl hatte es geahnt. Der Ärger mit der Versicherung war vorprogrammiert, falls irgend etwas gestohlen wurde. Man mußte den Brüdern ein Ultimatum stellen. Bei der Installation der Waschbecken auf der Besuchertoilette war gleichfalls etwas schiefgelaufen, ein Rohr lag falsch, aber – um Himmels willen – er war schließlich kein Installateur! Der dritte Zettel trug die Handschrift der Telefonistin. Im Auftrag des Kämmerers – der Mensch ging Carl allmählich ernsthaft auf die Nerven – erinnerte sie ihn an die Stühle, die heute hinüber ins Rathaus geschafft werden mußten. Leihweise, damit man dem wegen Krankheit vorzeitig zurückgetretenen Bürgermeister morgen im Sitzen zum Geburtstag gratulieren konnte. Wahrscheinlich wollte der Kämmerer zugleich mit den Sitzmuskeln die Sympathie des Wählervolks hätscheln, er kandidierte nämlich selbst. Carl wollte sich gerade über die fehlenden Namen bei einem weiteren Anruf, der für ihn eingegangen war, aufregen, als unter ihm etwas polterte. Ein lautstarker Fluch folgte, und er erkannte die Stimme von Björn.

Wenig später wurde die Tür aufgestoßen, und Björn stürmte herein. Er war sehr groß, fast einen Kopf größer als Carl und auch breiter im Kreuz, dafür waren Hüften und Beine rank und schlank. Dennoch war sein Gang wuchtig, als ob er sich auf Schiffsplanken bewegte. Wenn er wie jetzt Tempo zulegte, vibrierten der Boden und sogar die Möbel.

»Schietkram!«

»Ist was? Habt ihr euch mit dem ›Pole Poppenspäler‹ doch zuviel vorgenommen?«

Carl mochte die schlichte Lesebuchprosa des gleichnamigen Textes, und Theodor Storm gehörte sogar zu seinen Lieblingsdichtern, doch die Erfahrung hatte ihn gelehrt, wie mühsam es war, mit klassischer Dichtkunst einzusteigen. Das überforderte die Kids auf der Bühne ebenso wie die Zuschauer. Besser, man fing klein an, und sei's mit Seifenopern.

Björn schüttelte den Kopf: »Nein, der Text ist kein Problem, die meisten haben intuitiv den richtigen Zugang zu der Geschichte.«

»Was ist dann das Problem?« fragte Carl leicht gereizt zurück. Er hatte keine Zeit und Geduld, sich auch noch um die Theaterproben seines unerfahrenen Mitarbeiters zu kümmern. Er hatte jedoch bereits von Anfang an befürchtet, daß Björn mit seiner Aufgabe überfordert sein würde, und wenn bis zum Sommerfest die Sache stehen sollte, mußte er Björn wohl unter die Arme greifen. Doch wie sollte er die Zeit dafür aufbringen?

»Mitten in der Probe ist die komplette Dekoration runtergekommen und hat meine Hauptdarstellerin voll erwischt. Der Arzt meint, wenn sie mit einem verknacksten Fuß davongekommen ist, kann sie noch von Glück reden. Außerdem hat sie mit dem Kopf den Heizkörper gestreift, eine Gehirnerschütterung ist nicht ausgeschlossen. Sicherheitshalber haben wir sie jetzt erst mal ins Krankenhaus gebracht, die sagen uns dann gleich Bescheid. Sie sah aus wie ausgespuckt, und übel war ihr auch. Nie im Leben ist die morgen oder übermorgen wieder so fit, daß sie normal weiterproben kann. Dabei ist sie mit Abstand die beste Lisa, die ich mir denken kann. Willst du mir mal sagen, was ich ohne sie anstellen soll?«

»Sie heißt bei Storm nicht Lisa, sondern Lisei. Die Puppenspieler-Lisei.«

»Stimmt, werfe ich immer durcheinander, wohl weil deine Zukünftige Lisa heißt. Macht aber auch nichts, jedenfalls stehe ich total im Regen, wenn mir jetzt die Hauptfigur ausfällt.«

»Vielleicht ist es ja gar nicht so schlimm, wie es aussieht, manchmal hat man ja Glück im Unglück.« Hoffentlich, dachte Carl und sah in demselben Moment eine Wespe auf seinem Handrücken Platz nehmen. Dreist, so als ob sie seinen Optimismus Lügen strafen wolle. Er verfehlte sie, hörte sie nur noch, sah sich nach der Dose mit dem Insektenspray um.

»Und was soll schlimmer sein? Dein Optimismus in Ehren, aber was meine weibliche Hauptfigur betrifft, habe ich Pech auf der ganzen Linie. Gleich nach diesem Desaster wollte ich deine Lisa in der Schule anrufen, damit sie dem kleinen Bruder von meiner zweiten Besetzung Bescheid sagt, die haben nämlich daheim kein Telefon, aber Lisa war nicht mehr da.«

»Wieso denn nicht? Sie hat jetzt eine Doppelstunde Kunst in ihrer Klasse.«

»Fällt aus, weil heute alle Klassen zusammen Verkehrsunterricht haben. Wie's ausschaut, kann ich jetzt gleich erst mal persönlich zu meiner zweiten Besetzung hinfahren. Dabei hängt mir der Magen an den Knien, ich habe seit …«

Carl hörte nicht mehr zu. Er verspürte eine plötzliche Sehnsucht, sofort mit Lisa zu sprechen, sie zu sehen. Carl griff zum Telefonhörer, niemand hob ab.

Die Wohnung war leer. Er hatte aufgeschlossen und laut »Lisa! Bist du da?« gerufen, und obwohl keine Antwort gekommen war, hatte er jede der vier Türen einzeln aufgemacht und sich davon überzeugt, daß sie wirklich nicht da war. Nun saß er auf dem Sofa, das ihre Eltern ihnen geschenkt hatten, starrte das Sammelsurium von Zetteln und Skizzen an, das so typisch für sie war, und stellte sich vor, was er ohne diese kleinen, lebendigen Zeichen ihrer Gegenwart anfinge. Er mochte es sich nicht vorstellen. Wo war sie nur? Seine Panik, das wußte er, nahm allmählich irrationale Züge an.

Warum mußte er auch ausgerechnet Lisas Schwester an der Tanke treffen?

Warum warf ihm das Schicksal just dann Knüppel zwischen die Beine, wenn er alles zum Guten lenken wollte?

Seine Unruhe wuchs. Er sprang auf, riß die Balkontür auf und trat hinaus. Dieser Vorbau glich eher einem Vogelkäfig und diente ihnen vor allem als Abstellplatz für Wasserkästen und Schuhputzzeug. Sie waren beide keine Menschen, die sich auf knapp zwei mal zwei Metern Beton, auf die von oben und von der Seite andere Hausbewohner starrten, wohl fühlten. Sie brauchten den direkten Kontakt zu den Elementen, zum Meer. Am Freitag wollten sie gemeinsam zu seiner Insel fahren, dann war es endlich soweit.

Wie ihre Augen geleuchtet hatten! Heute morgen waren sie zusammen losgeradelt und hatten sich an der Kreuzung noch gegenseitig zugewunken. Heute abend sollte es Speckpfannkuchen und danach Vanillepudding mit frischem Rhabarberkompott geben.

»Eine kleine Sünde«, hatte sie gesagt, ihn dabei fast schelmisch von der Seite angelächelt und hinzugefügt: »Manchmal muß man auch ein bißchen sündigen, stimmt's?« Wenn er nicht wüßte, daß ihr alles Zweideutige fremd war, so hätte er glauben können, sie hätte damit auf andere Sünden angespielt.

Vorsichtshalber hatte er nur erwidert, daß er Angst habe, demnächst wieder ein paar Kilo zuviel auf den Rippen zu haben: »Ich war nämlich mal regelrecht fett, das war vor meiner Krankheit. Da hättest du mir keinen einzigen Blick gegönnt, du darfst mich also nicht zu sehr verwöhnen.«

Lisa hatte ihm vehement widersprochen, sie war regelrecht empört gewesen, so als ob es ein Verbrechen wäre, ihre Liebe für so klein zu halten, daß sie an einer bloßen Äußerlichkeit zerbrechen könnte.

Diesmal ging es um mehr. Von außen betrachtet ging es um sehr viel mehr als um einen Schönheitsfehler. Seine Hände schlossen sich um den mit zwei Haken befestigten Blumenkasten. Dort unten auf der Straße hatte er Lisa losgelassen und ihrer Schwester die Hand gereicht und eine Hitzewelle verspürt, deren Echo er immer noch spürte. Er hatte keine Ahnung, wozu Hanna alles in der Lage war. Er wußte jedoch, daß sie eine impulsive Frau war, und er wußte auch, daß die Schwestern kein gutes Verhältnis zueinander hatten. War es da nicht gut möglich, daß sie die Gelegenheit nutzen würde, um der älteren Schwester eins auszuwischen? Der Blumenkasten begann unter seinem Griff zu wackeln.

»Was machst du denn da mit den fleißigen Lieschen? Jetzt, wo sie blühen, sind sie doch ganz hübsch?«

Die Worte erreichten Carl von weit her, plötzlich waren sie nah, so nah wie Lisa, die dort in der Balkontür stand und ihn anlächelte, leicht erstaunt, vielleicht ein wenig skeptisch wegen ihrer Pflanzen, aber in keinem Fall unversöhnlich. Es war nichts.

»Lisa, da bist du ja!« Er streckte beide Hände aus, sie tat dasselbe, und er zog sie an sich heran und umarmte sie heftig, bis sie leise protestierte.

»Aber was ist denn mit dir? Willst du mir alle Rippen brechen? Erst die Blumen und dann ich, du bist ja ein richtiger Raudi!«

»Ich bin nur so froh, daß es dir gutgeht. Du warst nicht in der Schule, plötzlich warst du spurlos verschwunden.«

»Und woher weißt du das?«

»Von Björn, er wollte dich wegen seiner zweiten Besetzung sprechen, der Bruder ist in deiner Klasse. Ich habe mir schreckliche Sorgen um dich gemacht.«

»He, ihr spioniert mir wohl nach, dabei war ich nur rasch beim Arzt.«

»Also fehlt dir doch was?«

»Nein, nichts, oder wenigstens nichts Ernstes, ich werde nur diesen blöden Schnupfen nicht los, das weißt du doch. Und wenn wir am Freitag zu deiner Insel fahren, will ich nicht ständig schniefen müssen, also habe ich die Gunst der Stunde genutzt, bei uns hat nämlich heute ein Polizist den Unterricht übernommen.«

»Und warum nimmst du nicht einfach das Zeug, das ich dir aus der Apotheke besorgt habe und selbst auch immer nehme? Es ist wirklich gut und auf pflanzlicher Basis, versuch's doch wenigstens.«

»Es war wegen dem Beipackzettel. Heute morgen habe ich mir den durchgelesen, und dann habe ich mir gedacht, ich sollte vielleicht doch besser erst den Arzt fragen.«

»Du bist bloß wegen diesem Waschzettel zum Hals-Nasen-Ohren-Arzt gegangen?« Ob sie ihm einen neuen Asthmaanfall verschwieg? Man sollte es nicht glauben, aber Lisa konnte unglaublich starrköpfig sein, und er hielt es durchaus für möglich, daß sie sich mit ihrer plötzlichen Aversion gegen ihr Spray noch selbst gefährdete. Er sah ihr an, daß sie ihm noch etwas verschwieg, offenbar suchte sie noch nach den richtigen Worten.

»Eigentlich«, sagte sie zögernd, »war ich ja auch gar nicht beim HNO-Arzt.«

»E-i-g-e-n-t-l-i-c-h?« wiederholte er und hoffte, daß ihr selbst auffiel, was für ungereimtes Zeug sie da von sich gab. Entweder sie war da-, oder sie war nicht dagewesen.

»Weil ich beim Frauenarzt war. Ich mußte mir doch sowieso hier in der Gegend endlich einen suchen, und da habe ich mir gedacht, ich schlage gleich zwei Fliegen mit einer Klappe. Die Praxis ist fast schon draußen in Schüttsiel, von der Schule aus hatte ich ein ganzes Ende zu fahren, es hat halt gedauert.«

»Und was hat ein Frauenarzt mit einem Schnupfenmittel zu tun?«

»Manchmal hat er schon etwas damit zu tun, etwa in Fällen, wo es wegen einer anderen Sache kontraindiziert ist.«

»Und was soll diese andere Sache bei dir sein?« Er suchte noch immer nach einer Querverbindung zwischen chronischem Asthma, Schnupfen und weiblichen Erkrankungen.

»Wenn ich zum Beispiel schwanger wäre, dann dürfte ich dieses Schnupfenzeug von dir nicht ohne Einwilligung meines Arztes nehmen, das stand ausdrücklich auf dem Waschzettel.«

»Verstehe.« Heiser, er klang regelrecht heiser, ein wenig wie im Stimmbruch, als er leise hinzufügte: »Und? Was hat er gesagt? Darfst du es nehmen?«

»Er hat mir sicherheitshalber was anderes verschrieben, weil man nach zwei Wochen ja noch nichts sagen kann. Es war wohl auch eher so ein Gefühl bei mir. Verstehst du das? Manchmal spüre ich Sachen, die es noch gar nicht wirklich gibt. Oder falls es sie doch schon gibt, so sind sie eben noch nicht greifbar, das war zum Beispiel bei diesem Kollegen an meiner alten Schule so. Ich habe nie gewußt, warum ich ihn nicht ausstehen konnte, manchmal habe ich mir deshalb selbst Vorhaltungen gemacht, denn er war immer sehr höflich zu mir, regelrecht hilfsbereit, und mit seinen Kindern und seiner Frau war er auch total nett, trotzdem hatte ich ständig das Gefühl, da ist was faul.«

»Aber mich kannst du ausstehen?«

»Bei dir ist ja auch nichts faul. Wenn du wüßtest, wie ich mich auf deine Insel und das Haus und alles freue! Manchmal habe ich Angst, ich hätte soviel Glück gar nicht verdient. Ich bin keine Schönheit und erst recht nicht mehr jung, meine Großmutter galt mit zweiundvierzig schon als alte Matrone. Außerdem weiß ich ja selbst, wie schwer ich es dir manchmal mache, wenn du besonders lieb zu mir sein willst. Aber das hat dann nichts mit dir zu tun, das mußt du mir glauben, das steckt mir einfach noch in den Knochen. Gib mir noch etwas Zeit.«

»Wir haben Zeit, und was das andere betrifft: Also, du hast alles Schöne und Gute auf dieser Welt verdient. Ich weiß nicht, ob ich dich verdient habe, wahrscheinlich nicht, aber ich tue mein Bestes, glaub mir's.« Er strich über ihre Stirnfalte, die in diesem Moment kaum zu sehen war, und er wünschte sich, daß es so blieb. Hoffentlich blieb es so.

»Ich habe dich ja gewarnt, du heiratest eine alte Matrone mit Falten im Gesicht.«

»Und Dreck.« Er grinste. Nachdem er den Finger von ihrer Stirn gelöst hatte, pappte dort ein fetter Brocken Blumenerde. Sie wollte es ihm nicht glauben, doch als er sie vor den Spiegel zog, der über dem Likörschränkchen hing und wie die meisten Möbel in diesem Raum ein Erbstück aus ihrer Familie war – von seinen Eltern hatte es nur Terrarien in jeder Größe und Preisklasse zu erben gegeben –, fing sie ebenfalls an zu lachen und beschuldigte ihn dann, der Verursacher zu sein. Damit hatte sie recht.

Es war herrlich, fand er, sich mit ihr wegen solch eines harmlosen Blödsinns zu käbbeln und zu spüren, wie der harte Druck in seinem Magen verschwand und nur noch wohlige Wärme zurückblieb. Lisa und er erzeugten sie gemeinsam, der ovale Spiegel in dem Rahmen aus gekordeltem Blattgold zeigte ihrer beider Spiegelbild. Zwei übermütig lachende Münder, die aufeinander zu rückten, sich berührten. Ihr Atem beschlug das Glas, es war nicht weit bis zum Sofa. Nie zuvor hatten sie sich so umarmt.

Heimliches Treffen

Hanna war sehr aufgewühlt gewesen. So aufgewühlt, daß die Rückfahrt von Bongsiel über Versmold nach Köln wie im Rausch an ihr vorübergegangen war. Sie konnte sich nicht mehr erinnern, ob es unterwegs geregnet oder ob die Sonne geschienen hatte, wie oft das Handy in ihrer Handtasche vergeblich gepiepst oder was sie gegessen hatte, falls sie überhaupt etwas zu sich genommen hatte. Alles war nebensächlich, weit weg. In Gedanken stand sie noch immer vor dem schäbigen Mietshaus mit dem Pappschild neben dem Klingelknopf.

Auf dem Stück Pappe waren Lisa und dieser Mann schon ein Paar. Pappe war tot, dieses Paar war es nicht. Wie er seinen Arm um sie gelegt hatte, liebevoll und beschützend! Die Botschaft der beiden war greifbar und fühlbar geworden. Das schaffst du nie, Hanna Altweg! Männer, sie hatte viele Männer gehabt. Sie war auch schöner und erfolgreicher und besaß obendrein zwei prächtige Kinder, aber auch das stand plötzlich nur noch auf dem Papier, nicht einmal mehr auf dem Papier, diese Postkarten ihrer Tochter Antonia über dem Doppelbett von Lisa und Carl waren der beste Beweis …

Liebe Tante Lisa … Du müßtest hier bei mir sein … weißt Du noch, als wir beide …? Ich freue mich schon, wenn wir wieder …

Freuen, schrie es in Hanna. Liebe-Liebe-Liebe. Die Liebe lief ihr davon, sperrte sie aus. Ätsch, Hanna Altweg, das hast du nun davon! Du bist zwar erfolgreich, aber allein …

Sie spürte plötzlich, wie ihr alles entglitt, worauf sie gebaut hatte. Es zählte nicht, stand auf tönernen Füßen, trieb alle Liebe und alles Glück zu der Frau, die ihre Schwester war, die sie lieben sollte und nicht lieben konnte, weil sie es nicht verdiente. Eine Heuchlerin, wie sie im Buche stand. Der einzige, der das beizeiten durchschaut hatte, war nun tot. Er hatte mit Leib und Leben zahlen müssen. Er war auch einsam gewesen. Es mußte schrecklich sein, schon zu sterben, wenn man noch lebte …

Der Großvater wohnte nun seit einem Jahr bei ihnen. Es gab ihn und gab ihn auch wiederum nicht. Seit keine fremde Pflegerin mehr kam, existierte er für die anderen nur noch in Form der Tabletts, die dreimal täglich hochgetragen wurden, und in dem dicken Bündel Wäsche, das extra gewaschen wurde, so als ob er Aussatz hätte. Weil nun keine Pflegerin mehr kam, versorgten die Mutter und Lisa den Mann, der sich nicht mehr aus eigener Kraft von der Stelle bewegen konnte. Es wurde immer schlimmer, keiner wollte wahrhaben, daß hinter alldem noch jemand anderer schlummerte. Ein echter Abenteurer.

Sie sahen nur, was sie störte. Er näßte oft ein, manchmal verlor er auch Stuhl, dann mußte er in die Wanne gehievt und gewaschen werden, das fürchteten Hannas Mutter und Schwester am meisten. Weil er ihnen zu schwer und zu störrisch war und auch nicht gut roch? Nicht nur, das allein war es nicht. Obwohl das Kind Hanna immer wieder weggeschickt worden war, hatte es mitbekommen, was man Ulrich Machill unterstellte. »Er macht es extra«, sagte die Mutter, und Lisa stimmte dem zu. Die beiden entwarfen Pläne, wie man ihn saubermachen und verpflegen konnte, ohne ihm näher als unbedingt nötig zu kommen. Nur noch Nahrung, die keine schlimmen Flecken hinterließ, wenn er damit nach ihnen warf oder sich bekleckerte. Bei Hanna tat er das nie. Unzerbrechliches Geschirr. Wäsche, die kochfest war. Gummitücher. Und nichts, was den Schmerz betäubte, der ihn wie ein wildes Tier anfiel. Der Arzt, der ab und zu kam, steckte mit der Mutter und Lisa unter einer Decke. Die drei zählten ihm die kleinen rosaroten Pillen ab, versteckten sie vor ihm, ebenso wie den Alkohol, der lediglich ein Ersatz für die Pillen war, ohne die der Schmerz ihn übermannte. Der Schmerz glich einem bösen Tier, und davor fürchtete sich Hanna.

Lisa hatte dafür gesorgt, daß das böse Tier wuchs und wuchs.

»Hol mir einen Cognac, Lisa. Wenigstens einen einzigen. Ich weiß, daß ihr die Flasche vor mir versteckt. Ich halte die Schmerzen nicht mehr aus.«

»Der Arzt sagt, du darfst keinen Alkohol haben.«

»Er ist ein Scharlatan, genau wie der da oben. Nun hol mir schon die Flasche!«

»Nein, ich hole sie nicht, der Alkohol verträgt sich nicht mit den Medikamenten, die du einnehmen mußt. Laß mich los! Laß mich sofort los, sonst werde ich …«

»Was wirst du, meine kleine Heuchlerin? Den Luftikus über den Wolken anflehen, daß er mich bestraft? Oder willst du ihm gar dabei helfen?«

»Ich will nur …!«

»Ich glaube, du willst mich nur quälen, du kleine Hexe. Solche wie du sind immer kleine Hexen, nach außen hin heiliger als der Papst und innendrin verdorben bis aufs Mark.«

»Die Wäsche. Ich muß die Wäsche …«

»Halt! Bleib hier! Du entwischst mir nicht …«

Ein Irrtum, dachte Hanna. Ein tödlicher Irrtum, auch wenn der Tod, den man auf einem Totenschein festhielt, erst Jahrzehnte später erfolgte. Aber was war dieses letzte Sterben gegen das andere? Nichts. Sie spürte, wie ihr die Tränen übers Gesicht liefen und ihr Körper zu zittern begann; das Fahrzeug brach aus der Spur, vor ihr blinkte es metallisch, ein Brückenpfeiler, dahinter schwappte träge der Fluß. Ihr Fluß, Hanna war in Köln angekommen. Sie trat auf die Bremse, hinter ihr hupte es wild.

»Sie sind wohl lebensmüde? Oder besoffen?« Der Fremde – offenbar der Fahrer des Autos hinter ihr – stockte, als er Hannas Blick begegnete: »Oder sind Sie etwa krank? Können Sie überhaupt noch allein weiterfahren?«

Hatte sie ihm geantwortet? Hanna wußte auch das nicht mehr zu sagen, als sie wenig später vor dem Haus ausstieg, in dem sie seit fast fünf Jahren wohnte. Es spielte keine Rolle. Sie wußte nicht einmal mehr, ob sie sich freuen sollte, daß sie noch einmal mit heiler Haut davongekommen war. Äußerlich heil.

Hol mir den Cognac, Schätzchen! Deine Schwester behandelt mich wie einen Säugling, aber ich bin ein Mann, ich bin immer noch ein Mann, glaubst du mir das?

Hanna hatte ihm die Flasche geholt, nicht nur einmal. Es ging ihm deutlich besser, wenn er trinken durfte, ganz gleich, was der Arzt dazu sagte. Dann kehrte etwas von dem alten Glanz zurück, seine Erzählungen wurden prall und rund, er zog Hanna auf seinen Schoß und spann sie ein in Abenteuer, die weit weg und plötzlich sehr nah waren, zum Greifen nah. Und dann waren sie mit einem Schlag tot.

Nein, tu das nicht! Du wagst es nicht, das zu tun! Nie im Leben traust du dich das! Du und deine …

Der Rest ging in einem Schrei unter, nie mehr hatte Hanna einen Menschen so schreien hören. Das Blut war ihr in den Adern gestockt, und dann war sie aus ihrem Bett geschlüpft, hatte sich durch die Dunkelheit getastet und war dem schwachen Lichtschimmer und dem Geräusch gefolgt …

Es klingelte. Es klingelte gleich zweimal. Einmal hell, in rascher Tonfolge, das andere Mal dunkel mit größeren Intervallen. Hanna erkannte den Ton, hier wie dort, ließ sich zurückreißen in die Gegenwart, schloß hastig auf, nahm zuerst das Gespräch in der Diele an – »Altweg hier!« – und hastete mit dem Mobilteil weiter ins Wohnzimmer, wo nun der Anrufbeantworter blinkte.

»Na endlich! Was ist mit deinem Handy los? Seit Stunden versuche ich vergeblich, dich zu erreichen.« Der Vorwurf in Jonas Kaulards Stimme war nicht zu überhören.

»Ich war beschäftigt«, gab Hanna schnippisch zurück.

»Wo bist du nach der Lesung so lange gewesen? Die Bibliothekarin in Harsewinkel sagte mir, du seiest sang- und klanglos verschwunden. Der Abend muß ja ein ziemlicher Reinfall gewesen sein.«

»Bist du mein Schutzengel?«

»Nein, aber dein Lektor, und da sich hier die Probleme häufen und sogar der Verleger sich Gedanken macht, ob und wie man diesen Skandal noch aus der Welt schaffen kann, wird es höchste Zeit, daß wir beide miteinander reden, oder findest du nicht?«

»Was für ein Skandal?«

»Du erinnerst dich vielleicht an die Geschichte im ›Before‹, wo du einem Jungen offenbar an die Wäsche gegangen bist und dich dabei von einem Pressefritzen hast ablichten lassen. Nichts gegen Presse und Öffentlichkeitsarbeit seitens der Autoren. Aber das ist nicht mehr nach unserem Geschmack, wir sind ein seriöser Verlag …«

»Bist du dir da sicher?« Hanna kannte den Verleger von

einer anderen Seite. Klein, aber oho! Sie hatte ihn trotzdem abblitzen lassen, und seither spielte er den Moralapostel.

»Wie meinst du das? Meinst du etwa mich? Was ist unseriös an einem Heiratsantrag? Ich wollte dich …«

»Vergiß es!«

»Mit dieser Geschichte im ›Before‹ wirst du es nicht so einfach haben wie mit mir. Da braut sich etwas zusammen. Du solltest dringend an deinem Image arbeiten, oder du kannst den Filmvertrag für dein jüngstes Werk vergessen. Die Amis reagieren ausgesprochen allergisch auf schlechte Presse.«

»Wieso plötzlich Amis?«

»Die Amis haben uns noch einen deutlich höheren Betrag als die ›Riegel Film‹ geboten und denken sogar an eine zusätzliche Ausstrahlung als TV-Serie in den Staaten. Wir stehen kurz vor der Unterzeichnung des Vertrags.«

»Okay.«

»Wie wär's, wenn du dich als liebevolle Mutter präsentierst? Wir haben ein paar Fotos von euch dreien in deine Pressemappe gegeben, der Boß der ›Alfa Pictures‹ war begeistert.«

»Hat euch das einer erlaubt? Meine Kinder gehen euch gar nichts an. Laßt die Finger von ihnen, ich will nicht, daß sie da mit hineingezogen werden, sie sollen ihre Ruhe haben! Was glaubst du wohl, warum ich sie erst mal in Versmold lasse?«

»Glaubst du allen Ernstes, in der Provinz würden keine Skandalnachrichten gelesen? Deine alten Nachbarn würden sich drauf stürzen, jetzt erst recht, wo du gerade versucht hast, sie mit deiner Lesung in die Irre zu führen. Du mußt ausgesehen haben wie eine Pfadfinderin und geredet haben wie die Clementine aus der Waschmittelwerbung, nur daß dir das keiner mehr abnimmt. Die anzügliche Geschichte mit diesem jungen Burschen ist doch das gefundene Fressen. Ich an deiner Stelle ...«

Eigentlich hatte Hanna sich nur vergewissern wollen, daß tatsächlich nichts nach Versmold durchgesickert war. Die Unruhe hatte sie nicht mehr losgelassen, und so versuchte sie Tage nach dem Gespräch mit ihrem Lektor immer wieder daheim anzurufen, aber es war wie verhext: Ihre Mutter absolvierte ihre alljährliche Schrothkur. Der Vater war so mit seinen neuen Reitkursen und zwei trächtigen Stuten beschäftigt, daß er wahrscheinlich nicht einmal mitbekommen würde, wenn er selbst als Sexprotz in der Zeitung stände. Von Olaf war ohnehin nichts als eine neue Geldforderung zu erwarten, diesmal wollte er die letzte Pleite mit angeblich rekordsicheren weißen Johannisbeeren durch eine Brennesselkultur wettmachen. Paul nahm am Schüleraustausch der neunten Klassen teil und war zehn Tage lang in Brighton. Und Antonia ließ sich verleugnen, den Eindruck hatte sie ohne jeden Zweifel. Es war schlicht unmöglich gewesen, sie an den Apparat zu bekommen, und von einer festen Verabredung wollte sie erst recht nichts wissen, das ließ sie Hanna durch ihren Vater ausrichten.

»Sie ist halt jetzt in einem schwierigen Alter«, hatte Olaf gemeint. Bereits vor zwei Wochen, als Hanna kurz entschlossen nach dem Desaster in Bongsiel Antonia daheim aufgesucht hatte, hatte sie deutlich die Ablehnung bei ihrer Tochter gespürt.

Hanna hatte die Ungewißheit nicht mehr länger ausgehalten. Die Postkarten über dem Bett von Lisa und Carl hatten sie während der gesamten Rückfahrt verfolgt. Sie hatten ihr den Boden unter den Füßen weggezogen, deshalb war sie auf gut Glück in Versmold vorbeigefahren und hatte ihre Tochter abgepaßt. Doch als sie sich gegenüberstanden, war alles nur noch schlimmer gewesen. Hanna hatte Antonia in den Arm nehmen und küssen wollen, vergeblich. Das Mädchen war ihr ausgewichen und schob die teure Flamenco-Stunde vor, die sie auf keinen Fall verpassen wollte.

»Die bezahle ja schließlich ich«, hatte Hanna spontan erwidert und sich gleich die nächste Abfuhr geholt.

»Ist Geld denn alles?« Und schon war eine Aufzählung all dessen gefolgt, was Lisa unternommen hatte, um ihrer Nichte den Weg zur Flamencotänzerin zu ebnen.

»Und das Tanzkostüm, das ich dir geschickt habe? Das wunderschöne Kostüm? Niemand sonst wird solch ein Kostüm haben, und die passenden Schuhe dazu kaufe ich dir auch noch. Du mußt mir nur deine Schuhgröße sagen, oder hast du noch immer 36?« Es ging nicht um das Kostüm oder um ein paar Schuhe, natürlich nicht; es war nur ein Versuch, etwas Konkretes herauszugreifen, um Antonia vor Augen zu führen, daß keineswegs alle Wohltaten von ihrer Tante kamen.

»Flamenco ist kein Cancan«, hatte sie erwidert, »den Rock mit all den Rüschen und diesem Leibchen ziehe ich nie im Leben an. Außerdem habe ich von Tante Lisa schon einen prima Gymnastikanzug geschenkt bekommen, du brauchst dir wirklich keine Mühe zu machen. Bis dann!« Sie hatte Hanna einfach stehenlassen und war in eine Horde kichernder Teenager abgetaucht.

Das hatte das Faß zum Überlaufen gebracht.

Eine bald Fünfzehnjährige verleugnete aus freien Stükken die eigene Mutter, von der sie wissen mußte, daß sic alles für sie tun würde, daran hatte Hanna nie einen Zweifel gelassen. »Egal was passiert«, hatte sie den Zwillingen immer wieder zugeredet, als sie damals Versmold verließ, »ihr seid das Wichtigste in meinem Leben, vergeßt das nicht, vergeßt es nie, egal was die Leute auch reden mögen! Es gibt immer böswillige Menschen.«

Aber tat sie wirklich alles für ihre Kinder? Sie hatte sie verlassen, so sahen es alle. Und Antonia offensichtlich auch. Es half nichts. Sie mußte dieser Wahrheit ins Gesicht sehen. Ihre Familie, besonders ihre Tochter, brauchte sie nicht mehr.

Es war passiert. Sie stand auf dem Abstellgleis … Lisa … Tante Lisa. Vor Hannas Augen überstürzten sich die Bilder. Nicht noch einmal sollte Lisa ihr das Liebste nehmen … nicht noch einmal. Schon erschien es ihr wie ein Wink des Himmels, daß Jonas Kaulard ihr nahegelegt hatte, sich in den nächsten Wochen lieber unsichtbar zu machen, um der Skandalpresse nur ja kein neues Futter zu liefern. Sie hatte Zeit. Sie brauchte Zeit. Sie mußte zu sich selbst finden … Lisa! Hatte sie eigentlich einen blassen Schimmer davon, daß sie ein Leben lang ihre jüngere Schwester immer wieder verletzte? Die Ohnmacht lähmte Hanna. Nein … sie mußte etwas tun, mußte gegen ihre eigenen Schmerzen angehen. Sie wollte, daß auch Lisa litt. Sie konnte ihr das späte Glück einfach nicht gönnen. Nicht, wenn sie, die jüngere und hübschere der beiden Schwestern, auf der Strecke blieb.

Erneut stattete Hanna der Tanke an der 476 einen Besuch ab, doch diesmal verfolgte sie ein konkretes Ziel: Sie wollte soviel wie möglich über Carl Bronnen herausfinden, hinter die vermeintlich anständige Fassade dringen.

Diese Mara war verschlossen wie eine Auster, dafür hatte Hanna bei ihrer Vorgängerin Kerstin mehr Erfolg. Ein »Hunni«, für den sie nur ein paar Informationen herausrücken mußte, löste ihr die Zunge:

»Er war sozusagen der Traumkunde schlechthin, wenn Sie wissen, was ich meine. Ich hatte ihn ein dreiviertel Jahr, er hatte keine festen Zeiten, aber wenn er kam, dann immer mitten in der Woche, im Schnitt war er mindestens alle zehn Tage bei mir, zuletzt an Weihnachten. Da habe ich ihm sogar einen selbstgebackenen Stollen geschenkt. Eigentlich hatte meine Mutter den für mich gebacken, aber das habe ich ihm natürlich nicht gesagt. Am Stollen kann's nicht gelegen haben, daß er plötzlich 'ne andere wollte. Ausgerechnet an der Mara ist er klebengeblieben, dabei ist sie die fadeste von allen; kriegt die Zähne nicht auseinander, so'n richtig kalter Fisch, dazu dieser Schulmädchenzopf, so als ob nach zwei Jahren in dem Job noch irgendwer auf die Masche reinfiele. Niemand von uns hat kapiert, was Carl zu der getrieben hat. Bei uns hieß er übrigens nur Kalle, aber das ist normal, daß einer hier nicht seinen richtigen Namen nennt. Übrigens ist er nach Weihnachten viel seltener gekommen. So ganz genau kann ich's nicht sagen, aber ich tippe mal auf ein, höchstens zwei Nummern im Monat. Wenn er in diesem Jahr öfter als achtmal da war, fress' ich 'nen Besen. Warum wollen Sie das eigentlich alles wissen? Sie machen ihm doch keine Scherereien, oder?«

Scherereien? Hanna machte sich auf den Weg gen Norden. Während sie die Anweisung des Polizisten befolgte und an dem Getränkegroßmarkt vorbeifuhr, auch noch etliche Lagerhallen passierte und dann scharf links abbog, konzentrierte sie sich auf den zukünftigen Mann ihrer Schwester. Bildetete er sich allen Ernstes ein, eine Frau wie Lisa zu lieben? Was trieb ihn zuerst zu einer kleinen Nutte und dann zu der biederen Lisa? Glaubte er, sich durch diese Ehe reinwaschen zu können?

Wenn er wüßte …

Hannas Fuß drückte automatisch das Gaspedal nach unten, der Wagen begann zu ruckeln, grauenvolle Straße, aber da hinten war schon der Getränkegroßmarkt. Die

Straße machte einen Knick, und sie sah roten Backstein und einen Pfosten, wie man ihn zur Befestigung von Straßenschildern benutzte. Noch war er nackt, stand sinnlos in der Gegend herum. Was für eine absurde Idee, eine ehemalige Schlachthalle zum Kulturzentrum und die Sackgasse davor zum Kulturpfad zu küren!

Der Boden unter Hannas Füßen – rotbraun geflämmte, längliche Ziegel – war nicht unbedingt ihr Geschmack, aber hundertprozentig fest. Das Klappern ihrer hohen Absätze hallte in dem scheinbar menschenleeren Gebäude wider. Weder im Flur noch im Treppenhaus begegnete ihr eine Menschenseele. Sie konnte zwar Hammer- und Bohrgeräusche hören, doch die Handwerker schienen gerade in einem entfernteren Teil des Gebäudes beschäftigt zu sein.

Während der langen Fahrt nach Bongsiel hatte Hanna nur ein Ziel vor Augen gehabt: Sie wollte den Mann treffen, der trotz schillernder Vergangenheit demnächst ihre brave Schwester heiraten wollte. Lisa aufzusuchen und über die abgründigen Seiten ihres Zukünftigen ins Bild zu setzen war Hanna eher abgeschmackt vorgekommen. Es reizte sie, ihren Rachefeldzug gegen die »liebe« Schwester über Carl in Szene zu setzen. Seine Reaktionen auf ihr unerwartetes Erscheinen waren für Hanna völlig offen, und genau das versprach ein spannenderes Unternehmen zu werden, als ihrer Schwester lediglich eine Hiobsbotschaft zu unterbreiten. Aber sie hatte sich noch keinerlei Gedanken darüber gemacht, wie sie Carl gegenüber auftreten, geschweige denn, was sie ihm sagen wollte. Deshalb war sie entgegen ihrer sonstigen Schlagfertigkeit doch um eine schnelle Antwort verlegen, als sie vom Flur unten die Frage hörte: »Hallo, wo möchten Sie denn hin? Kann ich Ihnen helfen?«

Hanna drehte sich zu der Frauenstimme um, stieg die

Treppenstufen zum Erdgeschoß hinunter und lief auf die Frau zu, die vermutlich die Sekretärin des Kulturzentrums war. Sie stand vor der geöffneten Bürotür und lächelte freundlich. Hanna mußte beim Hereinkommen am Sekretariat vorbeigestöckelt sein.

»Ich möchte zu Carl Bronnen.«

»Zu Herrn Bronnen?« fragte die Sekretärin sichtlich verwundert. »Sie müssen entschuldigen, wenn ich nachfrage. Aber Herr Bronnen hat seine Stelle als Leiter des Kulturzentrums offiziell noch gar nicht angetreten, und deshalb erwartet er auch noch keine Besucher.«

»Ich komme von den Lokalnachrichten«, erklärte Hanna eilig. »Mein Name ist Claussen, ich möchte ein Interview …«

»Ach so, natürlich! Sie möchten schon vor der feierlichen Eröffnung mit Herrn Bronnen sprechen. Tut mir leid, soweit ich weiß, ist er nicht im Haus. Ich kann sie jedoch zu seinem Mitarbeiter, Herrn Feltes, bringen. Die beiden arbeiten zusammen in einem Raum. Folgen Sie mir bitte!«

Noch bevor Hanna abwehren konnte, lief die dienstbeflissene Angestellte vorneweg, stieg die Treppen in den ersten Stock hoch, führte Hanna durch eine Verbindungstür und klopfte an eine geschlossene Zimmertür.

»Ja bitte«, hörte man von innen. Die Sekretärin öffnete die Tür und trat zur Seite, um Hanna ins Zimmer zu lassen.

»Herr Feltes, die Dame kommt von den Lokalnachrichten. Entschuldigen Sie, wie war Ihr Name doch gleich?«

»Claussen.«

»Frau Claussen möchte ein Interview mit Herrn Bronnen führen. Vielleicht können Sie ihr ja weiterhelfen.«

»Selbstverständlich.« Björn stand auf und stieß eifrig seinen Schreibtischstuhl mit den Kniekehlen zurück. »Bitte, setzen Sie sich doch.« Er wies mit seiner sonnengebräunten Hand auf Carls Platz.

Seine braune Haut kontrastierte mit seinen blonden, ziemlich langen Haaren und seinem Bart, der ebenso wie die buschigen Brauen fast schwarz war. Er war noch jung und hatte noch nicht allzuviel Berufserfahrung, das sah man ihm an. Daß hier jemand von der Presse saß, dazu noch eine ausgesprochen attraktive Vertreterin, stieg ihm offensichtlich zu Kopf, er schien sich in seinen Bemühungen beinahe zu überschlagen.

Obwohl Hanna anfangs etwas mulmig zumute gewesen war, gratulierte sie sich nun zur ihrer Notlüge. Die Geschichte fing an, richtig Spaß zu machen. Sie liebte es, andere an der Nase herumzuführen. Und was würde Carl erst für Augen machen, wenn er erfuhr, daß die Frau von der Presse seine leibhaftige Schwägerin war!

»Ich möchte Ihnen wirklich keine Umstände machen.« Hanna deutete auf die chaotisch auf dem Tisch verstreuten Blätter. »Ich sehe, Sie haben viel zu tun. Wann kommt Herr Bronnen denn voraussichtlich zurück?«

»Das kann ich Ihnen leider nicht sagen. Keine Sorge, Sie machen mir keine Umstände. Im Augenblick bin ich froh über jede Ablenkung. Ich soll für die Druckerei ›Hurenkinder‹ aus unserer Festschrift beseitigen. Eigentlich ist dafür unser Leiter zuständig. Sie wissen als jemand von der schreibenden Zunft nicht zufällig, was ›Hurenkinder‹ sind?«

Hanna lachte: »Doch, das kann ich Ihnen sagen. ›Hurenkinder‹ sind ein paar Wörter zuviel auf einer Seite im Umbruch. Man muß nur an der günstigsten Stelle kürzen.« Hanna zögerte. Bot sich hier nicht die günstige Gelegenheit, von ihrem erfundenen Interview abzulenken und in das Hoheitsgebiet des Mannes einzudringen, der das Kulturzentrum leitete? Sie würde sich Carl Bronnen annähern, hübsch langsam, und dieser junge Spund kam ihr dabei gerade recht. »Wenn Sie wollen, helfe ich Ihnen«, fügte sie hinzu.

»Das wäre wirklich großartig, ich fürchte nämlich, daß ich das allein nicht hinkriege.«

»Holen Sie mir zur Belohnung was zu trinken?«

»Wasser und Cola hätte ich hier.«

»Wie wär's mit Kaffee?«

»Dazu müßte ich kurz runter.«

»Kein Problem, bis dahin bin ich mit Ihrer Festschrift durch.«

»Okay. Mit Milch und Zucker?«

»Schwarz wie die Sünde«, antwortete Hanna und schmunzelte Björn zu, der leicht verunsichert zurückgrinste. Mit diesem jungen Burschen hatte sie wirklich ein leichtes Spiel, er war das ideale Mittel zum Zweck.

Björn ging. Als er zurückkam, die weiße Tasse mit dem blauen Rand in der Hand – Hanna mußte nicht lange nachdenken, woran sie das erinnerte –, saß sie wieder brav auf Björns Stuhl. Ihm fiel nicht einmal auf, daß sie noch kein einziges Wort gekürzt hatte. Sie beugte sich über die Papiere, trank gelegentlich einen Schluck Kaffee. Wenig später war sie bereits fertig.

Sie reichte ihm den dünnen Stoß bedrucktes Papier, der nun ihre Korrekturzeichen trug. »Und verraten Sie niemandem, daß ich Ihnen geholfen habe, okay?« Sie streifte seinen Brustkorb, es war keine Absicht, diesmal nicht, trotzdem reagierte er haargenau so, wie Männer nun mal zu reagieren pflegen, wenn sie eine lohnende Beute witterten. Aber sie war niemandes Beute, im Zweifelsfall drehte sie den Spieß blitzschnell um oder machte sich aus dem Staub.

Carl hatte sich zwingen müssen, an diesem Tag überhaupt noch einmal an seinen Arbeitsplatz zurückzukehren. Es war so schön mit Lisa gewesen, und der ganze Spuk der letzten Wochen war in ihren Armen endgültig vergessen.

Er glaubte noch immer ihren sauberen Körper zu riechen, der nach nichts anderem als nur nach ihr selbst roch. Sie war die einzige Frau, die er kannte, die keine Duftstoffe benutzte, nicht einmal ihre Seife oder ihr Shampoo waren parfümiert. Lisa war anders.

Er stellte sein Rad ab und lächelte den Handwerkern zu, die offenbar schon Feierabend machten. Schon war gut, seine Uhr zeigte ihm an, daß es bereits nach fünf war. Er war geschlagene sieben Stunden fort gewesen. Nicht zu fassen, aber offenbar waren sie auch ganz gut ohne ihn zurechtgekommen. Das sprach ebenso für seine Mitarbeiter wie für ihn selbst, man mußte die Leute nur richtig motivieren und auch mal was entscheiden lassen.

Er nahm zwei Stufen auf einmal und fühlte sich beschwingt und voller Tatendrang. Die Tür zu seinem Büro war nur angelehnt. Als er sie aufzog, blieb er sekundenlang irritiert stehen und sog die Luft ein. Wonach roch es hier? Warum stierte sein Kollege mit glasigen Augen Löcher in die Luft und schien nicht einmal zu registrieren, daß er, Carl, gekommen war.

»Ich bin wieder da«, sagte er laut und schied die Schweine, die hier zuletzt vor über zwei Jahren geschlachtet wurden, ebenso wie das Insektenspray auf der Fensterbank und Björns Wurststulle als Ursache des fremden Geruchs aus. Es roch nach Zitronengras und Zimt. Carl schnupperte noch einmal in die Runde, dabei fielen ihm die Pfannkuchen ein, die Lisa ihm für heute abend in Aussicht gestellt hatte. Hoffentlich hatte sie Zimt im Haus, er besaß eine Schwäche für dieses Gewürz. Er streute sich sogar auf Speckpfannkuchen Zimt, eine harmlose Marotte, von der Lisa noch nichts wußte. Er malte sich ihr erstauntes Gesicht aus, wenn er sie in zwei, höchstens drei Stunden um etwas Zimt bitten würde.

»Hallo«, erwiderte Björn, »da bist du ja wieder. War mächtig was los hier.«

»Sieht gar nicht danach aus.«

»Hat sich ja auch alles irgendwie geregelt. Erst hab' ich im ganzen Haus gesucht, aber dann habe ich die Sache notgedrungen selbst in die Hand genommen. Ich habe den Installateur von der zweiten Schicht in die Mangel genommen, zuletzt war er ganz klein, und dann habe ich einen anderen Elektriker bestellt, weil das hier sonst nie weitergeht, irgendwann kam dann auch einer wegen der Schließanlage, und deine Hurenkinder haben sich auch erledigt.«

»Meine was?«

»Ich habe gedacht, du wüßtest, was das ist. Ich rede von unserer Festschrift. Die Druckerei hat angerufen und Dampf gemacht, was blieb mir da anderes übrig, als selbst zur Tat zu schreiten? Du solltest aber noch mal drüberschauen, ehe der Bote die Druckfahnen abholt. Ich mach' mich dann mal so langsam auf den Weg.«

»Tut mir leid, die Festschrift habe ich glatt vergessen. Vielen Dank, daß du das übernommen hast. Tschüs denn!« Carl griff nach den Bögen, zog seinen Drehsessel zurück, beim Anblick der professionell gesetzten Korrekturzeichen und nicht minder geschickten Kürzungsvorschläge geriet er regelrecht ins Staunen. Sein Eindruck von Björn war nicht der allerbeste. Die Gemeinde hatte ihm nicht den pfiffigsten Mitarbeiter an die Seite gestellt, vor allem mit dem Theaterstück war Björn Feltes in seinen Augen hoffnungslos überfordert. Aber was die Festschrift anbelangte, hatte er wirklich Engagement und Kompetenz an den Tag gelegt, das mußte Carl offen einräumen. Er hob das Papier an die Nase, ihm war, als ob es nun noch intensiver als zuvor nach Zitronengras und Zimt röche.

Schon wieder mußte er an die Speckpfannkuchen denken, die es heute abend geben sollte. Zimt paßte nicht dazu. Genaugenommen paßte das, was er eben mit Lisa getan hatte, auch nicht zu ihr, er war regelrecht wild gewesen. Zu ihrer Schwester paßte diese Art Liebe weitaus eher. Aber er wollte nicht an Hanna Altweg denken. Er war froh und glücklich, daß zwischen Lisa und ihm alles so gut lief, und fürchtete nun nicht mehr, daß diese Harmonie so schnell erschüttert werden konnte. Hoffentlich kam der Bote bald, um die Druckfahnen abzuholen, dann konnte er endlich heim zu Lisa. Sie tat ihm gut, so unglaublich gut. Er würde die Speckpfannkuchen loben, egal ob Zimt im Haus war oder nicht, und hoffentlich kam er hier früh genug weg. Er schlug seinen Terminkalender auf und erstarrte.

Ein Päckchen Streichhölzer, schwarz mit rotem Prägedruck, er kannte die in Herzform gesetzte, für seinen Geschmack allzu verschnörkelte Schrift sehr wohl, auch wenn er als Nichtraucher nicht auf die Idee käme, so etwas einzustecken. »Tanke 6 – 7 – 4, Inhaber Hubby Kreuzer«, stand dort und darunter sehr viel kleiner: »Besuchen Sie uns wieder, bei uns kommen Sie auf Ihre Kosten!«

Er stürmte zur Tür, riß sie auf, polterte die Treppenstufen hinunter, rannte beinahe den Schlosser um, der mit seinem Handwerkskoffer vor der Verbindungstür kniete, hörte nicht sein »Könnten Sie mal gerade schauen, ob es so …«, lief weiter und rief laut »Björn!«, immer wieder, bis die Tür der Damentoilette aufging und die Telefonistin, die er sich mit dem Rathaus teilte, herauskam.

»Ist was passiert, Herr Bronnen? Falls Sie Herrn Feltes suchen, der ist eben losgefahren.«

»War während meiner Abwesenheit jemand hier? Oben bei mir im Büro, meine ich?«

»Sie meinen persönlich?«

»Ich spreche nicht von einem Geist.«

»So habe ich das auch nicht gemeint, Herr Bronnen.« Ironie lag nicht auf ihrer Wellenlänge, sie war eine sehr bodenständige Person und durchaus zuverlässig: Sie betonte sehr gerne, daß sie seit nunmehr zweiunddreißig Jahren für die Stadtverwaltung arbeitete und zu ihrem Dienstjubiläum vom Bürgermeister persönlich geehrt worden war. Manchmal sah er keine andere Chance, als ihr ironisch zu kommen, es war das einzige Mittel, um sie wenigstens kurzfristig zum Schweigen zu bringen. Jetzt allerdings wollte er, daß sie redete.

Wer war hier gewesen und hatte dieses Streichholzheftchen in seinem Terminkalender deponiert? Sie wußte etwas, das sah er ihr an.

»Dann sagen Sie mir doch ganz einfach, wie Sie es meinen, liebe Frau Boris. War jemand in meinem Büro? Meines Wissens empfangen wir noch gar keine Besucher.«

»Eine Dame von den Lokalnachrichten war hier und wollte ein Interview mit Ihnen führen. Da Sie außer Haus waren, habe ich Sie zu Herrn Feltes geführt. Ich wollte doch nicht, daß sie völlig umsonst hergekommen ist.«

»Von den Lokalnachrichten? Na, das wüßte ich aber ...« Carl drängte sich an der sprachlosen Telefonistin vorbei und bestieg sein Fahrrad. Er kümmerte sich nicht einmal darum, wer gleich abschließen sollte, vergaß auch den Boten von der Druckerei und fuhr einfach darauflos. Die Luft roch salzig, ein Schiffshorn ertönte, er näherte sich dem Hafen, stoppte an der Mole, starrte auf das Wasser und die ankernden Schiffe.

War seine Schwägerin eigentlich total übergeschnappt? Für ihn stand außer Frage, daß es Hanna Altweg war, die sich vor seinen Mitarbeitern als Pressetante ausgegeben hatte. Was führte sie bloß im Schilde?

Carl wußte nicht, ob er nur wütend auf diese dreiste Person war oder ob er Angst vor ihr hatte. Was sie da trieb, sah doch sehr nach einer Intrige, nach einem kalkulierten Vorgehen gegen ihn aus. Er mußte sie finden, noch bevor sie auch nur ein Sterbenswörtchen Lisa gegenüber fallenlassen konnte. Er wendete und begann, systematisch alle Straßen abzufahren und nach einer silbergrauen Karosserie Ausschau zu halten. Er wollte Hanna sehen und ihr ein für allemal klarmachen, daß sie sich aus seinem Leben und dem von Lisa verdammt noch mal raushalten sollte.

Er suchte vergeblich.

Lisa kam ihm im Treppenhaus entgegen und fiel ihm mit verweinten Augen um den Hals. Oben roch es verbrannt. Nicht nach Zimt, nur nach Speck, der zu lange in der Pfanne gebrutzelt hatte. Er aß ihn trotzdem, er wollte büßen. Er ließ sich erschöpft auf das Sofa fallen, rührte sich nicht, als Lisa, die sich an ihn kuschelte, Carl mit in die Wolldecke einwickelte, und hörte sich selbst von den Umbauarbeiten erzählen, die ihm jedes Gefühl für die Zeit geraubt hätten: »Sonst hätte ich dich doch angerufen, sei mir nicht böse. Als ich dann endlich auf dem Heimweg war, fiel mir siedendheiß ein, daß ich völlig vergessen hatte, das Gebäude abzuschließen. Also mußte ich noch mal zurück.«

»Hauptsache, du bist wieder da und es geht dir gut.«

»Ja.« Er griff in seine Hosentasche, ertastete das Streichholzheftchen. »Wir sollten jetzt wohl besser schlafen gehen, es war ein anstrengender Tag.«

»Ja, leg dich ruhig schon hin, ich bringe dir dann noch eine Wärmflasche und einen Tee. Magst du Tee?«

Es war schwierig, sich Lisas Fürsorge zu entziehen. Er wäre gerne für einen Moment alleine gewesen, um seine Gedanken zu sortieren. Bei Lisa war Hanna Gott sei Dank noch nicht gewesen. Auf dem Nachhauseweg hatten

Carl schlimmste Befürchtungen begleitet. Wozu hinterließ Hanna ihm diesen mehr als anzüglichen Hinweis auf ihr Auftauchen in Bongsiel? Was sollte dieses Versteckspiel? Wollte sie ihm Angst einjagen? Das würde ihr nicht gelingen. Carl war fest entschlossen, Hanna Altweg keine Gelegenheit zu geben, auf hinterhältige Weise die Beziehung zwischen Lisa und ihm zu zerstören. Sie würde keinen Keil zwischen sie treiben. Das würde er nicht zulassen …

Carl konnte seine Überlegungen nicht weiterspinnen, weil Lisa ihn nicht aus den Augen ließ, nicht bis er wirklich im Bett lag. Er mußte regelrecht um seine Hose ringen, die sie für ihn aufhängen wollte. »Laß, ich mache das selbst, ich bin doch noch nicht senil.«

»Ich wollte dir nur helfen, du siehst wirklich nicht gut aus, total geschafft, aber wenn ich dir auf die Nerven gehe …«

»Du gehst mir nicht auf die Nerven. Ich gehe mir höchstens selbst auf den Senkel, weil ich Sachen mache, die dich verletzen. Ich wollte dich nicht verletzen, das mußt du mir glauben. Ich liebe dich doch.«

»Das hast du noch nie gesagt.«

»Aber natürlich habe ich das gesagt, hundertmal, tausendmal.«

»Du sagst sonst immer nur ›Ich hab' dich lieb‹, das ist nicht dasselbe.«

»Ich habe manchmal Angst davor, etwas Abgedroschenes zu sagen, aber egal, wie man es nennt, du darfst nie vergessen, daß es stimmt. Ich liebe dich wirklich.«

»Ich liebe dich auch, es ist wunderschön, dies zu sagen und zu hören.«

»Ja«, sagte er und wartete darauf, daß sie endlich einschlief.

»Du hast geschlafen wie ein Engel.«

»Wie?« Carl hatte sich im Bett aufgerichtet und fühlte sich noch völlig benommen. Er wußte nicht, wie Engel schliefen, jedenfalls hatte er nicht das Gefühl, sich diese Nacht wie im Himmel gefühlt zu haben. Seine Zunge fühlte sich an wie ein toter Fisch, die Pyjamajacke war klamm, wahrscheinlich roch er auch nicht viel besser als ein Fischkadaver.

»Du warst nicht wach zu bekommen, aber jetzt mußt du wirklich raus aus den Federn. Es ist schon gleich acht, ich muß jetzt los, dein Frühstück steht in der Küche. Meinst du, du schaffst es, heute abend pünktlich zu sein? Dann bringe ich frischen Fisch vom Markt mit, was hältst du von Hering in Sahnesauce?«

»Mach dir keine Mühe.«

»Aber ich dachte, du magst so gern Fisch.«

»Kalter Fisch ist Gift, wenn's in meinen Innereien rumort.« Seine Gedanken tasteten sich rückwärts, träge, vielleicht auch nur unwillig.

»Gut, dann gibt's eben gebratene Scholle, ich kann sie auch dünsten, das bekommt dir auf jeden Fall, neulich ...«

Er hörte nicht mehr zu, was sie sonst noch sagte, in seinem Kopf explodierte gerade die Erinnerung an den Vorabend. Alles war wieder da, blitzartig. Er sprang auf und ging zum Stuhl, über den er seine Kleider gehängt hatte. Alles, was er noch einmal anziehen wollte, pflegte er über die Lehne zu hängen: Hemd, Sportsakko, zuunterst die Hose.

»Wo ist meine Hose?«

»Es war doch ein Fleck drauf, ich nehme sie gleich mit in die Reinigung.«

»Und meine Sachen? Die Sachen, die in den Taschen waren?«

»Es war gar nichts drin.«

»Es muß aber, ich weiß genau …« Er stockte. Das Streichholzheftchen hatte er in seine Hosentasche gesteckt. Er wollte nicht, daß Lisa es in die Finger bekam. Andererseits würde eine Frau wie Lisa, arglos und in bestimmten Bereichen des Lebens unbedarft, keinerlei Verdacht schöpfen und unangenehme Fragen stellen. Also, was sollte seine Panik?

»Es war wirklich nichts drin, nur ein Streichholzheftchen, aber weil du nicht rauchst, habe ich es in die Krimskramsschublade in der Küche gelegt.«

»Ach so!«

»Soll ich es dir rasch holen?«

»Nein, ist nicht wichtig.«

»Es ist noch von daheim.«

»Woher weißt du das?«

»Es steht drauf. Tanke 476, ich war noch nie dort.«

»Hast auch nichts verpaßt, und verzeih mir.«

»Was soll ich dir verzeihen?«

»Daß ich morgens solch ein Ekel bin.«

»Nur morgens?« Da war es wieder, ein Anflug von Schärfe, schelmisch verpackt, es war wie eine Prise Salz und Pfeffer zur Abrundung eines Gerichtes, das sonst vielleicht zu laff schmeckte. Natürlich war Lisa nie laff, sondern allenfalls sanft. Manchmal zu sanft und zu gut für ihn, das bekam ihm auf Dauer nicht; ab und zu brauchte er Widerstand, jeder Mensch brauchte das.

»Die Frau von der Presse hat angerufen.« Die Telefonistin hatte auf die kurze Gesprächspause gewartet, in welcher der Schlosser auf die Leiter kletterte. Er sollte das Gewicht justieren, mit dessen Hilfe die Verbindungstür zum Personaltrakt sich selbst schließen sollte, wenn wieder einmal jemand vergaß, sie ordentlich zuzuziehen. Die Idee war Carl heute früh gekommen. Auf diese Weise konnte er sich zusätzlich vor ungebetenen Gästen schützen. Dann ließ sich die Tür, wenn sie einmal ins Schloß gefallen war, von außen nur noch mit dem Schlüssel öffnen.

»So«, erwiderte Carl knapp und verfolgte dabei angestrengt die Arbeit über seinem Kopf. Hoffentlich verstand sie die Botschaft. Obwohl der Handwerker ihn nicht kannte, war es Carl unangenehm, vor seinen Ohren auf die Anruferin angesprochen zu werden, die er indirekt in Verbindung mit dem brachte, was er in seinem Terminkalender gefunden hatte. *Besuchen Sie uns wieder, bei uns kommen Sie auf Ihre Kosten!*

»Ich soll Ihnen auch was ausrichten.«

»Das hat ja bestimmt Zeit bis später.«

»Hat es nicht, weil gleich mein Dienst im Rathaus anfängt, und eine Stunde Mittagspause steht mir zu. Außerdem soll ich Ihnen nur ausrichten, daß der Automat an der Tanke jetzt auch Bunte enthält. Ich habe gefragt, was für ein Automat gemeint ist, aber die Dame meinte, Sie wüßten auch so Bescheid.«

»Ja«, sagte Carl und dann: »Nein.« Seine Gedanken wirbelten durcheinander. Er ließ die Telefonistin einfach stehen, wollte in seinem Büro Zuflucht suchen, um sich erst einmal zu sammeln. Doch da saß schon Björn.

»Mahlzeit!«

»Mahlzeit? Es ist noch keine neun, ich hab' noch nicht mal gefrühstückt«, entgegnete Björn entgeistert.

Es klopfte an der Tür. Björn rief »Herein!« Er saß mit dem Gesicht zur Tür, während Carl lieber, wenn er von seiner Arbeit aufsah, hinaus ins Freie blickte. Er brauchte Weite, Abstand zu seiner Umgebung, nirgends sonst war der Himmel so samtig blau wie hier in unmittelbarer Nähe der Küste. Wenn nicht die Fenstersprossen und der halbschräg in sein Blickfeld gerückte Schreibtisch seines Kollegen wären, könnte er seine Augen stundenlang in die Ferne schweifen lassen und sich vorstellen, tatsächlich da draußen zu sein. Dieser Ausblick beruhigte ihn auch jetzt wieder, nur das Klopfen störte. Carl verspürte nicht die geringste Lust, sich umzudrehen, dann nahm er schon lieber die Aussicht auf Björn in Kauf. Sein Mitarbeiter stand augenblicklich auf und rückte lautstark seinen Schreibtischstuhl zurück. Björns Gesicht überzog eine leichte Röte, und ein erfreutes Grinsen machte sich breit.

Carl schwenkte mit seinem Drehstuhl herum. Er sagte keinen Ton, er saß nur da und starrte die Frau keine fünf Schritte vor sich wie hypnotisiert an. Er hatte es geahnt, seine Hände umklammerten die Armlehnen rechts und links, kühles Metall, er war unfähig, sich zu bewegen. Sie lächelte. Sie war sehr schön, das konnte niemand leugnen. Ihre Augen griffen nach ihm, er war versucht, von seinem Stuhl aufzustehen und zu ihr hinzugehen. Sie sagte etwas, ihre Stimme durchlief sämtliche Tonarten von Moll bis Dur, die Bedeutung der Worte entzog sich ihm.

»Was sagen Sie?« stotterte Carl sichtlich irritiert.

»Daß wir uns einmal in Ruhe unterhalten sollten.«

Carl nickte stumm.

»Und wo? Machen Sie einen Vorschlag, Sie kennen sich hier besser aus.«

In seiner Verwirrung warf er einen flüchtigen Blick auf seinen Schreibtisch, sah den Werbeaufdruck auf seinem Notizblock und antwortete übereilt: »Beim Getränkegroßmarkt.«

»Gut, sagen wir in einer Viertelstunde.«

Gut? Gar nichts war gut. Carl schaute ihr wortlos hinterher und starrte auf die Tür, die sich hinter ihr schloß.

»Du scheinst die Lady von der Presse ja zu kennen.« Björns Stimme ließ ihn wieder zu sich kommen.

»Presse! – Kennen ist relativ.«

»Aber du hast dich immerhin mit ihr verabredet. Ich glaube, ich hätte einen anderen Ort als ausgerechnet den Getränkemarkt vorgeschlagen.«

»Es handelt sich nicht um ein Rendezvous.«

»Verstehe.«

Er verstand eben nicht. Doch Carl ging nicht weiter darauf ein und beobachtete das Fortschreiten des Minutenanzeigers an seiner Uhr. Hanna war so schnell und so unerwartet in seinem Büro aufgetaucht, daß er seinen Vorsatz, dieser Frau entschlossen die Stirn zu bieten, nicht hatte einlösen können. Wie ein verwirrter, schüchterner Schuljunge mußte er ihr vorgekommen sein. Noch zwölf Minuten, elf, mit dem Rad brauchte er höchstens zwei Minuten. Er stand auf. Besser, er brachte es hinter sich. Er durfte nicht riskieren, daß sie noch einmal hier auftauchte.

Der Getränkegroßmarkt auf der grünen Wiese erfreute sich wie die meisten seiner Art eines regen Zulaufs. Das Publikum war gemischt, das galt auch für die Autos, die davor parkten. Kleinwagen, ein paar Limousinen, viele Kombis. Hannas Silberpfeil nahm sich dazwischen wie ein Exot aus. Sie hätte an Carl Bronnens Stelle einen anderen Vorschlag gemacht. In diesem Provinznest, in dem jeder jeden kannte, mußte er doch damit rechnen, daß es auffallen würde, wenn sich der neue Kulturleiter mit einer attraktiven Großstädterin traf. Aber er mußte es wissen, der Vorschlag war von ihm gekommen.

Eben hatte er allerdings ausgesehen, als ob er nicht einmal mehr seinen eigenen Namen buchstabieren könnte. Wie er da vor ihr gesessen hatte, förmlich paralysiert, hatte er ihr fast leid getan. Sah so einer aus, der mit Frauen Schindluder trieb?

Obwohl er nicht gerade groß war, erkannte Hanna ihn schon von weitem an seinem Rad, mit dem sie selbst stundenlang durch die Gegend gekurvt war. Er war sogar fünf Minuten zu früh dran. Als er über die erste Bodenschwelle rumpelte, ging seine Klingel selbsttätig los, ein paar Leute, die gerade Kästen und Kartons voller Flaschen von ihren Einkaufswagen in den Kofferraum packten, sahen auf, was kein Wunder war, denn dieses Geräusch erinnerte an eine laut scheppernde Kuhglocke. Eine Frau grüßte Carl sogar, wirklich kein besonders günstiger Treffpunkt für einen, der Aufsehen vermeiden wollte. Eine Einsicht, die ihm nun auch zu dämmern schien. Er blieb eine Armlänge vor Hannas Kühlerhaube stehen und schien allen Ernstes zu überlegen, ob er jede Bekanntschaft mit ihr leugnen sollte.

Bräutigam auf der Flucht?

Hanna drückte die Fahrertür auf, schwang die Beine ins Freie und federte hoch. Zwei, drei Schritte, dann stand sie genau vor der lächerlich gebogenen und viel zu hohen Metallgabel mit den geriffelten Griffen aus blauen Gumminoppen. Jetzt führte kein Weg mehr an ihr vorbei.

»Es war nicht nötig, mich auf der Arbeit aufzusuchen und sich auch noch als jemand von der Presse auszugeben.«

»Hätte ich besser bei euch zu Hause auftauchen sollen? Im übrigen warum nicht ein ›Du‹, oder verzichtest du freiwillig drauf, mein Schwager zu werden?«

»Ich glaube, wir müssen uns mal ernsthaft unterhalten«, Carl versuchte seiner Stimme Entschlossenheit zu verleihen.

»Das denke ich auch, deshalb bin ich ja gekommen«, entgegnete Hanna, blickte ihn herausfordernd an und schleuderte mit dem Handrücken ihre rote Haarmähne nach hinten.

»Ich weiß nicht, was du hier willst. Aber wenn du glaubst, hier Unruhe stiften zu können, dann hast du aufs falsche

Pferd gesetzt.« Carl war zunehmend in Erregung und Wut geraten und hatte nun keine Probleme mehr, seiner künftigen Schwägerin in die funkelnden Augen zu schauen. »Was du beobachtet zu haben glaubst, ist ein Mißverständnis. Du kennst keinerlei Hintergründe und weißt auch sonst nichts über mich, also halt dich bitte aus Lisas und meinem Leben raus!«

»Na, was ich in der Tanke gesehen und gehört habe, sah schon ziemlich eindeutig aus.« Hanna war auf der langen Fahrt in den Norden absolut sicher gewesen, daß Carl aus lauter Angst, sie könne Lisa alles erzählen, vor ihr auf die Knie gehen würde. Ihr stand jedoch keineswegs ein Waschlappen gegenüber, vielmehr ein selbstsicherer Mann, der ihr ziemlich deutlich zu verstehen gab, daß nicht sein, sondern ihr Tun schäbig war. Sie ärgerte sich über seine selbstgefällige Art. Nicht er, nein, sie schrumpfte plötzlich, und das versetzte ihr einen Stich.

»Du scheinst ja keine Probleme damit zu haben, ein fröhliches Puffleben und ein trautes Eheleben mit meiner Schwester in Einklang zu bringen«, sagte Hanna spitz und wußte mit einem Mal, was sie mit Carl anstellen würde. Nein, er bräuchte nicht zu befürchten, daß sie Lisa von seinen regelmäßigen Bordellbesuchen erzählte. Aber sie würde dafür sorgen, daß es mit seiner vermeintlichen Ruhe und Sicherheit vorbei war. Wer so dreist ein solches Doppelleben arrangieren konnte, hatte auch sicherlich keine Probleme, es fortzusetzen. So einer würde immer wieder schwach werden, wenn sich nur eine Gelegenheit bot.

»Laß uns woanders weiterreden. Steig ein!« Hanna drehte sich auf ihren hohen Absätzen um und öffnete für Carl die Beifahrertür.

»Ich soll mit dir ...?«

»Willst du mich lieber auf dem Gepäckträger mitnehmen?« Hanna warf einen süffisanten und vieldeutigen Blick auf Carls Fahrrad.

Sie setzte sich ans Steuer, ihr Rock rutschte in dem tiefen Autositz weit an ihren Schenkeln hoch. Im Rückspiegel beobachtete sie, wie er umständlich sein Rad an einen Laternenpfahl schloß, ihre Heckflosse mit mindestens einem Meter Abstand umrundete, bevor er die Beifahrertür öffnete, nochmals zögerte und dann schließlich neben ihr saß. Die plötzliche Nähe auf engem Raum verunsicherte Carl, und er versuchte, auf dem rutschigen Lederpolster so weit wie möglich Abstand von ihr zu halten. Hanna konnte mit Genugtuung feststellen, daß der selbstsichere Carl sichtlich nervös wurde.

»Du solltest dich besser anschnallen.« Sie warf ihm einen Blick von der Seite zu, er hatte die Arme vor der Brust verschränkt. Etwas klimperte, das war der Fahrradschlüssel zwischen seinen Fingern. »Im Gegensatz zu meiner Schwester liebe ich nämlich ein flottes Tempo«, fügte sie hinzu.

Nicht nur ein flottes Tempo, dachte Carl. Bei Hanna stand wirklich alles im krassen Gegensatz zu Lisa. Die wilde Mähne, die nun im Fahrtwind flatterte, der kurze Rock, der ihre schlanken, festen Beine freigab. Ihre Körperhaltung, ihre ganze Ausstrahlung war aufreizend, anmachend feminin.

»Hätte nicht gedacht, daß du überhaupt so was wie einen Sicherheitsgurt in deinem Wagen zuläßt.«

»Es gibt immer noch so was wie eine Straßenverkehrsordnung.«

Carl zog den Gurt aus der Halterung, ließ ihn jedoch kurz vor dem Einrasten wieder zurückschnappen, heftig, als wolle er ihr signalisieren, daß sie und ihr Tempo ihn nicht tangierten.

»Okay, dann schnallst du dich eben nicht an, wenn du

das Risiko magst – und nach allem, was ich von dir weiß, ist das ja so. Ich kann mir schon vorstellen, was du in der Tanke gesucht und gebraucht hast, ich war schließlich früher selbst mal da. Nur war es damals noch kein Puff.« Hanna hielt die Augen auf die Straße gerichtet, ließ jedoch ihre Hand vom Steuer auf ihren Schenkel zur Innenseite hin gleiten. Carl hatte wieder den Duft ihres Parfums in der Nase. Der Geruch von Zimt, die Geschwindigkeit des Wagens, ihre Nähe – alles stürmte auf ihn ein. Er sah hinüber zu Hanna, ihre Blicke trafen sich, tauchten ineinander.

»Gar nichts kannst du dir vorstellen. Es ist nicht so, wie du denkst. Ich bin dort öfter gewesen, das stimmt. Aber als du mich dort gesehen hast, war schon lange nichts mehr. Das ist vorbei.«

»Mach dir nichts vor, Carl! Aus Typen wie dir werden keine braven Ehemänner. Du stehst doch auf Abenteuer, und wenn ich ehrlich bin, ich auch.«

Der Wagen legte sich scharf in eine Linkskurve, und Carl mußte sich abstützen, um Hanna nicht zu berühren.

»Ich habe mir auch in der Tanke geholt, was ich brauchte. Es war wild. Ein ständiges Risiko, aber guter Sex.« Hitze schoß durch Hannas Körper. Der Wagen sauste über die Landstraße, Wiesen und Felder schossen vorüber, doch im Moment spielte das alles keine Rolle. Carl sollte spüren, was für eine Frau sie war. Ihre Schenkel klafften, der Saum des kurzen Rockes spannte. Der Wagen ruckelte, sie hatte vergessen zu schalten und griff nach dem Schaltknüppel. Sie streifte Carls Bein, er zuckte kurz, zog es jedoch nicht zurück, als Hannas Hand darauf liegen blieb.

»Wir beide sind uns ähnlicher, als du denkst, Carl …«

»Das glaube ich kaum.«

»Mein Leben war und ist bunt und allemal aufregender

als das meiner Schwester. Ich sage geradeheraus, worauf ich Lust habe, ähnlich wie die Heldin in meinem Roman.«

»Ach ja. Gehst du wirklich hin und sagst zu einem Mann, der dir gefällt: ›He du, wie wär's?‹«

»Ich sag's nicht, Carl. Ich tu's.« Ihre Hand rutschte weiter hoch und suchte die Stelle zwischen seinen Beinen.

Carl zuckte zusammen: »Was machst du da?«

»Das weißt du doch.« Hanna ließ ihre Hand kreisen.

»Du kennst wirklich keine Umwege.« Carl ergriff ihr Handgelenk, wollte Hanna von sich schieben, spürte ihren Widerstand. Er blickte zu ihr, und ein laszives Lächeln traf ihn. Eine Welle der Erregung durchzuckte ihn, nahm ihn gefangen. Die Luft vibrierte, flirrte. Er hatte mehr als einmal solche Situationen erlebt, in denen es kein Zurück mehr gab, in denen sein Körper seinem Verstand nicht mehr gehorchte. Er ließ es geschehen, daß Hanna seine Hand nahm und zwischen ihre Schenkel führte.

Der Wagen bog in einen Feldweg ab und kam zum Stehen.

Theaterprobe

Carl stand auf dem Parkplatz des Getränkegroßmarktes. Das Bild hatte sich kaum geändert, überall wurden Fahrzeuge entladen und beladen, Rollwagen schepperten mal mit leeren, mal mit vollen Flaschen hin und her. Wieder grüßte ihn jemand – »Hallo, Herr Bronnen, heute schon so früh?« –, und er nickte mechanisch zurück und sagte auch etwas, was genau, wußte er nicht. Wie mechanisch lief er auf sein Fahrrad zu und löste die Kette. Ganz kurz überlegte er, ob er nicht besser etwas kaufen sollte, um wenigstens den Anschein zu wahren. Die Getränke für sich und Lisa besorgte immer er, weil er schließlich gleich in der Nähe dieses Marktes arbeitete. Es wäre unauffälliger, wenn er sich in den Kundenstrom einreihte und mit ein paar Flaschen Multivitaminsaft oder Mineralwasser wieder herauskäme, andererseits fehlte ihm die Kraft dazu.

Alles, was noch an Energie in ihm war, drängte heim.

Nicht zu Lisa, ausnahmsweise nicht zu ihr, ganz im Gegenteil. Er hoffte, daß ein Wunder geschehen möge und sie heute länger unterrichten oder sonstwie aufgehalten würde. Er fühlte sich schmutzig und schuldig. Um keinen Preis wollte er jetzt von Lisa liebevoll umsorgt werden, in ihr ahnungsloses Gesicht blicken und Nettigkeiten austauschen. An Carl nagte das schlechte Gewissen, und in einer solchen Stimmung, das wußte er, würde er grob zu ihr sein, obwohl er das nicht wollte.

»Hallo, Herr Bronnen, wie ist sie denn, Ihre zweite Lisei?«

Seine zweite …? Machte es schon die Runde? Carl schlingerte gefährlich mit seinem Rad, er antwortete nicht, was ein Glück war, denn als er die Balance zurückgewann, wußte er wieder, wovon die Frau sprach, die mit ihrem Auto neben ihm angehalten und das Fenster nach unten gekurbelt hatte. Er wußte auch wieder, wer sie war, es war die Frau des Kämmerers.

»Es wird schon werden.« Was sollte er sonst sagen? Etwa, daß er keine Ahnung hatte, wie sich die zweite Besetzung machte, weil er praktisch schon den zweiten Tag seiner Arbeit fernblieb? Das hatte es noch nie zuvor gegeben, er durfte sicher sein, daß der Kämmerer heute abend bestens informiert sein würde. In solch einem Kaff machte alles blitzschnell die Runde, was vom Üblichen abwich, und sei es der mehrmalige Besuch eines Getränkegroßmarkts während der Arbeitszeit: »Und er hat nichts gekauft und mir nicht einmal geantwortet, und sein Rad hat geschwankt, als ob er betrunken wäre. Vielleicht trinkt er ja heimlich, wer weiß.«

Ich trinke nicht, sagte er sich und den unsichtbaren Zuhörern, wenigstens nicht mehr als alle anderen auch und bei Lisa so gut wie keinen Tropfen, von einem einzigen Ausrutscher neulich abgesehen. Doch seine Abstinenz gegenüber Hochprozentigem aus der Flasche würde ihn kaum retten. Bald würden es die Spatzen von den Dächern pfeifen. Er konnte es sich an allen zehn Fingern abzählen, denn nie im Leben war das, was eben passiert war, schon der Schlußpunkt.

Sein Arm zitterte noch jetzt, er konnte kaum den schweren Lenker des Hollandrades halten. Seinen Fingern entströmte ein anderer Duft als der von Zimt, das wußte er, und diesen Duft wollte er so schnell wie möglich entfernen.

Hoffentlich war Lisa noch nicht aus der Schule zurück. Sie hatte den Kollegen, der einem Kind an die Wäsche ging, schon durchschaut, als ihn noch alle anderen für einen anständigen Menschen hielten. Wenn sie ihn, Carl, so sah und diesen Geruch, den er verströmte, in die Nase bekam, würde sie es wissen, davon war er überzeugt.

Lisas Rad stand nicht im Fahrradständer. Er atmete auf. Doch als er oben die Wohnungstür aufschloß, klapperte es in der Küche. Blitzschnell huschte er an der nur angelehnten Tür vorbei, erreichte das Bad, schloß hinter sich ab, lehnte sich gegen die Wand, atmete schwer.

»Carl? Carl, bist du das?«

»Ja, ich mache mich nur kurz frisch.«

»Ist dir nicht gut?«

Er schloß die Augen, um das Spiegelbild eines Mannes zu verjagen, von dem er wußte, daß es ihn verriet. Er stellte sich vor, daß er wie ein lebendiger Leichnam aussah, denn genau so fühlte er sich.

»Nein, ich will mich nur kurz waschen.« Sogar seine Stimme klang mehr tot als lebendig.

»Aber du bist so früh, ich habe erst viel später mit dir gerechnet. Ich wollte eigentlich nur schon mal das Abendessen vorbereiten und dann die Diktate von den Kindern nachsehen, aber wo du jetzt schon mal da bist, könnten wir auch gleich essen, mittags warm essen ist sowieso bekömmlicher als abends, okay?«

»Okay.« Er sagte es nur, um sie zum Schweigen zu bringen. Mit Erfolg. Die Schritte entfernten sich, das Klappern begann erneut, er begann sich auszuziehen. Hemd, Hose, Socken, Unterwäsche, Stück für Stück, zwischendurch mußte er sich wie ein alter Mann an den Kacheln abstützen. Für eine Hanna Altweg, von der anzunehmen war, daß sie ähnlich wie ihre gedruckten Heldinnen eine Vorliebe für jüngere Männer hatte und die Alten nur als Geldesel mißbrauchte, mußte er uralt sein. Meilenweit entfernt von dem, was sonst für sie als Lustobjekt in Betracht kam.

Er stellte die Dusche an, heißes Wasser prasselte auf seinen Körper, der Dampf beschlug binnen Sekunden die Glasabtrennung. Durchsichtige Schwaden, dazwischen blitzte der Drahtkorb, in dem der Naturschwamm und Lisas Waschlotion lagen. Er drehte sich um, weil er den Anblick nicht ertrug. Nun narrte ihn der Blick auf das Kristallglas jenseits der Scheibe, der Spiegel zeigte ihm die milchige Kontur eines nackten Körpers – es könnte ebensogut ein Frauenkörper sein, man sah nur waberndes Fleisch – und gaukelte ihm Bilder vor, die er nie gesehen hatte.

Im Grunde hatte er gar nichts gesehen, nicht mehr als jeder x-beliebige Passant.

Eine Frau mit sehr langem und auffällig rotem Haar in einem silbergrauen Cabrio, ein Bild wie aus der Werbung, fast schon steril, weil die Wirklichkeit selten so perfekt war, aber das war nur die eine Seite. Man sah das Perfekte, fast schon Gelackte, und witterte das andere. Dazu paßte auch das schwarze Kleid mit den dicken weißen Tupfen und dem Bolero aus demselben Stoff. Er verstand nichts von Mode, dennoch war ihm klar, daß dieses Modell nicht von der Stange war. Nicht umsonst hatte es Björn den Atem verschlagen, als sie das Büro betrat. Ein Kleid, das Carl vage an eine Zeit erinnerte, als schon einmal solche Tupfen und knappe Jäckchen, dazu Riemchenschuhe der letzte Schrei waren. Zwanzig Jahre mochte das her sein. Auf den ersten Blick schien es tatsächlich ein altmodisches Kleid zu sein, aber das täuschte. Das begann schon bei dem winzigen, knopflosen Oberteil, das bei jeder Bewegung ein Stück nackte Schulter und die schattige Höhle der Achsel aufblitzen ließ. Sie rasierte sich nicht, und dieses rotblond gefiederte Nest hatte etwas unglaublich Intimes, was sie auch nur zu gut wußte. Eine Frau wie sie wußte sehr genau um den vielfachen Reiz dessen, was sie versteckte, immer wieder den Blicken entzog, um systematisch die Neugier anzustacheln, bis Gier daraus wurde. Es war Absicht, die pure Berechnung, sie hatte ihn nach allen Regeln der Kunst angemacht.

Und dann der Rocksaum, der, wenn sie ruhig stand, fast bis zum Knie reichte und sich beim Gehen leicht emporschob. Im Sitzen rutschte er noch viel, viel höher, das galt erst recht auf einem so extrem niedrig gelegten Autositz, da wurde immer mehr von den makellosen Schenkeln enthüllt. Er hatte wirklich nicht viel mehr gesehen als jemand, der von oben einen Blick in den offenen Wagen auf ein Paar sehr lange, samtig weiche Beine warf.

Der Rocksaum hatte über sein Handgelenk gerieben, hin und her, der rote Streifen war noch immer gut sichtbar, nicht einmal ihre Unterwäsche hatte ihn gestoppt. Das, was sie trug, war wohl auch nicht dazu gedacht, irgend etwas abzuhalten, egal ob es sich dabei um einen kühlen Luftzug oder eine liebkosende Hand handelte. Er stellte sich das Höschen vor, dessen Steg zuletzt wie eine nasse Kordel über seine Finger geschabt hatte, die ihm den Gehorsam verweigerten, das Lager wechselten, sich melken ließen – ein anderer Ausdruck fiel ihm dafür nicht ein. Er hatte keine Chance gehabt, sich ihrem Ansturm zu entziehen.

Wirklich nicht?

Sie hatte seine Hand nicht festgehalten, war sogar vom Gas gegangen, es wäre ein Leichtes für ihn gewesen, ihrem Treiben Einhalt zu gebieten. Doch er hatte sich nicht mehr losreißen können.

»Carl? Carl, kommst du gleich?«

»Ja, Gott verdammt noch mal!« Der Fluch galt nicht Lisa, die derlei verabscheute. Carl sagte sich, daß seine unüberlegte Reaktion ebenfalls auf das Konto ihrer Schwester ging. Legte sie es darauf an, daß er einen Streit mit Lisa vom Zaun brach? Einen und noch einen, bis die Zerwürfnisse zum Bruch führten, ohne daß sie selbst noch einen Finger krumm machen mußte? Andererseits, was sollte sie für ein Interesse daran haben? Bildete er sich ein, sie hätte es auf einen alten Knacker wie ihn abgesehen? Sich Hals über Kopf in ihn verknallt? Zu der Sorte Frau, die sich so etwas einredete, gehörte sie weiß Gott nicht. Außerdem spielte es keine Rolle, was sie antrieb. Wichtig war nur, daß er wieder auf eine gerade Bahn einschwenkte.

Ohne sich abzutrocknen, knüllte er die Kleider, die am Boden verstreut lagen, zusammen. Am liebsten hätte er sie weggeworfen, um jede Erinnerung an dieses Erlebnis aus dem Weg zu räumen. Doch das ging nicht, weil Lisa auf die Idee kommen könnte, in aller Unschuld nach dem Verbleib der neuen hellgrauen Sommerhose nebst passendem Hemd – schwarz mit grauen und gelben Streifen – zu fragen. Auch die Unterhosen und die Socken waren neu, es würde auffallen, wenn das alles von heute auf morgen verschwände.

Mit der fertig formulierten Entschuldigung für seinen groben Ton auf den Lippen und dem Vorsatz, heute ganz besonders liebevoll zu Lisa zu sein, öffnete er die Küchentür. Er wich zurück. Was war das für ein Geruch?

»Ich habe gedacht, es gibt heute Fisch?« Sie hatte es noch heute früh gesagt, von Scholle war die Rede gewesen, daran erinnerte er sich genau. Sie hatte sogar ausdrücklich auf die Bekömmlichkeit von Fisch hingewiesen, auch das war wieder ein Zeichen ihrer Fürsorge. Und jetzt dieser Umschwung. Warum? Hatte sie Verdacht geschöpft? Hatte ein Vögelchen ihr geflüstert, daß ihr Zukünftiger eine überraschende Vorliebe für exotische Würzstoffe entwickelt hatte? Etwa für Zimt?

»Ich hatte das Gefühl, du hättest lieber was anderes, außerdem gab es keine Scholle mehr.«

»Aber ich wollte nichts mit Zimt. Niemals.«

»Da ist nirgends Zimt dran.«

»Ich weiß genau, wie Zimt riecht. Ich hasse Zimt. Bei dem bloßen Gedanken an Zimt wird mir übel.«

»Es ist Curry, ich habe Hühnchen in Currysauce gemacht, weil das auch leicht ist. Was ist nur heute mit dir los? Man könnte glauben, du suchst Streit.«

»Tut mir leid, tut mir schrecklich leid, verzeih mir, du mußt mir verzeihen. Sag mir, daß du mir verzeihst. Bitte!« Die Worte strömten aus ihm heraus, und er sah ihren Augen an, daß seine Entschuldigung übertrieben war.

Sie legte verachtungsvoll – zumindest wirkte es so auf ihn – den Löffel beiseite, band die Schürze auf und ging hinaus. Wortlos. Einfach so. Nicht laut. Sie trat sehr leise auf, es ließ sich nicht genau ausmachen, wohin sie ging.

Panik erfaßte ihn, er stürzte ihr nach, blieb vor der geschlossenen Korridortür stehen, lauschte. Im Treppenhaus war nichts zu hören, folglich mußte sie noch in der Wohnung sein. Im Schlafzimmer? Er machte kehrt, stand sekundenlang vor dem Doppelbett, das sein Beitrag zur Wohnungsausstattung war, die Zeichnungen und Kartengrüße darüber galten Lisa, der allerliebsten Tante. Er mochte ihre Nichte Antonia und auch Paul, den Neffen, trotzdem war die Versuchung in diesem Moment groß, alles von der Wand zu reißen. Es waren die Kinder ihrer Schwester, die sich auf diesem Umweg in den Raum schlich, der ein stummer Zeuge von Umarmungen war, die meilenweit entfernt von dem anderen waren.

Er mußte es ihr sagen, auf der Stelle.

»Lisa! Lisa, wo bist du?«

»Hier.« Die Stimme kam aus dem Wohnzimmer. Lisa

sammelte Blätter – große und kleine, glatte und verknitterte – und alle möglichen Stifte ein. Sie tat es schweigend und schien keineswegs wütend zu sein, wozu sie allen Grund hätte. Nur blaß, auffällig blaß.

»Lisa, was tust du da?«

»Ich weiß doch, wie es dich stört, wenn ich ständig meine ganze Zettelwirtschaft ausbreite.«

»Es stört mich nicht, ganz bestimmt nicht.«

»Aber du bist solch ein ordentlicher Mensch. Als Bibliothekar mußt du das ja auch sein, und ich wünschte, ich könnte endlich damit aufhören, auf Schritt und Tritt alles, was mir durch den Kopf schießt, irgendwo hinkritzeln zu müssen, damit ich es nicht vergesse. Du brauchst das nicht, du weißt ja noch heute die längsten Balladen aus deiner Schulzeit auswendig, dafür bewundere ich dich auch. Trotzdem ertrage ich es nicht, wenn du anfängst, mit mir übers Essen zu streiten, und dabei in Wahrheit was anderes meinst.«

»Es war wirklich nur wegen des Zimts, früher habe ich einfach zuviel davon gegessen, ich habe mir sogar über Speckpfannkuchen Zimt gestreut, aber irgendwann merkt man dann, wie idiotisch das ist, fast schon pervers, im Grunde kam das alles eben mit hoch, und dann gab's halt noch jede Menge Streß im Kulturzentrum.«

»Vielleicht sind deshalb die Anrufe gekommen.«

»Anrufe? Von wem?«

»Ich weiß es nicht. Immer, wenn ich mich gemeldet habe, wurde wieder aufgelegt.«

»Vielleicht hat sich jemand verwählt.«

»Das glaube ich nicht. Ich hatte das Gefühl, daß es jemandem Spaß machte, mich ins Leere laufen zu lassen, es wurde ja auch nicht sofort wieder aufgelegt. Carl, das macht mir angst. Was ist plötzlich los?«

»Nichts ist los, Lisa, gar nichts. Und egal, was für Teufeleien andere sich ausdenken mögen, du und ich, wir gehören zusammen, und ich fände es wunderbar, wenn wir wirklich noch ein Kind bekämen, eine kleine Lisa, vielleicht hat es ja sogar schon geklappt.« Er wollte sie in den Arm nehmen und streicheln und mit ihr zusammen in das selige Gefühl abtauchen, das ihr Gesicht jedesmal widerspiegelte, wenn von einem eigenen Baby die Rede war.

Aber diesmal entzog sie sich ihm, preßte die Lippen zusammen, rang sichtlich um Fassung und fing dann doch an zu schluchzen. Laut. Herzerweichend. Es berührte ihn tief.

»Lisa, was ist los? Willst du auf einmal kein Kind mehr?«

»Es hat nicht geklappt. Und ich war mir so sicher! Das Spannen in der Brust, und übel war mir auch! Noch als ich das Huhn aufgesetzt habe, war mir regelrecht übel, und dann kamst du, und ich hab' mir Sorgen gemacht, und plötzlich ging's los. Ich hab' meine Periode bekommen, fünf Tage zu spät, aber das will nichts heißen. Vielleicht komme ich ja schon in die Wechseljahre, und dann ist der Abstand sowieso mal länger und mal kürzer, hab' ich gelesen, und irgendwann ist's dann ganz vorbei. Stell dir das bloß vor! Willst du wirklich eine Frau heiraten, die vielleicht schon im Klimakterium ist?«

»Ich will dich um jeden Preis heiraten, Lisa, und natürlich bist du noch lange nicht in den Wechseljahren. Du hast dich nur zu sehr darauf versteift, daß es gleich beim ersten Mal klappt. Dann schaffen wir es eben beim zweiten oder dritten Mal, du wirst schon sehen, und wenn wir auf Amrum sind, beauftrage ich gleich eine Firma damit, uns oben eine Heizung einzubauen. Und jetzt essen wir erst mal das Huhn in Curry, damit du wieder zu Kräften kommst, schließlich kostet so eine Mutterschaft jede Menge Kraft.«

»Aber ich denke, du magst kein …«

»Ich mag keinen Zimt, aber Curry liebe ich, erst recht mit Huhn. Nun komm!« Er schob Lisa sanft vor sich her in die Küche und wußte, daß es Liebe war, wenn man dieses wehe Ziehen in der Brust spürte, weil der andere unnötig gelitten hatte, und dann zur Buße zwei Teller leerte, obwohl es einem den Magen umdrehte.

»Das war köstlich«, sagte er und preßte die weiße Leinenserviette mit dem blauen Rand fest gegen die Lippen. Nur Curry, sagte er sich, kein Zimt, auch wenn es sehr ähnlich roch, aber das lag daran, daß Curry kein eigenständiges Gewürz, sondern eine Mischung war. Mit Zimt?

»Soll ich drangehen?«

»Wie?« Er senkte das Tuch. Ihre Antwort paßte nicht, dachte er, aber dann hörte er es auch und sprang auf. »Nein, laß nur, ich geh' schon.« Zwei anonyme Anrufe reichten, er konnte sich schon denken, wer dahinter steckte. Sicherheitshalber schloß er die Tür hinter sich, dann nahm er den Hörer ab: »Carl Bronnen hier.«

»Vermißt man dich nicht bei der Arbeit?«

»Ich …«, er sah zu der Tür hin, die auf den winzigen Flur und von dort in die Küche führte. Keine zwei Meter, bislang gab es keine Veranlassung für ihn, sich darüber Gedanken zu machen, wie schalldicht die Mauern und Türen hier waren.

»Die nächste Theaterprobe beginnt um drei, habe ich mir sagen lassen.«

»Die Proben übernimmt mein Kollege«, erwiderte er steif und ließ die Tür nicht aus den Augen, überlegend, wer solche Informationen an Außenstehende weitergab. Die Telefonistin? Er würde sie sich vorknöpfen.

»Ich glaube, die Proben laufen ganz schön aus dem Ruder. Soll ich deinem Kollegen bei der Dramaturgie seines neuen Stücks ein wenig unter die Arme greifen?«

»Untersteh dich!« Laut, viel zu laut, erschrocken hielt er die Luft an.

»Ich bin ja mal gespannt, ob ihr bis zum Festakt ein brauchbares Bühnenstück auf die Reihe kriegt. Viel Zeit ist ja nicht mehr.« Es wurde aufgelegt.

Obwohl es kein lauter Ton war, schien er in seinem Gehörgang zu explodieren. Mein Gott, das wurde ja immer toller! Hanna versuchte ja, sich mit allen Tricks und Raffinessen in sein Leben zu drängen. Wozu nur, um Himmels willen? Wenn sie Gift in seine Beziehung zu Lisa streuen wollte, warum suchte sie nicht gleich den direkten Weg zu der verhaßten Schwester? Die Frau war gefährlich. Sie war berechnend, intrigant und mit allen Wassern gewaschen. Er mußte endlich einen kühlen Kopf bekommen, sonst würde hier bald alles den Bach runtergehen. Es wäre nicht auszumalen, was passierte, wenn sie bei der Probe im neuen Kulturzentrum aufkreuzte und …

Und was?

»Ist im Kulturzentrum was nicht in Ordnung?« Lisa stand vor ihm.

»Was soll nicht in Ordnung sein? Alles bestens.«

»Aber du hast eben selbst gesagt, es hätte heute Ärger gegeben. Jede Menge Streß, hast du gesagt.«

»Ach so, klar, deshalb muß ich jetzt auch rasch wieder hin, es geht um unser Theaterstück, du weißt schon.«

»Den ›Pole Poppenspäler‹? Ich dachte, Björn käme mit dem Text prima klar.«

»Leider nicht, und jetzt hatte auch noch seine Lisei einen Unfall. Habe ich ganz vergessen, dir zu erzählen; jedenfalls fällt sie vorläufig aus, und deshalb muß die zweite Besetzung ran. Das ist ziemlich lästig, weil die daheim noch kein Telefon hat. Aber wir regeln das schon. Und vergiß nicht, ich liebe dich.«

»Jetzt hast du es schon wieder gesagt.«

»Was?«

»Daß du mich liebst.«

»Klar habe ich das gesagt. Weil es stimmt, und ich werde es dir auch noch in zehn und zwanzig Jahren und so lange sagen, wie ich reden kann.« Es war ein Gelöbnis, die Worte begleiteten ihn auf dem Weg vorbei an dem Getränkegroßmarkt, der aussah wie immer.

Als Hanna den Theaterraum betrat, nahm sie zuerst etliche in Kopfhöhe baumelnde Füße wahr, in Schuhen mit klotzigen Brikettsohlen, wie sie zur Zeit wieder schwer in Mode waren, diese Welle hatte offenbar nicht einmal vor Bongsiel haltgemacht. Da saßen sie in drei Grüppchen auf den extrem hoch gelegenen Fensterbänken, ließen die Beine baumeln, knatschten Kaugummi und taten so, als ob sie ihrem Lehrer und Hanna keinerlei Beachtung schenkten, was natürlich nicht stimmte. Sie waren neugierig wie sonst was und hätten nur zu gern gewußt, wer sich hinter Schirmkappe, Caprihose, Wickelbluse und flachen Ballerinas versteckte.

Aber Hanna hatte beschlossen, die Katze nicht zu schnell aus dem Sack zu lassen. Ihren Silberpfeil hatte sie noch vor der Kurve hinter einer Lagerhalle abgestellt. Ihre roten Haare waren unter einer dieser neumodischen Kappen verschwunden. Womöglich hielt man sie sogar für die neue Flamme von Björn. Ihr Angebot, Björn unter die Arme zu greifen, schien Carl ganz und gar nicht gefallen zu haben. Etwas anderes schien ihm aber sehr wohl gefallen zu haben. Hatte sie tatsächlich damit gerechnet, er würde es zugeben? Sagen, daß auch ihm die Pferde durchgegangen waren? Mehr war es nicht, keiner verlangte, daß er mehr daraus machte. Er sollte nur dazu stehen, daß es ein Echo gegeben hatte, verdammt!

Statt dessen hatte er sich eben am Telefon wie der Oberlehrer der Nation aufgeführt. *Untersteh dich!* Er würde sich wundern ... Lisa wunderte sich schon jetzt: »Wer ist denn da? So reden Sie doch!« Zuletzt hatte sie wie ein zu Tode verängstigtes Kaninchen geklungen. Weil sie glaubte, eine Stimme aus dem Reich der Toten spräche zu ihr?

»Da oben, das sind noch die alten Metallschienen, an denen man früher die Schweinehälften aufgehängt hat. Ein Schubs, und schon sind sie losgedüst. Wenn man nicht achtgab, hat es einen glatt umgehauen. So eine Hälfte wiegt gut und gerne ihre sechzig, siebzig Kilo.« Björn gestikulierte wild herum und war regelrecht aufgekratzt. Der Umstand, daß eine hübsche Journalistin anwesend war, die vorab schon mal einen Einblick in die Theaterproben nehmen wollte, hatte dem jungen Regisseur vollkommen den Kopf verdreht. Selbst den Teenagern war nicht entgangen, daß Björn sich persönlich geehrt fühlte und sich nun überaus wichtig vorkam. Einige kicherten bereits hinter vorgehaltener Hand, es wurde getuschelt.

»Eine sehr authentische Atmosphäre«, sagte Hanna und zwang sich ein Lächeln ab.

»Es gefällt Ihnen also?«

»Sicher.«

»Und Sie würden auch öfter mal bei den Proben dabeisein wollen? Ich könnte Ihnen den Text mitgeben, sowohl die Vorlage von Storm wie auch das Drehbuch von mir. Ich finde es wirklich gelungen, auch wenn das eine oder andere sicher noch zu verbessern wäre. Vielleicht könnten wir ja über einige problematische Stellen sprechen. Sie scheinen ja meinen Boß zu kennen, da sind Sie doch bestimmt öfter hier. Als Sie gestern ins Büro kamen, da dachte ich schon ...«

»Was dachten Sie?«

»Na ja ...«

»Ich schlage vor, wir reden nicht über Ihren Boß, sondern über Ihren Text. Worum geht's in dem Stück überhaupt? Mir wäre es lieber, Sie würden mir den Inhalt mit eigenen Worten erzählen, das ist viel lebendiger.«

»Gut, wenn Sie mögen. Also, es geht da zunächst um Puppenspieler, die durch die Lande reisen, speziell um ein Ehepaar und seine kleine Tochter Lisei. Die drei kommen eines Tages aus München in eine Stadt in Norddeutschland, wo Lisei dann mit Paul, den man Pole nennt, zusammentrifft. Der Junge ist der Sohn eines Kunstdrechslers. Zu jener Zeit galten Kontakte zwischen dem fahrenden Volk und seßhaften Bürgern noch als höchst suspekt, aber trotzdem werden die beiden Freunde. Es war sogar auf Anhieb eine sehr innige Freundschaft, doch dann sind die Puppenspieler wie gewohnt weitergezogen ...«

»Aber die Liebe überwindet alle Hindernisse«, warf Hanna ein, »Zeit und Raum und soziale Schranken.« Wie simpel, dachte sie. Es war immer dasselbe, kaum würzte einer seine Allerweltsgeschichte mit einer Prise Sozialkritik, wurde daraus hohe Literatur. Dann reichten schon ein paar Kilometer Entfernung als Spannungsmoment aus, um die Leser bei der Stange zu halten, sonst brauchte man dazu mindestens ein Kapitalverbrechen oder einen tödlichen Virus oder einen Angriff aus dem All. Und ein Happy-End, das sonst als trivial galt, war mit diesem Kniff auch wieder salonfähig. Die Leute waren so was von einfältig!

»Nein, nein, ganz so schnell geht es nicht, außerdem waren die beiden ja noch Kinder.«

»Gut, aber irgendwann kriegen sie sich doch, stimmt's? Ich vermute mal, er rettet sie vor was Schrecklichem.« Allein diese Gewißheit machte solche Art von Lektüre so fad wie ein Ei ohne Salz. Der Held vollbrachte eine gute Tat, alle Guten wurden gerettet, die Schlechten ereilte die gerechte Strafe, und wenn es doch einmal einen Guten erwischte, dann starb er wenigstens für eine gute Sache und holte sich seinen Lohn im Jenseits. Im Grunde war es dasselbe Muster, nach dem Groschenhefte gestrickt wurden, nur daß man dort auf den schwerer verdaulichen Zeitgeist und innere Monologe verzichtete, um den Plot und die Produktionskosten nicht unnötig aufzublähen.

»Kennen Sie die Novelle etwa doch?«

»Ganz bestimmt nicht.«

»Nun gut, also zwölf Jahre später trifft Paul Lisei ganz zufällig vor einem Gefängnistor wieder. Man hat ihren Vater, den Puppenspieler, fälschlicherweise des Diebstahls bezichtigt und eingesperrt, aber dank Pauls Hilfe wird der alte Mann entlassen. Doch er verwindet die Schande nicht und stirbt.«

Auch eine Art, soziale Konflikte zu lösen, dachte Hanna. Der Außenseiter wurde rehabilitiert, starb aber sicherheitshalber, damit er die bürgerliche Idylle nicht ernsthaft gefährdete. Wie simpel! »Und Paul heiratet Lisei?« Obwohl es Hanna gleichgültig sein konnte, ob die Liebe bei Storm in den Hafen der Ehe mündete, zuckte der Wunsch in ihr auf, es möge anders sein. Einmal sollte es anders sein.

»Sie haben es doch gelesen. Sie müssen es gelesen haben.«

»Nein, habe ich nicht. Aber die Geschichte ist einfach nicht besonders originell. Man braucht nur drei und drei zusammenzuzählen.« Hanna räusperte sich, ihre Stimme klang ein wenig belegt, als sie hinzufügte: »Bekommen die beiden auch ein Kind?«

»Ja, sie kriegen einen Sohn und haben bald alles, ›was zu einem vollen Menschenglück gehört‹, so drückt Theodor Storm es am Schluß wortwörtlich aus.«

»Hat Paul auch eine Ersatz-Lisei, damit er soviel Menschenglück überhaupt verkraftet?«

»Wie? Das verstehe ich nicht.«

»War nur so eine Idee. Vergessen Sie's! Außerdem muß ich jetzt fort.«

»Sagen Sie mir wenigstens, wo ich Sie erreichen kann.«

»Schon passiert.«

»Aber …!«

»Sie kommen schon noch drauf.« Hanna ließ ihn stehen. Es war kurz vor drei Uhr, und sie ging jede Wette ein, daß Carl pünktlich um drei auftauchen würde. Von ihr herbeizitiert. Getrieben von der Sorge um sein trautes Glück. Weil er in Lisa so etwas wie Poppenspälers Tochter sah? Er irrte sich. Er irrte sich gewaltig. Lisa hatte keinen Schuß »Zigeunerblut« in den Adern, und wenn er hinter ihrer sanften Art etwas anderes witterte, so würde er nur zu bald merken, was es war. Früher oder später würde es herauskommen. Spätestens dann, wenn er ihr das Kind gemacht hatte, von dem Lisa träumte, schon gar, wenn es ein Junge werden sollte. Lisa konnte im Grunde ihres Herzens mit Männern gar nichts anfangen. Sie mochte nicht einmal einen Puppenjungen, der wie ein richtiger Junge aussah …

Der Großvater hatte Hanna die neue Puppe geschenkt. Nur ihr allein, Lisa ging leer aus. Tagelang brachte Hanna ihren Hansel zu allen Mahlzeiten mit an den Tisch, und abends, wenn sie und Lisa schlafen gingen, erzählte sie ihrem Puppenjungen – er hatte sogar ein richtig kleines Schwänzchen – eine Gute-Nacht-Geschichte und zog ihm einen Schlafanzug an. Ulrich Machill hatte diesen Puppentypus in einem holländischen Katalog entdeckt und für Hanna bestellt, um, wie er sagte, der Prüderie in ihrem Elternhaus entgegenzuwirken. Der Puppenkörper war aus Hartplastik, sie durfte ihn in der Schüssel waschen, die Lisa sonst benutzte, um den Großvater zu rasieren, er bestand auf Naßrasur. Er mochte es, wenn sein Nesthäkchen vor seinen Augen den neuen Puppenjungen pflegte und liebkoste. Lisa mochte es nicht. Sie versuchte, es Hanna zu verbieten. Vergeblich!

Und dann vergaß Hanna eines Tages ihren Puppenjungen im Zimmer des Großvaters, weil sie zum Rollschuhlaufen abgeholt wurde und Lisa nicht da war, um sich zu ärgern. Als Hanna ins Haus zurückkam, verschwitzt und fröhlich, war auch Lisa wieder da, man konnte hören, wie sie wieder einmal mit Ulrich Machill stritt.

»Die Puppe ist häßlich.«

»Weil sie aussieht wie ein Mann?« gab der Großvater zurück.

»Ich weiß genau, warum du Hanna den Hansel geschenkt hast.«

»So, weißt du das wirklich, du kleine Hexe? Du weißt ja nicht mal, wie man solch einen Puppenjungen richtig pflegt, geschweige denn einen Mann.«

»Du riechst nach Schnaps.«

»Kruzitürken …«

»Du fluchst schon wieder.«

»Deine kleine Schwester weiß genau, wie man es macht. Sie ist schon mit ihren fünf Jahren eine richtige kleine Frau, bei ihr möchte jeder der Hansel sein.«

»Du lügst.«

Leider war in diesem Moment die Mutter gekommen, beladen mit zwei Einkaufstaschen. Hanna mußte ihr die Tür aufhalten, sonst hätte sie ihren Puppenjungen vielleicht vor dem bewahren können, was Lisa ihm antat. Lisa saß auf ihrem Bett und klebte den Hansel rundum mit Pflaster zu, er sah schrecklich aus.

»Was machst du da, Lisa? Was machst du mit meinem Hansel? Laß das gefälligst! Er gehört mir. Mit dem Pflaster sieht er wie ein Monster aus. Mach es wieder ab! Mach es sofort wieder ab!«

»Nein! Diese Puppe ist ein Monster.«

»Ist sie nicht!«

»Dein Hansel flucht und lügt und riecht nach Schnaps.«

»Aber du hast ihm auch die Arme und Beine und alles zugeklebt. Nicht nur den Kopf.«

»Er hat es verdient.«

»Hat er nicht! Ich sag's dem Opa, er hat mir den Hansel geschenkt.«

»Tust du nicht!«

»Tu' ich doch!«

Nach dem Streit mit ihrer Schwester hatte Hanna ihren Hansel einfach von dem Pflaster befreit und mit Nagellackentferner bearbeitet. Es war nur an einigen Stellen etwas Glasur abgegangen, sonst fehlte ihrem Puppenvater nichts.

So glimpflich würde Carl bei Lisa nicht davonkommen.

Als Carl den Bühnenraum betrat, waren es wenige Minuten nach drei. Er war außer Atem. Er holte tief Luft und gab sich Mühe, nicht zu laut zu schnaufen, um die Probe nicht zu stören. Alles wirkte normal. Der Raum war abgedunkelt, nur die Bühne wurde angestrahlt. Ein Junge stand auf einer alten Turnbank und zog an Schnüren, die an einem zwischen Lüftungsklappe und Garderobenbaum eingeklemmten Besenstiel hingen und offenbar vorläufig die alten Kasperlepuppen ersetzen sollten, deren Beschaffung nach wie vor ein Problem war. Derzeit liefen noch zwei Anfragen bei Theatern in der Umgebung, etliche andere hatten bereits abgesagt, weil ihr Fundus nichts hergab, was alt genug aussah.

Eine Schwierigkeit, die Björn einfach nicht bedacht hatte, bevor er sich für dieses Stück entschied, was Carl ebenfalls seiner Jugend zuschrieb. Vor zwanzig Jahren hatte er selbst sich auch noch spontan zu Dingen hinreißen lassen, von denen er heute wußte, daß er sie sich besser verkniffen hätte. Aber natürlich hielt er hübsch die Klappe und ließ Björn gewähren, sofern es nicht direkt die Belange des Kulturzentrums betraf. Nur wer selbst mehrmals kräftig auf die Schnauze gefallen war, wurde einsichtig.

Ob sie wirklich hierher kommen würde?

Die nächste Theaterprobe beginnt um drei, habe ich mir sagen lassen.

Drei Uhr war vorüber, die Probe hatte anscheinend pünktlich begonnen. Der Darsteller des Pole Poppenspäler bewegte die von dem Stock baumelnden Schnüre nun heftiger, man hörte ein leises Krachen – vom Tonband? –, Pole schlug sichtlich erschrocken die Hand vor den Mund und stieg flugs von der Bank, während ein Mädchen die Bühne betrat. Es mußte sich um die zweite Besetzung der Lisei handeln, denn sie sprach nun deren Text, ohne jedoch gleichzeitig dem Zuschauer durch Mimik und Gestik zu verdeutlichen, daß der eigentliche Grund für ihre Sorge eine zu Boden gefallene Kasperlefigur namens Wurstl – in diesem Fall ersatzweise ein Stück Kordel – war.

»G'schwind, g'schwind, 's eigentli nit recht, daß i' di' eilass'n hab', aber gel, du hast doch dei' Gaudi mit dem Wurstl g'habt!« Das Mädchen griff nach seiner Hand und preßte sie an ihren Bauch, der nackt zwischen Jeans und etwas, was wie ein eingelaufenes Unterhemd aussah, hervorblitzte.

Unter den jungen Leuten auf den Klappstühlen im Halbdämmer kam Gelächter auf, einer rief: »He, Maike, du sollst den Pole nur mit dem Wurstl von seinem Alten spielen lassen und mit sonst nichts.«

Gelächter folgte, Pfiffe ertönten, es dauerte eine ganze Weile, bis Björn wieder für Ruhe gesorgt hatte. Die Szene wurde noch zweimal wiederholt, ein befriedigendes Ergebnis kam jedoch nicht zustande. Die zweite Lisei besaß wenig schauspielerisches Talent. Zwar setzte sie ihren Beitrag nicht mehr ganz so obszön in Szene, der gesprochene Text blieb aber weiterhin gleichbleibend monoton. Dann hieß es »Pause«, die Rollos schnappten hoch, Sonnenlicht schoß durch die hoch gelegenen Fenster und zwang Carl, die Augen zusammenzukneifen. Er hob eine Hand, um sich gegen die Helligkeit zu schützen, und ging auf Björn zu. Der tat so, als ob er ihn noch gar nicht bemerkt hätte, spulte ein Tonband zurück und klaubte Papierchen vom Boden auf. Es war ihm spürbar unangenehm, daß Carl bei der Probe zugegen war.

»Das Mädchen taugt nicht für die Lisei«, sagte Carl und hörte seine Stimme hallen. »Die führt sich auf, als ob sie den Jungen auf offener Bühne vernaschen wollte.«

»Immerhin beherrscht sie den Text, und wir haben keine andere Wahl.«

»Nur den Text allein aufzusagen nützt nicht viel. Sie muß auch schauspielern können. Was die jedoch macht, ist nur plumpe Anmache. Darum geht's in dem Stück aber nicht.«

»Es schadet doch nicht, wenn die Geschichte was prickelnder rüberkommt. Das ist zeitgemäßer und macht einen Theodor Storm auch für die Jugend interessant. Wir könnten doch sogar statt mit Kasperlepuppen mit lebendigem Zubehör spielen. Schließlich ist das Experimentieren mit nackten Bäuchen und Tattoos und diesem und jenem Schlafsack heutzutage nichts anderes als das, was Pole seinerzeit zu den Puppenspielern trieb. Lust aufs Abenteuer, Reinschnuppern in eine andere Welt, wo's nicht so riecht wie bei Muttern in der guten Stube. Wetten, daß die Lokalpresse sich das Maul zerreißen würde und wir regen Zulauf hätten?«

Carl schüttelte den Kopf. »Bevor die Presse dich als großen Regisseur feiert, sollte das Stück erst mal annähernd aufführungsreif sein.«

»Schon gut. Übrigens, bevor ich's vergesse, der Kämmerer hat immer wieder versucht, dich zu erwischen, zuletzt …«

»Und sonst? Ich meine, hat sonst noch jemand nach mir gefragt?«

»Nicht, daß ich wüßte, aber du kannst ja mal sicherheitshalber die Telefonistin fragen. Was ich dir aber noch wegen diesen vermaledeiten Kasperlepuppen sagen wollte, es wird ganz schön schwierig werden, passende aufzutreiben. Vielleicht sollten wir tatsächlich …«

»Nein, Björn, versuch bitte, die Puppen aufzutreiben. Und sag rechtzeitig Bescheid, wenn's Probleme gibt, dann kümmere ich mich drum.«

Björn wollte noch etwas zu Carl sagen, als draußen auf dem Hof ein lautes Getöse zu hören war. Es hörte sich an, als ob das letzte Baugerüst an der zum Festsaal gehörenden Wand zusammengekracht wäre.

Ein paar Rohre und zwei Holzplanken lagen am Boden, dazwischen kauerte ein Mädchen, das seines Wissens ebenfalls zur Theatergruppe gehörte. Reichlich verdattert, Verletzungen hatte es offensichtlich keine, anscheinend war es lediglich mit dem Schrecken davongekommen.

»Kannst du mir mal verraten, was du auf dem Gerüst zu suchen hattest?«

»Ich wollte nur mal schauen.« Sie zeigte auf das Sims, das zu einem der hoch gelegenen Fenster gehörte. Wenn die Gören vom Land sich wie die Teenager aus der Großstadt kleiden wollten, schossen sie meistens übers Ziel hinaus. Carl fand die Aufmachung dieses unscheinbaren, flachbrüstigen Mädchens mit dem spirreligen Zopf einfach lächerlich. Es glaubte sexy zu sein, doch das Gegenteil war der Fall. Es war das reinste Gerippe, junges Fleisch und glatte Babyhaut allein schufen noch keinen Sex-Appeal. In diesem Alter war die Phantasie einer Frau noch ähnlich faltenlos wie ihre Haut und unempfänglich für die Höhen und Tiefen des Lebens. Das jedoch machte eine Frau erst wirklich interessant und auch begehrenswert.

»Und warum gehst du dann nicht rein und schaust von drinnen zu?«

»Weil Björn mich nicht rein läßt.«

»Und warum nicht? Hast du gestört?«

»Nein, hab' ich nicht, aber wahrscheinlich hat die blöde Kuh Maike gepetzt, und er hatte Angst, ich könnt's wahr machen.«

»Was wahr machen?«

»Na, ihr den Wurstl oder Kasperle oder wie immer die Puppe heißt, mit der sie den Anselm scharf macht, um die Ohren donnern, wie ich ihr's auf dem Hinweg für den Fall angekündigt habe, daß sie's bei ihm versucht. Und sie hat's getan«, der dünne Arm hob sich und zeigte auf das Fenster, »ich hab's genau gesehen, viermal hintereinander und vor allen anderen. Ich bringe sie um.«

»Es gibt noch gar keine Kasperlepuppen, und einen Anselm gibt es in diesem Theaterstück auch nicht.« Carl wollte das Mädchen besänftigen. Es sprach ihm aus der Seele, weil seine Beobachtungen den Nagel auf den Kopf trafen.

»Eben, die schiebt nicht mal mehr so 'ne blöde Puppe vor, sondern krallt sich direkt die Hand vom Anselm – der Anselm ist der Pole – und lotst ihn zu ihrem Bauchspeck, die hat mindestens zwei Kilo zuviel drauf und bildet sich noch sonst was ein auf ihre Rollen. Die soll gleich da rauskommen, der zeig' ich's! Der Anselm geht nämlich mit mir.«

»Und du glaubst, dein Freund weiß das zu schätzen, wenn du hier Terror machst?«

»Ist mir jetzt auch egal, wenn er doch sowieso schon mit ihr rummacht. So 'ne Memme, hätt' ich nie von ihm gedacht.«

»Und welche Rolle spielst du? Im Stück, meine ich.«

»Ursprünglich sollte ich die zweite Besetzung für die Lisei sein, aber weil ja keiner voraussehen konnte, daß die Dekoration runterkommt, hab' ich lieber für die Matheklausur gepaukt – ich steh' nämlich auf der Kippe – und dem Björn gesagt, daß ich nur die Souffleuse mache, statt 'ne Rolle einzustudieren, die dann doch die erste Besetzung spielt.«

»Und diese Maike ist dann für dich nachgerückt?«

»Genau, aber das galt nur für die Rolle als Lisei und auf der Bühne.«

»Ich an deiner Stelle würde mir das Drehbuch schnappen und beweisen, daß du die bessere Lisei bist.«

»Sie meinen …? Obwohl doch …«

»Bei der Besetzung der Lisei ist das letzte Wort noch nicht gesprochen. Allerdings mußt du schauspielerisch überzeugen und den Text bis spätestens morgen draufhaben.«

»Sie sind echt cool, Mann.« Die Mädchenstimme lag Carl noch im Ohr, als er ins Haus zurückkehrte und die Verbindungstür ansteuerte, die jetzt ordnungsgemäß geschlossen war und sich erst mit Hilfe seines Schlüssels öffnete. Zufrieden registrierte er Sekunden später das automatische Einrasten, ging weiter und sagte sich, daß es sein gutes Recht war, seinen Kollegen vor einer Fehlbesetzung zu bewahren. Die Kleine eben war schon von der Optik her sehr viel eher geeignet, diese Rolle zu spielen. Zarter, kindlicher, auch wenn dieser Wutausbruch bereits den Wechsel in Gefilde anriß, wo nichts mehr klar und eindeutig war.

Björn stand am Fenster des gemeinsamen Büros, beide Hände in die Hosentaschen vergraben, die Beine leicht gegrätscht. Als Carl eintrat, zuckte er zusammen. »Ich wollte nur mal schauen ...«

»Ob die Schülerin, die du an die Luft gesetzt hast, den Sturz vom Baugerüst überstanden hat?«

»Du redest von Gudrun? Was hatte die auf dem Gerüst zu suchen?«

»Aufpassen, daß ihr Freund nicht aus der Rolle fällt. Sie war doch die Zweitbesetzung. Warum hast du ihr nicht die Rolle gegeben? Wenn du mich fragst, gäbe sie 'ne bessere Lisa ab als diese Maike.«

»Die heißt im Stück Lisei! Gudrun konnte den Text nicht, aber eben die Maike. Seit wann kümmerst du dich um die Verteilung der Rollen in meinem Stück?«

»Seit mir klargeworden ist, Björn, daß du das Theaterstück nicht im Griff hast. Ganz ehrlich, was ich da eben gesehen habe, ist eine Katastrophe. Die Aufführung wird ein Reinfall. Tut mir leid, daß ich dir das so deutlich sagen muß. Vergiß die Maike, die taugt nicht für die Rolle. Die ist einfach zu plump. Kümmere dich drum, daß die andere – Gudrun oder wie sie heißt – den Text bis morgen lernt, und dann sorge für vernünftige Proben. Das sind ja die reinsten Unterhaltungsstündchen für alberne Teenager.«

Björn nestelte nervös am Bart herum. Es tat Carl leid, ihn wie einen Schuljungen zurechtweisen zu müssen. Andererseits war es jetzt nicht mehr angebracht, Björn unbehelligt arbeiten zu lassen, wenn die Sache offensichtlich schieflief.

»Die Gudrun lernt den Text nie im Leben bis morgen auswendig. Brauch' ich mich gar nicht erst drum zu kümmern. Mal was anderes, du solltest besser den Kämmerer zurückrufen, ich hatte ihn gerade schon wieder an der Strippe. Er bittet dringend um Rückruf, und ich hab's dir hiermit offiziell ausgerichtet. Das Telefon steht zu deiner Verfügung.« Björn gab dem Apparat, der an einem drehbaren Scherengitter befestigt war, einen Schubs auf Carls Schreibtisch zu. Er war beleidigt, und Carl beschloß, nicht weiter auf ihm herumzuhacken.

»Wat mut, dat mut!« Es war ein schwacher Versuch, ins Scherzhafte abzubiegen. Er wollte die Nummer der Stadtverwaltung eingeben, doch sie wollte ihm partout nicht einfallen.

»Du mußt die Zwei drücken, ich habe den Kämmerer unter der Zwei abgespeichert.«

Klugscheißer, dachte Carl und tippte widerwillig auf die Zwei, wartete, wechselte die üblichen Worte mit der Sekretärin, von der er wußte, daß sie letzte Woche einen vereiterten Weisheitszahn gezogen bekommen hatte und sehr viel lieber einen Einheimischen auf seinem Posten sähe. Aber so was war fast normal, wenn man eine neue Stelle antrat. Die meisten wußten erst nach vollbrachter Tat, was sie an ihm hatten, damit konnte er leben. Er erkundigte sich nach der werten Gesundheit und fragte in einem Atemzug, ob er wohl mal kurz ihren Chef sprechen könnte, lauschte auf die eingespielte Musik – und legte den Hörer auf. Wie in Trance.

»He! Spinnst du jetzt total?«

»Wie kommt das dahin?« Carl zeigte auf das Streichholzheft. Rot-schwarz, die Schrift stand von ihm aus gesehen auf dem Kopf, trotzdem konnte er blind hersagen, was dort geschrieben stand: »Besuchen Sie uns wieder, bei uns kommen Sie auf Ihre Kosten!«

»Das gehört mir.«

»Und wie kommst du an Streichhölzer von einer Tankstelle an der 476 zwischen Versmold und Harsewinkel?«

»Stimmt ja, du kennst dich in der Kante aus, soweit ich weiß, ist deine Zukünftige sogar von dort.«

Das Telefon klingelte, Carl nahm den Hörer ab und bellte hinein, daß er jetzt keine Zeit habe. »Nein, die Verbindung habe ich selbst unterbrochen, sagen Sie ihm, ich rufe später wieder an …«

»Das gibt Stunk.« Björn griff nach dem Streichholzheft, doch Carl war schneller.

»Ich frage dich noch mal: Wie kommt das hierher?«

»Steckte plötzlich in meiner Jackentasche.«

Provokation lag in der Luft. Carl klappte das Heft auf, alle Streichhölzer waren noch unangetastet, schwarze Stifte mit roten Köpfchen, darüber elf Zahlen. »Interessant«, er las die Zahlen laut, »null-eins-sieben-zwo-zwo …«

Diesmal war es Carl, dem das Pappding entrissen wurde.

»Danke vielmals für den Tip.« Björn wandte sich zur Tür. »Wir proben jetzt weiter, falls du mich suchst.«

Ein Handy, dachte Carl. Null-eins-sieben-zwo … Hastig kritzelte er die elf Zahlen auf seine Schreibtischunterlage, nahm den Hörer ab und wählte.

Kurze Pause, dann teilte eine fremde Stimme ihm zuerst in Deutsch, dann auf englisch und französisch mit, daß der Teilnehmer – ein Name wurde nicht genannt – zur Zeit nicht erreichbar sei, er aber gerne eine Nachricht auf der Mailbox hinterlassen könne.

Handy. Mailbox. Dreisprachig.

Das Telefon auf dem Schreibtisch klingelte. Carl nahm den Hörer ab und legte ihn auf den Tisch, das unverständliche Fiepen einer Frauenstimme, dann einer Männerstimme, streiften ihn nur noch.

Er mußte Hanna sprechen. Er mußte sie dazu bringen, ihn und Lisa in Ruhe zu lassen und aus Bongsiel zu verschwinden. Er würde Lisa beweisen, daß er sie liebte. Nur sie. Als er bei seinem Fahrrad unten im Hof anlangte, war er schweißgebadet.

Obwohl die frische Luft ihm guttat, die Straße leicht abwärts führte und sein Rad fast von allein rollte, hielt Carl schon nach wenigen hundert Metern wieder an. Er war sich zwar nicht sicher, ob die Vorräte daheim aufgebraucht waren, trotzdem konnte es ja nicht schaden, wenn er rasch ein paar Flaschen von diesem und jenem besorgte. Der Parkplatz war wie immer gut belegt, Neuankömmlinge fuhren suchend die Reihen ab, und er tat es ihnen nach, obwohl er sein Fahrrad mühelos gleich am Eingang hätte abstellen können. Er überflog das Arsenal der üblichen Kleinwagen und Kombis, natürlich waren auch ein paar teurere Marken darunter, doch die präsentierten sich ausnahmslos in gedeckten Farben. Ein silbergraues Cabrio war nirgends zu sehen.

Eine absurde Idee, warum sollte sie ausgerechnet hier parken? Den Täter zog es zum Ort der Tat, mochte sein, doch was auf diesen und jenen zutraf, galt noch längst nicht für sie, soviel ahnte er. Und daß sie einen Mann bis zur Weißglut reizen konnte, es darauf anlegte, ihn zu reizen, so und so … Er war ihr auf den Leim gegangen, fast willenlos war er ihr gefolgt, bis zu einem seidigen Höschensteg und weiter, immer noch weiter. Er kam sich vor wie eine Kasperlefigur, mußte automatisch an den Wurstl denken, der zu Boden fiel …

Ob sie hier in der Nähe wohnte?

Die Auswahl an Hotels war nicht gerade üppig, kaum eines dürfte nach ihrem Geschmack sein, das galt eigentlich für alles hier. Er nahm ihr keine Sekunde lang ab, daß sie ernsthaft an Björns Theaterstück interessiert war. Diese Art Literatur war mit Sicherheit nicht nach ihrem Geschmack. Zu fad, zu langweilig, zu bieder. Genau wie er. Sie konnte sich doch jeden noch so aufregenden Liebhaber schnappen. Was in aller Welt wollte sie ausgerechnet von ihm? Sie benutzte ihn, um ihrer Schwester weh zu tun. Schau her, Lisa, wie sehr dich dein Zukünftiger liebt. Nur eine Gelegenheit, und er geht einer anderen an die Wäsche. Was für ein berechnendes Weib! Und er war blindlings in ihre Falle gelaufen. Carls Gedanken überschlugen sich, er schämte sich, war wütend auf sich selbst. Jetzt nur ja nicht durchdrehen! Einen klaren Kopf bewahren! Die Sache mußte von vornherein gestoppt werden. Er würde an ihren Verstand appellieren oder besser an ihr Herz. Am besten an ihre Muttergefühle, die es bei ihr ja irgendwo geben mußte. Er könnte ihr sagen, daß Lisa nun ebenfalls ein Kind erwartete. Eine Lüge, noch war es eine Lüge, doch das machte nichts, wenn er damit nur Lisas Schwester bremste. Würde sie darauf hereinfallen?

Ein paar Meter weit weg von ihm hupte es, dann hupte es noch einmal, diesmal unmittelbar neben ihm, und aus dem nach unten gekurbelten Fenster der dunkelblauen Limousine sah ihn ein Gesicht an, das bekannt dafür war, immer und überall die Nase vorn zu haben. Dem Kämmerer, der seit ein paar Wochen Bürgermeister spielte und zu hoffen schien, aus der Notlösung könnte ein Dauerzustand werden, eilte der Ruf voraus, ein Tausendsassa zu sein, dem es immer wieder gelang, den Leuten Dinge unterzujubeln, die sie sonst weit von sich wiesen. Sein Anblick erinnerte Carl schlagartig an alles, was noch vor der offiziellen Eröffnung zu erledigen war.

»'n Abend, Herr Bronnen, hübsch, Sie mal wieder zu sehen. Vielleicht sollte ich öfter mal zum Getränkegroßmarkt fahren, um unseren neuen Kulturleiter zu Gesicht zu bekommen. Oder habe ich Ihnen was zuleide getan, daß Sie mich jetzt schon am Telefon in der Luft hängen lassen.«

»Wir hatten gerade ziemlichen Ärger wegen des Theaterstücks.«

»Ich dachte, dafür bezahlen wir Herrn Feltes.«

»Er ist noch ziemlich jung und in manchen Dingen sehr impulsiv, ich halte es einfach für meine Pflicht, ihm mit Rat und Tat zur Seite zu stehen.«

»Gut, das war eben. Und was war heute vormittag?«

»Nun, da war doch dieser Sturz der Hauptdarstellerin. Weil die ganze Dekoration mit runtergekommen ist, müssen wir jetzt wahrscheinlich die alten Schienen doch herausreißen, aber dann ist der Putz beschädigt, vom Anstrich ganz zu schweigen, an diesem Unfall hängt ein ganzer Rattenschwanz von Scherereien mit dran ...«

»Hoffentlich haben Sie über Ihren Scherereien nicht vergessen, daß wir heute abend den Geburtstag von unserem Alt-Bürgermeister feiern? Die Stühle aus Ihrer Bibliothek sollten schon längst drüben im Gemeindesaal sein. Es macht sich schlecht, wenn die Hälfte der Gäste heute abend auf dem Fußboden sitzt.«

»Glauben Sie, ich hätte Däumchen gedreht?« Die Stühle waren ihm glatt durchgegangen. An alles hatte er gedacht, an die vermaledeiten Schienen und an die Schließanlage und an den Durchbruch im Damenklo und an die Tontechnik, obwohl er genaugenommen für nichts von all dem zuständig war, und nun sollte er wegen dieser paar Stühle zu Kreuze kriechen. Er dachte nicht daran, er hatte ganz andere Sorgen.

»Ihr Kollege Björn Feltes war eben so freundlich gewesen, mir die sofortige Anlieferung von zwei Dutzend Stühlen verbindlich zuzusichern – notfalls huckepack, hat er gesagt. Ich müßte Ihnen vermutlich immer noch hinterherrennen. Es ist unmöglich, Sie zu erreichen. Ich hoffe, das ändert sich bald.«

Hatte er das nötig? Mußte er wie ein Schuljunge Rechenschaft ablegen? Warum knallte er dem Mann nicht seinen Kulturverein hin und empfahl ihm, es selbst besser zu machen? Normalerweise täte er das, doch im Moment war er aus dem Ruder. Er schwieg.

»Na ja, richten Sie bitte Ihrer Frau meine besten Empfehlungen aus – wir sind übrigens froh und dankbar, sie hier zu haben, eine bessere Nachfolgerin für Herrn Feltes hätten wir uns gar nicht wünschen können –, und sehen Sie zu, daß auch bei Ihnen wieder alles in Ordnung kommt, schließlich hat man Sie uns als Topmann empfohlen. Ich habe keine Lust, mich zu guter Letzt noch dafür auslachen zu lassen, daß ich mich für ein eigenes Kulturzentrum stark gemacht habe. Die anderen Orte begnügen sich mit einer simplen Bücherei und benutzen das Hinterzimmer der Kneipe oder den Gemeindesaal oder die Turnhalle, um ihren Schützenkönig zu küren oder Pokale zu verteilen. Wir nicht, bei uns soll's alles eine Etage besser und größer sein, also machen Sie uns mal keinen Strich durch die Rechnung, Herr Bronnen! Ich habe mich persönlich für Sie verbürgt, vergessen Sie das nicht.«

»Ich werde mir Mühe geben.« Carl wußte selbst, daß er sich hölzern anhörte, dabei hatte der Kämmerer zuletzt sogar versucht, wieder einen versöhnlichen Tonfall anzuschlagen. Es war nicht so, daß er, Carl, nicht bereit wäre, sein Bestes zu geben. Vielmehr blockierte ihn die Wellenbewegung, die schon ein einziges Auftauchen von Hanna Altweg ausgelöst hatte.

Und ewig lockt die Jagd

Als Carl die Korridortür aufschloß und Sekunden später das Wohnzimmer betrat, nahm er seine Umgebung nicht wirklich wahr. Er bemerkte nicht einmal, daß die beiden alten Sessel, die sie zum Polstern weggegeben hatten, nun frisch bezogen rechts und links von der Balkontür standen und daß Lisa noch immer sehr blaß aussah und sich eine Wärmflasche auf den Bauch gelegt hatte. Auf dem Eßtisch, den sie gleichzeitig für ihre Vorbereitungen auf den Unterricht benutzte, lagen aufgeschlagene Bücher und ein Stapel Hefte, der Füllfederhalter war auf den Boden gerollt, fast wäre er drauf getreten. Einen Augenblick lang sah es so aus, als ob sein Ausweichmanöver ihn vollends aus dem Gleichgewicht bringen sollte, doch dann fing er sich wieder und ging zum Sofa, von dem aus Lisa ihn anlächelte. Leicht verkrampft, wie ihm schien.

»Sei mir nicht böse, Carl, aber heute habe ich rein gar nichts fürs Abendbrot gerichtet, ich hab' nicht mal eingekauft, notfalls müßtest du …«

»Das macht nichts«, fiel er ihr ins Wort, »das macht überhaupt nichts, ich finde es wunderbar, wenn du dir endlich mal etwas mehr Ruhe gönnst, Ruhe ist etwas Wunderbares. Ich stelle mir schon vor, wie wir es uns am Freitag zusammen auf Amrum gutgehen lassen, dort stört uns garantiert keiner mehr.«

»Amrum«, wiederholte sie und legte eine kurze Pause ein, »übrigens hat ...«

Er unterbrach sie erneut, griff das »übrigens« auf, es war die ideale Überleitung, wollte ihm scheinen: »Übrigens, hab' ich dir heute schon gesagt, daß ich dich liebe?«

»Nein. Ja. Ich liebe dich ja auch, Carl. Hättest du etwas dagegen, wenn wir ...?«

»Überhaupt nicht, falls du dasselbe meinst wie ich.« Carl nahm Lisa in die Arme, küßte ihren Hals und versuchte mit der Hand die Knöpfe ihrer Bluse zu öffnen.

»Carl, bitte nicht!«

»Entspann dich, Lisa, und laß dich einfach mal von mir verwöhnen!« Er schob seine Hand unter den dünnen Blusenstoff und streichelte über ihren BH.

»Carl, es geht heute nicht.«

»Warum geht es nicht?« Ihre Abwehr ging ihm unter die Haut, das sollte sie nicht tun. Sie umgarnte ihn doch auch permanent mit ihrer Fürsorglichkeit, wenn er abgespannt war. Nun ging es ihr nicht so gut, da könnte er sich doch einmal um sie kümmern, wenn sich das auch nicht in Wärmflaschen und Teekochen manifestierte. Er sah sie an. Wie sie so dalag, machte sie ganz und gar nicht den Eindruck, als würde sie sich durch seine Zärtlichkeiten verführen lassen.

»Ich hab' doch noch meine Periode.«

»Na und?« Er hatte schon genug Frauen geliebt, wenn sie menstruierten, manche waren dann sogar besonders leidenschaftlich. Machte sie sich etwa Sorgen um ihr Sofa? »He, falls du dir Gedanken um das Sofa machst, hol ich einfach ein Badelaken, und dann ...«

»Ich hab' Bauchschmerzen, sogar ziemlich schlimme, regelrechte Krämpfe, deshalb hab' ich mir doch auch die Wärmflasche gemacht. Carl, du hast doch nicht etwa getrunken?«

»He, ist das ein Verhör? Ein Bierchen in Ehren kann niemand verwehren.« Oder zwei oder drei, wer zählte da schon mit? Er hatte es regelrecht genossen, endlich einmal wieder ein Bier nach dem anderen zu zischen und jeden Gedanken an mögliche Folgen für seine Leber in den Wind zu schlagen. Es ging ihm gut, besser jedenfalls als noch vor zwei oder drei Stunden, als ihn der Kämmerer in die Mangel genommen hatte. Wann das war, wußte er auch nicht mehr so genau. Dem Glücklichen schlug bekanntlich keine Stunde. Carl wiederholte die Binsenweisheit laut und nahm die Gummiflasche von Lisas Bauch weg. Wozu brauchte sie so etwas, wenn sie ihn hatte?

»Ich verhöre dich nicht. Natürlich kannst du dir auch ein Bier gönnen, wenn du Lust drauf hast. Du riechst nur so stark nach Alkohol, daß ich mir Sorgen mache. Außerdem kann man sich unglaublich rasch an so was gewöhnen. Vor allem, wenn man zuviel trinkt! Bitte, Carl, tu das nicht!«

Sein Überschwang fiel in sich zusammen, seine körperliche Lust auf Lisa auch.

»Okay, schonen wir das Sofa.«

»Es geht doch nicht ums Sofa, Carl, und natürlich freue ich mich ganz schrecklich auf Amrum und das Haus. Obwohl ich mich frage, ob wir nicht genausogut eine Woche später hinfahren könnten.«

Das gab ihm den Rest. Erst Bauchweh. Dann das Sofa. Dann Vorhaltungen wegen eines Bierchens. Und jetzt sollte er auch noch auf seine Insel verzichten? Nie und nimmer! Dort war er sicher, nur dort.

»Wenn du nicht willst, fahr' ich alleine.«

»Sicher will ich, aber meine Schwester hat angerufen und uns für Freitag zu einer Lesung eingeladen. Sie liest in Hamburg, das ist von hier aus gar nicht so weit, und ich hab' sie noch nie lesen gehört; sie hat mich auch noch nie gefragt, ob ich kommen will. Es wäre doch eine Chance, Frieden zu schaffen. Wir müßten sie ja sowieso zu unserer Hochzeit einladen, schließlich ist sie meine einzige Schwester.«

»Müssen wir? Ich weiß nicht, was du mußt, aber ich muß nichts, verstehst du? Schon gar nichts wegen deiner Schwester.«

Beim »Seekrug« handelte es sich angeblich um ein Drei-Sterne-Haus in bester Ortsrandlage von Bongsiel mit »moderner Ausstattung und ausgesprochen persönlicher Atmosphäre«, doch Hanna fühlte sich eher an ihr Elternhaus erinnert. Das begann beim Dekor »Wildrose« und hörte beim immer näherkommenden Geräusch des Staubsaugers auf. An ein gemütliches Frühstück war nicht zu denken, wobei Hanna heute – wenn sie sich selbst gegenüber ehrlich war – vermutlich auch in einer anderen Atmosphäre unfähig gewesen wäre, sich zu entspannen. Dieses Telefonat war schuld. Sobald sie an das Gespräch mit ihrer Schwester dachte, wurde ihr abwechselnd heiß und kalt. Dann fragte sie sich, warum in drei Teufels Namen sie Lisa zu ihrer Lesung am kommenden Freitag eingeladen hatte. Zusammen mit Carl.

Um die Hochzeitsvorbereitungen zu stoppen? Als ob eine Woche etwas bringen würde, dann verhandelten die beiden halt eine Woche später mit den Handwerkern und dem Pastor auf Amrum. In einer beschaulichen Kirche auf der Insel wollten sie heiraten. Carl hatte ein idyllisches Häuschen mit Reetdach, wohin sie diesen Freitag zum ersten Mal gemeinsam fahren wollten. Antonia, Hannas Tochter, sollte Brautjungfer sein und ein langes Engelskleid tragen. Lisa selbst das Brautkleid der Mutter, Perlenstickerei, der Rock dreilagig, mehr Tüll um den Kopf, als ein ganzes Ballett für seine Tutus benötigte, der reinste Alptraum. Hanna wurde übel, wenn sie an die schwärmerische Stimme der Schwester am Telefon zurückdachte.

Sie war noch lange nicht fertig, weder mit Carl noch mit Lisa. Was war denn großartig passiert? Sie hatten wie Teenies im Auto herumgefummelt, na und? Nein, sie wollte mehr. Sie wollte den Bräutigam ihrer Schwester aufwühlen, wollte seine eigentliche Veranlagung an die Oberfläche spülen und seine hehren Vorsätze ad absurdum führen. Sie wollte, daß er sie wollte. Was hätte Lisa am Ende von einem zerrissenen Ehemann? – Das war Hannas Ziel. Dafür lohnte es sich, alle Register zu ziehen, sogar daß sie sich für fades Provinztheater engagierte und daß sie Lisa gemeinsam mit Carl zu ihrer Lesung nach Hamburg einlud.

Ob Carl überhaupt kommen würde? Wenn nicht, wäre auch diese Anstrengung vergebens. Er sollte doch sehen, daß mit Hanna nicht nur im Bett mehr los war. Sie hatte wesentlich mehr zu bieten, als kleinen Kindern vom Land das ABC beizubringen. Sie war eine gefeierte Schriftstellerin und strahlte im Glanz des Erfolges. Doch bestimmt würde er es vorziehen, mit Lisa nach Amrum zu fahren und alles Erforderliche für die Hochzeit in die Wege zu leiten. Noch!

Hanna stand auf und stolperte im Hinausgehen fast über die Schnur des Staubsaugers.

Die letzten paar Meter schob Carl sein Fahrrad. Dabei sah er sich mehrmals um, ob ihn auch keiner beobachtete. Es war ihm peinlich, nicht einmal diese lächerliche Steigung hinter der Kurve zu schaffen.

Er wußte nicht, wieviel Bier er gestern abend in seiner Wut gekippt hatte, so wahnsinnig viele konnten es nun auch wieder nicht gewesen sein, denn er war weder getorkelt, noch hatte er gelallt. Es gab nichts Schlimmeres, als sich so hundeelend zu fühlen und gleichzeitig Obacht geben zu müssen, daß die Frau in der anderen Betthälfte nicht merkt, wie es um einen steht.

Carl, du hast doch nicht etwa getrunken? An diese Frage erinnerte er sich noch genau, leider auch an das meiste, was davor lag. Es war das erste Mal, daß Lisa ihn offen abgewiesen hatte, und es hatte ihm einen Stich versetzt. Carl konnte sich nicht erinnern, eine ähnliche Situation schon einmal erlebt zu haben. Mit allen Frauen hatte er erfüllten Sex gehabt, wenn er auch nicht fest mit ihnen liiert blieb. Die Beziehungen waren leidenschaftlich und kurz. Er wußte zwar, daß bei Lisa Sex nicht an oberster Stelle stand, daß für sie Verständnis, Vertrauen, Verläßlichkeit und dergleichen mehr zählten. Für ihn ja eigentlich auch, dennoch – Leidenschaft und Hingabe waren auch wichtig in einer glücklichen Partnerschaft!

Er keuchte, obwohl er nun mitten auf dem Weg stehengeblieben war. Schließlich stellte er sein Rad unter einem der gekippten Fenster ab, die zum Festsaal gehörten. Es wurde schon wieder geprobt, sein Kollege schien sich ein Fleißkärtchen verdienen zu wollen. Das letzte Baugerüst war nun auch entfernt worden, folglich war auch kein eifersüchtiger Teenager mehr vom Absturz bedroht.

Hoffentlich liefen die Proben nun besser. Carl hatte wirklich genug um die Ohren, um das Theaterstück konnte und wollte er sich jetzt nicht auch noch kümmern.

Was war das?

Er sah hoch, allerdings war es unmöglich, in den Saal hineinzuspähen, die Stimme narrte ihn, sein gequälter Kopf wollte ihm weismachen, daß seine Widersacherin dort drinnen war.

Er schwankte zwischen dem Wunsch, sich auf der Stelle davonzumachen und in den Saal zu stürmen, in dem jugendliche Stimmen versuchten, den »Pole Poppenspäler« neu zu beleben. Endlich riß er sich zusammen, schloß das Rad ab, wobei er die vermaledeite Klingel streifte, die mehr Lärm als eine Horde wilder Affen machte. Als er sich aufrichtete, sah er, wie ein in Tränen aufgelöstes Mädchen aus dem Gebäude stürzte. Er erkannte es nicht sofort, weil es heute einen grauen, schlabberigen Pullover und die dünnen blonden Haare offen trug. Das Mädchen hingegen erkannte Carl und lief auf ihn zu. Es war Gudrun, seine Wahlbesetzung für die Lisei.

»Ich hab' die Rolle nicht bekommen! Es hat keinen Sinn, meinten Björn und diese Tussi – weiß nicht, wie die heißt. Ich kann den Text halt noch nicht so perfekt, aber wie sollte ich das auch machen von einem Tag auf den anderen?« schluchzte sie aufgelöst.

Carl suchte nach den passenden Worten. Was hatte sie da gesagt? *Diese Tussi?* »Na ja, das Problem ist eben, daß allmählich die Zeit drängt. Björn kann nicht vernünftig proben, wenn die Schauspieler ihren Text nicht ordentlich können. Hat Maike die Rolle übernommen?«

»Ja, die blöde Kuh! – Ach, ist auch egal!« Gudrun drehte sich auf dem Absatz um und rannte heulend davon. Carl hatte andere Sorgen und ließ sie laufen.

Vorsichtig, so als ob er jede Sekunde mit einem Angriff rechnen müßte, pirschte er über den Gang, der die Bibliothek vom Bühnenraum trennte, öffnete die Tür und trat ein. Seine Augen suchten die Stuhlreihen ab. Etwa die Hälfte der Stühle fehlte. Da fiel ihm wieder ein, daß gestern die Geburtstagsfeier zu Ehren des Alt-Bürgermeisters gewesen war, die Stimme des Kämmerers gesellte sich dazu: *Oder sollen unsere Gäste auf dem Fußboden sitzen?*

Carls Blick irrte weiter und musterte die Hinterköpfe von sechs Mädchen. Sie alle trugen die Haare straff zurückgebunden, als hätte jemand heimlich das Kommando zu dieser Frisur ausgegeben, die im Grunde keine war. Bei den meisten reichte es nur zu einem lächerlichen Pinsel. Dann sah er sie. Ihre langen und sehr dichten Haare sprengten jedes Gummi, das leuchtende Rot stach aus diesen blonden, braunen und schwarzen Schöpfen heraus, selbst von weitem erkannte man diese Farbe mühelos.

Sie stand plötzlich auf, schwang sich auf das Podest und lief auf die beiden Darsteller des Pole Poppenspälers und der Lisei zu.

»Das ist schon gar nicht schlecht, Maike. Du mußt deine Worte nur noch viel stärker gestisch untermauern. Etwa so ...« Hanna trat auf den »Pole« zu und führte dem Mädchen vor, wie sie sich besser in Szene setzte. Dann drehte sie sich zum Publikum um und wandte sich an Björn, der offensichtlich in der ersten Stuhlreihe saß. Carl setzte sich augenblicklich und versuchte hinter den Mädchenköpfen in der Reihe vor ihm abzutauchen.

»Björn, die ganze Inszenierung ist wirklich noch zu steif. Es ist ein altes Stück, du hast aber junge Schauspieler und ein junges Publikum. Die sollen doch nicht gleich nach dem ersten Akt einschlafen, oder? Bring ein bißchen Pep in die Sache. Und wenn du mich fragst, ihr solltet unbedingt die Kasperlepuppen auftreiben. Es macht das Stück viel sinnenechter und belebt das Spiel der Darsteller.«

»Leichter gesagt als getan.« Björn war inzwischen aufgestanden und blickte zu Hanna auf.

Nanu, Hanna duzte seinen Kollegen mittlerweile. Sie schienen bereits gut miteinander bekannt zu sein. Für ihre Person behielt sie sich allerdings das respektgebührende Sie vor. Typisch! Zu ihr, Hanna Altweg, sollte man aufblikken. Sie war sportlich gekleidet: Turnschuhe, Jeans und modisches T-Shirt. Dennoch, auch diese zurückhaltende Aufmachung brachte Hannas körperliche Reize zur Geltung. Sie wirkte jugendlich und weniger aufdringlich als in kurzem Rock und Stöckelschuhen. Vor allem ihre wilde Mähne war ein Blickfang, besonders wenn sie – wie hier auf der Bühne – auch noch angestrahlt war.

»Wenn du willst, helf' ich dir bei der Inszenierung. Ich hab' im Augenblick nicht soviel zu tun, es würde mir auch Spaß machen. Natürlich will ich dir nicht ins Konzept pfuschen.«

»Sie pfuschen mir nicht ins Konzept. Wenn Sie wollen, warum nicht. Ich merk' ja auch, daß das Stück noch nicht so der Knaller ist. Ich weiß nur nicht, was mein Big Boß dazu sagt.«

»Fragen Sie ihn doch gleich, Herr Feltes. Herr Bronnen ist hier!« Eines der Mädchen hatte Carl bemerkt. Eigentlich hatte er keinerlei Aufmerksamkeit wecken wollen, doch nun war es zu spät.

»Hallo, Herr Bronnen! Das ist ja prima, daß Sie da sind«, zwitscherte Hanna offenkundig erfreut und schüttelte ihr Haar auf den Rücken. »Was meinen Sie?«

Sie nahm mal wieder den direkten Weg, Rückzug ausgeschlossen. Er stand mit dem Rücken zur Wand. Was sollte er darauf schon antworten! Hanna hatte es mal wieder geschafft. Von Handlungsfreiheit keine Spur.

»Das wäre doch keine schlechte Idee«, schaltete sich jetzt auch noch Björn ein, wenn auch ein wenig kleinlaut: »Zwei Köpfe sind doch kreativer als einer!«

Kreativer! Schwachkopf, dachte Carl spontan. Du und kreativ, du kriegst die Sache einfach nicht auf die Reihe! Es wurmte ihn, daß dieser Spund sein Versagen jetzt auch noch bemäntelte und einen auf Teamarbeit machte.

»Ja, ist wohl das beste, wenn Sie Herrn Feltes unterstützen. Dann werden wir vielleicht doch noch termingerecht ein Bühnenstück erleben.« Das saß.

Björn schnappte sichtlich nach Luft, hielt es jedoch für das beste, den Mund zu halten. Er wollte sich nicht noch mehr zum Gespött neugierig blickender Teenie-Augen machen.

»Dann will ich nicht weiter stören. Wenn etwas sein sollte, ich bin in meinem Büro.« Carl wandte sich zum Gehen, als er hinter seinem Rücken Hannas Stimme hörte.

»Wir werden Sie bestimmt nicht enttäuschen, Herr Bronnen!«

»Davon bin ich überzeugt«, antwortete Carl. Was du in die Hand nimmst, gelingt immer, dachte er verbittert und verließ den Probenraum.

Im Büro versuchte Carl, sich auf seine Arbeit zu konzentrieren. Er hatte in den letzten Tagen viel Zeit vertan und seine eigentliche Pflicht, den Aufbau der Bibliothek, vernachlässigt. Aber wie sollte er einen klaren Gedanken fassen, wenn nebenan Hanna ihr Intrigennetz webte? Sie hatte alles blendend arrangiert. Daß sie in Kürze aus Bongsiel verschwinden würde, war nicht abzusehen. Es würde bestimmt nicht mehr lange dauern, dann wüßte auch Lisa, daß ihre Schwester sich als Regieassistentin des Provinztheaters betätigte. Natürlich würde ihr dann auch auffallen, daß ihr zukünftiger Ehemann kein Sterbenswörtchen über Hannas Anwesenheit hatte fallen lassen. Grund genug weiterzufragen, und so würde eins zum anderen kommen. Es war verhext. Was tun? Carl massierte seine Schläfen mit den Fingerspitzen, sein Kopf schien zu explodieren. Er war ein Mann der Tat, und wenn die Lage noch so aussichtslos schien, war er selten um eine Lösung verlegen. Bisher hatte ihn noch kein Mensch, schon gar nicht eine Frau, derart in die Ecke gedrängt. Er mußte an die Kasperlefiguren des Theaterstücks denken, die sie als notwendige Requisite empfahl. Genau so fühlte er sich. Wie ihr persönlicher Kasperl, sie spielte mit ihm, und er mußte sich alles gefallen lassen, ja sogar gute Miene zum bösen Spiel machen.

Mit einiger Erleichterung dachte Carl an Freitag morgen. Spätestens dann würde er die Arbeit liegenlassen, dem ganzen Kulturzentrum wenigstens für drei, vier Tage den Rücken kehren und mit Lisa die erste Fähre nach Amrum nehmen.

Und wenn Lisa sich weigerte? Wenn sie darauf bestand, nach Hamburg zu fahren und ihre Schwester aus diesem unsäglichen Werk lesen zu hören?

Er würde ihr einfach sagen, er hätte schon einen Termin mit dem Inselpastor ausgemacht, und damit es keine billige Lüge war, würde er den Mann vorher anrufen. Er wußte sogar schon, wer seine Trauzeugen sein sollten, dafür kamen nur der Kapitän der »Christiane« und dessen Schwager, Schreinermeister Pete, in Frage. Die beiden würden Lisa gefallen und ihr auf Anhieb sympathisch sein. Ein köstliches Gespann und genau die richtigen für die Hochzeit. Es tat Carl gut, endlich wieder etwas zu unternehmen. Für ihn war es kaum zu ertragen, wenn er zur Handlungsunfähigkeit verdammt war.

Er dachte an den Käpt'n, so wurde er nur genannt. Er würde Lisa bestimmt in sein Herz schließen. Sie war ganz nach seinem Geschmack: zurückhaltend, freundlich und zupackend. Beim letzten Zusammentreffen hatte er Carl geneckt mit seiner »Deern« und ihm einen Liter fangfrische Krabben als Geschenk für Lisa mitgegeben.

Wo waren die Krabben nur geblieben? Über der Begegnung mit Lisas Schwester hatte er die Krabben glatt vergessen. Wo? Im Kofferraum? Dann hätte es längst daraus gestunken. Carl besann sich auf den Tag, an dem Lisa nach seiner Rückkehr von der Insel mit dem Fahrrad auf ihn zu geradelt war und er ihre Schwester gesehen hatte. Er hatte geglaubt, er müßte im Erdboden versinken.

»Kiek mol rin, und Du kummst wedder«, stand über der Tür des »Seekrugs«, dahinter roch es nach gebratenem Fleisch. Laut ausgehängter Speisekarte gab es an diesem Mittag Rostbraten mit röschen Zwiebeln und hausgemachten Spätzle, die Wirtin kam Hanna mit hochroten Wangen entgegen.

»Wenn Sie noch was essen wollen, Frau Claussen? Die Küche schließt nämlich in einer halben Stunde.«

»Nein danke, ich habe heute keinen Appetit.« Claussen war der Name, den Hanna zu Ehezeiten getragen hatte, es war ihr sicherer erschienen, sich darunter einzutragen.

»Und morgen? Morgen haben wir nämlich unser großes Fischbüfett. Muscheln nach Fietes Art und Aal grün und ...«

»Morgen bin ich gar nicht da.«

»Sie reisen ab?«

»Vorübergehend.«

»Sie wollen das Zimmer also behalten?«

Wollen? Hanna hatte nicht das Gefühl, sich noch frei entscheiden zu können, die Dinge entwickelten eine Art Eigendynamik.

»Ich werde es wohl noch eine Weile behalten«, sagte sie und nahm ihren Zimmerschlüssel vom Brett. Im Fach darunter steckte eine Nachricht. Jemand hatte angerufen. Ein Herr. Kein Name, nur eine ihr unbekannte Telefonnummer. Hanna hastete treppauf.

»Jonas Kaulard hier, guten Tag!«

»Hast du eben bei mir im Hotel angerufen?«

»Ich war so frei.«

»Was ist das für eine Nummer? Wo steckst du, verdammt? Willst du mich an der Nase rumführen?«

»Das ist nicht mein Anschluß, ich habe mir erlaubt, zum Ausgleich für ein gekapptes Wochenende heute frei zu nehmen …«

»Ausgleich wofür? Du redest nicht zufällig von meiner Lesung in Hamburg?«

»Ich wollte daran teilnehmen, zumal auch das Fernsehen kommt.«

»Wunderbar, und dafür brauchst du einen Ausgleich? Hast du dir auch die Zeit vergüten lassen, die du bei mir unter der Bettdecke verbracht hast?«

»Das war privat.«

»Paß ja auf, daß du nichts durcheinander bringst. Die Bücher und Plakate für das neue Kulturzentrum in Bongsiel müssen übrigens sofort ausgeliefert werden.«

»Das Auslieferungslager hat die entsprechende Anweisung vorliegen, spätestens Anfang der Woche haben die deine gesammelten Werke inklusive Streifenposter.«

»Spätestens bis drei Uhr heute nachmittag.«

»Spinnst du? Glaubst du, der Verlag arbeitet nur für dich? Außerdem bin ich, wie gesagt, gar nicht im Verlag, sondern in Bremen bei einer alten Freundin. Sie ist Cellistin. Vielleicht erinnerst du dich sogar an sie, ich habe dir mal von ihr erzählt. Jedenfalls habe ich ihr versprochen, sie heute abend zu einem Wohltätigkeitskonzert zu begleiten. Wir müssen gleich zur Generalprobe.«

Natürlich erinnerte Hanna sich. Es ärgerte sie, wie unverhohlen er seine Liebesschwüre von hier nach dort und wieder zurück schob.

»Dann muß sie bei der Probe halt ein bißchen schneller fiedeln, damit du zuerst noch meine Sendung auf den Weg bringen kannst. Wie wär's zum Beispiel mit einem Eildienst vom Depot in Husum aus?«

»Was glaubst du, was die mir im Vertrieb sagen, wenn ich mich bei Ware bediene, die bereits an unseren Grossisten in Nordfriesland ausgeliefert wurde? Obendrein in einem Fall, bei dem der Verlag keine müde Mark kassiert? Das Ganze ist eine reine Goodwill-Aktion, du kannst es auch Autorenpflege nennen.«

Er war wirklich ein Kleingeist. Ein Erbsenzähler. Es wurmte sie nachträglich, daß sie bei ihm schwach geworden war. Nicht sehr lange, aber doch lange genug, um zu hoffen, er könnte diese Schatten verjagen ...

»Wieviel verdienst du im Monat?« fragte sie laut.

»Wie käme ich dazu, dir zu sagen ...?«

»Dann behalt's für dich, und rechne dir einfach aus, was dir noch bleiben würde, wenn du dein bestes Pferd im Stall vergrault hättest. Ich glaube kaum, daß Papa Franz dir dann noch viel zahlen wird.«

»Du bist ...«

»Ich weiß, laß dir mal was Originelleres einfallen.«

»Ich warte auf den Tag, an dem einer kommt, der dir gewachsen ist. Dann dreht sich der Spieß um, und du bist diejenige, die zappelt. Irgendwann kassiert jeder die Rechnung für das, was er tut, und meistens erwischt's einen in haargenau derselben Währung, in der man selbst ausgeteilt hat.«

»War das jetzt originell? Also, bis morgen dann.« Sie legte auf und nahm das schwarze Kleid mit den weißen Tupfen und dem passenden Bolero aus dem Schrank. Wenn sie eines wußte, dann, daß niemals sie zappelte. Sie ließ allenfalls zappeln.

Als Carl die Wohnungstür aufschloß, hörte er Lisa reden. Sie wirkte verlegen, als sie ihn erblickte, und beendete das Gespräch für sein Empfinden auffällig rasch.

»Ich wollte dich nicht stören.«

»Tust du nicht, war nur meine Mutter.«

»Als ich vor ...«, er blickte auf seine Uhr, »über einer halben Stunde angerufen habe, war ständig besetzt.«

»Das war auch meine Mutter, sie läßt mir einfach keine Ruhe wegen Antonias Kleid. Als ob sie das schon morgen brauchen würde! Dabei wissen wir doch noch gar nicht ... also ich meine ...«

»Was für ein Kleid?«

»Als Brautjungfer; seit unserer Verlobung denkt meine Mutter an nichts anderes mehr als an die Hochzeit und an alles, was ihrer Meinung nach dazugehört. Und sie hat sich halt in den Kopf gesetzt, meine Nichte rauszuputzen.«

»Und Antonia spielt mit?«

»Wohl eher mir zuliebe. Dabei ist das wirklich nicht nötig.« Lisa zupfte mit Daumen und Zeigefinger helle Flusen von ihrem dunklen Flanellrock. »Wir wissen ja nicht mal, ob wir überhaupt eine Brautjungfer brauchen.«

»Weshalb sollten wir keine brauchen? Natürlich brauchen wir eine, es muß alles seine Ordnung haben. Das gehört einfach dazu.« Carl spürte, daß Lisa unsicher war. Sie fürchtete wohl, ihn mit ihren Hochzeitsvorbereitungen zu überrumpeln. Vielleicht wäre das unter normalen Umständen auch der Fall gewesen. Er hätte es sicherlich vorgezogen, diesen Tag nur in Absprache mit Lisa zu planen und die Regie nicht ihrer Mutter zu überlassen. Carl wurde jedoch in diesem Augenblick klar, daß er hier an Boden gewinnen konnte. An diesem heiklen Punkt konnte er Lisa beweisen, daß er sie liebte und felsenfest zu ihr stand. Er mußte sie nur davon überzeugen, daß er voll und ganz mit dem familiären Hochzeitsszenario einverstanden war und auch selbst schon aktive Schritte für das kommende Spektakel unternommen hatte.

»Aber dann müßten wir auch kirchlich heiraten, und ich weiß ja, daß du nicht viel davon hältst.«

»Ich habe sogar schon einen Termin mit dem Inselpastor ausgemacht. Für diesen Sonntag, es gibt schließlich keinen Grund, warum wir jetzt nicht Nägel mit Köpfen machen sollten.«

Und wer etwas gegen diesen Ehebund vorzubringen hat, der tue es jetzt oder schweige für immer. So oder so ähnlich lautete der Text, mit dem Staat und Kirche die Ehe den Guten, Sauberen, Anständigen vorbehalten wollten. Mit einem Aushang am Gemeindeamt und einem Spruch von der Kanzel. In seinem Fall würde beides weit weg vom Festland erfolgen. Gut so. »Wissen deine Eltern eigentlich schon, wann und wo wir heiraten werden?« fügte er hinzu.

»Woher denn? Wir wissen's ja selbst noch nicht genau.«

»Auch wieder wahr! Ich schlage vor, wir belassen es dabei und weihen sie erst ganz zuletzt ein. Versprichst du mir das? Die Spannung ist dann einfach größer. Außerdem möchte ich nicht, daß Hinz und Kunz kommen. Mir schwebt eine ganz, ganz stille Hochzeit vor, am liebsten hätte ich nur dich und mich dabei, aber natürlich dürfen wir deine Eltern nicht enttäuschen, das sehe ich ein. Trotzdem wäre mir ein kleiner Rahmen am liebsten, oder bist du dann enttäuscht?«

»Aber du hast eben noch selbst gesagt, daß Antonia Brautjungfer werden soll.«

»Das ist schon okay.«

»Und zwei Trauzeugen brauchen wir auch.«

»Haben wir schon. Du wirst sie mögen, Schreiner Pete und der Kapitän der ›Christiane‹. Die beiden sind echte Nachkommen des legendären Hark Oluf, du weißt schon, dem Seeräuber, der – wenn man der Sage glaubt – die erbeuteten Schätze an die Armen verteilt hat.«

»Aber normalerweise nimmt man einen Mann und eine Frau, ich habe sogar schon daran gedacht …«

»Darauf kommt's doch nicht an, wir reden einfach mit dem Pastor, ob das so klargeht, und was den Käpt'n betrifft, der hat mir sogar schon ein Geschenk für dich mitgegeben.«

»Für mich? Aber er kennt mich doch nicht mal.«

»Sein Schwager, also der Schreiner Pete, hat ihm erzählt, daß ich ihn damit beauftragt habe, die Bettkoje zu erweitern, und gewitzt, wie der Käpt'n nun mal ist, hat er eins und eins zusammengezogen und mir auf den Kopf zugesagt, daß ich auf Freiersfüßen wandele. Das war bei meinem letzten Besuch auf Amrum vor knapp drei Wochen.«

»Und was ist das für ein Geschenk?«

»Ein Liter Krabben, auf der Insel sagt man ›Liter‹ fürs Kilo, fangfrisch und mit den besten Empfehlungen.«

»Und das war vor drei Wochen?«

»Exakt.«

»Dann sind sie jetzt garantiert nicht mehr genießbar. Oder hast du sie eingefroren?«

»Nein, das wollte ich dich ja fragen, heute im Büro sind mir die Krabben siedendheiß wieder eingefallen, und im Auto habe ich sie auch nicht vergessen, denn dann würde es darin längst stinken wie sonst etwas. Sie waren in einer Plastiktüte, die ich noch von meinem Hotel in Harsewinkel dabeihatte, genaugenommen war's wohl der Beutel, in den man die schmutzige Wäsche geben soll.«

»Cremefarben mit blauer Schrift?«

»Das weiß ich nicht mehr, ist doch auch egal, könnte schon sein.«

»Wenn's so ein heller Plastikwäschebeutel mit blauer

Schrift war, dann hab' ich ihn nämlich versehentlich in Hannas Reisetasche gepackt.«

»In Hannas Reisetasche? Na, das ist ja ausnahmsweise mal eine gute Nachricht. Hoffentlich hat sie die noch nicht ausgepackt.«

»Wieso bist du denn so schadenfroh?«

»Versteht deine Schwester Spaß, oder macht sie den lieber nur mit anderen?«

»Carl, was hast du denn nur gegen Hanna?«

»Nichts, wieso? Ich muß jetzt los. Bis später!«

Carl erinnerte sich vage, den Lieferwagen schon in der Zufahrt gesehen zu haben, als er vom Kulturzentrum zu Lisa geradelt war. Da war es kurz vor zwei gewesen, gerade eben hatte die Kirchturmuhr viermal geschlagen. Er konnte nur hoffen, daß der Kämmerer es nicht erneut bei ihm versucht hatte.

Er trat beiseite, um einem Arbeiter den Vortritt zu lassen, wofür dieser sich jedoch nicht einmal bedankte. Er sah mürrisch drein, an seiner Last konnte das wohl kaum liegen, denn er schien jeden Stuhl einzeln tragen zu wollen.

»Das sind Stapelstühle«, sagte Carl, »davon können Sie ruhig ein paar auf einmal nehmen.«

»Das steht nicht in meinem Arbeitsvertrag.«

Carl spürte, wie ihm der Kamm schwoll. Was war das denn für eine Arbeitsmoral? Spielten die jetzt alle verrückt? »Ich glaube kaum, daß in einem Vertrag die Stückzahl der zu befördernden Lasten aufgeführt werden muß.«

»Ich arbeite in der Verwaltung.«

»Und warum transportieren Sie dann Möbel?«

»Weil die neue Pflaume von Kulturleiter – hab' den Mann übrigens noch nie zu Gesicht bekommen – ständig auf Achse ist. Ist auch keiner von hier, hält offenbar nicht viel vom Arbeiten. Wenn Sie mir bitte mal aus dem Weg gehen.«

Carl trat beiseite, stumm; erst als der Mann Anstalten machte, den Stuhl in die Bibliothek zu bringen, protestierte er: »Die Stühle kommen in den Festsaal, das ist die andere Tür.«

»Mir soll's recht sein, hab' mir einfach gedacht, lauf mal den anderen nach.«

»Sind etwa schon Stühle in mei … äh, in der Bibliothek gelandet?«

»Stühle nicht, aber die Kartons, die eben per Kurierdienst gekommen sind. Wird schon mächtig drüber gemunkelt, drüben im ›Seekrug‹ war praktisch von nichts anderem die Rede. Wir von der Stadt bekommen da einen verbilligten Mittagstisch. Die Sekretärin vom Kämmerer saß bei mir am Tisch und hat aus dem Nähkästchen geplaudert, und was die erzählt, ist aktueller als das, was morgen in der Zeitung steht. Geile Sache, muß ich schon sagen. Geh' ich glatt hin, obwohl ich sonst nicht viel für Bücher übrig hab', aber diesmal mach' ich eine Ausnahme.«

»Natürlich freuen wir uns über jeden neuen Leser.« Carl war verwirrt, nur konnte er leider nicht den Finger auf die Stelle legen, wo es hakte. Trotzdem spürte er genau: Etwas stimmte hier nicht. Er erwartete noch neue Bücher, keine Frage, am wichtigsten war ihm das Wörterbuch der Gebrüder Grimm in dreiunddreißig Bänden, doch er bezweifelte, daß dieser Mann sich beispielsweise für die Ableitung des westgermanischen Wortes »Witz« und dessen unterschiedliche Verwendung in der Literatur interessierte. Dieses »geil« irritierte ihn ebenfalls. Es klang höchst eigenartig aus dem Mund eines Verwaltungsbeamten.

»Von wegen Leser! Hab' ich doch eben noch gesagt, daß ich kein Bücherwurm bin. Aber ich hab' nichts dagegen, mir was Nettes vorlesen zu lassen. Deshalb lasse ich mir diese Lesung demnächst garantiert nicht durch die Lappen gehen. Sie arbeiten wohl nicht hier, sonst wüßten Sie längst Bescheid. Wenn Sie mich jetzt mal bitte vorbeilassen würden.«

Carl trat beiseite. Auf der Treppe begegnete er Björn, der ihm erneut zuvorkam: »Hatte eben noch den Kämmerer an der Strippe, da hast du was verpaßt, sag' ich dir, der war regelrecht *high*.«

»So?« *High*, weil der Kämmerer glaubte, ihn schon wieder ertappt zu haben? *Ich sollte wohl öfter mal zum Getränkegroßmarkt fahren, wenn ich unseren neuen Kulturleiter sehen will ...*

Auch egal! Morgen würde er, Carl, ohnehin das Weite suchen. Drei Tage lang würde er sich auf seiner Insel die nicht mehr sehr üppigen Haare – sie hatte mehr Haare auf dem Kopf, als einem einzigen Menschen zustanden – und vor allem sein Gehirn durchpusten lassen. Die Seeluft würde schaffen, was niemandem sonst gelang, und falls doch noch irgendwo Erinnerungsfetzen nisteten – diese rote Mähne war aufdringlich –, so würde Lisa, seine Lisa, schon für Abhilfe sorgen. Sie würde staunen.

»Da ist was im Busch, sag' ich dir.«

»Im Busch?« Carl war in Gedanken noch immer bei Lisa und seiner Insel. Zwei Fixpunkte, die aufeinander zu rückten, sehr hell und warm.

»So wie der Kämmerer eben am Telefon geklungen hat, muß ihm einfach was unterm Hintern brennen, ich hab' ihn fast nicht wiedererkannt, der sprach doppelt so schnell und total ohne Dialekt, bin gespannt, wie das erst live wird. Na ja, so lange kümmere ich mich mal wieder um das neue Mischpult. Oder willst du dich selbst schlau machen?«

»Ich habe auch so genug zu tun.« Carl ließ seinen Mitarbeiter stehen und ging in die Bibliothek. Es roch noch immer nach frischer Farbe und Holzleim, und ohne Bücher wirkte alles noch sehr nackt. Na wenn schon, nächste Woche, wenn er tatkräftige Unterstützung von Aushilfskräften erhielt, würden sich die leeren Regale rasch füllen. Wer hatte bloß die beiden Kartons mitten im Raum abgestellt? Carl wollte sie schon an den Rand schieben, als ihm die mysteriösen Anmerkungen des städtischen Beamten einfielen.

Der Absender war der »Hönich Verlag«, aber es war absolut unüblich, direkt vom Verlag beliefert zu werden. Gemeinhin bestellten sie über die Zentrale. Die Empfehlungen, die von dort ausgesprochen wurden, hatte Carl allerdings nicht nötig, er bildete sich lieber ein eigenes Urteil. Zu diesem Zweck ließ er sich auch regelmäßig von allen namhaften Verlagen die Vorschau auf das nächste Programm schicken, gelegentlich lag ein kostenloses Belegexemplar bei. Eins, kein Dutzend!

Was also sollten diese beiden Kartons?

Zögernd griff er nach dem braunen Klebestreifen, gab sich einen Ruck, riß daran, die Pappe sprang auf. »Mit beiden Händen« – plakativ, grell, marktschreierisch, ordinär. Wie kam dieser Schund hierher? Zehn in Folie eingeschweißte Bücher, die Ausbeute des zweiten Kartons unterschied sich nur hinsichtlich Titel und Cover, die Autorin war jedesmal dieselbe.

Autorin? Das hätte sie wohl gerne, daß er sie in seine Sammlung aufnahm. Den Teufel würde er tun, und weil er diesen Dreck nicht bestellt hatte, würde er genau das damit tun, was man gemeinhin mit Abfall tat: ihn entsorgen. Kreuz und quer flogen die gesammelten Werke der Hanna Altweg zurück in die Kartons. Sie würde sich wundern, was sie von ihrem dreisten Affront hatte! Und falls sie es wagte, nach dem Verbleib ihrer milden Gabe zu fragen, so würde er sie auf die Müllhalde schicken, auf der die Müllabfuhr der Stadt Bongsiel pünktlich jeden Dienstag den Abfall entsorgte.

»Er müßte da drinnen sein«, hörte Carl die Stimme des städtischen Beamten sagen, der sich ebenfalls vor ihren Triumphwagen hatte spannen lassen. Schon ging die Tür auf. Beim Anblick des Kämmerers bückte Carl sich automatisch nach dem Buch, das versehentlich in einem Pflanzenkübel gelandet war, und hielt es sich wie einen Abwehrpanzer vor die Brust.

»Was machen Sie denn da, Herr Bronnen? Als Bibliothekar sollten Sie wirklich etwas vorsichtiger mit unseren Büchern umgehen.«

»Ein Irrtum«, erwiderte Carl, »das gehört gar nicht zu unserem Bestand.«

»Kein Irrtum, ganz im Gegenteil, das haben Sie mir zu verdanken.«

»Ihnen?«

»Es ist mir gelungen, das gesamte Werk einer der zur Zeit wohl populärsten deutschen Schriftstellerinnen zu ergattern und keinen Pfennig dafür zu bezahlen. Ich mache hier quasi Ihre Arbeit, und damit nicht genug ...«

»Populär? Sie meinen wirklich ›populär‹ im Sinne von volkstümlich, gemeinverständlich, beliebt? Oder meinen Sie nicht vielmehr umstritten? Jede dritte Besprechung der jüngsten Veröffentlichung«, Carl umging den Titel, »ist nämlich ein Verriß ...«

»Und jeder zweite Leser kauft sich das Buch daraufhin erst recht, und wer es sich nicht leisten kann, der darf es in Zukunft hier entleihen. Zum Glück haben wir das jüngste Werk gleich in zehnfacher Ausfertigung, und die Autorin wird alles persönlich signieren.«

»Wann?« Carl verspürte einen Kloß im Hals.

»Jetzt gleich. Sie ist nur kurz von einem unserer Theatermädchen aufgehalten worden, wahrscheinlich ein Fan von ihr, sie muß jede Sekunde hier sein. Eine hinreißende Frau, alles was recht ist. Wenn ich mir vorstelle, daß Frau Altweg hier sogar lesen will – das wird die Sensation. Morgen abend liest sie in Hamburg, sonst tritt sie praktisch nur in Großstädten auf, aber für Bongsiel will sie eine Ausnahme machen, weil viele Kindheitserinnerungen für sie an dieser Region hängen. Sie hat jahrelang mit ihren Eltern an der nordfriesischen Küste Urlaub gemacht, oft sogar mehrmals im Jahr. Ein ausgesprochener Glücksfall! Wir werden alles tun, was in unseren Kräften steht … Und das gilt auch für Sie …«

Carl wäre nur zu gern davongelaufen, einfach abgetaucht. Er heftete den Blick auf die Tür, lauschte, sah sich selbst mit den Augen eines Außenstehenden, wollte über sich lachen, wollte sich ausschütten vor Lachen über diese groteske Situation.

Der Glücksfall

Hanna stieg aus dem Wagen des Kämmerers, sagte mechanisch »Danke!« und wohl auch »Auf Wiedersehen!« und nickte nur, als er sich schon zum dritten oder vierten Mal dafür entschuldigte, daß er gleich weiter zum Flughafen mußte und sie deshalb auch morgen nicht persönlich nach Hamburg begleiten konnte: »Sie glauben ja nicht, wie leid mir das tut, aber dieser Kongreß ist schon lange beschlossene Sache. Aber Sie können sich darauf verlassen, daß Herr Bronnen mich würdig vertritt, auch wenn er eben etwas kurz angebunden war.«

Kurz angebunden? Das war – gelinde gesagt – eine starke Untertreibung. Sie nickte trotzdem, betrat wenig später das Hotel, ging hinauf in ihr Zimmer und verspürte den Drang, unter das dicke Federbett zu kriechen.

Für mich ist diese Art Literatur einfach indiskutabel.

Sie wußte, daß Carl keineswegs nur ihre Romanfiguren gemeint hatte. Es war eine Kampfansage. Was um alles in der Welt hatte sie dazu veranlaßt, ihn trotzdem als Begleiter für ihre Lesereise am nächsten Tag auszuwählen? Ihn allein. Lisa ade! Hochzeitsvorbereitungen ade! Ihre Autopanne auf der Fahrt zum Kulturamt hatte den Stein ins Rollen gebracht. Sie hatte rasch den Kämmerer informiert, der sie daraufhin mit seinem Wagen abgeholt und erst auf die Idee gebracht hatte, Carl in die Pflicht zu nehmen. »Wie wollen Sie denn ohne Auto morgen nach Hamburg kommen? Wie wär's, wenn unser neuer Kulturleiter Sie hinfährt? Dann sieht er auch gleich, wie das demnächst bei Ihrer Lesung in Bongsiel laufen soll. Herr Bronnen wird begeistert sein, wer wäre das nicht?«

Der Kämmerer irrte. Carl war alles andere als begeistert gewesen. »Wir bitten wohl besser meinen Kollegen Björn Feltes, das zu übernehmen.« Er hatte »das« gesagt und Hanna gemeint. Der Kämmerer hatte ihm nahegelegt, nicht permanent seinen Mitarbeiter vorzuschieben, woraufhin Carl einen letzten, besonders hinterhältigen Versuch gewagt hatte, die lästige Pflicht abzuwälzen. »Vielleicht hat Frau Altweg ja noch andere Eisen im Feuer.« Hanna hatte ihn daraufhin eindringlich angesehen: »Sicher, notfalls frage ich jemanden aus der Familie, Blut ist bekanntlich dicker als Wasser, ich müßte nur definitiv bis sechs Uhr Bescheid wissen.« Dann hatte sie auf dem Absatz kehrtgemacht. Und nun saß sie auf der Bettkante und ließ den eingebauten Radiowecker nicht aus den Augen. Sie würde bis sechs Uhr warten, keine Sekunde länger.

Sechs Uhr. Hanna verlängerte um zehn Minuten, vielleicht ging seine Uhr nach.

Weitere fünf Minuten, sie hielt das akademische Viertel ein, ein Zugeständnis an den Intellektuellen.

Sie ging auf die Toilette, ihre Blase forderte ihr Recht. Der sauber gekachelte Raum korrespondierte auf geheimnisvolle Weise mit der Küche, es roch schon wieder nach gebratenem Fleisch. Irgendwann mußte sie auch mal was essen, sonst würde sie noch zusammenklappen. Später, erst einmal mußte sie erledigen, was sie sich vorgenommen hatte.

Hanna nahm den Telefonhörer ab, schwerfällig, ungeschickt, und sagte sich, daß er es nicht anders gewollt hatte.

Lisa meldete sich. Sehr korrekt. »Lisa Altweg hier.«

Hanna hörte sie atmen, nicht laut, anscheinend war ihr Asthma wirklich besser geworden. »Hallo, wer spricht denn da?«

Hanna legte wieder auf. Was sollte sie sagen? Sie mußte sich genau überlegen, was sie sagen würde. Hallo, Lisa, ich bin's, deine Schwester. Hast du's dir wegen morgen abend noch mal überlegt? Offen gestanden geht es keineswegs nur um meine Lesung, egal wie gern ich dich mal dabei hätte. Da ist noch was anderes. Sagt dir zufällig die Tankstelle zwischen Versmold und Harsewinkel etwas? …

Sie wählte erneut, diesmal meldete Lisa sich mit »Altweg-Bronnen«. Hanna legte den Hörer zurück, preßte ihn so fest auf die altmodische Gabel, daß ihre Hand schmerzte. Wie kam ihre Schwester dazu, den Ereignissen so dreist vorzugreifen? Noch hieß sie Altweg, nur Altweg …

Ein Geräusch, es kam aus ihrer Handtasche – das Handy. Hanna sprang vom Bett auf, knickte um, ihre Stimme klang gepreßt: »Altweg hier.«

»Du scheinst deinen richtigen Namen ja Gott sei Dank noch nicht vergessen zu haben. Hier ist Carl.«

»Wieso sollte ich?«

»Hanna, ich möchte dich ernsthaft bitten, endlich mit diesem Unfug aufzuhören. Merkst du nicht, daß du dich allmählich ganz schön verzettelst? Wer willst du hier eigentlich sein, eine Tante von der Presse oder eine Starautorin? Die Sache stinkt bald zum Himmel.«

»Was für eine Sache? Bin ich etwa eine Sache? Vielleicht solltest du besser mal an deine Sache denken. Wie läuft's denn so daheim? Alles noch in trauter Ruhe, oder beginnt meine Schwester zu ahnen, worauf sie sich mit dir einläßt?«

»Du bist geladen, wie? Und wenn ich zurücknehme, was ich über deine Bücher gesagt habe? Wenn ich mich entschuldige?«

»Nicht am Telefon.«

»Sondern?«

»Sagen wir morgen um zwölf?«

»Unsere Fähre geht um halb acht in der Frühe.«

»Es wird nicht die einzige sein.«

»Wir könnten auch am Montag ...«

»Nein.«

»Also gut, morgen um zwölf. Ich schlage vor, wir treffen uns in der Bibliothek. Dann ist auch der Kämmerer wieder halbwegs versöhnt.«

»Es interessiert mich nicht, wie du mit deinem Chef ins reine kommst. Ich schlage vor, wir treffen uns im ›La Mer‹.«

»In Bongsiel gibt es kein französisches Restaurant.«

»Aber in Hamburg.«

»Du bist wohl total übergeschnappt! Du glaubst doch nicht im Ernst, daß ich dich erst noch nach Hamburg chauffiere, wenn ich noch am selben Tag mit Lisa nach Amrum will, die letzte Fähre geht abends um kurz nach sechs ...«

»Das ist dein Problem. Außerdem verzichte ich auf dich als Chauffeur, das regelt schon mein Verlag. Ich werde in aller Herrgottsfrühe abgeholt, um zehn habe ich den ersten Pressetermin in Hamburg, danach bist du dran. Natürlich könntest du mich auch jetzt gleich hier im Hotel besuchen, allerdings liege ich schon im Bett und habe auch nicht vor, nochmals aufzustehen. Die Nacht wird auch so kurz genug.«

»Und wenn ich morgen einfach nicht komme ...?«

»Das wäre nicht ratsam ...«

»Weißt du eigentlich, daß das Erpressung ist, was du da machst? Okay, ich werde kommen, aber nicht, weil ich Angst vor dir habe. Glaub das bloß nicht! Wir werden morgen miteinander reden, und zwar wie erwachsene Menschen.«

»Nichts dagegen.«

»Und was ist dieses ›La Mer‹? Wo ist es?«

»Hübsches Restaurant, gleich an der Alster, Alster Nummer neun, wir könnten dort nach meinem Interview zusammen essen. Die Saltimbocca vom Stubenküken ist sehr zu empfehlen.«

»Glaubst du, ich fahre zweihundert Kilometer hin und zweihundert Kilometer zurück und vertröste Lisa auf die letzte Fähre, nur um mit dir ein Stubenküken zu vernaschen?«

»Ja.«

Carl war diese Strecke noch nicht allzu häufig gefahren, zumal er längere Strecken lieber gemütlich mit dem Zug zurücklegte und die Zeit nutzte, um ein gutes Buch oder die Zeitung zu lesen. Heute jedoch hatte er notgedrungen den Wagen genommen, der schon etliche Jahre auf dem Buckel hatte und für seine Ansprüche noch ein weiteres Jahrzehnt genügen sollte. Er war kein Raser und erst recht kein Markenfetischist, und es passierte ihm zum erstenmal seit langem, daß er gern mit einem von denen getauscht hätte, die links an ihm vorbeibretterten.

Als ob ein paar Pferdestärken mehr unter der Haube jetzt noch etwas ändern würden. Er mußte nur auf die Uhr schauen, um zu wissen, daß er nicht einmal mit einem Rennwagen rechtzeitig an der Ablegestelle der Fähre – wo er mit Lisa verabredet war – ankommen würde. Das letzte Fährschiff nach Amrum würde in einer Stunde und zweiundzwanzig Minuten ablegen. Er konnte von Glück reden, wenn er Lisa noch ans Telefon bekam, bevor sie von daheim losfuhr.

Was würde sie sagen, wenn er sie ein zweites Mal vertröstete?

Seit dem Vorabend spann sich Carl immer dichter in ein Netz verworrener Lügen ein. Kaum daß er von seinem angeblichen Gang zum Kiosk zurück war, suchte er schon nach der ersten passenden Ausrede. Wäre er jemals verheiratet oder zumindest über mehrere Jahre hinweg fest mit einer Frau liiert gewesen, so beherrschte er die Kunst der Täuschung vielleicht besser. So aber war er quasi ins offene Messer gerannt. Er hatte glatt vergessen, daß er sich angeblich doch nur rasch eine Zeitung hatte besorgen wollen. Wahrscheinlich hatte er sogar gestottert, als er sich bemühte, eine Brücke von dieser Bude an der Ecke zu seiner »Dienstreise« am nächsten Morgen zu schlagen. Eine Reise, die das Ergebnis des Telefonats mit einer Person war, deren Nummer ihm seit Tagen in der Tasche brannte, die ihm ein Ultimatum gestellt hatte, auf das er nicht eingegangen war, wenigstens nicht sofort. Qualvolle zweiundvierzig Minuten lang war er unentschlossen zwischen Kiosk und Telefonzelle hin und her gependelt, bis er dem Druck nachgab, der sich aus verschiedenen Quellen speiste.

Er konnte von Glück reden, daß Lisa völlig arglos war.

Ob sie das immer noch war?

»Aber wir wollten doch morgen früh die erste Fähre nehmen. Und du warst doch nur am Kiosk, wo hast du denn überhaupt deine Zeitung gelassen?«

»Liegenlassen … Mir ist da etwas dazwischengekommen … genaugenommen jemand … jemand ist mir dazwischengekommen … Also das war so … du erinnerst dich doch bestimmt noch an den Ärger mit den alten Kasperlepuppen, die wir nirgends auftreiben können … wegen denen wir mit Gott und aller Welt telefoniert haben … ohne die unser Theaterstück glatt aufgeschmissen wäre ... schließlich geht es ja um einen Puppenspieler ... um den Pole Poppenspäler ... und was ist Puppenspielers Paul ohne echte Handpuppen.« Er hatte drauflos geredet, war vom Hölzchen aufs Stöckchen gekommen, noch im nachhinein wurde er rot für dieses Gestammel, das er um die rettende Idee »Kasperle« alias »Wurstl« gerankt hatte.

Gegen Ende wurde er immer beredter, konnte Lisas Einwände immer geschickter abwehren, ja ihr sogar das Gefühl suggerieren, seinerseits ernsthaft beleidigt zu sein, falls sie ihm unterstellte, irgendeine Schuld an der Verschiebung ihrer Abreise nach Amrum zu tragen: »Schließlich geht es ja nur um ein paar Stunden. Und du tust gerade so, als ob es mir Freude macht, erst noch wegen diesen vermaledeiten Puppen in die Prärie fahren zu müssen, fast bis zur dänischen Grenze, der blanke Horror.«

»Könntest du nicht Björn bitten?«

»Der hat auch so schon genug Mist gebaut.«

»Aber davon weiß ich ja gar nichts.«

»Ich muß dich ja nicht mit jedem Ärger belasten.«

»Ich finde schon, daß du es mir sagen solltest, wenn du ernsthaft Ärger hast.«

»Nun übertreib mal nicht, so was kommt überall mal vor, erst recht so kurz vor einer Neueröffnung, da spielen sie alle schon mal gerne verrückt, besonders Leute, die sich für Künstler halten. Der Regisseurruhm ist unserem guten Björn halt etwas zu Kopf gestiegen, der schwebt in höheren Sphären. In seiner gegenwärtigen Verfassung kann er bestimmt keine Barbiepuppe von solider Holzschnitzkunst unterscheiden.«

»Aber ich könnte dich doch begleiten. Wir nehmen unser Gepäck für die Insel einfach gleich mit, das spart Zeit.«

»Nein, auf gar keinen Fall, das kommt überhaupt nicht in

Frage! Am besten treffen wir uns – falls du nichts von mir hörst – gegen fünf an der Ablegestelle.«

»Glaubst du, ich könnte ebenfalls nicht zwischen Talmi und etwas Echtem unterscheiden?«

Dieser Satz bohrte sich Carl während der Rückfahrt in sein Bewußtsein, bereitete ihm physisches Unwohlsein, dabei war er noch zu einer Zeit gefallen, als er sicher war, diese Nacht mit Lisa in seinem Häuschen auf Amrum verbringen zu können. Was würde sie sagen, wenn er sie jetzt anrief und erneut vertröstete?

Er blinkte, bog ab, hielt unmittelbar vor der Raststätte, stürzte sich auf eine von zwei Telefonkabinen im Eingangsbereich – zum Glück war eine leer, vor der anderen warteten drei Leute –, nahm den Hörer ab und warf ein Markstück ein, warf ein zweites nach, erinnerte sich dumpf, daß man immer zuerst das Freizeichen abwarten mußte, zückte ein drittes Markstück und wartete, den Hörer ans Ohr gepreßt. Auf die zwei, drei Mark kam es wirklich nicht an, eher schon zählte, daß er sich hier erneut zum Narren machte. Warum? Verschwor sich jetzt schon eine elektronisch aufgemotzte Blechkiste gegen ihn? Noch immer nichts, er schlug gegen den Kasten. Hinter ihm wurde die Tür aufgezogen, er schoß herum: »Sehen Sie nicht, daß hier besetzt ist?« Der Störenfried zeigte nur stumm auf einen Aufkleber unmittelbar über den Wähltasten: DEFEKT.

Carl bedankte sich, blickte auf die Uhr und sah Lisa in Gedanken schon bei der Polizei und den umliegenden Krankenhäusern anrufen. Er mußte sie einfach erreichen. Wenn er es jetzt nicht schaffte, würde sie stundenlang vergeblich auf ihn warten.

»Kann ich mal kurz von Ihrem Handy aus anrufen?« Heute kam ihm dieses Wichtigtuer-Gerät wie gerufen.

»He! Wie sind Sie denn drauf? Das ist meins, kaufen Sie sich gefälligst selbst eins.«

»Es ist ein Notfall.«

»Ein Unfall?«

»Nein, das nicht, aber mindestens genauso schlimm.«

»Da drüben ist 'ne öffentliche Telefonzelle.«

»Die eine ist defekt, und vor der anderen stehen sie Schlange, es geht um jede Minute. Ich bezahle selbstverständlich auch dafür.« Carl klappte seine Brieftasche auf und nahm einen Zehner heraus. Erst beim zweiten Zehner erntete er ein Nicken.

»Ganz kurz«, versprach Carl und tippte Lisas Nummer ein. Er wollte schon aufgeben, als sie sich meldete, ihm sogleich mitteilte, daß sie eigentlich schon gar nicht mehr da wäre, nur noch einmal zurückgekommen sei, um sich noch ein zweites Paket Papiertaschentücher zu holen. »Es ist doch alles in Ordnung mit dir?«

»Schon, nur kann ich leider nicht pünktlich sein, eine Baustelle ... Nein, auch nicht bis zur letzten Fähre, ich hänge total im Stau ...« Carl sah das Grinsen des Handybesitzers, und noch als er wenig später den Ausgang der Raststätte ansteuerte, klebte ein anzüglicher Blick an ihm.

Es war eine Farce. Und egal, was er zu Lisa gesagt hatte oder später noch sagen würde – falls sie ihm überhaupt noch zuhörte –, insgeheim hatte er schon viel, viel früher gewußt, daß er heute abend nicht mehr zu seiner Insel gelangen würde. Er hatte es schon gewußt, als er es theoretisch noch hätte schaffen können.

Es war eine Menge passiert. Zwischen Blattgold und Antiquitäten und viel Marmor und großen Spiegeln im pfleglich restaurierten Rokoko eines Hamburger Restaurants hatte sein Schwanz ihm gestanden wie zuletzt vielleicht vor zwanzig Jahren. Ihr Anblick hatte gereicht, ihn einfach alles vergessen zu lassen, was er sich geschworen hatte. Nie mehr Sklave seines Triebs! Schließlich war er kein Höhlenmensch mehr. Niemand hatte etwas sehen können, nicht einmal seine Tischdame, trotzdem war er sich sicher, daß sie über jedes Stadium seiner Regression auf dem laufenden war und ihren Spaß daran hatte. Es gab Augenblicke, in denen auch bei ihm das Vergnügen überwog …

Es hatte sehr harmlos begonnen. Zunächst hatten sie nur gesprochen, kultiviert und so, als ob ihnen die zeitgemäße Umsetzung der Novelle vom Puppenspieler Paul tatsächlich beiden am Herzen läge – das verbindende Glied zwischen ihnen, über das sie einander näherkommen und Vorbehalte beiseite räumen könnten. Lisa hatten sie entgegen dem Vorsatz in geheimem Einvernehmen ausgeklammert. Tatsächlich gab es mehr Gemeinsamkeiten, als er zu träumen gewagt hätte. Hanna war nicht dumm, beileibe nicht. Sie kannte sich aus in der Literatur und im Leben, und ihre scharfe Beobachtungsgabe imponierte ihm wider Willen. Dazu ihr Humor, gewürzt mit genau der richtigen Prise Ironie, gelegentlich schimmerte auch etwas wie Melancholie durch, etwa, wenn sie von früher sprachen. So, als ob sie beide ein Schatzkästlein an Kindheitsträumen in sich trügen, von dem sie noch nicht so recht wußten, ob es ihnen Qual oder Lust bereitete. Das Fernweh hatte Hanna genau wie ihn selbst geplagt, dabei war er immer der Meinung gewesen, Mädchen siedelten ihre Wünsche lieber in vertrauten Gefilden an. So war's nicht, nicht bei ihr. Als sie von ihrem Großvater – offenbar war er einer der ersten Freeclimber gewesen – erzählte, von den »Drei Zinnen« und tausendundeins Abenteuern, hatte es ein lebendiges Echo in ihm gegeben. Doch plötzlich hatte sie mitten im Erzählen abgebrochen. Da hatte er nachgebohrt und erfahren, daß aus dem mutigen Bezwinger vieler Bergriesen ein Invalide im Rollstuhl geworden war.

»Wie schrecklich«, hatte er gesagt und selbst gespürt, welch kärglichen Trost er spendete, und die Hand nach ihr ausgestreckt, die erste Berührung. Zuerst war sie zurückgezuckt, doch dann hatte sie ihre Hand unter der seinen liegen lassen. Ein zitterndes Vögelchen, nie hätte er geglaubt, daß sie so sein könnte.

»Aber er hat trotzdem nicht aufgegeben«, hatte sie gesagt. »Freiwillig hätte er nie aufgegeben, er wäre besser gleich bei seinem Sturz gestorben und ein Held geblieben.«

»Und woran ist er dann wirklich gestorben?«

»Ich kenne die offizielle Todesursache nicht, er war viele Jahre lang in einer geschlossenen Anstalt, aber da war er schon nicht mehr er selbst.«

Carl hatte fragen wollen, ob es auch eine inoffizielle Todesursache gab, ihre Formulierung legte diesen Verdacht nahe, doch dazu fehlte ihm der Mut. Ihr Gesicht war plötzlich so eigenartig verschlossen gewesen, auch zerrissen, es spiegelte Angst und sogar Haß. Er hatte sich gefragt, warum Lisa diesen Großvater nie erwähnt hatte, noch viel weniger die Umstände seines Todes. Das war merkwürdig. Sein Streicheln war intensiver geworden, hatte den Ausgleich für die Worte schaffen wollen, die er nicht fand. Er wollte sie trösten. Anfangs war nichts als eine vage Zärtlichkeit in ihm gewesen, ein Angerührtsein, vielleicht auch die Ahnung einer verwandten Seele. Es kam nicht eben oft vor, daß ihm so etwas passierte. Erst recht nicht bei einer Frau, bei der jeder gesunde Mann automatisch an das eine dachte. Er hatte nicht daran gedacht, war unvorsichtig geworden, ließ alle Sperren fallen, und schon war es passiert. Dramaturgie vom Feinsten, wie er sich im nachhinein sagte. Oder etwa nicht? In seinem Kopf brummte es, die

Bilder kreuzten sich. Er war nicht mehr er selbst gewesen, er hatte sogar diesen rohen Fisch gekostet, obwohl es kaum etwas gab, was ihm mehr zuwider war.

»Ich schlage vor, wir geben uns beide noch mal eine Chance«, hatte sie gesagt und ihm sanft lächelnd – mit diesem Lächeln hätte sie das Zeug zur Heiligen – den japanischen Rohfisch hingehalten, den sie für sich als Vorspeise bestellt hatte. »Probier mal!«

»Meinetwegen«, hatte er erwidert, sich vorgebeugt, wie ein Baby den Mund aufgesperrt und sich von dem Duft betäuben lassen, welcher der Hand entströmte, die ihm die Gabel zwischen die Lippen schob. Zimt, hatte er gedacht. Zimt und Zitronengras. Da mußte er die Grenze vom Trösten zum Lieben übersprungen haben. Nein, nicht lieben, natürlich nicht. Begehren mußte es heißen.

»Und?« hatte sie gefragt.

»Nicht übel.« Er hatte nicht den Fisch gemeint. Ob ihr Parfüm so roch? Es mußte ihr Parfüm sein, obwohl es wie nichts roch, was in einem Labor entwickelt und in Tausende von gleichen, mehr oder weniger teuren Flakons abgefüllt worden war. Vielmehr war ihm dieser Duft wie die sinnliche Verschmelzung all jener Gerüche erschienen, die ihn schon als Kind gefesselt hatten, als seine Mutter ihm von einer fernen Reise einen Strauch Cedronella triphylla mitgebracht hatte.

Er war längst kein Junge mehr. Trotzdem war er nicht gegen die vertrauten Beschwörungsformeln angekommen, die der Duft ihrer Hand in seinem Kopf auslöste, und Hanna hatte es sofort gespürt.

»Siehst du, wir machen Fortschritte«, hatte sie erklärt, und er hatte genickt und ein heißes Glücksgefühl verspürt, von dem er jetzt argwöhnte, daß es nichts weiter als eine erste Reaktion seines Unterleibs war.

Die Teller waren abgetragen worden. Neues Besteck wurde aufgelegt. Er mußte einen Wein zu den Stubenküken im Hauptgang auswählen, obwohl der Kellner schon Anstalten machte, ihnen eine Flasche Burgunder Grand Cru zu kredenzen: »Wie immer, Madame? Wir haben extra für Sie ein paar Bouteilles zurückbehalten.«

»Heute nicht wie immer«, hatte sie gesagt und mit den folgenden Worten auch Carls saloppe Aufmachung geadelt, die dem Kellner ein Dorn im Auge war, das war ihm deutlich anzumerken. »Heute wählt der Herr. Er ist ebenfalls ein Connaisseur und wird Ihre Weinkarte zu schätzen wissen, Frederic.«

Die Weinkarte war erlesen, und zum Glück war bei Carl noch nicht alles durch den Rost gefallen, was bis vor gut drei Jahren ein angenehmes Laster gewesen war. Er hatte sich regelrecht mit seinen Kenntnissen französischer Weine gebrüstet und darüber völlig vergessen, was er ursprünglich hatte sagen wollen. Er war ihr auf den Leim gegangen, hatte wie ein Fisch nach jedem Köder geschnappt, den sie ihm zuwarf. So, als ob er nicht wüßte, daß Menschen wie sie einen über kurz oder lang krank machten.

In vino veritas. Wie albern! Im Wein lag keineswegs die Wahrheit, nein, dieser Grand Cru hatte vielmehr dem Verrat, den er übte, Tür und Tor geöffnet, seine Sinne zusätzlich benebelt, ihn einwilligen lassen. Unter Vorbehalt. Mein Gott, was war er für ein Narr gewesen! Er hatte sich lediglich ausbedungen, daß Lisa nichts erfuhr, wenn er und Hanna sich vor der Hochzeit noch gelegentlich trafen, was ja in Anbetracht ihres Engagements für den »Pole Poppenspäler« schon fast zwangsläufig passieren würde. Sie beide hatten sogar ein harmloses Mäntelchen für diese Treffen geschneidert. Angeblich wollten sie nur alte Feindbilder aus dem Weg räumen und damit den

Familienfrieden wiederherstellen. Unter dem Einfluß des Weins und ihrer Nähe – seinen Unterleib nicht zu vergessen – hatte er sich ernsthaft einreden wollen, niemand würde glücklicher als Lisa sein, wenn er mit ihrer einzigen Schwester in bestem Einvernehmen stand. Es hatte ihn lediglich beunruhigt, was passieren würde, wenn Lisa vorzeitig von Hannas Anwesenheit in Bongsiel oder gar bei ihm selbst Wind bekam. Doch auch darauf hatte Hanna eine Antwort gewußt.

»Wir werden es einfach nicht an die große Glocke hängen. Im Hotel bin ich unter dem Namen meines geschiedenen Ehemannes abgestiegen. Den Kämmerer habe ich bereits zu absoluter Geheimhaltung verpflichtet, und er wird sich an unsere Abmachung halten, weil ich sonst die Lesung abblase, ganz einfach. Natürlich findet diese Lesung ohnehin erst statt, wenn uns das keine Scherereien mehr einhandelt. Ich kann sowieso jederzeit einen Rückzieher machen, zumal es keinen Vertrag gibt, sondern nur eine Anfrage unter dem Siegel der Verschwiegenheit und ein paar kostenlose Leseexemplare für deine Bibliothek. Und was Björn betrifft, der glaubt nur zu gerne, ich käme aus reinem Enthusiasmus für sein Stück.«

Nun war es also endgültig zu spät, klare Verhältnisse zu schaffen. Er, Carl, hatte sich heillos verstrickt in den Fängen von Hanna Altweg, wenn auch weniger unglücklich als noch wenige Stunden zuvor. Er war der perfekte Wurstl – alias Kasperl.

»Sind Sie der Fahrzeughalter?«

»Wie bitte?« Es hätte nicht viel gefehlt, und Carl hätte der Polizistin mitgeteilt, daß er doch nur der Wurstl und keineswegs als Parksünder zur Rechenschaft zu ziehen sei. Zum Glück ließ sie ihn erst einmal gar nicht zu Wort kommen, sondern beschrieb ihm lang und breit – typisch Frau, ihr Kollege hätte den Sachverhalt in zwei Sätzen zusammengefaßt –, was alles passieren konnte, wenn einer seinen PKW direkt vor dem Eingang einer Raststätte abstellte: Behinderung von Gästen, für einen Kinderwagen oder Rollstuhl war kein Durchkommen mehr, Auffahrunfall, Massenkarambolage …

Carl mußte an sich halten. Gerade war er noch bereit gewesen, seinen Fehler reumütig einzugestehen, doch diese maßlose Übertreibung ließ seine Einsicht ins genaue Gegenteil umschlagen. Er wehrte sich, wurde zynisch und kassierte prompt den nächsten Genickschlag, der allerdings ein Beweis dafür war, daß diese junge Frau ganz nach Belieben zwischen typisch weiblichem und männlichem Rollenverhalten hin und her sprang.

»Ihre Papiere, bitte!« Es folgte die Ankündigung einer Vorladung vor Gericht, eine saftige Geldbuße wäre ihm ebenso sicher wie zwei Punkte in Flensburg.

»Nein, bitte nicht.«

»Sie glauben doch nicht, ich ließe Sie einfach weiterfahren?«

»Nein, natürlich nicht, meinetwegen bezahle ich auch jetzt gleich. Ich möchte nur nicht, daß Sie mir etwas zustellen.«

»Das wird sich kaum vermeiden lassen.«

»Dann bitte wenigstens nicht zu mir nach Hause.« Carl verfluchte sich dafür, daß er sich als gewissenhafter Bürger sofort umgemeldet hatte und auf seinen Papieren bereits seine und Lisas gemeinsame Anschrift stand. Sie mochte ihm noch so blind vertrauen, spätestens wenn sich seine »Dienstreise in die Prärie« als ein Ausflug vor der Haustür Hamburgs entpuppte, würde sie sehend werden, das war so sicher wie das Amen in der Kirche.

»Na hören Sie mal …«

»Nein, bitte, hören Sie, hören Sie mir einen winzigen Augenblick zu, ich sitze nämlich fürchterlich in der Klemme, weil ich für meine Frau offiziell ganz woanders bin, und sie ist so empfindlich. Dabei ist gar nichts gewesen, außerdem ist sie schwanger, wir bekommen unser erstes Kind, könnten Sie nicht ausnahmsweise die Adresse von meinem Büro aufnehmen? Ich bin der Leiter des Kulturamts in Bongsiel, hier ist meine Karte.«

Sie sträubte sich, aber dann ließ sie sich anscheinend von der Not überzeugen, die ihm aus den Augen sprang. »Ausnahmsweise und nur wegen Ihrer Frau und dem Baby.«

Carl war schon losgefahren, als er im Rückspiegel den männlichen Kollegen seiner Gönnerin mit zwei Kartons – Pizza? – entdeckte. Die beiden standen genau an der Stelle, wo Carl zuvor ordnungswidrig geparkt hatte.

Die Diele war dunkel, im Wohnzimmer brannte ebenfalls kein Licht, nur unter der Schlafzimmertür drang ein schwacher Streifen Helligkeit hervor, den Carl unschwer einer der beiden Leselampen rechts und links von dem Bett zuordnete, das er seit nunmehr vier Wochen mit Lisa teilte. Ob sie wieder in seine Betthälfte hinübergekrabbelt war? »Ich wärm's dir schon mal ein bißchen vor«, pflegte sie zu sagen.

Was gäbe er nicht dafür, wenn es jetzt wieder so wäre!

Sie lag nicht in seiner Betthälfte. Neben ihr auf dem Nachttisch stand ein Becher mit Tee, es roch schwach nach Kamille; sie saß mit angezogenen Beinen und hatte die Decke bis unter beide Achseln hochgezogen, keine sehr gemütliche Haltung, um zu lesen.

»Hast du Bauchweh?«

»Sollte ich Bauchweh haben?« Ihre Stimme klang abweisend, ihre Arme klemmten die Decke fest, Hals und Wangen waren fleckig, so schlimm war es noch nie. Automatisch fielen ihm Hannas Worte ein; von ihr wußte er, daß Lisa schon als junges Mädchen diese roten Flecken bekommen hatte, sobald ihr irgend etwas unter die Haut ging. Diesmal war er schuld.

»Es tut mir wirklich leid, weißt du, es war eine Verkettung höchst unglücklicher Umstände, aber morgen früh besteigen wir die erste Fähre, und wenn der Kaiser von China nach mir verlangt.«

»Wenn ich das gewußt hätte, hätte ich zu Hannas Lesung nach Hamburg fahren können. Vielleicht war Antonia auch da. Hanna hat gemeint, sie würde es sich überlegen und eventuell mit Paul zusammen hinkommen, erst recht, wenn ich auch dabei wäre. In den letzten Wochen habe ich Antonia sträflich vernachlässigt.« Es lag auf der Hand, weswegen sie das getan hatte. Der Vorwurf richtete sich gegen ihn und zugleich gegen sich selbst. Sie gehörte zu den wenigen Menschen, welche die Schuld an einem Versäumnis niemals nur bei anderen suchten. Sie sah nun aus, als ob sie am liebsten ganz unter dem Deckbett, das ihr bis zur Nasenspitze reichte, verschwinden würde. Ob sie weinte? Sie hatte den Kopf vorgebeugt, die kindhaft dünnen und sehr seidigen Haare fielen ihr ins Gesicht. Was für ein Kontrast zu der leuchtend roten Fülle!

Er wollte jetzt auf gar keinen Fall über Hanna sprechen. Jedes Wort über sie wäre verräterisch. Er tat einen Schritt vorwärts, dann noch einen, sein Schienbein preßte sich gegen die Holzkante des Bettes, noch traute er sich nicht, sich einfach zu ihr zu setzen und sie zu umarmen. Er begnügte sich mit einem zarten Streicheln über Nasenrücken und Wange. Haut, warme Haut ... Und schon drängte es ihn mit Urgewalt weiter vorwärts, alles in ihm lechzte danach, ihr zu beweisen, wo sein Platz war: In diesem Bett und bei ihr, und weil Worte oft die ärgsten Verräter waren, ließ er seinen Körper zu ihr sprechen. Wild, mitreißend, alle aufgestaute Not und Lust entlud sich in diesem Schoß mit dem seidigen Vlies und den Hüften, die kräftig genug waren, um seinem Ansturm standzuhalten. Wieder und wieder, er kam erst wieder zu sich, als der Blick ihrer blauen Augen ihn erreichte. Fragend, sehr verletzlich. Als er aufstand, bemerkte er einen rötlichen Schimmer auf seinem erschlafften Glied. Er erschrak.

»Habe ich dir weh getan?«

»Das ist wohl noch ein Rest von meiner Periode.«

Er war erleichtert, geradezu selig. Seine Gedanken sperrten den hinter ihm liegenden Tag aus und eilten zu seiner Insel voraus, die er Lisa morgen zeigen würde. »Dann wasche ich mich wohl besser rasch, bevor ich hier alles vollferkele«, sagte er betont burschikos und sammelte seine Kleider auf, die überall verstreut lagen. Die marineblaue Hose lag mit den Innennähten nach außen auf dem Boden, die Windjacke am Fußende des Bettes, das Polohemd hatte er ebenso wie seine Socken anbehalten, die Unterhose entdeckte er auf seiner Reisetasche, die unter dem Fenster stand. Der Reißverschluß der Tasche war offen. Ein weiterer Beweis für Lisas Fürsorglichkeit, dachte er, auf diese Weise verhinderte sie unnötige Knitterfalten.

Er bückte sich und zuckte zurück, daran waren die locker obenauf liegenden Kleidungsstücke schuld. Eine hellgraue Hose, das Hemd in derselben Grundfarbe und mit schwarzen und gelben Streifen.

Verbaute Sicht

Wenn Carl jemand fragen würde, wie das Wetter war, so würde er ohne Zögern antworten: »Stürmisch! Sonnig! Wunderbar!« Was den Fragenden zweifelsfrei an Carls Geisteszustand zweifeln lassen würde, denn keine vier Meter vor seiner Nase machte sich eine Milchsuppe breit, die ihresgleichen suchte. Synchron plätscherte es auf die Fensterbank und gurgelte es in den Abflußrohren, ab und zu wurde das Gurgeln zu einer Art Rülpsen und legte den Verdacht nahe, daß dort etwas verstopft sein könnte. Aber Carl war, während er Lisa am Frühstückstisch gegenübersaß, weit weg von der Trübsal dieses Montagmorgens, die der Wetterbericht soeben im Radio zutreffend als Eintrübung auf dem Festland der ost- und nordfriesischen Küste beschrieben hatte. Frühnebel, Schauer und nur vereinzelt Aufheiterungen, hieß es da. Carl nahm die Worte auf, ohne sie jedoch auf sich und Lisa zu beziehen.

Sie tranken gerade dampfenden, goldbraunen Tee mit Milch und Kandiszucker aus den Tassen, deren Form an einen Blütenkelch erinnerte, weiß mit blauem Rand, und dazu aßen sie von den passenden Tellern frische Krabben mit Rührei, genau wie an den beiden Tagen zuvor, die sie auf Amrum verbracht hatten. Die Krabben waren vom Käpt'n, der Lisa auf Anhieb in sein Herz geschlossen hatte. Was sich unschwer daran ablesen ließ, daß er sie mit jener »Deern« verglich, derentwegen er vor vielen Jahren beinahe der christlichen Seefahrt den Rücken zugekehrt hätte und seßhaft geworden wäre.

»Das war auch so 'ne liebe Deern wie du, mit der könnte ich dann heute Hand in Hand hinaus auf den blanken Hans und ein Rudel Kinder schauen. Eigentlich wollte ich immer mindestens ein halbes Dutzend haben, aber das erledigt ja nun meine Schwester mit dem Pete für mich, die haben schon fünf Stück, und ich halte derweil die Familientradition in Ehren und fische weiter die Krabben. Guten Appetit denn auch, ihr beiden!« Und mit einem Augenzwinkern zu Lisa hin: »Eigentlich hat dich so 'ne Berliner Schnauze wie der Carl gar nicht verdient, vielleicht überleg' ich's mir ja doch noch mal anders, wenn er nicht pariert.«

Daraufhin hatte Lisa gelacht. Überhaupt hatte sie in diesen beiden Tagen sehr viel gelacht, anfangs noch verhalten, aber dann hatte die frische Brise, die von Südwest wehte und weiße Schaumkronen auf dem Meer tanzen ließ, ein übriges getan. Ihre Hand war in seiner Hand weich geworden, sie war ihm nicht mehr gram. Sie hatten mit dem Pastor gesprochen und alles auf den Weg gebracht, auch den Ausbau im Obergeschoß. Die notwendigen Arbeiten würde Schreiner Pete mit allem Drum und Dran in die Hand nehmen, und was der nicht schaffte, würde er an die richtigen Leute delegieren. Pete kannte auch jemanden, der ihnen günstig eine Heizung und ein ordentliches Bad mit fließend warmem Wasser und Spülklosett einbauen konnte, und dann ...

Auf dem Weg zur Arbeit konnte Carl kaum die Hand vor den Augen sehen, der Nebel umgab ihn wie ein schützender Kokon. Verrückter Gedanke, schalt er sich selbst und beeilte sich, endlich an seinen Schreibtisch zu kommen, auf dem sich wie erwartet jede Menge Arbeit stapelte. Er konnte sich jedoch nicht so recht entscheiden, womit er anfangen sollte, hob den Blick und ließ zu, daß die milchigen Schwaden dort draußen sich in sein Gemüt schlichen und Zweifel weckten.

War es richtig, so zu hetzen?

In der Nacht von Samstag auf Sonntag schien es so, als ob der Umbau und die Hochzeit bereits über die Bühne wären und sie nur noch für jedes Geschenk – allzu viele würden es bei einer Feier im kleinen Kreis ja zum Glück nicht sein – den passenden Platz finden und vielleicht auch nach einer schönen, altmodischen Wiege Ausschau halten müßten. Bei der Beschreibung der Holzwiege, die Lisa vorschwebte, hatten ihre Augen mit dem Feuer seines alten Bollerofens um die Wette geleuchtet. Und er hatte sich mitreißen lassen und gesagt, wenn sie nicht das Richtige fänden, könnten sie die Wiege notfalls auch bei Schreiner Pete in Auftrag geben, der ja ohnehin ihr Trauzeuge sei und vielleicht Pate werden könnte und in jedem Fall ein Meister seines Fachs sei.

Wiege, dachte Carl, fügte in seinem Kopf das Wort Kind hinzu, versuchte sich vorzustellen, wie er in einer nicht allzu fernen Zukunft – viel Zeit hatten sie nicht mehr – dasitzen und mit dem Fuß die Kufen der handgeschnitzten Wiege bewegen würde, um den Säugling in den Schlaf zu schaukeln. Aber es war kein idyllisches Bild mehr, das in seinem Kopf entstand. Carl fand sich lächerlich in dieser Pose.

Wollte er ernsthaft ein Kind mit Lisa haben?

Ob Hanna ihn wirklich besuchen würde? Heute? Oder morgen?

Was ihn aus ihren Augen und Worten und jeder noch so harmlosen Bewegung – nicht alle Bewegungen waren harmlos gewesen – angesprungen hatte, war wie der Blick in ein Haus mit vielen Prunkgemächern und etlichen Hinterzimmern und einer verschlossenen Kammer, in die sie ihm ab und zu einen verstohlenen Blick gegönnt hatte. Er wußte, daß es gefährlich war, das Geheimnis dieses Verstecks mit allen ihm verfügbaren Sinnen erforschen zu wollen. Dennoch zog es ihn an magischen Fäden dorthin und ließ ihm keine Ruhe. Solange er nicht wußte, wie es im Innersten dieses Gebildes namens Hanna Altweg wirklich aussah, durfte er sie nicht verurteilen. Der Schein mochte trügen. Wie oft war er nicht schon das Opfer einer Selbsttäuschung geworden?

Sie war eine unglaublich stolze Person, soviel stand fest. Stolz und leidenschaftlich. Sein Blick schweifte automatisch in Richtung der steilen Kurve, hinter welcher der Parkplatz des Getränkemarktes lag. Heute reichte seine Aussicht jedoch nicht weit, bei dieser Milchsuppe konnte er nicht einmal sein Fahrrad erkennen, das er unten auf dem Hof abgestellt hatte. Dennoch litt er erneut Höllenqualen bei der bloßen Erinnerung an das, was auf jenem Parkplatz seinen Anfang genommen hatte, und zugleich verspürte er Lust, die pure Lust.

Björn stürmte herein, als ob das Büro ihm allein gehörte. Carl schreckte auf, wahrscheinlich sah er in diesem Moment reichlich verdattert aus.

»War wohl nicht so toll am Wochenende, wie?« Björn grinste ihn an.

»Du irrst! Und wenn ich nicht wegen dieser vermaledeiten Handpuppen am Freitag die letzte Fähre nach Amrum verpaßt hätte, wär's noch besser gewesen. Wegen deiner Puppen bin ich wie blöd über die Dörfer kutschiert und hab' mir obendrein eine saftige Knolle eingehandelt. Plus zwei Punkte in Flensburg.«

»Das muß man können. Wo?«

»An der A ...«, Carl stockte.

»Meinst du etwa Autobahn? Wußte gar nicht, daß die jetzt schon Autobahnen von Dorf zu Dorf bauen ...«

»War ein Versprecher, okay?«

»Meinetwegen. Übrigens hast du jetzt noch eine reelle Chance, dich aus dem Staub zu machen.«

»Wie bitte?« Was wußte Björn? Er mußte etwas wissen, wenn er sich traute, so daher zu reden, womöglich war der Bußgeldbescheid von Freitag schon zugestellt und mit der übrigen Post geöffnet worden, dann war offenkundig, daß er das Blaue vom Himmel geschwindelt hatte.

»Hast du nicht gesagt, du legst keinen gesteigerten Wert auf eine Begegnung mit unserer geheimnisvollen Theaterfreundin?«

»Du meinst ...?« Carl verschluckte den Namen, den sein Kollege zum Glück noch nicht kannte. Je weniger Mitwisser, desto besser.

»Wir sind quasi zusammen hier eingetrudelt, sie pudert sich noch rasch das Näschen, dann geht's zur Sache. Ich wollte dir nur rasch hallo sagen und dich vorwarnen, bevor wir mit der Probe anfangen.«

»Na, dann spitz mal die Ohren! Von der Dame kannst du 'ne Menge lernen, was Theaterinszenierung anbelangt, meine ich.«

»Du kannst es wohl partout nicht lassen, mich ständig als Looser darzustellen. Allmählich habe ich wirklich die Nase voll. Mag ja sein, daß die Proben nicht so super waren. Aber den Text habe immer noch ich in ein Bühnenstück umgeschrieben!« Björn rannte aus dem Büro und knallte die Tür hinter sich zu.

Der ist sauer, dachte Carl, und wenn er ehrlich war, auch nicht zu unrecht. Er stichelte in der Tat unnötig herum. Von Sachlichkeit und souveränem Führungsstil keine Spur.

Dennoch ärgerte Carl sich über die selbstgefällige Art seines jungen Mitarbeiters. Seit Hanna sich für sein Stück interessierte – allerdings aus gänzlich anderen Gründen, als Björn annahm –, lief der wie ein aufgeblasener Gockel durch das Kulturzentrum und ging einem mit seiner Wichtigtuerei gehörig auf die Nerven.

Hanna saß auf der Toilette und ließ sich Zeit. Ihre Umgebung war nicht sonderlich erhebend. Die Trennwand zur Nachbarkabine war dünn, nicht einmal ein Herz mit Pfeil oder einer der üblichen Klosprüche belebte die Kunststofffläche. Ein stumpfes Beigegrau, passend zum Klopapier. Die Wand ruhte auf zwei Stelzenfüßen und ließ ihr rund dreißig Zentimeter freie Sicht auf ein Paar unsäglich geschmacklos gemusterte Hosenbeine – Flowerpower in Kackbraun und Rosatönen, ein Touch Lila war auch dabei –, die sich nun über Schuhe stülpten, deren Gummikreppsohlen unangenehm über den gefliesten Boden quietschten, bis sie ordentlich nebeneinandergestellt verharrten. Dann begann es verhalten zu pieseln, und Hanna fragte sich, ob der Anblick ihrer eigenen blutrot lackierten Fußnägel in achtzehn Zentimeter hohen Plateausandalen den Harndrang ihrer Nachbarin blockierte. Als sie sich kurz räusperte, hörte das jämmerliche Tröpfeln sogar völlig auf, kehrte noch verhaltener zurück und stoppte erneut, als Hanna ein zweites Räuspern losschickte. Es war ein kurzes Intermezzo auf einem Nebenschauplatz und bestätigte ihr, wie leicht die meisten Menschen zu beeinflussen waren.

Galt das auch für Carl?

Warum hatte sie sich heute ausgerechnet wie ihre Heldin Franziska ausstaffieren müssen? Wollte sie ihn provozieren? Abschrecken? Als Kind hatte sie so etwas auch schon getan. Niemand hatte verstanden, daß sie ausgerechnet dann querschoß, wenn etwas besonders Schönes bevorstand. Aber was war überhaupt schön, wirklich schön, innen und außen, bei Tag und bei Nacht? Besser, man freute sich nicht zu früh.

Hannas Hand zitterte nun so, daß ihr die Papierrolle vom Halter rutschte und sich in Sekundenschnelle auf dem Boden abrollte und zwischen den Stelzenfüßen hindurch in die Nachbarkabine schlängelte, wo prompt ein Protestschrei ertönte.

»Was ist das denn?«

»Nur Papier«, murmelte Hanna, während sie ordentlich Blatt für Blatt zurückholte. Draußen wusch sie ihre Hände mit einer Seife, die weder schäumte noch duftete und Erinnerungen an die Kernseife daheim hervorrief, auf die ihre Mutter schon vor dreißig und mehr Jahren geschworen hatte.

Ihre Mutter? Für Hanna war sie immer vor allem Lisas Mutter gewesen, zwischen den beiden existierte ein unsichtbares Band, das sich selbst in etwas so Banalem wie der Auswahl der Seife manifestierte. Gekauft wurde, was Lisa guttat. Lisa zuliebe mußte Hanna auf den Weichspüler verzichten, der die Pullis ihrer Freundinnen kuschelweich machte, sie durfte kein Haarspray benutzen, es gab so gut wie nie Nußkuchen oder sonst etwas mit Nüssen. Viele alltägliche Beispiele fuhren Hanna durch den Kopf, während sie das Wasser über die Seife plätschern ließ, ohne daß sich nur ein einziges Schaumkrönchen bildete. Heute wußte sie, daß vieles durch Lisas Asthma bedingt war, doch vieles war nicht alles. Stets hatte noch etwas anderes mitgeschwungen, ein geheimes Einverständnis, das Hanna aussperrte. Sie hatte nur einen einzigen Verbündeten gehabt, ihren Großvater …

Die Tür der Nachbartoilette wurde aufgeschlossen, heraus trat in geblümten Hosen die Telefonistin des Hauses.

»Ach Sie sind es, Frau Claussen. Ich muß sagen, das ist ja wirklich reizend, wie Sie sich für das Theaterstück von Herrn Feltes bemühen. Dabei haben Sie doch als Journalistin bestimmt eine Menge zu tun.«

»Manchmal muß man für einen guten Artikel eben intensive Recherche betreiben.«

»Sind Sie immer so verschwenderisch?«

»Wie?« Hanna zuckte zusammen, ihre Augen begegneten der Geblümten in dem durchgehenden Spiegel über den Waschbecken, folgten dem strafenden Blick zu dem Hahn, aus dem noch immer ein kräftiger Schwall schoß.

»Ist das ein Problem?« fügte sie hinzu und verspürte Erleichterung, weil nur ihr Wasserverbrauch gemeint war.

»Als rechte Hand vom Kämmerer bekomme ich tagtäglich mit, wie eng der Finanzgürtel der Kommunen geschnallt ist. Da wird man zwangsläufig sparsam.«

»Ach, Sie arbeiten auch für den Kämmerer? Dann richten Sie ihm mal einen schönen Gruß aus, er wird sich freuen. Sagen Sie einfach ›Mit beiden Händen‹, dann weiß er schon Bescheid.« Hanna ging hinaus und fragte sich, während sie die Bibliothek ansteuerte, ob sie gerade einen Fehler gemacht hatte.

»Stop! Halt! Haben Sie etwa vergessen, wo wir proben?« Der Zuruf ertönte hinter ihr, sie drehte sich zu Björn Feltes um, der einladend die Tür zum Bühnenraum für sie aufhielt.

»Keineswegs«, erwiderte Hanna, »aber ich habe da noch etwas mit Herrn Bronnen zu besprechen.«

»Ich könnte es ihm später ausrichten, er ist nämlich noch oben im Büro und quasi unabkömmlich. Außerdem geht unsere Probe gleich los. Ich habe auch schon die Dialoge für die neue Lisei umgearbeitet und wollte Sie bitten, sich das mal anzuschauen. Allmählich pressiert's, und was unseren Big Boß betrifft, mit dem ist momentan sowieso nicht gut Kirschen essen.«

»Ich habe auch nicht vor, mit ihm Kirschen zu essen.«

»Sondern?«

»Findest du nicht, Björn, daß du jetzt ein wenig zu weit gehst?«

»Tut mir leid, war nicht so gemeint. Ich kann mir halt nicht mehr vorstellen, unseren ›Pole Poppenspäler‹ ohne Sie zu inszenieren.«

»Fang schon mal an, und ich komme dann gleich nach, okay?«

»Sie kommen hundertprozentig?«

Hanna nickte. Sie hielt Wort. Ihr Aufenthalt im Büro des Kulturleiters dauerte keine zehn Minuten, was Björn Feltes sogleich mit Genugtuung als einen kleinen persönlichen Sieg verbuchte. Es war amüsant für Hanna, stiller Beobachter dieses Männergerangels zu sein. Zumal sie wohl der Grund dafür war. Keiner von beiden ließ auch nur eine Gelegenheit aus, dem anderen eins auszuwischen. Carl führte seinen Kollegen aber auch ganz schön vor. Kein Wunder, daß der junge Mann in seiner Eitelkeit gekränkt war. Es war offensichtlich, daß er sie zu seiner Verbündeten machen wollte und sich deshalb so auffallend vor ihr produzierte. »Wie wär's, wenn ich Sie gleich zum Mittagessen in den ›Seekrug‹ einlade, die Küche dort ist nicht übel, heute gibt's gebratenen Dorsch mit Schwenkkartoffeln und gemischtem Salat und zum Dessert …«

»Ich weiß, ich wohne dort.«

»Ist ja wohl nicht wahr! Dabei habe ich mir schon die ganze Zeit überlegt, wo Sie sich wohl versteckt halten. Ich habe zuerst geglaubt, Sie kämen jedesmal aus Hamburg. Ich habe mir eingebildet, Sie würden dort leben. Wieso, weiß ich selbst nicht genau, wohl weil es die nächste richtig große Stadt ist. Aber dann habe ich Ihr Autokennzeichen gesehen und mir gesagt, daß Köln ja noch einen ganzen Stiefel weiter weg ist und Sie unmöglich jedesmal hin und her fahren können, wenn Sie hier in der Kante zu tun haben. Keine wahnsinnig aufregende Gegend für jemanden, der aus der Großstadt kommt. Aber ich habe schon einige Plätzchen gefunden, wo es sich aushalten läßt, und für Sie spiele ich gerne den Fremdenführer. Wie wär's?«

»Schauen wir mal, was sich so ergibt. Bis dann!«

»Halt! Stop! Was ist mit unserem gebratenen Dorsch? Wenn Sie keinen Fisch mögen, gibt's im ›Seekrug‹ auch immer einen guten Rostbraten oder Deichlammrücken, der ist überhaupt am allerbesten. Und abends könnte man auch ein Stück weiter raus an die Küste fahren, mittags kann ich hier leider nicht länger als eine Stunde weg.«

»Heute mittag habe ich sowieso schon was vor.«

Das »Moby Dick« lag am Ortsende von Bongsiel. Einheimische kamen so gut wie nie dorthin, weil der Betreiber aus dem Nachbarort stammte, weiterhin dort wohnte und – wie man hierzulande behauptete – die Schänke einem echten Bongsieler, der sich in einer akuten Notlage befand, zu einem Spottpreis abgeluchst hatte. Dieses Wissen verdankte Hanna dem Zehn-Minuten-Talk mit Carl.

»In Wahrheit hat der echte Bongsieler sich um den Verstand gesoffen und alles in die Zwangsversteigerung getrieben«, hatte Carl gesagt, »und dann hat halt einer aus Schüttsiel zugeschnappt und einen besseren Strandkiosk zu dem ausgebaut, was er jetzt ist. Nichts Feines, gibt nicht mal Tischdecken dort und schon gar keine gedruckte Speisekarte. Der Wirt kommt an den Tisch und erzählt, was er heute in der Pfanne hat, und wem das nicht paßt, der muß halt wieder gehen. Also wenn dir das nicht zu schlicht ist, können wir uns da um eins treffen. Ich halte das für sicherer als hier.«

Der Ort war gut gewählt, und das nicht nur in Hinblick auf all die Bongsieler, die hier schon aus Prinzip nicht einkehren würden. Selbst wenn sich doch jemand von ihnen hierher verirrte, wären Carl und sie weitestgehend neugierigen Blicken entzogen. Er hatte den einzelnen Tisch auf dem sich verjüngenden Ausläufer der großen Holzterrasse hinter dem Haus ausgewählt, die wenigen anderen Gäste saßen mit Blick auf eine Düne, die zum Grundstück gehörte und mit etlichen Gartenzwergen und einer künstlichen Wasserlandschaft vermutlich Lust auf das Meer machen sollte, das man nicht sah, aber immerhin roch. Ein paar Schiffsmasten jenseits der häßlichen, bestimmt vier Meter hohen Wand, die Hanna an einen in die Vertikale beförderten künstlichen Rasen denken ließ, zeigten die Richtung an, wo die Nordsee lag.

Als Hanna sich zu Carl setzte, fühlte sie sich seltsam beklommen. Sie war froh, diese häßliche Wand zum Anlaß für ein paar Worte nehmen zu können, die vielleicht die Fremdheit überbrücken halfen. Er machte es ihr nicht eben leicht, dort anzuknüpfen, wo sie bereits angekommen waren. Wo war der Mann geblieben, der es geschafft hatte, eine ordinäre Gabel zu verzaubern? Instrument für den Transport von einem Stück japanischen Rohfisch, zuletzt hätten sie beide vermutlich nicht einmal gemerkt, wenn der Fischhappen an den Zinken noch gezappelt hätte. Weit weg! Vielleicht war auch die Mittagssonne schuld, die den Nebel aufgelöst hatte. Grelles Licht, das von keinem Sonnenschirm gemildert wurde – offenbar hatte keiner mit einem Wetterumschwung gerechnet – und gnadenlos jede Falte und bräunliche Flecken auf den Händen, die das Bierglas umklammert hielten, konturierte.

Carl Bronnen war fast schon alt, hatte sie das vergessen? Hatte sie auch vergessen, wie Männer aussahen, wenn ihre Jugend verblaßte, feine Risse in der Heldenrüstung auftauchten und allmählich größer wurden? Heute hilflos, morgen aggressiv. Dann pendelten sie haltlos zwischen zwei Welten und rissen einen mit, ließen nicht mehr los, nie mehr.

»Ist was nicht in Ordnung?« Skeptischer Blick, Habichtsaugen, als ob er sie schon jetzt bestrafen wollte. Weil sie ihn durchschaute?

»Diese Wand da vorn«, sagte sie, eher schon war es ein Stottern, sie bemühte sich krampfhaft um eine halbwegs lockere Ausrede. »Ich frage mich, ob die Gäste auf die Art daran gehindert werden sollen, alles was ihnen nicht schmeckt, in die Nordsee zu kippen?«

»Du hättest nicht herkommen müssen. Mir gefällt's jedenfalls.«

»Und die Zwerge am Eingang gefallen dir auch?«

»Es sind keine Zwerge.«

»Sondern?«

»Seeräuber, es sind lauter kleine Seeräuber, die Jönne, der Wirt, für seine Tochter geschnitzt und bemalt hat. Sie kann stundenlang dort sitzen und mit den Figürchen und dem Wasser – es ist eine Nachbildung der hiesigen Küste – spielen und so tun, als ob sie noch das Meer sehen könnte.«

»Wäre es da nicht einfacher, man würde diese häßliche Wand wieder abreißen und dem Kind den Blick auf das echte Meer gönnen? So ein Grün kommt nirgends in der freien Natur vor, diese Farbe ist einfach abartig. Überhaupt finde ich es widersinnig, den Blick auf die Küste zu verbarrikadieren, darum würden andere sich reißen.«

»Die Lütte hätte sowieso nichts davon, wenn die Wand wieder wegkäme.«

»Und warum?«

»Weil sie blind ist.«

Was sagte man darauf? Er gab ihr das Gefühl, seit ihrer Ankunft lauter dummes Zeug geredet zu haben, dumm und gefühllos.

»Von Geburt an?«

»Nein, es war ein Unglück, ein anderes Kind hat Finchen – so heißt Jönnes Tochter – so unglücklich mit dem Lineal erwischt, daß sie auf einem Auge völlig erblindet ist und mit dem anderen auch nur noch verschwommene Umrisse erkennt. Immerhin hat die Versicherung ganz ordentlich bezahlt. Von dem Geld soll Jönne den alten Strandkiosk gekauft und ausgebaut haben.«

»Immerhin etwas.«

»Ja, die Kunst liegt in der Bescheidung. Man muß sich nur zu bescheiden wissen; wer allzu maßlos ist, den holt der Teufel.« Carl warf ihr einen Blick zu, als ob sie das wäre, der Teufel.

»Gibt's hier zufällig was zu trinken?«

»Sicher.« Carl zeigte auf sein Bierglas, sie streckte eine Hand danach aus und fühlte, wie ihr die Röte ins Gesicht schoß. Natürlich hatte er nicht gemeint, sie solle sich sein Bier mit ihm teilen, so wie sie vor drei Tagen mit ihm ihren japanischen Fisch geteilt hatte.

»Sorry«, sagte sie steif und zog ihren Arm zurück, winkte dem Wirt, bestellte ebenfalls ein Bier – obwohl sie kein Bier mochte – und dazu das Tagesgericht, von dem sie Minuten später nicht mehr wußte, woraus es bestand, obwohl der Wirt es ihnen gerade noch gesagt hatte: »Heute gibt's bei uns ...« Aber bei ihr gab es nur einen Fadenriß. Nichts als Fremdheit um sie herum, in der ihre Wünsche, törichte Wünsche, versanken wie in einem dunklen Loch, und alles in ihr wehrte sich dagegen. Sie mußte etwas sagen, irgend etwas sagen, sich an Worten festhalten, wenn er es schon nicht tat. In Hamburg hatte er ihre Hand genommen, nicht besitzergreifend, sondern sehr zart, dann zärtlich, immer zärtlicher, bis zuletzt war diese Wärme geblieben, hatte in ihr weitergelebt und sogar das einsame Wochenende überdauert. Weg. Vorbei. Sie mußte etwas sagen …

»Für eine Tochter im Vorschulalter sieht der Wirt aber noch reichlich jung aus«, sagte sie und suchte mühsam zusammen, was ihr Kopf über den Mann abgespeichert hatte. »Wie ein Gastwirt sieht er auch nicht aus, eher schon wie ein Matrose. Er hat einen ähnlichen Gang wie Björn. Bei dem denkt man auch ständig, er würde über Schiffsplanken laufen.«

»Jönne Buschmann war bis zu dem Unglück von Finchen im letzten Winter Seemann, er hat praktisch alle Weltmeere befahren. Danach hat er als Steuermann auf der ›Christiane‹ angeheuert. Das ist ein Krabbenkutter, der einem gemeinsamen Freund von uns gehört. Wenn alles gelaufen wäre wie geplant, hätte Jönne den Job noch immer und würde nur nebenbei Gastwirt spielen, aber das ist eine Geschichte für sich. Jedenfalls ist die Kleine früher öfters mit rausgefahren, sie war total wild auf die See und noch viel mehr auf das Seemannsgarn, das der Käpt'n gesponnen hat. Er ist ein begnadeter Geschichtenerzähler, da hält kein modernes Kinderbuch mit, nicht mal ein halbwegs gutes. Wenn der Käpt'n von seinen Vorfahren erzählt, dann hört man die Säbel rasseln und die Schiffsmasten splittern, und man zittert mit Hark Oluf, der zwar ein Pirat war, aber hierzulande trotzdem wie ein Heiliger verehrt wird, weil er seine Beute mit den Armen teilte.«

Wollte er ihr mit seinem überschwenglichen Lob auf diesen Käpt'n erneut zu verstehen geben, wie wenig er ihre Schriftstellerqualitäten schätzte? Hanna war sehr verunsichert und fühlte sich in Carls Gegenwart unwohl. Er wirkte so unnahbar in seiner selbstsicheren, ruhigen Art, und alles, was ihr sonst wie von selbst zufloß, wurde plötzlich von lauter Fragezeichen punktiert, die sie aufhielten und mühsam nach Worten suchen ließen und weit weg von dem waren, was sie ihm wirklich sagen oder zeigen wollte. In ihrer Not suchte sie Zuflucht bei einem Thema, das sie nicht die Bohne interessierte.

»Komisch, aber von diesem Hark Oluf habe ich nie was gehört.«

»Dazu muß man eben diese Kante kennen und genau hinhören, wenn die Einheimischen von Glanz und Glorie vergangener Zeiten reden. Da geht's keineswegs nur um einen Hark Oluf, in den Dünen hat beispielsweise auch Pidder Lüng gewohnt, der den Kopf des hartherzigen Amtmanns von Tondern in heißen Kohlbrei gedrückt haben soll; so ganz korrekt ist das Kohlattentat allerdings historisch nicht zu belegen. Dafür wird die Seehundjagd und Fahrten mit dem Dünenexpress, dessen Salonwagen weiß und golden und voll mit Spiegeln und Bildern waren, in alten Reiseführern minutiös beschrieben. Wie gesagt, man muß die Gegend hier schon kennen und mögen.«

»Ich kenne sie, und wie ich sie kenne!« Ihr Protest erfolgte spontan. Für Carl mußte es sich so anhören, als ob sie um jeden Preis dazugehören wollte. »Als Kind war ich zigmal mit meiner Familie auf Föhr, aber von Glanz und Glorie alter Zeiten war nie was zu spüren. Als ich klein war, habe ich ewig und drei Tage im Sand buddeln sollen, und als ich größer war, wurden endlose Wanderungen unternommen. Die anderen aus meiner Familie kannten jeden Grashalm und jeden Vogel und jeden verdammten Falter, und jeden Sonntag gab's das Kurkonzert, aber gemocht habe ich nichts von alldem. Ich habe die Aufenthalte auf der Insel beinahe genauso gehaßt wie das ständige Gerede über die gute Luft. Kannst du dir vorstellen, wie fürchterlich es ist, von Abenteuern zu träumen und ständig zu hören, wie positiv das Reizklima auf die Lungen wirkt, daß es sogar den Inhalator überflüssig mache, der trotzdem mitreiste, weil meine Mutter ständig von der Angst besessen war, wieder einen Anfall zu erleiden? Das galt übrigens auch für Lisa, bei ihr war es sogar noch schlimmer. Immer wenn sie ganz still wurde – noch stiller als sonst – und diese tiefe Falte auf der Stirn bekam, ging es wieder los, und dann drehte sich alles nur noch um die arme, kranke Lisa. Da konnten die Koteletts auf dem Herd verbrutzeln und die Freikarten für den Zirkus verfallen, manchmal haben sie nicht einmal gemerkt, wenn ich aus dem Haus geschlüpft und erst Stunden später wiedergekommen bin. Was hätte ich auch sonst tun sollen? Ich habe dieses Geräusch gehaßt, wenn sie wie ein Fisch auf dem trockenen Land nach Luft schnappte. Einmal bin ich nachts aufgewacht und habe sie nicht mehr gehört …« Hanna stockte.

»Und da hattest du Angst, es könnte ihr was passiert sein?«

»Lisa?«

»Wem sonst?«

»Nein«, sagte Hanna langsam, wie benommen, »das war es nicht. Am liebsten wäre ich sowieso ausgerissen. In meiner Phantasie habe ich's tausendmal geschafft, die größten Abenteuer beginnen ohnehin immer im Kopf.«

»Lisa hat mir erzählt, daß du einmal wirklich ausgerissen bist. Damals mußt du erst fünf oder sechs gewesen sein, etwa so alt wie heute die Tochter von Jönne. Niemand hat damals so recht verstanden, warum du dich ausgerechnet bei eurem Nachbarn versteckt hast, der wohl schon damals keinen besonders guten Ruf hatte.« Es war Carl unangenehm, mit Hanna über Lisa zu sprechen. Es war ohnehin schon ein Verrat, daß er hier – ohne Lisas Wissen – mit Hanna saß.

»Ja, über andere Leute reden, darin ist meine Familie, besonders meine Mutter und Schwester, schon immer groß gewesen. Vor der eigenen Haustür zu kehren kommt ihnen nicht in den Sinn.« Hanna hatte einen bitteren Zug um ihren Mund.

»Na ja, was bei euren Nachbarn vorgefallen ist, hat Lisas Leben doch ganz schön umgekrempelt. Die Geschichte mit dem Lehrer, der die Kleine belästigt haben soll, hat nur Lisa geglaubt. Jetzt ist das Mädchen schwanger, und gleich ein halbes Dutzend Kerle kommen als Vater in Frage. Sie hat die Story dem Lokalblatt angeboten. Vielleicht ist in Wahrheit sogar euer Nachbar der Vater, wundern würd's mich nicht. Zugeben tut das in solchen Kreisen ja keiner, das Mädchen sowieso nicht.«

»Vielleicht schweigt so ein Kind ja auch aus Liebe. Oder weil es Angst hat, man würde ihm sowieso nicht glauben. Das mit der Tochter von unserem Nachbarn ist doch der beste Beweis dafür, wie wenig einem Kind geglaubt wird. Erst recht, wenn es kein liebes Kind ist. Aber wer ist schon lieb? Ich war's nicht und will's nicht sein, ich verabscheue alle diese Heuchler.«

»In dem Punkt zumindest kannst du deiner Schwester die Hand geben, sie hat genau denselben Ausdruck benutzt: Lauter Heuchler und Pharisäer, hat sie gesagt.«

»So? Hat sie das?«

»Warum bist du nur so aggressiv Lisa gegenüber?«

»Bin ich das?«

»Ja. Lisa ist deine einzige Schwester, sie hat nie ein böses Wort über dich fallenlassen und noch viel weniger über deine Kinder. Wenn sie nur deren Namen ausspricht, bekommt sie schon leuchtende Augen. Deine Antonia liebt sie ganz besonders, aber sie hat selbst noch für die ärgste Rotznase ein weites Herz, oder willst du das bestreiten?«

»Nein, kein Kind hätte jemals etwas von meiner Schwester zu befürchten.«

»Warum betonst du das so seltsam?«

»Vielleicht, weil du kein Kind, sondern ein Mann bist.«

»Ja, das stimmt. Ich bin ein Mann. Es muß schwer sein, mich so zu lieben, wie ich bin. Als Mann.«

»Und wie bist du? Als Mann ...«

»Weißt du's noch immer nicht?«

»Sag's mir!«

»Ich bin ein Irrer. Ein Irrläufer. Einer, der nicht mehr weiß, was er tut.«

»Tu es trotzdem!« Drei Worte nur, ihre Worte, hörte er sie überhaupt? Das Sehnen und die Angst, sie war ja auch eine Irrläuferin ...

Er ließ das Bierglas los, das er regelrecht zwischen seinen Händen gewrungen hatte, gerade so, als ob's ein Waschlappen wäre. Stand auf. Brüsk. Beugte sich vor, etwas Bier schwappte über, lief genau auf sie zu. Hanna starrte wie gebannt auf das Rinnsal, dann umschlossen seine beiden Hände ihren Kopf und zogen sie hoch, auf sich zu, bis ihr Gesicht unmittelbar vor seinem Gesicht war und sein Mund sich über den ihren stülpen konnte. Saugen, verschlingen, ein gefräßiger Moloch, er tat ihr weh, er wollte ihr weh tun, zwang sie, seiner forschenden Zunge Platz zu machen. Sie glaubte zu ersticken, ließ ihn aber gewähren, noch eine Sekunde und noch eine. Sein Tun kreuzte sich mit der Erinnerung an etwas unglaublich Zartes, Kostbares, schürte die Hoffnung, auch er möge zurückfinden.

Als er endlich keuchend von ihr abließ, zitterten sogar seine Hände. Alles an ihm war in Aufruhr. »War es das, was du wolltest? Erwartest du, daß ein Mann es dir so besorgt?«

Hanna wich seinem Blick aus. Scham? Mußte sie sich schämen, wenn dieser Mann sich vergaß, alles vergaß? Oder vergessen wollte? Aus Angst? Sie hatte auch Angst, trotzdem trieb es sie vorwärts. Ihre Hände hoben sich fast ohne ihr Zutun, ertasteten blind sein Gesicht – blind, weil es ihr ganz unerklärlich vor den Augen schummerte. Diesmal zog sie ihn auf sich zu, liebkoste sein Gesicht sanft mit den Lippen, ein neugieriges Vortasten, dann umkreiste ihre Zungenspitze die seine und machte den harten Fleischdorn geschmeidig, lud ihn ein zum köstlichen Spiel, dessen Reiz sich dem Verstand entzog und Schwaden im Hirn und Hitze bis in die Fußspitzen und die Lust auf mehr, viel mehr, erzeugte. Hanna spürte nicht, daß die Tischkante sich in ihre Oberschenkel preßte, merkte nicht, wie die über den Tisch kriechende Nässe den Stoff ihrer Hose erfaßte und sich ausbreitete.

»Die Krabben mit Rührei und Speckkartoffeln und noch ein Bier.« Die fremde Stimme ließ sie auseinander fahren.

Auf Hannas Hose war ein feuchter Fleck, es sah aus, als ob ihre Blase schlappgemacht hätte. Rund um Carls Mund klebten Reste ihres Lippenstifts, der angeblich kußecht war.

»Danke«, sagten sie beide synchron. Hanna wußte nicht, wohin Carl schaute. Sie jedenfalls starrte auf das flockige Gelb der gestockten Eimasse, fischte wie in Trance eine Krabbe heraus, legte sie auf den Tellerrand, drapierte eine zweite und dritte Krabbe daneben, bis ihr Carls Stimme Einhalt gebot.

»Du bist Lisa ähnlicher, als du glaubst ...«

»Tatsächlich?«

»Ja«, sagte er heiser, »es ist eine ganz typische Angewohnheit von ihr, die ich noch an keinem anderen Menschen beobachtet habe. Ohne weiter darüber nachzudenken, fängt sie plötzlich an, wie ein Kind ein Muster aus Krabben oder Nüssen oder weiß der Geier was auf ihrem Teller zu bilden. Es ist eine unglaublich liebenswerte Vernachlässigung der Etikette, dabei hält Lisa sich gewöhnlich sehr genau an das, was sich gehört. Äffst du sie nach, oder hast du die gleiche Marotte wie sie?« Carls Stimmung änderte sich schlagartig. Er spürte, wie Zorn auf Hanna in ihm aufstieg, Wut über die gesamte Situation, in die sie ihn gebracht hatte. Er hätte seine Mittagspause bei Lisa verbringen sollen. Statt dessen saß er mit Hanna in dieser Spelunke und fühlte sich plötzlich miserabel.

»Es war keine Absicht.«

»Und was dann?«

»Es ist auch bei Lisa keine Marotte, sie muß wegen ihrer Allergie alles rauspicken, was sie nicht verträgt: Nüsse stehen ganz oben auf ihrer Verbotsliste. Genau wie Krabben.«

»Willst du allen Ernstes behaupten, daß Lisa keine Krabben verträgt?«

»Exakt.«

»Das stimmt nicht, sie hat noch heute früh eine ordentliche Portion davon verputzt, und an den beiden Tagen davor auch. Die Krabben waren fangfrisch, ein Geschenk von unserem Trauzeugen.«

»Willst du etwa behaupten, daß ich lüge? Dann warte mal ab, wie sie morgen oder vielleicht schon heute abend aussieht! Die Reaktion kommt so sicher wie das Amen in der Kirche.«

»Woher willst du denn wissen, wie es in einer Kirche zugeht?« Carl war gereizt und wußte, daß er anfing, unsachliches Zeug zu reden, das Hanna verletzen mußte.

»Weißt du es?«

»Ich war noch am Sonntag in der Kirche und habe mit Lisa das Aufgebot bestellt.«

»Gratuliere.«

»Und das Obergeschoß von meinem Häuschen lassen wir auch ausbauen.«

»Für ein Kind? Du willst allen Ernstes ein Kind mit ihr haben?«

»Warum nicht? Ich bin mir sicher, daß sie eine sehr gute Mutter sein wird, allein wie sie mit deinen Zwillingen klarkommt, das ist der beste Beweis. Wer weiß, was ohne Lisa aus deinen Kindern geworden wäre. Du hast dich ja aus dem Staub gemacht.« Der Blick, mit dem er das nackte Stück Haut über den Caprihosen und ihre blutrot lackierten Nägel musterte, sprach Bände.

Sie hatte es geahnt. Ein Mann wie Carl stand nicht auf diese exhibitionistische Art, sich zur Schau zu stellen. Garantiert empfand er das als oberflächliches Gehabe. Am liebsten hätte sie die Füße auf den Tisch gelegt, damit er die abartig hohen Plateausohlen an ihren Füßen auch noch registrierte, ihrem Schuldenkonto hinzufügte – es spielte keine Rolle mehr. Sie hatte keine Chance. Sie stand auf, langsam, zog sich an der Tischkante hoch, fühlte sich ausgebrannt, wollte nur noch weg, sich verkriechen, dachte nicht einmal mehr an ihre Rache.

»He, halt! Hast du nicht noch was vergessen?«

Sie sagte nichts, sah ihn nur an, es war der Blick in einen Krater. Er war nun ebenfalls ausgebrannt, genau wie sie. Was wollte er noch von ihr?

»Es tut mir leid.«

»Leid?« Ein Schwall Hitze, banges Verharren, es tat ihm leid. »Was tut dir leid?«

»Das mit den Krabben, es war alles ein Irrtum. Lisa hat

geglaubt, das wäre dein Wäschesack gewesen, aber in Wirklichkeit war's meiner. Ich hatte die Krabben darin verpackt, die der Käpt'n mir mitgegeben hat. Sie waren bestimmt schon vergammelt, als du deine Reisetasche aufgemacht hast. Fangfrisch sind sie köstlich, einfach köstlich, und glaub mir, Lisa haben sie wirklich geschmeckt.«

Hanna hätte ihm sagen können, daß ihre Schwester ihm nicht nur in Hinblick auf ihre Allergie gegen Krabben etwas vormachte. Sie tat es nicht. Mechanisch steuerte sie den Ausgang an und versuchte, die anderen Gäste auf der vorderen Terrasse zu ignorieren. Beinahe wäre sie über das kleine Mädchen gestolpert, das auf der untersten Treppenstufe kauerte. Es hielt ein Schiff in der Hand und schien zu überlegen, welche der Figuren, die es auf seinem Schoß ausgebreitet hatte, in das Schiff hineindurften. Die kleinen Finger tasteten über ein winziges Schwert, einen Kopf; für Hanna bestand der einzige sichtbare Unterschied in der Farbe.

»Moin-moin«, sagte das Kind und lächelte sie mit weit geöffneten Augen an. Es war schwer vorstellbar, daß diese Augen wirklich so gut wie nichts mehr sehen konnten.

»Hallo«, erwiderte Hanna und wollte weitergehen.

»Bist du die Frau vom Carl?«

»Nein, ich bin nicht seine Frau.«

»Aber du willst ihn heiraten?«

»Bestimmt nicht.«

»Schade!«

»Wieso ist das schade?« Ihr Herz schlug wie rasend.

»Weil der Carl mir versprochen hat, demnächst mal seine Frau mitzubringen. Die soll sehr nett sein, wenigstens sagen das die Kinder von der Schule, wo sie Lehrerin ist. Bist du auch nett?«

»Das weiß ich nicht.«

»Du bist nicht von hier, stimmt's?«

»Stimmt.«

»Genau wie der Carl, der kommt nämlich aus Berlin, aber du kommst von woanders her, du hörst dich nämlich anders an. Kommst du aus Hamburg? Du riechst auch gut, nach Parfüm, manchmal bekomme ich von Jönne ein Pröbchen. Jönne ist mein Vater.«

»Ich weiß.«

»Das weißt du garantiert von Carl. Du hast doch eben bei Carl hinten um die Ecke gesessen, ich hab' euch gehört. Einmal war's ganz still und dann wieder sehr laut, habt ihr euch gestritten?«

»Könnte sein.«

»Aber der Carl ist nett, er hat mir sogar meinen Pidder«, die Kleine hielt ein Püppchen hoch, »aus dem Dreck gefischt. Er ist fast genauso mutig wie mein Pidder Lüng.«

Die Hand setzte zwei Püppchen in das kleine Schiff, ertastete den künstlichen Wasserlauf und gab dem Stück Holz einen Schubs, aber das Schiff kam nicht weit, es kenterte an einem Stein, noch ehe Hanna das Hindernis aus dem Weg räumen konnte. Ihre Augen brannten … Sie wollte so schnell wie möglich weg von hier. Weg aus diesem Dunstkreis, wo alle Lisa so herzensgut und so schrecklich nett fanden. Hanna, die egoistische, selbstsüchtige Möchtegern-Schriftstellerin, und Lisa, die aufopferungsvolle Ersatzmama ihrer verlassenen Kinder! Nichts anderes hatte ihr Carl eben zu verstehen gegeben.

Fluchtpunkte

Carl trat in die Pedale, als ob es um sein Leben ginge. Er versuchte seinem behäbigen Tourenrad eine Geschwindigkeit abzuverlangen, die man allenfalls von einem Rennrad erwarten konnte. Er war wütend auf sich selbst, denn was er da eben angerichtet hatte, war mehr als ein Kavaliersdelikt. Er hatte Hanna ganz bewußt verletzen und sie an ihren wunden Stellen treffen wollen. Immer wieder, als ob er es darauf anlegen würde, sie wegzuekeln. Eine typische Masche, wenn er nicht in der Lage war, eine gewichtige Entscheidung zu treffen. Sollten doch die Frauen eine Lösung herbeiführen, schließlich zerrten sie an den Männern! Die Situation war verfahren. Daheim saß Lisa, die sich schon als verheiratete Frau Bronnen wähnte, und nicht weit davon entfernt ihre Schwester, die sein Leben gründlich durcheinanderbringen wollte. Was ihr auch gelungen zu sein schien. Jedenfalls ließen seine Standfestigkeit und Willenskraft im Augenblick reichlich zu wünschen übrig.

Carl war so mit sich selbst beschäftigt, daß er nicht auf den wütenden Zuruf einer Frau reagierte, die gerade vor ihm an dem einzigen Zebrastreifen, den Bongsiel zu bieten hatte, die Straße überqueren wollte. Er erkannte nur noch aus den Augenwinkeln flüchtig zwei Hosenbeine mit einem scheußlichen Blümchenmuster.

Er schlug den Weg nach Hause ein. Nach Arbeiten war

ihm gerade nicht zumute, erst recht nicht nach einer Begegnung mit Björn und seiner Regieassistenz. Er fuhr zu Lisa, obwohl er auch hier nicht recht wußte, was er in dieser Stimmung bei ihr wollte. Er konnte im Moment keine Freude an der Zweisamkeit mit ihr empfinden, auch wenn Lisa alles tat, um ihre Partnerschaft so harmonisch wie nur möglich zu gestalten.

»Lisa! Lisa, bist du da?« Eine völlig unsinnige Frage, wer sonst sollte den Türöffner betätigt haben, doch dieser Gedanke streifte ihn nur flüchtig.

»Sicher bin ich da? Wo sollte ich um diese Zeit denn wohl sein? Aber wieso bist du schon zurück?«

»Ich mache gerade Mittagspause und hatte keine Lust, im Stehen ein Fischbrötchen zu essen.«

»Soll ich dir schnell ein Mittagessen kochen? Ich könnte Bauernfrühstück machen. Es gibt noch Kartoffeln von gestern. Ich kann sie dir rasch braten mit Speck und Ei.«

»Ach, nicht nötig. Ich hab' eigentlich gar keinen Hunger.«

»Aber du mußt doch was essen.«

»Ich hol' mir einen Joghurt aus dem Kühlschrank.«

»Was ist mit dir? Du klingst so lustlos. Stimmt was nicht, Carl?«

»Doch, alles in Ordnung.«

»Meine Mutter hat gerade angerufen. Antonias Kleid für die Hochzeit ist bald fertig. Es wird sündhaft teuer, ein kleines Vermögen. Aber meine Mutter findet, sie wird darin wie eine Prinzessin aussehen. Sie wird eine bezaubernde Brautjungfer sein.«

Die Hochzeit. Bitte nicht! Carl wollte jetzt nicht darüber reden.

»Macht doch nicht soviel Aufwand. Wir heiraten auf einer kleinen Insel und nicht im Kölner Dom!«

»Aber deshalb kann doch trotzdem alles schön sein. Ich freu' mich schon riesig, daß ich meine kleine Prinzessin bald wiedersehe.«

»Ich will dich heiraten und keine Prinzessin.«

»Ach Carl, sei doch nicht so mürrisch! Ich muß übrigens bald nach Hause fahren, um mein Kleid anzuprobieren.«

»Nach Hause? Ich denke, dein Zuhause ist hier!«

»Zu meinen Eltern, meine ich natürlich. Meine Mutter hat einem Schneider ihr Brautkleid zum Umarbeiten gegeben. Sie sagt, es wird traumhaft romantisch.«

»Findest du es wirklich so toll, in dem altmodischen Brautkleid deiner Mutter zu heiraten?«

»Carl, warum bist du nur plötzlich so abweisend? Du hast dich doch neulich für eine traditionelle Hochzeit so begeistert!«

»Ja, schon ...«

»Ich wußte, daß dich unsere Hochzeitsvorbereitungen nerven. Du bist eigentlich auch gar nicht der Typ für so etwas. Ich hätte es wissen müssen!« Lisa lief an ihm vorbei ins Wohnzimmer. Täuschte er sich, oder standen ihr wirklich die Tränen in den Augen? Nicht auch das noch, er war ein Trottel! Warum trampelte er jetzt auch noch sein harmonisches Zuhause kaputt? Er wollte doch Lisa heiraten, zwischen ihnen war ja gar nichts vorgefallen. Er lief hinter ihr her, wollte sie so schnell wie möglich versöhnen.

»Lisa, Liebste, so war es nicht gemeint. Natürlich möchte ich mit allem Drum und Dran heiraten. Aber wenn du jetzt noch zu deinen Eltern fährst, dauert mir das Ganze einfach zu lange.«

Das war die Lösung. Es war wenigstens eine aktive Entscheidung, wenn er jetzt dafür plädierte, daß sie so schnell wie möglich heiraten sollten. *Rien ne va plus,* die Würfel sind gefallen! Mit diesem Umstand mußte sich auch eine impulsive Hanna abfinden, und auch er hätte damit seinem Umhertreiben ein ultimatives Ende gesetzt. Das beste wäre also, den Bund fürs Leben so schnell wie möglich zu schließen, noch schneller als ursprünglich geplant.

»Ich möchte nicht mehr so lange warten und auf den ganzen Rummel, den deine Mutter inszeniert, am liebsten verzichten.«

»Warum denn plötzlich alles so überstürzt? Hast du Angst, daß du deine Entscheidung sonst noch ändern könntest?«

»Im Gegenteil. Aber gut, wenn ich ehrlich bin, würde ich wirklich gerne in aller Bescheidenheit heiraten. Ohne diesen Kleider-Tamtam und diese zeitraubenden Vorbereitungen. Schade, daß wir nicht in Nevada sind, dann könnten wir nämlich jetzt gleich vor den Standesbeamten treten.«

»Wir haben doch mit dem Pastor auf Amrum ausgemacht, daß wir erst nach deinem Sommerfest heiraten. Und ich glaube nicht, daß der mitspielt, wenn wir nun unsere ganzen Pläne über den Haufen werfen. So eine Hochzeit braucht einfach Zeit, schon von Amts wegen ist das so.«

»Das war mal so, mittlerweile reichen vierundzwanzig Stunden, um einen Standesbeamten auf Trab zu bringen. Außerdem könnten wir uns auch zuerst den Segen der Kirche holen.«

»Ich kann aber unmöglich meine Eltern ausschließen. Das würden sie nie und nimmer verstehen. Sie wären zutiefst verletzt.«

»Das sagt ja auch keiner. Natürlich kommen sie, aber wir organisieren die Feierlichkeiten, nicht deine Mutter. Wir werden nach der Trauung ein Fest in unserem Haus auf Amrum organisieren.«

Carl wußte, daß er jetzt sein stärkstes Geschütz auffahren mußte, um sie zu überzeugen. In seinem Kopf existierte nur noch ein einziger Gedanke, und der besagte, daß alles wieder ins Lot kommen würde, wenn er erst Lisa fest an sich gebunden hatte. Dann wäre er gegen jede Versuchung und jede Blamage gefeit. Er wurde das Gefühl nicht los, sich heute bis auf die Knochen blamiert zu haben.

»Also ...«, sagte er laut und verscheuchte die Erinnerung aus seinem Kopf.

»Also was?« fragte Lisa ungeduldig, was bei ihr etwas heißen wollte.

Er riß sich zusammen, konzentrierte sich, jetzt kam es darauf an.

»Also«, wiederholte er, »ich habe mir gedacht, wenn wir ernsthaft noch ein Kind wollen – und wir verhüten ja nicht mehr –, dann sollten wir zusehen, daß es später niemals mit dem Datum auf seinem Geburtsschein aufgezogen wird, bloß weil der Abstand zu unserer Hochzeit nicht die üblichen neun Monate beträgt. Nur mal angenommen, es käme ein paar Wochen früher, was ja durchaus denkbar wäre, so würde der ein oder andere bestimmt Zweifel an einer echten Frühgeburt laut werden lassen, in einem Ort wie Bongsiel ganz bestimmt. Um den Lästermäulern von vornherein den Wind aus den Segeln zu nehmen, sollten wir eine zeitraubende pompöse Feier hintanstellen, findest du nicht?«

»Ich ...« Ihre Stimme erstickte.

»Lisa, du wirst doch nicht weinen. Warum weinst du denn jetzt? Hab' ich was Falsches gesagt?«

Lisa hob den Kopf und sah ihn an, wie sie ihn zuletzt angesehen hatte, als er ihr seine Insel und den unglaublich blauen Himmel und das Haus zu Füßen gelegt hatte, das sein ganzer Stolz war. Tränen rannen ihr über die Wangen, doch gleichzeitig lächelte sie, wie nur sie zu lächeln verstand. Glückstrunken und wie erlöst. Es dauerte eine Weile, bis sie wieder in der Lage war, vernünftig zu sprechen: »Jetzt glaube ich erst wirklich, daß du ein Kind mit mir haben willst. Die ganze Zeit über war mir, als ob du es nicht wirklich ernst meintest. Selbst als von der Wiege die Rede war, hatte ich das Gefühl, du würdest dich noch dagegen sperren. Und mein Arzt – du weißt schon, mein neuer Frauenarzt in Schüttsiel, er ist wirklich sehr gut –, also der hat mir gesagt, daß eine Sperre bei Frauen und durchaus auch bei Männern dazu führen kann, daß man unfruchtbar bleibt. Aber jetzt, wo du für unser Kind so weit voraus denkst, da glaube ich es wirklich, und natürlich ist es nicht wichtig, ob man mit allem Pomp heiratet oder ob das Obergeschoß fertig ist, in neun Monaten ist es garantiert fertig. Glaubst du, es wird ein Junge oder ein Mädchen? Ich hätte gerne ein Mädchen, und das würde ich dann Carla nennen. Es ist ein altmodischer Name, aber ich mag altmodische Namen, und wenn du einverstanden bist, nennen wir sie mit dem zweiten Namen Antonia, nach meiner Nichte. Carla Antonia, das hört sich gut an, findest du nicht auch?«

»Wie wär's, wenn wir vorher rasch heiraten?« Mit ihrem kindlich anmutenden Überschwang hatte sie ihm sogar seine Ironie zurückgegeben, ohne die er sich nackt fühlte. Nichts war peinlicher, als sich von den eigenen Gefühlen forttragen zu lassen.

»Ja«, sagte sie mit einem gelösten Seufzer. Wenigstens für Lisa war die Welt im Moment vollkommen in Ordnung.

Während Hanna ihr Auto aufschloß, das sie gut hundert Meter weit entfernt vom »Moby Dick« geparkt hatte, sich auf den Fahrersitz fallen ließ und den Zündschlüssel einsteckte, glaubte sie noch immer die Worte zu hören: »Du hast dich aus dem Staub gemacht … dann hat Lisa deine Stelle eingenommen.« Sie drehte den Zündschlüssel um und gab Gas. Ohne auch nur einen Gedanken an ihr Gepäck im »Seekrug« zu verschwenden, folgte sie den Schildern, die sie Richtung Versmold lotsten. Sie wußte, daß es vollkommen absurd war zu erwarten, daß Antonia oder Paul ihr freudestrahlend um den Hals fallen würden. Nach all den Jahren. Aber es tat so weh, so verdammt weh, wenn selbst jemand wie Carl, der bestimmt kein Moralist war, ihr unmißverständlich zu verstehen gab, daß sie als Mutter versagt hatte. Vielleicht war es ja noch nicht zu spät. Antonia war doch ein vernünftiges Mädchen. Vielleicht würde sie ja verstehen, warum Hanna es damals einfach nicht mehr ausgehalten hatte. Sie mußten nur wieder ein Verhältnis zueinander aufbauen. Das konnte doch nicht so schwer sein.

»Antonia! Hallo, Antonia! So warte doch!« Hanna hatte unmittelbar vor der Zufahrt der Sportanlage geparkt, die das Gymnasium sich mit der Berufsschule und der Versmolder Turnerschaft e.V. teilte. Das Schild »Feuerwehrzufahrt freihalten!« übersah sie ebenso wie Stunden zuvor den Hinweis auf einen Parkplatz, der Schwerbeschädigten vorbehalten war. All ihr Denken und Trachten war auf ihre Kinder gerichtet, sie wollte sie auf gar keinen Fall verpassen. Von Paul war weit und breit nichts zu sehen, dafür hatte sie Antonia schon von weitem erkannt. Endlich löste ihre Tochter sich aus dem lärmenden Pulk.

»Du hier?«

»Ich wollte dich überraschen.«

»Du blockierst die Zufahrt für die Feuerwehr.«

»Dann steig rasch ein.«

»Das geht nicht.«

»Wieso geht das nicht?«

»Mein Rad geht nicht bei dir rein.«

»Dann läßt du es eben bis morgen hier stehen.«

»Ich hab' aber jetzt keine Zeit. Ich hab' schon was vor, Mama. Ich konnte ja nicht wissen, daß du kommst und Lust hast, uns zu sehen.«

»Ich habe immer Lust auf euch, mit Lust hat das rein gar nichts zu tun. Wenn ihr wollt, könnt ihr morgen zu mir ziehen.«

»Frag Paul, der macht das bestimmt.«

»Und du?«

»Ich muß jetzt gleich zum Tanzen, wir haben bald unseren ersten öffentlichen Auftritt.«

»Davon hast du mir ja gar nichts gesagt.«

»Du hast doch bestimmt keine Zeit, es ist auch nur eine provisorische Bühne im Pfarrheim. Nichts für dich. Bei dir ist ja sogar das Fernsehen dabei. Paul wäre bald geplatzt vor Stolz.«

»Ich hätte mich riesig gefreut, wenn du auch zu meiner Lesung in Hamburg gekommen wärst.«

»Warum?«

»Du bist meine Tochter.«

»Ich weiß.«

»Kannst du nicht endlich einsteigen? Dann ...«

»Was dann?«

»Wir könnten zusammen einkaufen gehen, jetzt gleich, wo du willst, was du willst. Es muß dir gefallen. Wir könnten nach Bielefeld fahren, da gab es mal ein Geschäft – wie hieß es noch gleich? Ich glaube, ›Signora Moden‹ – jedenfalls gab es da schon zu meiner Zeit einfach für jeden Geschmack was, vielleicht existiert das Geschäft ja noch immer ...«

»Es ist umgezogen.«

»Weit weg?« Antonias Tonfall nach zu urteilen war das so, doch was machte das schon? Immerhin zeigte sie Interesse, notfalls würden sie eben quer durch Deutschland kutschieren, es ging ja nicht um eine neue Garderobe.

»Nicht weit, nur zwei Blocks weiter, ich war mit Oma Hedi da. Wegen dem Kleid für Tante Lisas Hochzeit, aber wir waren umsonst da.«

»Wieso? Ist was passiert?«

»Nein, nur brauche ich das Kleid nun doch nicht.«

»Und warum nicht?« Die Hochzeit fand nicht statt ...

»Es wird nicht rechtzeitig fertig, wir haben es gerade erst zum Ändern weggegeben.«

»Was heißt das?«

»Tante Lisa heiratet nicht erst nach dem Sommerfest, sondern schon früher, und aus irgendwelchen Gründen will sie nun doch nicht, daß ich dabei bin. Im Grunde glaube ich nicht, daß es nur wegen des Kleides ist, notfalls könnte ich ja auch was anderes anziehen, aber auf die Idee ist sie nicht mal gekommen. Sie war heute mittag am Telefon so kurz angebunden wie noch nie.«

»Wollen sie etwa schon morgen heiraten? Das geht doch gar nicht, nie im Leben ...«

»Habe ich das gesagt?«

»So ungefähr.«

»Die Hochzeit findet eben nicht erst nach dem Sommerfest statt. Warum rufst du Tante Lisa nicht an, wenn du's genau wissen willst?« Antonia winkte zwei Mädchen zu, die sie schon die ganze Zeit über beobachtet hatten und unmerklich immer näher gerückt waren, jetzt zeigte eines von ihnen mit dem Daumen über die Schulter in die Richtung, wo das Eis-Café lag. Innerhalb der Ortschaft war das der einzige Treffpunkt für Jugendliche.

»Bin schon da!« Mit einem knappen »Tschüs denn!« zu Hanna schwang Antonia sich auf ihr Rad, und die beiden anderen taten es ihr nach. Sie trugen alle drei haargenau dieselben lächerlich kleinen Rucksäcke über viel zu weiten T-Shirts, auf den Gepäckträgern wippten die mit einem naturfarbenen Ledergürtel zusammengebundenen Sportsachen, sogar die Farbe der Trikots war bei allen dreien gleich. Ein Orange, das in den Augen biß und an die Farben der Müllabfuhr erinnerte.

Hanna wartete, bis die Mädchen nicht mehr zu sehen waren, bis zuletzt hoffend, daß Antonia sich wenigstens noch einmal umschauen würde. Doch das tat sie nicht. Paul, dachte Hanna, er wird mir um den Hals fallen und sich freuen. Immer wenn er mich sieht, freut er sich wie ein Schneekönig.

Hanna parkte ihren Wagen vorschriftsmäßig auf der anderen Seite und machte sich auf die Suche nach Paul. Irgendwo mußte er doch stecken, seine Basketball AG endete zur selben Zeit wie Antonias Leichtathletik. Sie irrte über die Sportanlage, fragte nach ihrem Sohn, beschrieb ihn, nur was er anhatte, wußte sie nicht. Endlich traf sie auf den Hausmeister.

»Ach, Sie meinen den Spökes?«

»Spökes?«

»Sie kennen den Jungen wohl nicht gut, ein Bruder Lustig, ständig zu einem Spökes – einem Späßchen – bereit.«

»Und wo ist er, der Spökes?«

»Der hat heute Auswärtsspiel, durfte schon 'ne Stunde früher losziehen, als Torwart ist der unschlagbar.«

»Und wo ist das Spiel?«

»In Harsewinkel, wenn Sie noch hinwollen, müssen Sie sich sputen. Am besten nehmen Sie die 476, und an der Tankstelle biegen Sie links ab oder lassen den Wagen gleich stehen, es sind von da höchstens noch fünf Minuten zu Fuß …«

Hanna bedankte sich.

Moby Dick

Björn saß im Büro und stützte seinen Kopf mit beiden Händen auf. Sie hatte ihn heute nachmittag einfach versetzt und es nicht einmal für nötig gehalten, ihm Bescheid zu sagen, daß sie nicht zu den Proben kommen würde. Auf ihrem Handy hatte er nur die Möglichkeit gehabt, eine Nachricht auf die Mailbox zu sprechen. Doch das hatte ihm in dem Moment auch nicht weitergeholfen. Die Teenies hatten ständig herumgemault und nur unter äußerstem Unwillen seine Regieanweisungen befolgt. Sie hielten ihn augenscheinlich nicht mehr für kompetent und nahmen nur noch an, was von dieser Frau Claussen kam. Björn war frustriert und kritzelte mit dem Bleistift sinnlose Käsekästchen auf seine Schreibtischunterlage. Nur gut, daß er jetzt nicht auch die Anwesenheit seines hämischen Chefs ertragen mußte. Der schwebte Gott sei Dank gerade in anderen Sphären. Der Kämmerer hatte ihm mit seinem Anruf eben einen Stein vom Herzen genommen. Carl startete geradewegs zum Traualtar, deshalb hatte er sich zwei Tage frei genommen. Am Montag würde er als Ehemann an seinen Schreibtisch zurückkehren. Björn fuhr aus seinen Gedanken hoch, als es klopfte. Schon ging die Tür auf, die Telefonistin, die das Rathaus sich mit dem Kulturzentrum teilte, spazierte herein. Möglicherweise suchte sie wieder einmal ein Opfer zum Tratschen.

»Ist Herr Bronnen noch immer nicht da?«

»Er packt seinen Hochzeitsstaat.« Björn grinste unwillkürlich.

»So, er heiratet? Und wen, wenn man fragen darf?«

»Seine Verlobte natürlich.«

»Interessant. Wissen Sie, wer die Schwester seiner Verlobten ist?«

»Ich wußte nicht mal, daß Lisa eine Schwester hat.«

»Sagt Ihnen der Name Hanna Altweg etwas?«

»Ist das nicht diese Skandalautorin, von der wir plötzlich zig Bücher in unserer Bibliothek haben? Die würde ich auch mal gern persönlich kennenlernen.«

»Das haben Sie bereits.«

»Das wüßte ich aber.«

»Die Person hat sich hier unter falschem Namen eingeschlichen. Unsere aufopferungsvolle Frau Claussen von der Lokalpresse ist niemand anders als die Skandalautorin Hanna Altweg. Na, was sagen Sie dazu?«

»Das ist ja ein Ding!«

»Allerdings. Ich habe sie an der roten Mähne erkannt, genau wie auf dem Plakat. Der Rest war ein Kinderspiel.«

»Und warum macht sie das?« Die Gedanken in seinem Kopf überschlugen sich. Seine hilfsbereite Regieassistentin sollte mit dieser Skandalnudel identisch und obendrein Lisas Schwester sein?

»Damit niemand merkt, daß sie nebenbei was mit ihrem zukünftigen Schwager hat. Eben hätten die beiden mich bald vor dem Fischgeschäft neben dem ›Moby Dick‹ über den Haufen gefahren. Die schrecken vor nichts zurück, vor gar nichts. Die arme Braut! Man sollte sie warnen. Mit der Besitzerin von der ›Landskrone‹ habe ich schon gesprochen, die schiebt dem sauberen Treiben jetzt einen Riegel vor. Unser Kämmerer sollte das auch tun, wenn Sie mich fragen. Aber wer fragt mich schon? Gewöhnlich fragen einen die hohen Herren erst, wenn's zu spät ist.«

Björn blieb stumm. Es hatte ihm buchstäblich die Sprache verschlagen.

Die Frau schnaubte verächtlich und machte kehrt, ihre Worte hallten in Björns Kopf wider. Als die Telefonistin endlich das Büro verlassen hatte, stand er auf und lief unruhig in dem Raum hin und her. Immer wieder faßte er sich mit der Hand an die Stirn, als ob er immer noch nicht so recht begriffen hätte, was ihm soeben eröffnet worden war. Doch so langsam dämmerte Björn, daß man ihn gleich in zweifacher Weise an der Nase herumgeführt hatte. Die angebliche Frau Claussen hatte in Wahrheit keinerlei echtes Interesse an seinem Theaterstück. Sie mißbrauchte ihn lediglich, um quasi inkognito in unmittelbarer Nähe zu diesem Carl Bronnen sein zu können. Das war ja schlau eingefädelt! Auch sein scheinbar geradliniger Chef machte für Björn nunmehr eine vollkommen andere Figur. Die vehemente Kritik an seiner Regieführung, war die überhaupt echt, oder diente sie nicht auch als Mittel zum Zweck, um ihm diese Frau zur vermeintlichen Unterstützung an die Seite zu stellen? Er fühlte sich gedemütigt, und je länger er über diese Sache nachdachte, um so wütender wurde er vor allem gegen den selbstgerechten, verlogenen Carl. Björn dachte an alle Begegnungen zurück, die es mit den beiden gegeben hatte. Insbesondere daran, als Hanna Altweg in ihrem Büro aufgetaucht war und sich mit Carl verabreden wollte. Sein Chef war damals derart verwirrt gewesen, und wenn Björn es sich richtig überlegte, hatte er wirklich den Eindruck hinterlassen, vollkommen überrumpelt gewesen zu sein. So wie Carl sich damals aufgeführt hatte, reagierte eigentlich niemand, der sich kühl und wohl überlegt ein Doppelleben arrangierte. Vielleicht hatte ihn diese Frau

Altweg ja genauso um den Finger gewickelt wie ihn selbst. Björn hatte sich doch auch geschmeichelt gefühlt, als diese attraktive Rothaarige Interesse an ihm gezeigt hatte. Gut, weniger an ihm als an seinem Theaterstück. In Wahrheit noch nicht einmal das, die ganze Zeit über ging es ihr um den Big Boß! Und der hatte keine Gelegenheit ausgelassen, in ihrer Gegenwart ständig an ihm herumzumäkeln und ihn vor allen als Flasche dastehen zu lassen. Von seinen Schauspielern hatte ihn zuletzt keiner mehr ernst genommen. Björns ganze Wut richtete sich mehr und mehr auf Carl. Nur in ihm glaubte er seinen Gegenspieler zu haben, für Hanna konnte er keinen rechten Zorn aufbringen. Sie hatte zwar seine männliche Eitelkeit gekränkt, aber das beflügelte ihn noch mehr, ihre Zuneigung zu gewinnen.

Er griff zum Telefon, wählte, wartete darauf, daß sie sich endlich meldete. Er versuchte es etliche Male, seine Ungeduld wuchs, er legte sich Sätze zurecht und verwarf sie wieder. Er mußte sehr vorsichtig sein, wenn er es sich nicht mit ihr verderben wollte. Und das wollte er auf gar keinen Fall. Wetten, daß die Bongsieler ein Auge darauf haben würden, daß der neue Leiter des Kulturamtes Sitte und Anstand wahrte? Notfalls würde er sein Scherflein dazu beitragen, daß Carl Bronnen nicht mehr vom Pfad der Tugend abkam.

»Ja?« Endlich meldete sie sich. Fahrgeräusche klangen mit. Ob sie auch zur Hochzeit fuhr?

Er vergaß glatt, seinen Namen zu nennen, fragte vielmehr nach dem ihren, wollte wissen, ob er sie in Zukunft »Claussen« oder »Altweg« nennen sollte, verhaspelte sich.

»Wie wär's einfach mit Hanna?«

»Hanna ist gut.« Er fügte hinzu, daß man das bei einem guten Schluck besiegeln müsse, und sie sagte nicht nein. Auch nicht ja. Sie ließ es in der Schwebe, ließ ihn zappeln.

Der Dienstagmorgen schien es darauf angelegt zu haben, den Bewohnern der nordfriesischen Küste dasselbe Spektakel wie am Vortag zu bieten. Die Milchsuppe in der Frühe war kaum zu überbieten gewesen, weshalb Carl sich beim ersten Blick aus dem Fenster – das war nun bereits satte sechs Stunden her – ernsthaft Gedanken gemacht hatte, ob der Fährverkehr nach Amrum überhaupt pünktlich aufgenommen werden könnte. Diese Sorge hätte er sich sparen können, denn nun saß er entgegen all seinen Plänen doch an seinem Schreibtisch und durfte sich aussuchen, welcher Anblick ihm lieber war: die Löcher, welche die Sonne zaghaft in diesen milchigen Schleier am Himmel brannte, oder das fassungslose Glotzen seines Kollegen, der ihm gegenübersaß.

Björn hatte Carl wie eine Erscheinung angestarrt, als er am Morgen durch die Tür in das gemeinsame Büro getreten war. »Mit dir hätte ich heute am allerwenigsten gerechnet«, hatte Björn gesagt, doch Carl hatte ihn mit einem »So?« und dem demonstrativen Griff zum Telefon abgewimmelt. Es reichte, wenn er mit sich selbst haderte. Hatte er wirklich geglaubt, so billig davon zu kommen?

Ihn hatte bald der Schlag getroffen, als er um halb sechs gestiefelt und gespornt ins Schlafzimmer getreten war, um Lisa zu ihrem Hochzeitstag zu wecken. Er hatte die Vorhänge aufgezogen und zusätzlich das Licht über dem Bett angeknipst, weil der Himmel noch total verhangen war, doch er hätte die Lampe besser ausgelassen, denn der Anblick, der sich ihm bot, hatte auch so gereicht. Es ist einfach nicht gerecht, hatte er gedacht. Egal, was er selbst falsch gemacht hatte, Lisa hatte das nicht verdient. In jenem Augenblick hatte er große Lust verspürt, die zwölf Hochzeitsgläser aus schwerem Bleikristall – für seinen Geschmack viel zu bombastisch –, die am Vortag angekommen waren, gegen die Wand zu schmeißen. Natürlich hatte er nichts dergleichen getan, weil es Lisa nur noch mehr verletzt hätte. Tags zuvor hatte sie noch vor der Kiste gekniet, in Glaswolle und Seidenpapier gewühlt und jedes ausgepackte Glas einzeln gegen das Licht gehalten: »Sieh doch, wie das funkelt!« Sie hatte das Paket von daheim als zusätzliches gutes Omen für den nächsten Tag gewertet.

Von wegen! Der nächste Tag war heute, und er hatte dort neben ihrem Bett gestanden, als hätte ihn der Schlag getroffen.

»Die Krabben«, hatte sie gestammelt, »die Krabben sind schuld.«

»Aber ich habe gedacht, du magst Krabben.«

»Mag ich ja auch, sie waren einfach köstlich. Ich habe gehofft, diesmal würde es gutgehen, schließlich ist mein Asthma ja auch so gut wie verflogen. Außerdem heißt es doch, die Liebe heilt alle Wunden. Aber diese wohl nicht, es gibt einfach Lebensmittel, auf die ich nach wie vor allergisch reagiere, und so, wie ich aussehe, kann ich unmöglich vor die Tür und erst recht nicht zum Traualtar gehen, das siehst du doch ein?«

Jeder hätte das eingesehen. Carl hatte stumm genickt und den Mund nur aufgemacht, um den Arzt und den Pastor auf Amrum anzurufen, dann war er in der Apotheke gewesen, und irgendwann war er auf sein Rad gestiegen und zur Arbeit gefahren. So wie immer. Aber es war nicht wie immer.

Björn starrte ihn wie einen Schwerverbrecher an.

Er fühlte sich wie ein Schwerverbrecher. Dieser ungewollte Aufschub demoralisierte Carl völlig und verfolgte ihn mit Bildern, die er nicht sehen und noch viel weniger spüren wollte. Doch er spürte sie, in ihm rumorte und lockte es. Er könnte Hanna immerhin über seine Absicht unterrichten, die Hochzeit völlig ohne Familie stattfinden zu lassen. Aufgeschoben war nicht aufgehoben, Lisa hatte ihm versichert, daß sie spätestens in fünf Tagen wieder voll auf dem Damm sein würde, und der Arzt hatte das bestätigt.

Wie wäre es, wenn er den Aufschub nutzte, um Hanna zu sagen, daß diese Blitzhochzeit keineswegs als Affront gegen sie gemeint war, absolut nichts mit ihr zu tun hatte, man sich im Gegenteil freuen würde, sie später zu einer Feier mit Kind und Kegel einzuladen? Er könnte locker einfließen lassen, daß er ihr keineswegs mangelnde Liebe für ihre Kinder unterstellen wollte. »Ich habe mich da am Montag wohl etwas taktlos verhalten«, könnte er sagen, dann wären die Wogen wieder geglättet.

Carl warf seinem Kollegen einen prüfenden Blick zu, der raschelte prompt mit Papier, wendete ein Blatt und noch eins, obwohl es zuvor längere Zeit mucksmäuschenstill gewesen war. Björn lag auf der Lauer, keine Frage, und von einem solchen Anruf ließe er sich garantiert kein Wort entgehen. Überhaupt trägt man etwas so Delikates am besten persönlich vor, befand Carl. Wenn Hanna in ihrer Wut Bongsiel nicht ganz den Rücken gekehrt hatte, wußte er auch, wo er sie finden würde, sie hatte ihm schließlich selbst den Namen ihres Hotels und auch ihre Zimmernummer genannt. Er kannte den »Seekrug« recht gut, zumindest so gut, daß er wußte, wie man über den Hof durch den Eingang zur Kegelbahn zu der Hintertreppe gelangte, die zu den Hotelzimmern führte.

Die Leitplanken waren immer schneller vorbeigeschossen, flache Striche, dann kräuselten sie sich, der Fahrtwind hatte eine verführerische Melodie gesungen: Komm, so komm doch! Schließ die Augen! Laß los! Es hatte noch andere Stimmen gegeben, sie waren stärker gewesen, Hanna war auf den Standstreifen gefahren, hatte den Kopf aufs Lenkrad gelegt, und wenn es keine Ohnmacht war, die sich über sie stülpte, war sie eingeschlafen. Der Widerschein fremder Scheinwerfer ließ sie hochschrecken, ihre Erinnerung spielte ihr Szenen rund um einen Kuß und ein Hochzeitskleid vor.

Mußte Carl diesen miesen Streit mit ihr vom Zaun brechen, um sich zu einer Blitzhochzeit durchzuringen, die nicht einmal der Schneiderin Zeit ließ, das bestellte Kleid für die Brautjungfer – die ihre Tochter war – zu ändern?

Mußte Antonia die eigene Mutter attackieren, um Lisa zu schützen? Lisa, die nie etwas falsch machte, die für ihre Nichte nahezu eine Heilige war – und sie dann von jetzt auf gleich entthronte: Brautjungfer ade! Lieblingsnichte ade!

Alle Fragen führten zu Lisa. Immer wieder Lisa.

Lisa meldete sich unmittelbar nach dem ersten Klingelzeichen: »Carl? Carl, bist du das?« Sie hörte sich an, als ob sie völlig am Ende wäre. Sie war in Bongsiel. Nicht auf Amrum.

Als Carl den Speiseraum des »Seekrugs« betrat, schlug ihm zugleich mit dem Geruch von Fisch, der ihn automatisch an Lisas Allergie erinnerte, die unverhohlene Feindseligkeit der Wirtin entgegen. Sie trat gerade mit zwei Tellern in der linken und zwei in der rechten Hand aus der Küche, als sie seiner ansichtig wurde und schlagartig ihr aufgesetztes Lächeln einstellte. Dabei hatte sie ihm noch unlängst einen zweiten Birnenschnaps »aufs Haus« aufgedrängt. Nun sah sie ihn an, als ob er die Pest anschleppte. Sie übergab die Teller dem Mädchen, das mittags aushalf – »Tisch drei« –, und wandte sich Carl zu.

»Ich hätte gerne …«, setzte er an, doch sie fiel ihm ins Wort.

»Tut mir leid, alles besetzt.« Was eine glatte Lüge war,

denn Carl entdeckte auf Anhieb zwei leere Tische, die nur noch eingedeckt werden mußten. Obwohl ihm dieses eigentümliche Verhalten egal sein könnte, war er irritiert. Warum war die Hintertür abgeschlossen? Er hätte sich diese Begegnung im Schankraum liebendgern erspart …

»Dann können Sie mir aber bestimmt sagen, ob Frau Claussen – sie ist Hotelgast bei Ihnen, soweit ich weiß – schon gegessen hat? Oder ob sie noch auf ihrem Zimmer ist …«

»Nein.« Ein Pistolenschuß war nichts dagegen.

»Wie bitte?« Er war perplex, fühlte sich persönlich angegriffen, wollte aus der Haut fahren und noch lieber stehenden Fußes kehrtmachen, doch er mußte Hanna finden. Es reichte nicht, ihr ein paar Worte auf die Mailbox zu sprechen. »Soll das heißen, Frau Claussen ist momentan nicht im Haus?«

»Es gibt gar keine Frau Claussen, das wissen Sie genausogut wie ich, und wenn ich eins weiß, dann daß ich unter meinem Dach so was nicht dulden werde, das ist ja Inzucht! So was würde ich nicht mal decken, wenn Sie der Kaiser von China wären.«

»Hören Sie, da muß ein Irrtum vorliegen.« Ihm wurde heiß, siedendheiß, einige Gäste starrten schon neugierig zu ihnen herüber, die Wirtin hatte nicht eben leise gesprochen. Bestimmt waren unter den Gästen auch einige Leute von der Stadtverwaltung…

»Ich habe Ihren Irrtum diese Nacht um halb zwölf, als er sich durch die Hintertür einschleichen wollte, vor die Wahl gestellt, ob ich die Polizei rufen soll oder ob sie freiwillig verschwindet. Sie hat ihren Koffer genommen, und weg war sie. Das spricht für sich, und in Zukunft zeigt bei mir jeder den Personalausweis vor, von wegen verlegt, ich bin gewappnet. Und die Hintertür«, ein scharfer Blick streifte

Carl, »bleibt auch verschlossen, der ›Seekrug‹ war und ist ein anständiges Haus.« Sie ließ ihm keine Chance für eine Rechtfertigung – welche auch? Er war wie betäubt! –, sondern nahm die nächste Bestellung auf, verschwand in der Küche und überließ ihn den neugierigen Blicken.

Carl floh ins Freie. Für die da drinnen mußte es jedenfalls haargenau wie eine Flucht aussehen. Beschämung und Angst durchfluteten ihn und die Frage, wo jemand in Bongsiel oder Umgebung gegen Mitternacht noch ein Quartier finden konnte. Vielleicht in Schüttsiel?

»Kann ich rein?«

»Rein?« Hanna schreckte hoch, war wie betäubt, es dauerte einen Moment, bis sie die Frage und das Klopfen an der Tür mit der Putzfrau in Verbindung brachte. Erstaunlich, daß in dieser Bruchbude überhaupt saubergemacht wurde, im Hellen sah das Zimmer noch grauenvoller aus als bei ihrer Ankunft mitten in der Nacht. Sie hatte einen Gasthof nach dem anderen abgeklappert und überall vor verschlossenen Türen gestanden, nur dieses »Motel« am Ortsende von Bongsiel war noch offen gewesen, was vermutlich daran lag, daß der Mensch hinter der Rezeption – angeblich der Besitzer – zu betrunken war, um noch abzuschließen.

»Wenn Sie nicht wollen, muß ich nicht rein, um zwölf hab' ich sowieso Schluß, und das ist in zehn Minuten.«

Die Zeitansage trieb Hanna aus dem Bett. Sie stolperte durchs Halbdämmer, stieß sich an Möbeln, die jedem Alträucher zur Ehre gereicht hätten, zerrte an dem Vorhang aus verschossenem Samt, der mit Löchern übersät war, und dachte einen Augenblick lang, ihre Benommenheit wäre schuld daran, daß sie einen Rasen senkrecht stehen sah.

Das künstliche Grün vor ihrem Fenster erinnerte sie an einen ebenso künstlichen Wasserlauf und Figuren, die sie irrtümlich für Gartenzwerge gehalten hatte. Nur das Kind, das damit gespielt hatte, war echt gewesen. Finchen, der Name fiel ihr wieder ein; alles war auf einen Schlag wieder da, auch die aus Rache verbaute Sicht des ehemaligen Strandkiosks, der nun »Moby Dick« hieß. Ihr neues Quartier mußte unmittelbar neben Carls Lieblingslokal liegen.

Ein Zufall, der sie ausgerechnet hierher gelotst hatte?

Es ging auf eins zu, um diese Zeit war im Kulturzentrum Mittagspause angesagt. Hanna verspürte Hunger. Heißhunger.

»Hallo! Hätte nicht gedacht, dich hier anzutreffen.« Carl überlegte, ob er sie offen auf ihren Rausschmiß aus dem »Seekrug« ansprechen sollte, der ebenso unverdient wie beleidigend war. Zumindest überzogen, schließlich lautete ihr Mädchenname tatsächlich Claussen. »Eine angenehme Überraschung«, hängte er hastig an, »hab' mir schon überlegt, wo ich dich finde.«

»Ich wohne jetzt nebenan.«

»Du meinst in der Bruchbude, mit der Jönnes Vorgänger versucht, sich über Wasser zu halten? Auf dem Papier gehört sie seiner Frau, damit die Gläubiger nicht drankommen, was aber nicht gegen den Suff hilft. Das dauert keinen Monat mehr, bis der Schiffbruch erleidet. Und du hast tatsächlich in dieser Spelunke übernachtet?«

»Wenn die Spelunke sich ›Motl‹ nennt – ohne das e, das ist wohl defekt, und das ist nicht das einzige –, dann lautet die Antwort ja. Ich hatte keine Wahl, die Wirtin vom ›Seekrug‹ scheint ihr Hotel mit einem Mädchenpensionat zu verwechseln. Sie hat mir gestern nacht buchstäblich die Koffer vor die Tür gestellt, dabei war ich nur so spät dran, weil ich von meinen Kindern kam, an einem Tag bis Versmold und wieder zurück ist nun mal ein gutes Stück. Sei's drum, vielleicht ist es sogar ganz gut, wenn ich etwas weiter vom Schuß bin, schließlich hast du selbst gesagt, hierher verirrt sich so leicht kein Bongsieler. Falls es nach dem Desaster gestern überhaupt noch Sinn macht, wenn du und ich uns treffen.«

»Es tut mir leid.«

»Und weiter?«

»Ich kann mir nicht vorstellen, daß du es auch nur noch einen Tag länger in dieser Absteige nebenan aushältst. Das kann dir keiner zumuten, überhaupt …«, er zögerte und fand einfach nicht den fließenden Übergang zu dem, was er ihr sagen wollte. Am kommenden Wochenende …, so müßte er anfangen …

»Willst du mir das nicht zumuten, oder bist du vielleicht verhindert?«

»Nein, wenn es nach mir geht, kann ich problemlos hier mit dir zu Mittag essen, egal wieviel ich sonst um die Ohren habe, die Zeit nehm' ich mir einfach. Wie wär's mit morgen? Übermorgen? Und wenn das Wetter nicht mitspielt, ist es auch drinnen ganz gemütlich, allerdings nicht so separat wie hier. Solange es nicht kalt wird, sind wir in dieser Ecke der Veranda sogar vor Regen geschützt, und man kann das Meer riechen und hören, ohne auf dieses künstliche Grün starren zu müssen.«

»Ja«, sagte Hanna und wußte nicht, wie sie ein Treffen in dem Motel nebenan vorschlagen sollte, wo es zumindest in ihrem Zimmer kein Entkommen vor der häßlichen grünen Wand gab. Es sei denn, man ersetzte die Aussicht aus dem Fenster durch etwas anderes …

Kurz darauf servierte der Wirt frischen Leberkäse mit Spiegelei und Rösti für Carl und ein Seemannsschnitzel für Hanna. In der sämigen Soße waren reichlich Krabben, deren Anblick Carl zu irritieren schien.

»Ist was?« fragte Hanna.

»Du hattest doch recht.«

»Womit?«

»Mit Lisa. Sie verträgt wirklich keine Krabben, du solltest sie sehen, es ist einfach schrecklich. Manchmal ist sie wie ein Kind, wenn sie sich etwas vorgenommen hat. Mir will einfach nicht in den Kopf, warum sie mir nicht klipp und klar gesagt hat, daß sie das nicht verträgt. Was hat sie sich nur dabei gedacht, sich drei Tage lang überwiegend von etwas zu ernähren, worauf sie nachweislich allergisch reagiert?«

Darauf blieb Hanna ihm die Antwort schuldig. Obwohl Lisa der Grund war, warum sie überhaupt nach Bongsiel gekommen war, hätte sie ihre Schwester nun am liebsten völlig ausgeklammert. Konnten sie und Carl nicht einfach so tun, als ob es nur sie beide gäbe? Die Zeit zurückdrehen? Wenigstens für die kurze Spanne Zeit zwischen eins und zwei. Aber war Lisa wirklich der Grund, weshalb sie zurückgekommen war? Wenn Hanna ehrlich zu sich selbst war, ging es eigentlich nur noch in zweiter Linie um ihre Schwester. Besonders nach ihrem Streit im »Moby Dick« dachte Hanna ausschließlich an Carl. Er war der erste Mann seit einer halben Ewigkeit, der ihr nicht kopflos verfallen war. Sie mußte um ihn kämpfen, mußte darum ringen, daß er sie als begehrenswerte Frau wahrnahm. Darum konnte sie nicht lockerlassen und diesem Kaff einfach den Rücken kehren. Gewiß, ihre Reize waren ihm nicht entgangen, aber ein großer Teil in ihm sperrte sich gegen sie, und das lag keineswegs nur an seiner Verbindung zu Lisa. Carl war ein Mann mit Herz und Verstand, er war ein Abenteurer wie sie, aber er war unabhängig und besaß eine unerschütterliche innere Stärke. Und sie? War sie nicht stets auf der Jagd, suchte uneingeschränkte Bestätigung, besonders von männlicher Seite? Hanna spürte, wie genau das sie in seinen Augen zu einer oberflächlichen, nur auf Effekte zielenden Frau machte, die es nicht wert war, erobert zu werden. Für die es sich auch nicht lohnte, ein Risiko einzugehen und alles aufs Spiel zu setzen. Aber nein, sie wollte und konnte ihm viel mehr bieten. Er sollte sehen, daß sie leidenschaftlich war und tiefe, echte Gefühle aufbringen konnte, wenn man erst einmal zu ihrem wahren Kern vorgedrungen war.

Am Montag hatte es Rührei mit Krabben und einen Kuß und Streit gegeben.

Am Dienstag Seemannsschnitzel für sie und Leberkäse für Carl und viel Schweigen und die Aussicht auf Labskaus am Mittwoch für sie beide.

Am Mittwoch hatte sie die Chance verpaßt herauszufinden, wie Labskaus schmeckte. Sie hatte so gut wie nichts davon gegessen und an das wenige keinerlei Erinnerung.

Am Donnerstag gab es Palatschinken. Sie diskutierten die Frage, wie sich eine österreichische Spezialität in das Repertoire des Kochs – ein gebürtiger Nordfriese – verirren konnte. Sonst diskutierten sie nichts. Das Schweigen zwischen ihnen wurde immer beklemmender. All ihre Kraft richtete sich auf knapp zwei Quadratmeter einer Veranda, von der aus man mit viel Phantasie das Meer riechen und hören konnte. Sehen konnte sie nur Carl, und er sie, doch sie vermieden es, sich anzusehen.

Am Freitag gab es Scholle. Diesmal schaufelte Carl sein Essen hastig in sich hinein, die Tage zuvor hatte er ebenso wie Hanna kaum etwas angerührt. Am guten Geschmack konnte es nicht liegen, daß er diesmal alles aufaß, denn in diesem Tempo hätte er nicht einmal den Unterschied zwischen einer Scholle und einer Schuhsohle schmecken können. Kaum daß er den letzten Bissen vertilgt hatte, stand er auf: »Ich muß los, schönes Wochenende denn auch!«

Hanna beobachtete, wie er hinter dem mal nach rechts und mal nach links schwenkenden blauen Wetterhahn verschwand, hörte ihn kurz beim Wirt haltmachen – »Stimmt so!« –, verfolgte das hastige Klicken seiner Absätze auf dem Kopfsteinpflaster des Wegs, der quer durch den Vorgarten bis zur Straße führte, hörte ihn unterwegs noch einmal stoppen und rufen: »He, Finchen! Was zum Teufel …?« Den Rest schluckten die Geräusche der Fahrzeuge auf der Straße. Einmal glaubte sie noch seine Fahrradklingel, die wie eine Kuhglocke klang, herauszuhören. Dann war er endgültig fort, und alles, was Hanna denken konnte, war, daß es erst zwanzig vor zwei war. Sonst war er immer bis nach zwei geblieben.

Straße des Zimts

Jönne Buschmann stand in der Küche seines Lokals, die, gemessen an der Kombüse auf einem Schiff, geradezu riesig war, ebenso wie die Auswahl an Lebensmitteln. Zum ersten Mal in seinem Leben war er sein eigener Herr und durfte sich seine Arbeit selbst einteilen. Doch was nützte ihm das schon, wenn kaum noch ein Gast kam, für den sich das Einkaufen, Kochen und Saubermachen lohnte?

Voll Ekel starrte er auf die beiden Teller der einzigen Essensgäste heute mittag; die anderen hatten nur Bier oder Cola getrunken. Jede Menge Cola, er haßte dieses klebrige Gesöff. Auf die zwei Essensbestellungen von der Tageskarte hätte er ebenfalls verzichten können. Heute hatte es Scholle auf nordfriesische Art gegeben, der eine Teller war leer bis auf die Salatdekoration, der andere war noch genauso voll, wie er ihn serviert hatte, allerdings war sein appetitliches Arrangement nun lieblos durcheinander gemanscht.

Diese rothaarige Frau hatte zum dritten Mal etwas mit Krabben bestellt, angeblich liebte sie Krabben, doch gegessen hatte sie davon so gut wie nichts.

Er knallte die beiden Teller achtlos in das Spülbecken, rechnete schon mit einem lauten Scheppern und vielleicht sogar Scherben, doch statt dessen gluckerte es kurz, dann schwammen Erbsen, Reiskörner und Krabben, die wie graubraune Würmer aussahen, an der Oberfläche des Wassers, das er schon eingelassen und wieder vergessen hatte.

Er kümmerte sich nicht um die Schweinerei, sondern rieb sich nur kurz die Hände an der Hose trocken.

Wenn das so weiterging, konnte er den Laden dichtmachen. Dann war Schmalhans Küchenmeister. Für ihn ebenso wie für seine Tochter.

Natürlich könnte er schon morgen wieder anheuern, gute Leute wie er wurden händeringend gesucht und auch gut bezahlt. Der bloße Gedanke an die See trieb ihm auch jetzt wieder das Wasser in die Augen. Wenn Finchen nicht wäre, die er von Herzen liebte, würde er noch heute seinen Seemannssack packen und die Mücke machen. Aber wer sollte sich um das Mädchen kümmern, das keine Mutter mehr hatte und obendrein halb blind war?

Was das rothaarige Gift betraf, so würde er ihr bei ihrem nächsten Besuch einfach Hausverbot erteilen. Seit der Begegnung mit der neuen Grundschullehrerin hatte er Partei ergriffen. Es war etwas völlig anderes, die Not eines anderen Menschen so greifbar vor Augen geführt zu bekommen. Plötzlich hatte Lisa bei Finchen im Vorgarten gestanden, zunächst hatte er sie für einen x-beliebigen Gast gehalten, bis sie zu weinen angefangen hatte. Deshalb war er überhaupt aufmerksam geworden, ihre Schultern hatten gezuckt, sie hatte beide Hände vors Gesicht geschlagen, gerade so, als ob sie sich ihrer Tränen schämte. Als sie seiner ansichtig wurde – da trennte ihn keine Armeslänge mehr von ihr –, hatte sie auf dem Absatz kehrtgemacht.

»Wer war das denn?«

»Das war die neue Lehrerin von der Grundschule«, hatte seine Tochter erwidert, »sie heißt Lisa und hat das Rad mit der Kuhglocke draußen stehen sehen und gefragt, ob der Besitzer von dem Rad hier ist. Sie ist seine Braut, hat sie gesagt.«

»Und? Was hast du ihr geantwortet?« Bei der Vorstellung, die Frau hätte ihren Bräutigam ausgerechnet auf seiner Terrasse in flagranti erwischt, denn darauf lief es hinaus, war ihm regelrecht übel geworden. Er hatte in dem Moment nachfühlen können, wie sich die betrogene Lisa gefühlt haben mußte.

»Ich habe ihr gesagt, daß er mit der Frau hier ist, die so gut riecht und mit der er jetzt immerzu hier ist und manchmal laut wird und dann wieder ganz leise. Da hat sie angefangen zu weinen und ganz komisch zu schnaufen, und ich hab' sie gefragt, ob ihr was weh tut. Wenn einem was weh tut, hab' ich ihr gesagt, geht man am besten zum Doktor, der neue Doktor unten am Hafen ist prima. Aber sie hat gemeint, damit muß sie selber fertig werden, weil es nichts ist, was man sehen und vom Doktor verarzten lassen kann.« Bei diesen Worten hatte seine Tochter ihn so verzweifelt angesehen, daß er einen Moment lang glatt vergessen hatte, daß sie so gut wie blind war. Dennoch hatte er sich schuldig gefühlt, als ob er etwas dafür könnte, daß dieser Laden nicht lief, daß sie keine Mutter mehr hatte und er seine einzige Chance in der Rückkehr zur Seefahrt sah. Es mußte ja nicht mehr das Chinesische Meer sein, ein Krabbenkutter reichte ihm schon …

Seit Björn ein Auto besaß, fuhr er kaum noch mit dem Mountainbike, das seine Mutter ihm vor einigen Jahren geschenkt hatte und das nicht einmal für den Straßenverkehr zugelassen war. Es gab einen Grund, warum er sich wieder auf dieses Vehikel besonnen hatte: Es war einfach unauffälliger als der alte Opel, den er wie eine Nationalflagge auf Rädern gestaltet hatte, was die einen für Patriotismus und die anderen für eine Verhöhnung hielten, dabei ging es ihm in Wahrheit nur darum, sich mit künstlerischen Mitteln von der breiten Masse abzusetzen. Seine Suche nach

Hanna Altweg wollte er allerdings lieber unauffällig betreiben. Genützt hatte ihm das allerdings bislang auch nichts, denn obwohl er seit drei Tagen kreuz und quer durch den Ort fuhr, hatte er noch keine Spur von der Frau entdeckt, von der er nun wußte, daß sie Hanna Altweg hieß und die Schwester seiner Nachfolgerin an der Grundschule war. Was genau zwischen ihr und Carl lief, wußte Björn noch immer nicht.

Diese Frage hatte ihn jedoch nicht mehr losgelassen und einen Schritt unternehmen lassen, von dem er glaubte, er sei seine verdammte Pflicht und Schuldigkeit.

»Meine Schwester? Seit Wochen soll sie hier in Bongsiel sein? Aber das kann ja gar nicht sein, ich weiß genau, daß sie in Köln ist, sie war höchstens einmal in Hamburg, sie hatte dort eine Lesung, aber Carl wollte nicht hingehen, das war am letzten Freitag im Mai.«

»Hamburg? Seltsam, Carl war am letzten Freitag im Mai doch auch in Hamburg!«

»Ganz bestimmt nicht, er hat an diesem Tag die Dörfer an der dänischen Grenze nach Kasperlepuppen abgeklappert, das müßten Sie doch am besten wissen. Deshalb haben wir ja sogar die letzte Fähre nach Amrum verpaßt.«

Das war gestern gewesen, doch passiert war nichts. Carl hatte sich heute morgen wie üblich hinter seinem Schreibtisch verschanzt, um zehn seelenruhig seinen Joghurt gelöffelt und – auch das war nichts Neues mehr – eine halbe Stunde vor allen anderen »Mahlzeit« gewünscht und ihm im Vorbeigehen noch zwei Telefonate mit dem Bezirksamt, das nur vormittags besetzt war, aufs Auge gedrückt. Ganz schön clever, und Björn konnte nichts dagegen tun. Es war nun mal das Privileg des Chefs, die Arbeit der anderen einzuteilen und wichtige Geschäftsessen mit wem auch immer vorzuschieben.

Mit einer Frau? Womöglich mit der Frau, die Björn so verzweifelt suchte? Auf seine Frage, warum denn seine Regieassistentin ausbliebe, hatte Carl schon vor einigen Tagen flüchtig bemerkt: »Ach ja, ich hab's total vergessen, dir das auszurichten. Sie kann leider nicht mehr bei den Proben dabeisein. Ihr ist ein wichtiger Auftrag dazwischengekommen. Aber du kriegst das Stück ja jetzt auch alleine hin, oder? Sie hat dir ja die entscheidenden Hinweise gegeben.« Dabei hatte er sich sehr um einen betont gleichgültigen Tonfall bemüht und es auch fortan tunlichst unterlassen, seine Arbeit auch nur ein einziges Mal zu kommentieren.

Die Frage war nur, für wie dumm Carl ihn eigentlich hielt. In der Bibliothek lagerten zwei Kartons Bücher und jede Menge Plakate von Hanna Altweg. Darauf sprang ihre rote Mähne einem geradezu ins Gesicht.

Aber Björn ließ sich nicht so einfach kaltstellen, sein Ehrgeiz war erwacht. Es paßte ihm einfach nicht, daß er für Hanna Altweg nur Luft zu sein schien. Zum soundsovielten Mal rief er sich die Worte der Telefonistin ins Gedächtnis zurück. Nach ihrer Schilderung hatte die Begegnung mit Carl Bronnen, der sie fast über den Haufen gefahren hatte, an dem einzigen Zebrastreifen stattgefunden, den Bongsiel zu bieten hatte, und natürlich hatte er, Björn, sich dort mehr als gründlich umgesehen. Doch bislang ohne Ergebnis.

Plötzlich, als er gedankenverloren auf seinem Kugelschreiber herumkaute, fiel ihm ein, daß die Telefonistin auch das »Moby Dick« erwähnt hatte. Björn sprang von seinem Schreibtisch auf, er pfiff auf den Uhrzeiger, der noch immer nicht die volle Stunde anzeigte, und auf die beiden Gespräche mit dem Bezirksamt pfiff er auch. Er schwang sich erneut aufs Rad, ignorierte seinen knurrenden Magen und überlegte, während er kräftig in die Pedale trat, was er tun sollte, wenn er das Paar tatsächlich in flagranti erwischen würde.

Sollte er schnurstracks auf die beiden zugehen? Oder sie erst einmal heimlich beobachten, falls das im »Moby Dick« überhaupt möglich war? Bei der Vorstellung, sie in enger Umarmung oder gar küssend anzutreffen, geriet er so in Rage, daß er gar nicht bemerkte, wie ihm ein anderer Radfahrer entgegenkam. Auf der falschen Seite. In letzter Sekunde riß er geistesgegenwärtig den Lenker nach rechts, wich mit dem Kopf einem überhängenden Ast aus und hörte, wie etwas scheppernd zu Boden fiel. Vermutlich sein neues Katzenauge, das er erst vor ein paar Tagen angebracht hatte.

»Verdammt, können Sie nicht aufpassen!« Björn bückte sich, um das Katzenauge aufzuheben, und richtete sich verärgert wieder auf: »Ach, Sie sind's, Lisa!«

»Tut mir leid, tut mir ehrlich leid, ich hab' einfach nicht aufgepaßt.« Fast sanft glitt ihr Rad unter ihr weg, und sie rutschte einfach mitten auf die Fahrbahn und blieb dort liegen.

»Sie müssen aufstehen! Warten Sie, ich helfe Ihnen, Sie Ärmste!«

Energisch, als hätte ihr jemand einen Eimer kaltes Wasser über den Kopf geschüttet, richtete sie sich auf und kam auf die Füße, leicht schwankend, aber immerhin. Dabei war sie ihm eben noch mehr tot als lebendig erschienen.

»Sie kommen wohl gerade aus dem ›Moby Dick‹ … Es tut mir wirklich so leid für Sie. Das haben Sie wirklich nicht verdient, Lisa.«

»Was habe ich nicht verdient? Ich verstehe nicht, wovon Sie sprechen.«

»Hören Sie, Lisa, bei mir können Sie das Theater sein lassen, ich weiß genau, daß Sie aus dem ›Moby Dick‹ kommen und dort eine höchst unangenehme Entdeckung gemacht haben.«

»Ich komme von meinem Frauenarzt in Schüttsiel.«

»Und der hat Sie so geschafft, daß Sie sich auf die Straße legen müssen?«

»Er hat mir Blut abgenommen.« Lisa zeigte auf Armbeuge und Fingerkuppe, beide waren verpflastert. »Wegen des Babys«, fuhr sie fort, »da muß doch alles in Ordnung sein. Bis auf den Eisenmangel sind jetzt auch alle Werte im grünen Bereich, nur mein Blutdruck war vorhin viel zu hoch, aber das macht wahrscheinlich die Aufregung, denn sonst habe ich einen ganz niedrigen Blutdruck, ich bin auch schon öfter mal umgekippt.«

»Sie bekommen …? Aber …«

»Und am Sonntag heiraten wir, aber verraten Sie's keinem.« Finger vor die Lippen, die Augen fast unnatürlich geweitet, ihre nicht sehr üppige Brust hob und senkte sich beängstigend rasch, dann wandte sie sich wie in Trance ab und ging davon. Ihr Rad blieb mitten auf der Fahrbahn liegen.

Björn starrte ihr nach, wollte einfach nicht glauben, was er gehört hatte, ihre Worte hallten in seinem Kopf wider. Seine Augen hefteten sich auf die Gestalt, die sich immer weiter entfernte, Schritt vor Schritt setzte und nicht einmal zu bemerken schien, daß ihr Rock sich im Gürtel verfangen hatte und nun jeder ihre blassen Waden, die runden Kniekehlen und die kräftigen Schenkel bis zur Unterhose sehen konnte.

Carl tastete sich im Dunkeln zu der Stehlampe, knipste sie an und blieb zögernd vor dem bequemen Biedermeiersessel stehen, der ihm der liebste war und den Lisa längst als seinen Sessel bezeichnete. Ausgerechnet jetzt, wo er rechtmäßiger Mitbesitzer von allem war, was Lisa eingebracht hatte, widerstrebte es ihm, sich in das Polster fallen zu lassen und so lange zu lesen, bis er die nötige Bettschwere hatte.

Er schlief immer schlechter; wenn das so weiterging, war er bald ein körperliches Wrack. Er trat an den Vitrinenschrank, der alles vom Gedichtband bis zum Geschirr beherbergte, griff über die Buchrücken hinweg in die hintere Reihe, zog gezielt die Flasche Rotwein hervor, die schon halb leer war, dann suchte er sich in der anderen Schrankhälfte das Glas heraus, das noch aus seiner Junggesellenzeit stammte. Lisa hatte ihn ausgelacht, weil er es unbedingt behalten wollte. Es war kein böses Lachen gewesen, dennoch war es ihm ganz kurz so vorgekommen, als wollte sie sich mit dem Bleikristall ihrer Eltern wichtig machen. Sie hatte nachgegeben, das galt auch für viele andere kleine Unarten, für die er selbst keine rechte Begründung hätte nennen können.

Warum mußte er beispielsweise neuerdings mit seinem Schweizer Taschenmesser die Nägel säubern und jede Flasche entkorken und die Haut von der Salami abziehen oder den Käse entrinden, wenn es in diesem Haushalt doch längst für alles die passende Gerätschaft gab? Und etliches gab es seit der Hochzeit sogar doppelt und dreifach, die Leute schienen zu glauben, er hätte die letzten Jahrzehnte wie ein Höhlenmensch gelebt.

Er hatte ja gesagt. Er hatte die Braut geküßt. Er hatte dem Pastor den vorgeschriebenen Obolus und noch einen Hunderter extra in die Hand gedrückt. Er hatte dem Käpt'n und Pete ein Mittagessen spendiert und gequält gegrinst, als die beiden einen Witz nach dem anderen auf seine Kosten vom Stapel ließen. »Hast es aber verflixt eilig gehabt, Carl! Wolltest wohl nichts anbrennen lassen? Oder hast du etwa schon was angesetzt?« Er hatte Lisa über die Schwelle getragen und die Tür seines Inselhäuschens mit dem Absatz zugekickt in der Hoffnung, das wär's gewesen, aber das erwies sich als ein Irrtum.

»Und jetzt? Was machen wir jetzt?« hatte er an jenem Sonntag nachmittag gefragt. Es war noch früh gewesen, ihre Fähre legte erst ein paar Stunden später ab. Sie hatten vereinbart, trotz Trauung mit der letzten Fähre heimzufahren, um am Montag wie gewohnt ihrer Arbeit nachgehen zu können und in Bongsiel so wenig Aufsehen wie möglich zu erregen. Sie waren schließlich keine jungen Flitterwöchner mehr, es gab keine Hochzeitsreise und nicht einmal eine Hochzeitsnacht auf Amrum.

»Mach einen Vorschlag!« Lisa hatte ihn wieder so komisch angesehen, wie sie das neuerdings tat.

»Nun, wir könnten spazierengehen, frische Luft tanken, die schönsten Plätzchen kennst du ja noch gar nicht.« Er hatte immer schneller geredet und war endlich verstummt.

»Deine Freunde hier könnten es seltsam finden, wenn wir an unserem Hochzeitstag nur spazierengehen.«

Nun gut, er hatte begriffen, sie waren nicht hinaus in die Natur gegangen, sondern in die Bettkoje, die ihr Trauzeuge Pete von neunzig Zentimetern Breite auf einsvierzig erweitert hatte. Es war sehr hell im Zimmer gewesen und sehr leise, sein nackter Bauch hatte ihn an den aufgetriebenen Leib seines Patenonkels erinnert, der zu Lebzeiten eher mager gewesen war und sich erst nach seinem Tod wie ein Fesselballon aufgebläht hatte. Carl hatte es lustig gemeint, als er diesen Vergleich laut werden ließ, schließlich hatte er ja nicht Lisa mit dem aus der Form geratenen Toten verglichen. Sie hatte es trotzdem nicht zum Lachen gefunden, und obwohl er im nachhinein durchaus bereit war zuzugeben, daß seine Worte als Auftakt zum Liebesspiel eher mißglückt waren, gab er sich keineswegs die Schuld an den Tränen, die sie wenig später vergoß. Bis heute hatte er keine Ahnung, warum sie nach dem Vollzug der auf den Nachmittag vorgezogenen Hochzeitsnacht geweint hatte, und das war keineswegs die einzige Ungereimtheit.

Seit diesem Sonntag, der nun acht Tage zurücklag, ließ Lisa keine Gelegenheit aus, um mit ihm zu schlafen. Sie, die sonst nie ohne ihr Nachthemd ins Bett kam, empfing ihn nun Abend für Abend nackt, trotzdem kam es ihm keineswegs so vor, als ob die pure Leidenschaft ihre alte Zurückhaltung verdrängt hätte. Niemand änderte seine Libido bloß wegen eines Ringwechsels, außerdem gab es genug Hinweise dafür, daß etwas anderes als wilde Gelüste ihr Tun bestimmte.

Beim Akt etwa schloß sie zwar nach wie vor die Augen, doch ihr Mienenspiel blieb nun seltsam starr. Dabei liebte er es gerade, ihr Gesicht langsam aufbrechen zu sehen. Das Zucken der Lider, feuchte Schweißperlen auf dem hellen Flaum an ihren Schläfen, die geöffneten Lippen und dann die fast ruckartige Bewegung, mit der sie ihren Kopf gegen seine Schultern zu pressen und so den Schrei zu dämpfen pflegte, der ihm bewies, daß er seine Sache auch für sie gut gemacht hatte. Vorbei, auch das war vorbei. Man könnte annehmen, sie folgte einer geheimen Regieanweisung, die sie anwies, ihm ihr Becken brav zum passenden Zeitpunkt entgegenzustemmen und mit beiden Beinen seine Hüften zu umschlingen und ihn erst wieder loszulassen, wenn sein Glied so geschrumpft war, daß er von selbst aus ihr hinausglitt. Es machte ihn auch nicht glücklicher, daß sie nun nicht mehr sofort ins Bad huschte. Er hatte sich tatsächlich schon gefragt, ob sie vielleicht glaubte, ihm als Ehefrau jeden Abend eine Nummer in der klassischen Missionarsstellung schuldig zu sein.

Diesen Zahn hatte sie ihm nun ebenfalls gezogen. Ohne Betäubung, das war am Freitag abend gewesen. Sie waren gleich vom Rathaus, wo er seit einer Woche die alte Bibliothek ausmistete und zugleich Zuflucht vor weiteren Gratulationssprüchen – nur davor? – suchte, nach Amrum übergesetzt, er war rechtschaffen erledigt gewesen und keineswegs auf eine Wiederholung des allabendlichen Spektakels erpicht. Deshalb hatte er Lisa, als sie sich auszuziehen begann, in betont scherzhaftem Ton darauf hingewiesen, daß er wirklich keine Strichliste über die monatlich erbrachten Liebesopfer führte. Er hatte dieses Wort »Liebesopfer« mit Bedacht gewählt.

»Aber ich führe Buch.«

Ihre trockene Bemerkung hatte ihn beinahe umgeworfen. »Du führst was?«

»Ich dachte, wir wollten ein Kind haben, oder gilt das auch nicht mehr?«

»Macht man Kinder neuerdings mit dem Rechenschieber?«

»Mein Frauenarzt hat mir geraten, alles genau zu notieren und die Tage sieben bis neunzehn vom ersten Tag der letzten Periode an gerechnet zu nutzen, weil sie am aussichtsreichsten sind. Und zur Stärkung der Gelbkörperhormone in der zweiten Phase, die bei mir zu kurz ist, hat er mir ein entsprechendes Präparat verschrieben.«

»Und die Stellung hat er dir auch verschrieben?« Es hatte ein Witz sein sollen.

»Er hat sie empfohlen.« Und ohne den Tonfall zu ändern: »Du solltest das Licht ausmachen, gleich ist alles voller Mücken.«

»Ich liebe Mücken, die brechen mir wenigstens nicht das Kreuz, was man von deiner Beinschere nicht behaupten kann. Hat dein Doktor die auch angeordnet?«

»Es ist wichtig, nach jedem Verkehr noch ein paar Minuten in Rückenlage liegenzubleiben, am besten mit angehobenem Becken, du verstehst?«

Und wie er verstanden hatte. Plötzlich waren in seinem Kopf sämtliche Lichter angegangen.

»Dann haben wir's ja für diesen Monat fast geschafft«, hatte er erwidert und ihr bewiesen, daß er mitgerechnet hatte. »Bringen wir das letzte Kreuzchen hinter uns, dann können wir endlich schlafen und morgen und übermorgen die Insel genießen.«

Lisa war schon bis auf Büstenhalter und Slip nackt gewesen. Bei seinen Worten hatte sie stumm nach ihren Kleidern über dem Bettende gegriffen, die Bluse war ihr entglitten, sie war achtlos darüber gestiefelt und eine Ewigkeit in dem winzigen Badezimmer geblieben, das demnächst durch ein sehr viel größeres mit fließend warmem und kaltem Wasser im Obergeschoß ersetzt wurde.

»Deine Bluse.« Als es ihm zu bunt geworden war, hatte er mit der Bluse in der Hand gegen die Tür geklopft, außerdem mußte er mal.

»Danke.« Ihre Stimme klang erstickt.

»Nun mach schon auf!«

Keine Reaktion.

»Heulst du etwa, weil dir jetzt die letzte Nummer auf deiner Strichliste fehlt? Komm raus, dann holen wir's nach, du sollst nicht sagen können, ich wäre ein schlechter Ehemann.« Hundsgemeine Worte, das mußte er zugeben, weit unter seinem Niveau, aber diese Tabelle hatte ihn einfach umgehauen, er war sich wie ein Zuchtbulle vorgekommen.

Seit Freitagabend ließ ihn der Gedanke nicht mehr los, als Samenspender mißbraucht zu werden. Zwar waren sie gestern und auch heute noch wie gewohnt stundenlang mit nackten Füßen über den feinkörnigen Sand gelaufen, hatten Seite an Seite hinaus auf das unendlich weite Meer gesehen und sich fast gleichzeitig nach einer aus dem Schlick ragenden, unversehrten Herzmuschel gebückt. Sie hatten einstimmig diesen und jenen Gruß erwidert und am Hafen beim Käpt'n Station gemacht, doch geholfen hatte das auch nichts. Ein paarmal schien es so, als ob Lisa Anstalten machen wollte zu reden, und er hatte ebenfalls ein paar stumme Anläufe versucht, herausgekommen war dabei jedoch nichts. Sie hatte ihn zu tief getroffen, und was das schlimmste für ihn war, sie hatte es mit kaltem Herzen getan, eine andere Erklärung gab es nicht. Dabei hatte er geglaubt, Lisa sei das selbstloseste und empfindsamste Geschöpf unter der Sonne, und nun stellte sich heraus, daß sie ihn benutzt hatte und nicht einmal soviel Anstand besaß, einen Hehl daraus zu machen.

Hatte er dafür alles andere in den Sand gesetzt?

Das »alles« hatte einen Namen. Hanna, er hätte sie haben können, aber er hatte sich für Lisa entschieden. Für Lisa, die großzügig über seine kleinen Macken hinwegsah, wenn er ihr nur pünktlich den Stier machte. Er hatte das Gefühl, sich nie mehr zu ihr ins Bett legen zu können, ohne an die Kreuzchen auf ihrer Liste zu denken. War das noch seine Lisa? So süß, so verletzlich, so unglaublich weich und anschmiegsam …

»Prost, Zuchtbulle!« Carl griff nach der Weinflasche vor sich, ignorierte das Glas und setzte den Flaschenrand direkt an die Lippen. Wer im Bett so unverblümt zur Kasse gebeten wurde wie er, der brauchte auch nicht mehr mit guten Manieren aufzuwarten.

Hanna wartete vergeblich auf Carl. Er ließ sich weder im »Moby Dick« noch an seiner Arbeitsstelle sehen. Im Büro meldete sich immer nur Björn, und dann legte sie ebenso rasch auf, wie wenn Lisa in seiner Wohnung abnahm. Hanna war am Ende mit ihrem Latein, sagte sich, daß sie schleunigst ihren Koffer packen und die letzten Wochen als Verlustgeschäft abhaken sollte, aber sie tat es nicht. Sie blieb und erfand alle möglichen Gründe für ihr Bleiben. Einer davon war, daß sie Carl zwingen wollte, ihr offen ins Gesicht zu sagen, warum er sie plötzlich wie die Pest mied. Das war gegen die Abmachung. Sie hatten eine Abmachung …

Am achten Tag hielt Hanna das Warten nicht länger aus.

»Woher weißt du …?«

»Steig ein!«

»Das geht nicht, ich habe mein Rad dabei, ich komme immer mit dem Rad. Man würde sich wundern und tratschen, und im Moment treibt der Tratsch besonders üppige Blüten.« Carl überlegte, ob sie schon Bescheid wußte. War sie deshalb so zornig auf ihn? Ihre Augen sprühten wütende Blitze, es war gefährlich, in dieses Feuerwerk zu geraten.

»Hast du dich deshalb hier im Rathaus verkrochen? Aus Angst vor dem Tratsch? Glaubst du, man hätte die Tratschsucht speziell für dich erfunden?«

»Du hast ja keine Ahnung …«

»Gut, erzähl's mir! Klär mich auf! In meinem Motel, in der Spelunke vermutet dich keiner. Zimmer dreizehn, ich hoffe, du bist nicht abergläubisch. Wenn du in einer Viertelstunde nicht da bist, benutze ich die Vordertür.«

Der Parkplatz war eine Baustelle, allerdings keine neue, denn überall stand Brackwasser, es roch auch übel. Carl lenkte sein Rad um einen Scherbenhaufen herum und spürte, wie seine Schuhe immer schwerer wurden, dicke Lehmklumpen pappten an den Absätzen. Ob er besser kehrtmachen sollte? Noch konnte er das, noch hatte ihn niemand gesehen. Wenn er weiterging, war es zu spät, soviel war ihm klar. Patsch, diesmal war er bis über den Knöchel eingesunken, und sein hellgrauer Socken färbte sich dunkel. Die Socken paßten zu der Hose und dem Hemd, er sah an sich hinab, fragte sich, ob es ein Zufall war, daß er heute genau jene Kleider anhatte, die er bei der Höllenfahrt trug, mit der alles begonnen hatte.

Er lehnte sein Rad gegen die Mauer, betrat das Gebäude und ging zielstrebig am Empfang vorbei. Was für ein hochtrabendes Wort für diesen Holztresen und den dösenden Alten dahinter, der meilenweit nach billigem Fusel stank! Er ging auf die Treppe zu, nahm zwei Stufen auf einmal, was er schon ewig nicht mehr getan hatte. Sein Puls jagte, als er vor der Nummer dreizehn ankam, dort wie angewurzelt stand, sich das Haar zurückstrich und sich fragte, was sie an einem Mann fand, dessen Geheimratsecken bereits in fortgeschrittenem Stadium waren. Dann gab er sich einen Ruck und klopfte.

»Komm rein!«

Das Linoleum war scheußlich, türkis und weiß marmoriert, das Weiß wirkte schmuddelig, als ob hier schon längere Zeit keiner mehr ordentlich gewischt hätte. Dennoch war dieser Dreck nichts gegen das, was bei ihm selbst unter den Schuhsohlen klebte, die Brocken lösten sich aus seinen Profilsohlen, und sie lachte. Lachte sie ihn aus? Hatte sie ihn nur hierher beordert, um ihm zu zeigen, daß sie ihn für eine Witzfigur hielt?

»Hör auf! Hör sofort auf damit, oder …«

»Oder was?« Sie lachte nicht mehr, tat einen und noch einen Schritt auf ihn zu, insgesamt waren es fünf Schritte, die er mitzählte, mehr brauchte es nicht, um das Zimmer zu durchqueren. Eins-zwei-drei … Es war unglaublich, wieviel Zeit zwischen zwei Zahlen lag.

Sie hatte zuvor auf einem Stuhl am Fenster gesessen, dem einzigen Möbelstück außer dem schmalen Bett an der Wand, dem seine Augen beharrlich auszuweichen suchten. Das Bettzeug sah ebenfalls schmuddelig aus, vielleicht war es aber auch nur falsch gewaschen worden, seine Augen rutschten hilflos von den näher wippenden Brüsten – sie hatte einfach unglaubliche Brüste – zurück zu der Matratze, die in der Mitte durchhing. Wie mochte sie erst durchhängen, wenn zwei darauf lagen? Nicht nur lagen, sich bewegten, immer heftiger, auf und ab …

Er schluckte. Er wußte, daß er aufhören mußte, zwang seine Augen, höher zu gleiten, wo es unverfänglich wurde. Was war schon aufregend an einem Mund, einer Nase, zwei Augen? Punkt-Punkt-Komma-Strich, fertig ist das Mondgesicht! Ein Strich nur? Wie gebannt starrte er auf ihre Lippen, die noch immer leicht geöffnet waren. Zitterlippen, feucht glänzend wie ihre Nase mit den unzähligen winzigen Sommersprossen. Ihre Augen waren weit geöffnet, blickten schlagartig ernst, jetzt wurde es ernst, alles in ihm zog sich zusammen.

»Oder was?« fragte sie noch einmal, er las die Worte mehr von ihren Lippen, als daß er sie hörte.

»Oder ich küsse dich«, sagte er rauh.

»Dann küß mich.«

»Wirklich?«

»Wirklich.« Sehr sanft, kein bißchen dreist, der Duft von Zitrone und Zimt umhüllte ihn, weckte alte Sehnsüchte. Ihr Körper schmiegte sich an ihn, ihre Augen waren ihm nun sehr nah und sagten ihm, wie wohl er ihr tat.

Er hatte nicht geglaubt, daß er einer Frau noch solche Schreie entlocken könnte.

Er hatte nicht geglaubt, daß er noch einmal vergessen könnte, wo rechts und links, oben und unten war.

Er hatte vergessen, was er sich geschworen hatte, was er auch Lisa im stillen geschworen hatte.

»Das e ist noch immer nicht repariert.«

»Wie?« Carl schoß hoch, das Bettgestell knarrte, die jämmerliche Federung quietschte, das Federkissen lag nun auf der Erde, irgendwo darunter mußten seine Kleider liegen, seine und ihre.

Was für ein e? Über ihnen blinkte eine Neonschrift, sie hatten beide vergessen, das Schnapprollo hinunterzulassen. Ein unangenehm fahles Licht, das den Drillich der Matratze – der ihn an das Jugendlager erinnerte, in das seine Eltern ihn jeden Sommer geschickt hatten – unter dem fadenscheinigen Laken durchschimmern ließ. Ihrer Haut konnte das Licht jedoch nichts anhaben, sogar bei dieser Beleuchtung war sie makellos bis auf jene Stellen, die zarte Röte flämmte. Es waren seine Spuren, er sah viel rosiges Rot, fühlte Triumph in sich aufwallen, wollte sie erneut umschlingen und in ihren Körper abtauchen, doch das Neonlicht hielt ihn zurück.

Das e ist noch immer nicht repariert …

Carl zwang seine Augen zurück auf die Leuchtschrift, die bis auf den Buchstaben e strahlte. Draußen war es schon dunkel geworden. Er hatte Zeit und Raum vergessen, doch nun kehrte er in seine Wirklichkeit zurück.

Aber ich führe Buch …

Er glaubte, Lisa erneut nackt unter dem Laken zu sehen, das blütenweiß und steif von der Stärke war, die sie beim Bügeln benutzte. Sie bügelte sehr akkurat. Alles, was sie tat, war sehr akkurat, das galt auch für die Tabelle, die sie führte. Kreuzchen für Kreuzchen. Tag für Tag. Sauber abgehakt, sauber die Beine angewinkelt, sauber und schmutzig zugleich.

»Ich …«, er stockte. Wie, verdammt, sollte er Hanna erklären, daß er sie jetzt verlassen mußte, obwohl alles in ihm danach schrie, bei ihr zu bleiben?

»Du mußt los, wie?« Warm an seinem Körper, wohlig und mit einem winzigen Tremolo in der Stimme, auch leicht schläfrig.

»Ja, aber ich komme wieder. Darf ich wiederkommen?«

»Wenn du darfst. Darfst du?«

»Ich will.«

»Dann komm.«

Als Hanna aufwachte, war die Neonschrift erloschen. Die Sonne schien auf das Mauerwerk schräg gegenüber und legte gnadenlos die Rostflecken auf dem Gestänge des Baugerüsts bloß. Ihre Hand tastete nach der Matratze neben sich. Leer, natürlich, sie hatte doch beobachtet, wie Carl sich im gespenstischen Neonlicht angezogen hatte, verlegen und hastig zugleich, auf Zehenspitzen zu ihr ans Bett getappt war, sich vorgebeugt und »Schlaf noch was!« gemurmelt hatte.

Diesmal war sein Kuß nur ein Hauch gewesen, hatte sanft ihre Stirn gestreift, dann die Lider, zuletzt den Rand der Oberlippe, trotzdem spürte sie ihn noch immer, ebenso wie die Beklommenheit, die sich in ihr breitgemacht hatte, als sie seinen Schritten nachhorchte.

Sie hatte ihn im Geiste sehen können, wie er sich im Morgengrauen durch das muffige Treppenhaus bewegte, vorbei an dem Tresen, hinter dem der Besitzer gemeinhin seinen Rausch ausschlief, bis seine Frau ihn wachrüttelte, damit er für die wenigen Gäste frische Brötchen einkaufte. Manchmal brüllte er sie dann an, was sie sich überhaupt einbildete, dann folgte unweigerlich die Schilderung seines Erfolgs als Hotelier, den es nie gab und nie geben würde, es sei denn im Vollrausch. Wenn Carl Glück gehabt hatte, war er noch an dem Geschwätz vorbeigekommen, aber dafür hatte ihn später ungleich Schlimmeres erwartet. Ihre Schwester gehörte bestimmt nicht zu den Frauen, die seelenruhig einschlummerten, wenn die Betthälfte neben ihnen kalt blieb.

Was mochte er Lisa aufgetischt haben?

Der Gedanke, daß sie selbst nur eine »Panne«, ein »Besäufnis mit einem alten Schulfreund« oder etwas dergleichen sein sollte, tat ihr weh. Sie war mehr für ihn, sie war ihm unter die Haut gegangen, er hatte gebrannt, lichterloh. Und sie? Ihre Finger streiften über einen Arm, eine Brust, Rippen und Bauch, einen Schenkel und noch einen, dazwischen versteckt Schamlippen – lauter Worte, die man im Anatomiebuch nachlesen konnte, die man schon den Kleinen vorsagte, die mit allerlei nützlichen Funktionen belegt waren: greifen, nähren, atmen, verdauen, gehen, Wasser lassen, Liebe machen. Nein, so stand es in keinem Anatomiebuch, Liebe war kein Fall für die Wissenschaft. Liebe, was war schon Liebe? Es gab keine Liebe. Liebe war so nützlich wie dieses verdammte e in der Leuchtschrift, man wußte auch so, daß es »Motel« hieß. Dennoch sah man es immer wieder an und hoffte, daß ein Wunder geschähe und die defekte Neonröhre ausgewechselt würde.

Was für ein Blödsinn!

Sie pfiff auf alle Buchstaben und Schnapsleichen dieser Welt. Und Carl? Pfiff sie auch auf Carl? Nun, wo sie ihn gehabt hatte, könnte sie das tun. Sie kniff die Augen zusammen, doch daran war diesmal nicht die Neonschrift schuld, die sie blendete. Auch nicht die Sonne.

Darf ich wiederkommen?

Ja, bitte.

Hanna war nicht fix genug, es piepste unter dem Bettzeug am Boden, und als sie endlich ihre Kleider darunter hervorgezogen hatte und ihr Mobiltelefon in der Hand hielt, teilte die Digitalanzeige ihr lediglich mit, daß jemand eine Nachricht für sie hinterlassen hatte. Sie kannte die Nummer. Es war erst acht Uhr, ob Lisa schon aus dem Haus war? Sie mußte fort sein, sonst würde er diesen Anruf nicht riskieren. Er hatte es sehr eilig, sie anzurufen. Und das, obwohl seine Heimkehr kein Zuckerschlecken gewesen sein dürfte. Hannas Herz begann schneller zu schlagen, als ob sie dabeigewesen wäre, als er die Wohnungstür aufschloß und sich Lisa gegenüber sah und nichts leugnete: »Gut«, hörte sie ihn sagen, »ich war bei Hanna, deiner Schwester, und ich werde sie wiedersehen …«

Die Tasten waren winzig, normalerweise kam Hanna problemlos damit klar, nur diesmal spielten sie verrückt, hin und her, endlich hatte sie sich zu der Mitteilung durchgearbeitet.

PIEPS. »Ich möchte, daß du spätestens um neun bei mir bist.« Ein Satz, klar und deutlich gesprochen, kühl, als hätte die Sprecherin keine wüste Szene hinter sich. Kein Name, doch Hanna brauchte keinen Namen, um zu wissen, wer da sprach. Neun Uhr, sie mußte sich duschen, anziehen, ins Auto steigen, sich überlegen … alles genau überlegen, aber sie hatte keine Zeit zum Überlegen, die Zeit reichte nicht einmal aus, um Carl zu informieren. Es war ein Ultimatum, daran hatte Lisas Tonfall keinen Zweifel gelassen. Nie zuvor hatte Hanna ihre Schwester so bestimmt gehört.

Weiße Hose, schwarzes Top, darüber ein weißer Blazer, sie war schick, die Blicke, die ihr auf der Straße folgten, bewiesen es. Sie war auch blaß, das zeigte ihr der Rückspiegel.

Nur ihre Kinnspitze war rot, sie wußte wovon. Obwohl Carls Haare sich schon lichteten, war sein Bartwuchs kräftig, die Stoppeln hatten sie aufgeschabt und eine rote Spur bis hinab zu ihren Zehen hinterlassen, er hatte nichts vergessen, hatte sie von Kopf bis Fuß geliebt. Beim Anblick von Lisa, die ihr die Tür öffnete, überkam Hanna ganz kurz der Wunsch, sich ihre schicken Klamotten vom Leib zu reißen und ihr die Beweise zu zeigen: Sieh her! Sieh gefälligst her! So liebt mich dein Carl!

»Du kommst besser rein.« Lisa drehte sich um, notgedrungen folgte Hanna ihr in die winzige Diele. Der Hintern ihrer Schwester war noch immer zu breit und ihr Gang noch schwerfälliger als sonst, fast schon ein Watscheln, daran mochten auch diese unmöglichen Sandalen schuld sein. Breit, bequem, orthopädisch geformt. Welcher Mann begehrte schon eine Frau in solchen Latschen?

»Du bist seit dem elften Mai in Bongsiel. Kannst du mir sagen, warum?«

»Woher willst du das wissen?« Hatte Carl es ihr gesagt? Wenn das so war, wenn das wirklich so war, würde sie es nicht abstreiten. Doch warum war Lisa, wenn sie alles wußte, so beherrscht, fast schon gelassen? Nicht einmal ihre Stimme kiekste. Dieses Kieksen wäre ein untrügliches Zeichen dafür, daß es in ihr brodelte, auch das war etwas, was sie mit ihrer Mutter teilte: Wenn die beiden aufgeregt waren, drangen ihre Stimmen in eine Tonlage vor, die für jeden Zuhörer eine Tortur war. Jetzt aber fügte Lisa ruhig Silbe an Silbe und erzeugte ein Bild von Gelassenheit, die schon an Überlegenheit grenzte.

»Es spielt keine Rolle, woher ich das weiß«, sagte sie knapp und versperrte Hanna den Zugang zum Wohnzimmer.

»Was spielt dann eine Rolle? Was willst du von mir? Wie

kommst du überhaupt dazu, mich einfach hierher zu bestellen, als ob ich eine x-beliebige Rotznase wäre?«

Der Blick, der Hanna streifte, ließ keinen Zweifel daran, daß Lisa sie weit unter jeder Rotznase einordnete. Selbstherrlich, als ob kein Schatten auf ihrer reinen Seele lastete. Legte sie es darauf an, das Gespenst aus dem Keller zu holen? War ihr nie der Gedanke gekommen, ihre kleine Schwester Hanna könnte damals mehr mitbekommen haben, als ihr lieb sein durfte? Wußte sie nicht, wie hellhörig Kinderohren waren?

»Was willst du von mir?« fragte Hanna laut.

»Daß du aus Bongsiel und aus meinem Leben verschwindest und dich nie mehr bei uns blicken läßt. Du wirst meine Ehe nicht zerstören.«

»Ehe? Du lügst!« Noch ehe Lisa ihr die Urkunde hinhielt, auf der es schwarz auf weiß stand, wußte Hanna: sie sprach die Wahrheit. Und Carl? Was hatte er getan? Hanna drehte sich um und ging.

Die Jagd geht weiter

Reetgedeckte Häuser mit Backengiebeln, Sprossenfenstern und so niedrigen Türen, daß Hanna beim bloßen Gedanken daran, in eines dieser Häuser eintreten zu sollen, den Kopf einzog. Eine überflüssige Sorge! Niemand hatte sie aufgefordert, über die Schwelle des vorletzten Hauses in dieser Straße von Nebel – so hieß der zweitälteste Ort auf Amrum – zu treten und an der Nachfeier teilzunehmen, die ihre Schwester und deren Mann heute im engsten Familienkreis ausrichteten. Theoretisch gehörte sie, Hanna, dazu, doch sie war nicht eingeladen worden, und wenn ihr Sohn Paul sich nicht verplappert hätte, so wüßte sie nicht einmal, was dieses Wochenende von den vorangegangenen Wochenenden, die sie allein im »Motel« zugebracht hatte, unterschied.

In der Woche war sie nicht allein gewesen, und jeden Freitag, pünktlich zum Abschied, hatte die Frage gelautet: »Wirst du noch dasein, wenn ich am Montag zurückkomme?« Jedesmal hatte sie nur mit einem Schulterzucken geantwortet, aber stets war Hanna zur Stelle gewesen, wenn Carl in die nächste Woche startete und sich während der Arbeitszeit heimlich zu ihr stahl.

Wieder fünf Tage bis zum nächsten »Bist du noch da, wenn …?«

Mal schlich er sich morgens eine halbe Stunde aus seinem Büro fort zu ihr, dann wieder fand er zwischen zwei Terminen Zeit für einen Kuß, eine Umarmung. Mittags kam er gar nicht mehr, weil das zu riskant geworden war. Gestohlenes Glück, ein paar läppische Minuten lang, selten länger als eine Stunde und stets in vier Wänden, die Hanna an eine Gefängniszelle denken ließen. Dieses Zimmer war ein Gefängnis, in dem sie ausharrte, obwohl ihre Schwester sie jede Nacht heimsuchte.

Verschwinde!

Immer derselbe Befehl, der das Dunkel mit Gespenstern füllte und Hanna senkrecht im Bett hochschießen ließ, bis die blinkende Neonschrift zu ihr durchdrang und ihr bewies, daß sie nicht nachgegeben hatte.

Noch nicht.

Und nun stand sie hier auf ihrem Beobachtungsposten in einem Ort namens Nebel und fragte sich, ob es nicht besser gewesen wäre, wenn sie Paul tags zuvor nicht in die Mangel genommen hätte. Sie hatte ihren Sohn keine Autostunde von Bongsiel entfernt getroffen. Heimlich.

Hanna sah auf ihre Armbanduhr: gleich zwölf. Schräg gegenüber die Büsche, die zu dem Inselhaus mit dem grün gestrichenen Lattenzaun gehörten – grün, nicht blau, Lisas Blaufimmel hatte sich noch nicht überall durchgesetzt. Die Pforte war zusätzlich mit Maschendraht bespannt und ging jetzt auf und zu. Bei den Altwegs war man pünktlich, das schien auch für die anderen Gäste zu gelten, die mit fünf Kindern und noch mehr Geschenken vom Ortskern anrückten. Ein Paket war so groß, daß der Mann mit der Kapitänsmütze und der andere mit dem kleinsten der fünf Kinder am Hosenbein es zu zweit tragen mußten. Hanna sahen sie zum Glück nicht.

Bei ihrem Beobachtungsposten begann das Naturschutzgebiet. Eine Schautafel, die über Salzmieren, Wattwürmer, Wellhornschecken, Platt- und Bohrmuscheln und andere Absonderlichkeiten des Watts informierte, war ihr Schutzschild. »Zutritt verboten!« stand zuunterst geschrieben, was ihr die Gewißheit gab, daß sie von hinten nicht überrascht werden konnte. Hanna vermochte in dem gegenüberliegenden Garten nur zu sehen, was höher als das Buschwerk ringsum war. Den Mittelpunkt bildete ein Sonnenschirm, unter dem sich die Erwachsenen nun gruppierten. Beim Anblick von Carl wurde ihr heiß und kalt.

Ob er ahnte, daß sie in seiner Nähe war?

Ein paarmal sah er in ihre Richtung, dann trat Hanna jedesmal rasch hinter die Schautafel zurück. Nun zupfte ihn Lisa am Ärmel, offenbar wollte sie seine Aufmerksamkeit auf eines der Mitbringsel lenken. Lisas Stimme überschlug sich förmlich, auch die Mutter führte sich plötzlich auf, als ob dort jemand Kronjuwelen überreicht hätte. Ohne weiter an das Risiko zu denken, das sie einging, tat Hanna drei Schritte vorwärts.

Ihre Mutter hielt beide Hände vor der Brust verschränkt. Vor Freude über etwas, was Hanna noch immer nicht identifizieren konnte. Ihre Stimme klang schrill – lauter unverständliches Zeug –, und im nächsten Moment sah Hanna, daß ihre Mutter vorschnellte und Lisa an sich drückte, sie schien sie gar nicht mehr loslassen zu wollen. Hanna konnte sich nicht erinnern, ihre Mutter jemals so überströmend vor Zärtlichkeit erlebt zu haben, nicht einmal, als sie noch klein waren, hatte sie ihre Töchter gerne liebkost. Erst recht nicht in aller Öffentlichkeit. Ein Streicheln über den Kopf und ein liebevoll ordnender Griff am Schlipsknoten des Vaters, das war auch schon alles an körperlicher Zuwendung, an das Hanna sich erinnern konnte. Jetzt allerdings konnte ihre Mutter offensichtlich gar nicht genug davon bekommen, Lisa abwechselnd an sich zu pressen und wieder von sich wegzuschieben und sie zu mustern, als ob sich zwischenzeitlich ein Weltwunder an ihr vollzogen hätte.

Was eindeutig nicht der Fall ist, dachte Hanna und fragte sich erneut, wie jemand so völlig unsensibel für das sein konnte, was ihm stand oder – wie in diesem Fall – nicht stand. Das blaue Sommerkleid mit dem Matrosenkragen und der hochgesetzten Taille über dem Kräuselrock paßte vielleicht zu einer gertenschlanken, jüngeren Person, wogegen es an Lisas eher kräftiger Figur wie eine plumpe Verkleidung wirkte. Es war Lisa anscheinend nicht bewußt, denn sie erwiderte das strahlende Lachen und nickte mehrmals wie zur Bestätigung einer Frage, die Hanna nicht hatte verstehen können. Das Tohuwabohu steigerte sich noch, als die Kleinen um die Großen herum zu hüpfen begannen, nun sprachen alle durcheinander, doch Hanna verstand nur einzelne Wortfetzen: »Meisterstück … hoffentlich groß genug … heutzutage … dasselbe Holz wie eure Bettkoje.«

Bei dem letzten Wort suchten Hannas Augen Carl, der halb von ihrer Schwester verdeckt wurde. Er bewegte sich, stieß gegen den Sonnenschirm in seinem Rücken, blieb stehen, nickte nun auch, allerdings sah es für Hanna so aus, als ob er sich dieses Nicken abringen müßte.

Oder bildete sie sich das nur ein?

Als nächstes knallte ein Sektkorken, Gläser wurden gefüllt und gehoben, die Fröhlichkeit bordete über.

Hanna lief los. Vorbei an dem Schild »Durchgang verboten!«, durch schmatzenden Schlick und über gerippelten, mageren Sand, an Muschelbänken und Krebsen vorbei, bis sich ihr energisch ein Fremder in den Weg stellte: »Wohl lebensmüde, wie? Schon mal was von Flut gehört?«

In der Nacht träumte Hanna von Wasser, von viel Wasser, aber es kam nicht aus dem Meer und war kochend heiß. Das Wasser, das sie früher in ihrem Elternhaus zum Duschen und Baden benutzten, kam aus einem großen

Boiler und war so heiß gewesen, daß man damit sogar den Tee aufbrühen oder Pulverkaffee auflösen konnte. *Paß auf Hanna, daß du dich nicht verbrennst!* Einmal war sogar das Badethermometer geplatzt, als Hanna es ins heiße Wasser warf, damals war sie erst fünf.

Sie war auch fünf, als das brühheiße Wasser endlich sein Opfer fand. *Nein, tu das nicht, n-e-i-n-n-n …!*

Und sie hatte zugesehen und sich nicht gerührt, kein Sterbenswörtchen verraten, sie war zitternd zurück in ihr Bett geschlüpft und hatte sich die Decke über die Ohren gezogen und so getan, als ob sie tief und fest schliefe, als die Mörderin sich zurück in das Bett schlich, das keine zwei Meter weit weg von Hannas Bett stand. Zwei Schwestern, die sich das Bettzeug über die Ohren zogen und morgens mitgeteilt bekamen, daß der Opa in der Nacht einen Unfall gehabt hätte und nun mehr tot als lebendig im Krankenhaus läge.

Es wäre besser, wenn der Herrgott ihn erlöste, hieß es, doch den Gefallen tat Hannas Großvater ihnen nicht. Er war zäh, er hielt noch viele Jahre lang aus. Eine Hülle, ohne jeden klaren Gedanken und Lichtjahre entfernt von Heldentaten, guten und bösen. Es spielte keine Rolle mehr, diesmal hatte es ihn erwischt.

Es war von Verbrennungen dritten Grades die Rede gewesen, von einem künstlichen Darmausgang und Hauttransplantationen und davon, daß etwas nicht zu retten gewesen war. Was? Hatten sie ihm dieses braune Etwas, das mal ganz schlapp und dann plötzlich sehr groß, bedrohlich groß war, amputiert? Hanna hatte nachgefragt, was das hieß, »amputieren«. Sie hatte den Schulzahnarzt gefragt, der einmal im Jahr aus Bielefeld kam, und der hatte ihr erklärt, daß es im Grunde nichts anderes bedeutete als »abschneiden«.

Grausliche Bilder waren durch Hannas Kopf gegeistert; sie hatte sie tief in sich begraben, zusammen mit Erinnerungen an den bösen Opa, den es auch gab, der kein Held war, der so oft mit Lisa im Bad verschwand. Immer wieder, bis zu dem Abend, als der Duschschlauch sich auf ihn richtete, genau dorthin. Nicht von alleine, ganz gewiß nicht, durch den Türspalt hatte Hanna nur die Hand mit dem Schlauch und am Boden den geblümten Steppbademantel gesehen. Der gelähmte Mann in der glitschigen Wanne hatte geschrien wie ein Tier und nach dem Schlauch geschlagen, das Wasser war bis zu Hanna hin gespritzt, dann hatte eine Hand sich auf den Mund gelegt, der so wunderbar mit Worten zu jonglieren verstand, sofern der Großvater nicht getrunken hatte.

Gegen die Schmerzen hilft sonst nichts, hatte er gesagt und seinen kleinen Liebling losgeschickt, um die Flasche Cognac aus Vaters Likörschrank zu holen – Cognac war ihm am liebsten. Er war wieder betrunken gewesen in jener Nacht, er hatte die ganze Flasche geleert, und Hanna hatte sich schon überlegt, wie sie das Verschwinden einer vollen Flasche erklären sollte. Sie mußte nichts erklären, nie mehr. Ebensowenig wie Lisa erklären mußte, warum ihr Bademantel dort auf den türkisgrünen Fliesen lag. Der Bademantel und das Höschen. Es war rot gewesen, seit kurzem war es jeden Monat einmal rot, dann wurde der Zwickel ausgestopft, und das Rot versickerte in Watte und wurde braun. In jener Nacht war der Schlüpfer nicht sehr rot, eher so, als ob jemand mit Nasenbluten den Kopf darüber ausgeschüttelt hätte.

In dieser Nacht träumte Hanna, daß Lisa ihr nicht nur den Großvater wegnahm, den sie liebte, der ihr einziger Verbündeter gewesen war, sondern zugleich Carl. Zwei Männer, die bisweilen gotteslästerlich fluchten und gern einen tranken und echte Abenteurer waren, bis es sie kalt erwischte. Aus ein und derselben Hand. Scheinheilige Hand einer Frömmlerin.

»Nein, nicht Carl!«

Hanna wachte von ihrem Schrei auf.

Das e leuchtete wieder. Hanna fragte sich, ob dies ein gutes Zeichen war. Ein Signal dafür, daß noch nicht alles zu spät war. Zu spät wofür? Noch einmal ließ sie Revue passieren, was seit gestern passiert war. Da gab es die Familienfeier, dann ihren Irrlauf durch schmatzenden Schlick, die Frage »Wohl lebensmüde, wie?« und einen Traum, der Altes und Neues vermischte. Ein Alptraum. Nie zuvor waren die Bilder so nah und doch so fern gewesen, als ob die Berührung mit dem Hier und Heute die alten Gespenster ihrer Kraft beraubt hätte.

Was war mit Carl? Er hatte sich gestern in den Schoß der Familie aufnehmen lassen, die ihn so rasch nicht mehr loslassen würde, und es war nicht einmal gesagt, daß er das überhaupt wollte. Konnte. Manchmal sah er sie an, als ob er sie bitten wollte, ihn davonzujagen, weil er selbst nicht die Kraft dazu fand. Verzweifelt, mit sich selbst hadernd, sobald er aus dem Abenteuer namens »Hanna« auftauchte und sich an die andere Welt erinnerte, zu der seine Insel und das Meer und auch Lisa gehörten. Es war nicht Hannas Welt. Es würde niemals ihre Welt sein. War sie eine Abenteurerin? Steckte es ihr im Blut? Oder war es nur diese Familie, die sie dazu trieb, Dinge zu tun, die sie gar nicht tun wollte? Den Teufel mit Beelzebub austreiben … Mußte sie noch weiter fliehen, um endlich freizukommen?

Sie brauchte nur dem Drängen ihres Lektors nachzugeben.

»Hör auf mich! Du mußt da raus! Was willst du von dem Kerl? Ich weiß genau, daß dieser Kerl dahinter steckt. Was hältst du beispielsweise von New York? Dein jüngstes Werk wird nämlich im Nordosten von New York gedreht, genauer gesagt östlich der Bowery im East Village, die Gegend gibt nach Meinung der Produktionsgesellschaft einfach mehr her für deine Franziska und ihre Mätzchen. Man hat durchblicken lassen, daß man dich gern zum Dreh einladen und gleichzeitig mit dir über das Drehbuch für die TV-Serie verhandeln würde. Wie wär's mit ein paar Monaten in den Staaten?«

Ein reizvoller Vorschlag, keine Frage. Und bei jedem Wort war durchgeklungen, daß sie Jonas Kaulard nach wie vor in den Knochen saß.

Wie tief saß sie Carl in den Knochen? Was war stärker? Er würde es ihr sagen, diesmal mußte er mehr sagen als nur »Da bin ich schon wieder!« und »Darf ich wiederkommen?« und »Bist du noch da, wenn ich Montag wiederkomme?«

Heute war Montag, heute war sie noch da, morgen vielleicht schon nicht mehr. Sie hielt diese endlose Warterei nicht mehr länger aus. Es zermürbte sie, nicht mehr Herr ihrer Gefühle und ihres Tuns zu sein.

Carl war nicht gekommen. Hanna hatte sich nicht einmal getraut, essen zu gehen. Und wer in dieser Bruchbude etwas Warmes bestellte, müßte wahrlich lebensmüde sein. Sie packte ihren Koffer, packte ihn wieder aus, fuhr durch die Gegend und ertappte sich dabei, immer wieder das neue Kulturzentrum, das Rathaus und das Mietshaus, in dem Carl und Lisa wohnten, zu umkreisen. Was, wie sie sehr wohl wußte, mehr als riskant war. Sie hatten vereinbart, jedem Risiko aus dem Weg zu gehen, doch spielte das noch eine Rolle? Er war einfach nicht gekommen, hatte nicht einmal angerufen, dabei rief er sonst oft drei-, viermal pro Tag an. Aus ihrer Wut wurde bangende Unruhe.

In dieser Nacht geisterte Lisa nicht mehr durch ihren Schlaf. Dennoch schreckte Hanna mehrmals auf, tastete neben sich: Vierzig Zentimeter, die ihr Körper ausgespart hatte, heute war das Bettlaken kalt und glatt gespannt. Sie hätte nicht übel Lust gehabt, dieses hell grinsende e in der Neonschrift mit Steinen zu bewerfen. Es war kein gutes Omen, soviel stand nun fest.

Der Dienstag brach an. Hanna war wie gelähmt. Wenn ihm etwas zugestoßen war?

Sie rief bei Olaf an, bekam ihre Nachfolgerin an die Strippe und verlangte nach Paul. Sie erfuhr, daß ihr Sohn noch in der Schule war – wo auch sonst? –, bat um seinen Rückruf, der um zwei Uhr erfolgte. Aber Paul wußte auch nichts. Natürlich konnte sie ihn nicht gerade heraus fragen, ob etwas mit seinem neuen Onkel nicht stimmte, doch wenn diesem ernsthaft etwas zugestoßen wäre, so hätte es garantiert längst in der Familie die Runde gemacht.

»Es ist also alles okay? Bei euch daheim und bei Oma und Opa und überhaupt …«

»Klar ist alles okay«, erwiderte Paul und fügte mit gesenkter Stimme hinzu, daß er ihr demnächst mehr erzählen würde. »Über das Fußballmatch mit Jan, das ist der Kumpel von mir, du weißt schon.«

Hanna verstand, der Feind hörte mit. Es sollte sie optimistisch stimmen, daß ihr Sohn lieber mit ihr Geheimnisse teilte, als sich vor den Familienkarren spannen zu lassen, doch im Moment brauchte es mehr, um sie aus ihrem trübsinnigen Loch herauszureißen.

Wo, verdammt, steckte Carl?

Sie würde ihn zum Teufel schicken, wenn er kam.

Wann würde er endlich kommen? So komm doch!

Hanna war sich selbst fremd. Wann hatte sie das zuletzt durchgemacht, daß sie, und nicht der andere, sich vor Sehnsucht verzehrte? Ihre Welt stand Kopf.

Seit Freitag hatte sie keine warme Mahlzeit mehr zu sich genommen. Gegen sieben – nach sieben war Carl noch nie gekommen – schleppte sie sich zu der Fischbude neben dem »Moby Dick«, bestellte Matjes, mild, jung, klein, der ihr auf der Zunge zerging und mit dem frischen, körnigen Schwarzbrot und den nicht zu scharfen Zwiebelringen wunderbar harmonierte, ihre Lebensgeister weckte, ihr Lust auf einen Kaffee machte. Aromatisch dampfend, schwarz wie die Sünde. Sie ignorierte das Brennen an ihrem Gaumen und leerte den Plastikbecher in einem Zug, im Gegensatz zu ihrer Schwester konnte sie schon immer problemlos Heißes essen und trinken.

»Unsere Hanna muß Asbest im Mund haben«, hatte ihr Vater gemeint, wenn ihre Mutter wieder mal die schädlichen Folgen von zu heiß oder zu kalt genossenen Getränken oder Speisen beschwor. Bei ihrem Vater klang unverkennbar Stolz durch, wenn seine »Lütte« schaffte, woran andere sich den Mund verbrannten. Er hatte auch gern und oft mit ihr geschmust, nur mit ihr. Und jetzt? Was machte er jetzt? Sogar ihr Vater hatte bei dem Komplott mitgewirkt, dessen Zeugin sie, versteckt hinter einer Schautafel über das Leben im Wattenmeer, geworden war.

Bist du noch da, wenn ich am Montag komme?

Sie war da. Und wo war er?

Das Versteckspiel mit ihrem Auto ergab keinen Sinn mehr, dennoch rangierte Hanna wie gewohnt in die Lücke zwischen dem Baugerüst und einer Betonmischmaschine, die wohl ebenfalls an der Auferstehung des »Motels« aus Ruinen hatte mitwirken sollen. Ein Traum, der wie vieles andere längst dem Pleitegeier und dem Suff des Besitzers zum Opfer gefallen war. Dem Rascheln nach zu urteilen, hatten sich bereits Ratten eingenistet, kein sehr appetitliches Geräusch. Aber dies war der einzige Platz in unmittelbarer Nähe des Hotelzimmers, wo ihr Auto nicht jedem, der zufällig vorbeifuhr, ins Auge stach.

Ohne aufzusehen, stieg sie aus. Sie wollte sich jeden unnötigen Blick auf diese scheußliche Umgebung ersparen.

Hanna drückte die Fahrertür ins Schloß, starrte auf ihre Füße, unter denen es quatschte, ein paar Schritte, dann würden die Absätze der eleganten Schuhe von Dreck verkrustet sein. Ob der Dreck auch dämpfte?

»Hallo, ich habe schon gedacht, du würdest gar nicht mehr kommen.«

»Du hast das gedacht? Ausgerechnet du?« Die Kühlerhaube begann unter ihren Fingern zu glühen, es war Mittag, die Sonne stand senkrecht über ihr. Ob sie einen Sonnenstich hatte? Es kam ihr so unwirklich vor, daß Carl keinen halben Meter vor ihr an der Mauer lehnte, die ihn neugierigen Blicken von der Straße entzog, ihm aber zugleich den vollen Überblick über das Kommen und Gehen in einer Spelunke namens »Motel« gewährte?

»Ich konnte nicht eher kommen.«

»Warum nicht?«

»Lisa ist im Krankenhaus.« Carl sprach sehr leise. Er sah gequält aus.

Das hatte sie nicht gewollt, nie im Leben; er durfte sie nicht dafür verantwortlich machen, niemand durfte das.

»Ein Unfall? Hatte sie einen Unfall? Warum hast du nicht wenigstens angerufen, schließlich ist sie meine Schwester. Ist es schlimm? Warum hat keiner in Versmold was gewußt? Ich habe doch extra dort angerufen und mit Paul gesprochen, aber er hatte keinen blassen Schimmer, das weiß ich hundertprozentig.« Erschöpft hielt sie inne.

»Es ist nichts für einen Jungen in seinem Alter, außerdem wollte Lisa nicht, daß ich gleich die ganze Familie in Aufruhr versetze. Es war auch kein Unfall.«

»Was ist es dann? Ist sie krank?«

»Nein, es ist ein Kind.«

»Lisa bekommt ein Kind, und du bist trotzdem ... Du hast weiter mit mir ...?« Hanna starrte ihn an.

»Nein, so ist das nicht, ich hatte ja selbst bis Sonntag keine Ahnung. Wir waren auf der Insel, und da kam unser Trauzeuge Pete mit einem Geschenk für uns an, damit ging's los. Eine handgeschnitzte Wiege. Plötzlich haben alle verrückt gespielt, allen voran Lisas Mutter.«

»Sie ist auch meine Mutter«, fiel Hanna ihm ins Wort.

»Ja, ich weiß, entschuldige. Jedenfalls hat sie Lisa auf den Kopf zugesagt, daß sie ein Kind erwartet, und Lisa hat genickt. Da war die Hölle los. Ganz kurz habe ich sogar gedacht, Lisa spinnt sich was zusammen, sie ist ja völlig verrückt auf ein eigenes Kind, ich habe nicht mal eine Scheinschwangerschaft für ausgeschlossen gehalten. Aber dann ging's mitten in der Nacht los.«

»Womit ging es los?«

»Mit den Blutungen, wir waren schon wieder zurück in Bongsiel. Eigentlich wollte ich sie fragen, warum sie mir ausgerechnet vor versammelter Mannschaft eröffnen mußte, daß ich Vater werde. Aber sie war so schrecklich blaß, daß ich es mir verkniffen habe. Sie ist schnurstracks ins Bett gegangen, hat sich nicht einmal die Zähne geputzt, und das will bei ihr schon was heißen. Ich habe nebenan im Wohnzimmer gesessen und mir so meine Gedanken gemacht. Sie hat mich nicht mal gerufen, sondern nur so komisch im Bett herumgerumpelt, durch die dünnen Wände bei uns hört man das sehr gut, und dann war da ein Poltern, erst habe ich gedacht, sie wäre aus dem Bett gefallen. Aber das war sie nicht, sie hatte nur den Stuhl mit ihren Kleidern umgekippt, anscheinend wollte sie sich daran festhalten. Sie stand da in ihrem Nachthemd, auf den ersten Blick war nur ihre Haltung auffällig, wer schmeißt schon mitten in der Nacht die Möbel um und stellt sich stocksteif ins Zimmer und sieht aus, als ob er völlig weggetreten wäre? Aber dann hab' ich auf den Fußboden gesehen, zwischen ihren Beinen war alles rot, da war schon eine richtige Lache, sie hat sich trotzdem nicht gerührt. Zum Glück hatte sie die Nummer von ihrem neuen Frauenarzt in Schüttsiel ins Telefonregister eingetragen, und der war dann binnen zehn Minuten da und hat einen Krankenwagen bestellt und ist sogar mitgefahren. Bis nach Husum.« Carl hatte immer schneller gesprochen, sichtlich aufgewühlt. Die Ereignisse hatten ihn mitgenommen, sie waren wichtiger als alles gewesen. Die Gewißheit, daß Hanna in diesen Tagen für Carl nicht existiert hatte, schmerzte sie.

»Das Kind ist gerettet?«

»Lisa ist über den Berg, das ist die Hauptsache. Ein Kind gibt es nicht mehr, wird es nie mehr geben. Eine Notoperation, ich bin zwei Tage und Nächte nicht von ihrer Seite gewichen. Stell dir das vor, sie gibt sich selbst die Schuld. Kannst du dir so was Verrücktes vorstellen?«

»Ich hätte nicht gedacht, daß sie bereit wäre …«

»Wieso bereit? Was redest du da? Sie redet sich ein, uns unrecht getan zu haben. Dir und mir, ausgerechnet uns beiden, ich hätte vor Scham im Erdboden versinken mögen.«

»Spielt sie jetzt endgültig die Heilige? Bist du nie auf die

Idee gekommen, daß sie mit ihrem religiösen Fimmel von was ganz anderem ablenken könnte?«

»Du solltest wirklich nicht über Lisas religiöse Gefühle spotten. Ihr Glaube hilft ihr jetzt sehr, und ich bin froh um alles, was ihr die Bürde etwas leichter macht, auch wenn ich selbst keinen Zugang zu derlei habe.«

»Wir waren bei dem Unrecht, das sie uns angetan haben will.«

»Sie fühlt sich schuldig, weil sie dir die Tür gewiesen hat, das war anscheinend vor vier oder fünf Wochen. Ich hatte keine Ahnung, daß du und sie ...«

»Hätte es einen Unterschied gemacht?«

»Hat es für dich einen Unterschied gemacht?«

Hanna zuckte die Schultern, hätte nur zu gern die Gleichgültige gespielt, doch sie fing an, unbeherrscht zu schluchzen. Ja, es hatte einen Unterschied gemacht, daß ihre Schwester sie aus ihrem Leben streichen wollte. Nacht für Nacht hatte Hanna mit ihr gefochten, und wenn Carl sie umarmte, hatte sie zugleich mit Lisa gekämpft, mit ihr und mit den Schatten der Vergangenheit.

»Als sie herausgefunden hatte, was du und ich trieben, hat sie all ihre Gedanken darauf konzentriert, schwanger zu werden, als ob dann alles wieder gut werden würde. Sie wußte schon bei der Hochzeit Bescheid, und es hätte nicht viel gefehlt, und sie hätte uns sogar in flagranti erwischt. Björn hat sie auf die richtige Spur gelenkt, ein toller Kerl, und dann hat sie mein Rad vor dem ›Moby Dick‹ stehen sehen und mit Finchen gesprochen. Du weißt schon, das ist die blinde Tochter von Jönne, dem Wirt. Jetzt soll ich das Kind zu Lisa bringen. Die beiden haben in all den Wochen, in denen wir uns nebenan im Bett gewälzt haben, miteinander Freundschaft geschlossen. Das ›Moby Dick‹ schließt nämlich endgültig, und Jönne hat schon wieder auf einem

Schiff angeheuert. Er hatte wohl keine andere Wahl. Lisa will sich jetzt um die Kleine kümmern, wenn Jönne auf Tour ist und die anderen Kinder aus dem Heim, wo er sie angemeldet hat, ihre Eltern besuchen. Jedes zweite Wochenende dürfen sie nach Hause, und es ist kaum wahrscheinlich, daß Jönne pünktlich alle vierzehn Tage in Bremerhaven vor Anker gehen kann.«

»Und davon hat Lisa dir auch nichts gesagt?«

»Nein, zwischen uns herrschte völlige Funkstille, ich kam mir vor wie jemand, der allenfalls noch als Zuchtbulle von Wert ist. Hätte ich geahnt, daß sie längst über dich und mich Bescheid wußte ...«

»... wärst du nicht mehr gekommen?«

»Ich weiß es nicht.« Hilflos, trostlos, auch ehrlich. Dann gab er sich einen Ruck, löste sich von der Backsteinmauer, sah halb schräg an ihr vorbei zu der grünen Rasenwand, von der sie höchstens fünf Meter trennten. »Es ist jetzt auch egal, weil jetzt sowieso alles anders ist. Es muß aufhören, hörst du? Es muß. Ich muß los, Finchen wird schon ungeduldig werden, und die offizielle Besuchszeit ist nur von drei bis fünf. Ich will das Entgegenkommen auf der Station, wo Lisa liegt, nicht mehr als nötig strapazieren. Hanna, es ist vorbei. Fahr wieder nach Köln! Dieses Motel hier macht krank, die ganze Geschichte zwischen uns macht krank. Dich und mich und auch Lisa. Laß uns irgendwann drüber reden. Jetzt geht es wirklich nicht. Ich muß wieder ins Krankenhaus. Hanna, versteh doch bitte ... Es tut mir so leid.« Er wollte sie berühren, ihr seine Hand tröstend auf die Schulter legen, aber es gab keinen Trost, auch nicht für ihn.

Hanna sagte nichts, blickte zu Boden. Es ist seltsam, dachte sie beim Anblick der beiden Schuhpaare, die sich gleichzeitig ins Erdreich gewühlt hatten, wir stecken beide bis über die Zehen im Matsch. Die letzte Gemeinsamkeit.

Ein paar Dreckbrösel, mehr nicht. Und wenn sie getrocknet waren, würden sie abfallen, und dann würde es nichts mehr geben, was sie verband.

Carls Schweigsamkeit während der langen Fahrt war kaum dazu angetan, die alte Zutraulichkeit neu zu beleben. Finchen machte sich in ihrem Kindersitz noch kleiner, als sie ohnehin schon war.

»Was hat Lisa überhaupt?« Finchen flüsterte und hoffte, daß es nichts war, was einen langen lateinischen Namen trug. Mittlerweile wußte sie, daß es dann besonders schlimm war. Bei ihr war das so gewesen, nach jeder neuen Operation waren die Namen für das, was man an ihren Augen entdeckte, länger geworden.

»Was Lisa hat?« Carl blieb, indem er die Frage wiederholte, automatisch stehen. Er hatte keine Ahnung, wieviel eine knapp Sechsjährige schon vom Mysterium der Fortpflanzung verstand, was sie wissen sollte und was sie nur unnötig erschrecken würde. Er spürte, daß die Kleine Angst hatte, ihre Hände waren ganz glitschig. Oder waren das etwa die eigenen Hände? Er streifte sie rasch an den Seiten ab, drückte den Aufzugknopf und antwortete betont forsch: »Das sagt Lisa dir am besten selbst, wir sind ja gleich da.«

»Blutet sie? Ich kann so schlecht Blut sehen, dann wird mir immer übel.«

»Aber du kannst doch gar nicht…«, Carl unterbrach sich, was war er doch für ein Trottel. »Nein, sie blutet nicht mehr.«

»Ich weiß schon, was du sagen wolltest, aber ich sehe Blut jetzt mit der Nase. Blut riecht nämlich ganz eigenartig, du solltest mich also nicht anschwindeln.«

»Ich schwindele nicht. Wir sind da. Willst du klopfen? Da ist dein Blumenstrauß.«

»Der ist nicht von mir, sondern von meinem Vater. Von mir bekommt Lisa den Hark Oluf geschenkt.«

»Aber das ist doch dein Lieblingspirat, Finchen.«

»Jetzt ist er deiner.« Das Mädchen stand sehr gerade neben dem Bett, energisch schob es die gut daumengroße Figur auf das Bettzeug zurück.

»Und wie wär's, wenn wir uns deinen Hark Oluf teilten? Einen Tag du, einen Tag ich, und immer so fort.«

»Das geht nicht, weil ich doch bald in das Heim komme und dich höchstens alle vierzehn Tage besuchen darf.«

»Und wenn du statt in das Heim ganz zu mir kämest?«

Es klirrte, das Kind zuckte zusammen und schaute in die Richtung, wo Carl stand. Den Blumenstrauß noch in der Hand, die Vase lag in Scherben am Boden, doch er hatte keine Augen dafür, er starrte Lisa an. Wie meinte sie das? Wollte sie ein fremdes Kind zu sich nehmen? Durfte das Mitgefühl mit einem Kind, das sie gerade einmal ein paar Wochen kannte, so weit gehen? Die Mutter war tot, der Vater fuhr zur See, das lief auf eine Adoption hinaus! Ohne ihn zu fragen? Das paßte nicht zu ihr. Jetzt, wo der harte Panzer, mit dem sie sich gegen seinen Betrug abgeschirmt hatte, endlich gesprengt war, paßte eine solch einsame Entscheidung erst recht nicht zu ihr. Wenn schon, müßte sie fragen, ob das Mädchen zu ihnen beiden ziehen wollte, und vorher müßte sie mit ihm, Carl, darüber sprechen. Schließlich wäre er dann so etwas wie der Ersatzvater. Es sei denn, Lisa sähe sich gar nicht mehr mit ihm unter einem Dach.

»Und wenn mein Vater das nicht möchte?«

»Er ist einverstanden, niemand wird was dagegen haben, wenn du bei mir wohnst, das verspreche ich dir. Es kommt nur auf dich an. Willst du, daß wir uns deinen Piraten teilen? Einen Tag du und den anderen ich?«

Carl ging hinaus. Auf Zehenspitzen, er ertrug es nicht mit anzusehen, wie die beiden sich in den Armen lagen und schluchzten und gegenseitig streichelten und gar keine Notiz von ihm nahmen. Er wollte die Antwort nicht hören, er kannte sie schon.

Draußen in dem Korridor der gynäkologischen Abteilung sagte er sich, daß er ein grenzenloser Egoist war. Sollte er nicht froh über alles sein, was Lisa wieder neuen Mut gab? Wenn sie Finchen, die richtig Josefine hieß, zu sich nehmen wollte, so wäre der Ausbau des Obergeschosses im Inselhaus doch nicht umsonst gewesen. Die handgeschnitzte Wiege wurde zwar überflüssig, doch dafür müßten sie sich auch nicht mehr mit Wickeln und Babygeschrei abgeben oder Spielplätze voller blutjunger Eltern aufsuchen. Trotzdem gab es Carl einen Stich. Auch wenn es ihm schwerfiel, mußte er sich eingestehen, daß er sich tief in seinem Herzen ein eigenes Kind gewünscht hatte. Primitiv, archaisch, und nun fühlte er diesen dumpfen Schmerz in seinen Eingeweiden. Plötzlich war der Schmerz da, als ob ihm erst jetzt richtig bewußt geworden war, daß dieser Zug für ihn und Lisa endgültig abgefahren war. Vermutlich war sie die Weisere von ihnen beiden. Weiser und menschlicher, der Kleinen da drinnen konnte wahrlich nichts Besseres widerfahren, als Lisa zur Mutter zu bekommen.

Was war mit ihm?

Er kam sich verloren vor, überflüssig, ja geradezu störend. Sogar auf diesem Korridor schien er allen möglichen Leuten im Weg zu stehen.

»Du sollst zu Lisa reinkommen.« Eine verhuschte Gestalt, verweinte Augen. Als er auf die Tür zuging, duckte sich das Kind, als ob es Angst vor ihm hätte.

»Und du?« Er streckte seine Hand aus, wollte über den krummen Scheitel streichen, der ihm erst jetzt auffiel. Ebenso wie die zweierlei Haarspangen rechts und links, lauter kleine Signale, die ihm verrieten, daß Jönne mit seiner Aufgabe als alleinerziehender Vater entweder überfordert war oder die Lust daran verloren hatte. Was war er, Carl, für ein kaltherziger Mensch, daß er diesem einsamen Kind nicht nur ein besseres Zuhause mißgönnte, sondern ihm obendrein Angst einflößte? Dabei erinnerte er sich noch gut an die Gespräche, die er mit Finchen im Vorgarten des »Moby Dick« geführt hatte. Das war, bevor er dort mit Hanna zusammengetroffen war.

»Ich warte hier draußen, du sollst allein zu Lisa kommen.«

»Okay.« Er sah sich um, glaubte sich vage an einen Getränkeautomaten in der Nähe des Eingangs zu erinnern, nestelte an seiner Tasche, zog sein Portemonnaie heraus: »Möchtest du vielleicht in der Zeit eine Cola trinken?« Er erinnerte sich, daß dieses Getränk für ihn als Jungen das höchste der Gefühle gewesen war, auch wenn »Vita Cola«, die sozialistische Variante dieses Gebräus, kaum besser als Schuhwichse geschmeckt hatte.

»Ich bleibe lieber hier.«

»Ja, sicher.« Ihm fiel ein, daß Finchen wohl kaum allein zu dem Automaten fände. Seine Augen brannten, als er neben Lisas Bett trat und den Klumpen spürte, der ihm alles zusammendrückte. Was würde sie sagen? Ahnte sie, wie weit er eben von ihr weggewesen war?

»Carl?«

»Ja?« Er wandte den Kopf rasch zur Seite, wischte sich verstohlen über die Augen, erst dann sah er sie an. Wachsweiß, wie konnte ein lebender Mensch nur so unglaublich weiß sein? An ihrem Handrücken schimmerten die Venen durch, aus dem Tropf, der an einem Galgen hing, gluckerte es durch einen dünnen Schlauch gleichmäßig in sie hinein, während ihre Finger unruhig über das weiße Bettzeug mit dem roten Wäschezeichen der Klinik strichen. Automatisch dachte er an Blut, sie hatte so unglaublich viel Blut verloren.

»Du darfst dich nicht aufregen, hörst du?« Vorsichtig schob er seine Hand über die ihre, wobei er sorgfältig darauf achtete, die Infusionsnadel nicht zu berühren. Trotzdem vibrierte sie nun heftiger als zuvor, erschrocken fuhr er zurück, die Nadel wurde wieder ruhiger, er hob seine Hand gegen das Licht, sie zitterte wie Espenlaub.

»Carl«, sie wiederholte seinen Namen noch einmal, tat es mit einer höchst eigentümlichen Betonung, packte alles mögliche in dieses eine Wort. »Ich wollte dich eben nicht übergehen, es ist nur so, daß ich sehr viel nachgedacht habe. Man darf einen anderen Menschen nicht benutzen, und genau das habe ich getan, ich habe dich benutzen wollen. Vielleicht wollte ich dich sogar schon benutzen, als ich noch gar nichts von dir und Hanna wußte. Kein Mensch hat geglaubt, daß ich noch unter die Haube kommen würde, ich selbst am allerwenigsten. Die Männer haben mir nie wie Hanna den Hof gemacht, und wenn sich doch mal einer vorwagte, habe ich es gleich wieder mit der Angst gekriegt. Ich bin die Angst nie richtig los geworden, bis du gekommen bist. Du hast mich nicht bedrängt, wir konnten zusammen reden, ganz wunderbar reden, du warst für mich der lebende Beweis dafür, daß Männer auch anders sein können. Du hast zu mir gestanden, als Leute, die mich von klein auf kennen, die Straßenseite gewechselt haben. Und dann hast du vom Heiraten geredet, plötzlich war der Gedanke an ein eigenes Kind gar nicht mehr so abwegig. Ich habe immer schon davon geträumt, ein Kind zu haben. In meinen Träumen hatte ich ein halbes Dutzend, nur einen

Mann hatte ich nie. Ich habe in meinem Kopf alles ausgeklammert, was nötig ist, um ein Kind zu empfangen. Und dann kamst du. Du warst mein erster Mann ...«

»Der erste war ich nicht.«

»Doch, warst du.«

»Aber du warst keine Jungfrau mehr. Es muß jemanden in deinem Leben ...«

»... das war ein Unfall, da war ich noch ein Kind, gerade mal zehn, das zählt nicht.« Der Rollständer geriet in Bewegung, der Infusionsschlauch spannte sich, das Verbindungsstück zur Kanüle sprang heraus, sie schien es nicht zu merken, daß die Flüssigkeit sich auf dem Bettzeug ausbreitete. Carl drückte auf den Klingelknopf über dem Bett, drückte mehrmals, bis die Stationsschwester endlich ins Zimmer gerannt kam, ihn wie einen Verbrecher ansah und sagte: »Sie gehen jetzt wohl besser!«

Er schaute Lisa an, sie erschien ihm fremd, sehr fremd. Und nun fragte er sich, ob er tatsächlich benutzt worden war. Sie hatte eben kein einziges Mal das Wort »Liebe« fallenlassen.

»Du gehst jetzt wirklich besser«, erklärte sie und fügte hinzu, daß es Dinge gäbe, mit denen sie allein fertig werden müßte. Dann ließ sie sich zurück ins Kissen sinken, schloß die Augen, grenzte ihn aus.

Mimte sie die Erschöpfte, um ihm neue Schuldgefühle einzujagen?

Er schlich sich hinaus wie ein geprügelter Hund. Er hatte sich noch nie in seinem Leben so verloren gefühlt. In seiner Erregung wäre er beinahe an dem Kind vorbeigelaufen.

Seit fünf Uhr stand Hanna am Fenster der Bruchbude, die sich Hotelzimmer nannte, und beobachtete die Straße. Er kam von Husum, folglich mußte er von links kommen, vermutlich nicht vor sechs. Um diese Zeit würde er fast eine Stunde für die Strecke brauchen, andererseits war nicht gesagt, daß er bis zum Ende der offiziellen Besuchszeit ausharrte.

Würde er nur Finchen nebenan im »Moby Dick« absetzen? Oder würde er sich auf die Frau besinnen, mit der er wochenlang ein Haus weiter Liebe gemacht hatte?

Es war schon halb acht, als Carls Wagen – ein Uraltmodell – vor dem Strandlokal mit der verbauten Aussicht hielt. Er stieg aus. Er mußte nur leicht den Kopf drehen, um Hanna zu sehen, doch er dachte nicht daran, sondern konzentrierte sich voll auf das Kind. Er streckte eine Hand aus, Finchen schien kurz zu zögern, dann griff sie zu. Daraufhin lächelte er, wie Hanna ihn noch nie hatte lächeln sehen. Dankbar, als wären gerade all seine Sünden von ihm genommen worden.

Die beiden verschwanden im Haus. Etliche Zeit später trat Carl allein wieder heraus, lief zur Straße, blieb stehen, drehte sich um. Nicht zu ihr, ihr Irrtum wurde Hanna in dem Augenblick bewußt, als sie den Schatten entdeckte, der sich im beleuchteten Eingang des »Moby Dick« bewegte. Finchen winkte ihm nach, und er winkte zurück. Er winkte noch, als er langsam losrollte, und hörte erst damit auf, als er die Kurve erreichte.

Vorbei.

Hanna telefonierte, packte ihre Koffer, bezahlte bei dem besoffenen Alten unten ihre Rechnung und teilte ihm mit, daß sie am nächsten Morgen schon vor dem Frühstück aufbrechen werde.

Hanna fuhr über Husum nach Hamburg. Sie wollte sowieso über Husum fahren. Allerdings hätte sie die Umgehungsstraße benutzt, wenn da nicht in aller Herrgottsfrühe der Anruf von Lisa gewesen wäre.

»Ich habe mit Carl gesprochen.«

»Was geht mich das an?«

»Ich möchte, daß du herkommst.«

»Was soll ich bei dir?«

»Das bist du mir schuldig.«

»Ich dir? Daß ich nicht lache! Halt dich an Carl, jetzt hast du ihn ganz ...«

»Es geht nicht um Carl.«

»Sondern?«

»Ich will endlich wissen, warum du mich haßt.«

»Warum tust du so scheinheilig?«

»Komm her! Du mußt herkommen! Bitte!«

Während Hanna das Portal öffnete, kurz bei der Nonne am Empfang stehenblieb und dann dem gewiesenen Weg folgte – »zweiter Stock, dann gleich hinter der Glastür links, Sie können auch den Aufzug nehmen!« –, überlegte sie, ob Lisa endlich zu dem stehen würde, was sie damals getan hatte.

Es roch nach Desinfektionsmittel, daran änderten auch die vielen Blumensträuße nichts. Die Gestalt in dem Bett wirkte sehr zerbrechlich, die Augen lagen tief in den Höhlen, im Handrücken steckte eine Infusionsnadel. Wenn Hanna mit den Jahren nicht so viele ungute Gefühle gegen Lisa aufgestaut hätte, hätte sie jetzt Mitleid mit ihrer Schwester haben müssen.

»Hallo«, sagte sie, »ich habe nicht viel Zeit ...« Hanna war sich nicht sicher, ob sie wirklich mit Lisa eine große Aussprache führen wollte, um Dinge zu hören, die sie wie damals mit fünf Jahren anfallen würden wie der böse Wolf aus dem Märchen. Den Wolf gab es nicht wirklich, aber manchmal passierten Dinge, die schlimmer waren als alles, was in einem bösen Traum oder in einer erfundenen Geschichte vorkam.

»Ich habe viel nachgedacht, Hanna, hier im Krankenhaus habe ich sehr viel Zeit zum Nachdenken, über alles. Auch darüber, warum du ständig versuchst, alles kaputtzumachen, woran ich hänge. Es muß einen Grund dafür geben, ganz bestimmt gibt es einen Grund, ich kann mir nur einen einzigen Grund vorstellen. Es hat mit früher zu tun. Ich wollte nie darüber sprechen, vielleicht war das falsch. Ich glaube, es gibt da etwas in unserer Kindheit, das uns noch heute verfolgt wie ein dunkler Schatten. Ich weiß, daß du unseren Großvater geliebt hast und er dich; auf seine Art hat er dich wohl geliebt ...« – Lisa richtete sich im Bett auf und streckte die Hand nach Hanna aus –, »deshalb ...«

Hanna zuckte zurück. »Deshalb hast du ihn halb umgebracht?«

»Umgebracht? Wie kommst du denn auf so etwas? Es war ein Unfall.«

»Nein, war es nicht.«

»Woher willst du das wissen? Sag doch so was nicht! Das darfst du nicht sagen! Alle wissen, daß es ein schrecklicher Unfall war.«

»Ich habe euch gehört, du warst mit ihm im Badezimmer. Ihr habt euch gestritten, dann war da der Schrei, ich habe mich unter der Bettdecke versteckt, aber irgendwann bin ich doch aufgestanden und habe mich zu der Tür geschlichen, sie stand einen winzigen Spalt offen, ich habe ihn in der Wanne liegen sehen, er war völlig hilflos, betrunken war er auch, ich weiß, daß er betrunken war, sonst hätte er lauter geschrien oder dir den Schlauch weggerissen, mit dem du ihn verbrüht hast.«

»Nein! Das ist nicht wahr! Du kannst mich nicht gesehen haben.«

»Ich hab' sogar deinen Bademantel und dein Höschen auf dem Boden liegen sehen. Geblümt, lauter kleine Streublümchen, dazwischen Steppnähte, und das Höschen war blutig. Was wolltest du Opa Ulrich beweisen? Warst du eifersüchtig auf mich?«

»Ich schwöre bei Gott, daß ich es nicht getan habe. Er hat's verdient, aber ich war es nicht, ich hatte viel zuviel Angst vor ihm. Bei mir war er nie sanft wie bei dir, immer nur grob, er hat mich gezwungen, wieder und wieder ... Er wollte mich zu sich in die Wanne ziehen, er hatte sich wieder vollgemacht, es war widerlich. Ich glaube, er hat es extra getan, und dann hat er verlangt, daß ich ... Ich bin weggelaufen, du mußt mich laufen gehört haben.«

»Da waren Schritte«, sagte Hanna zögernd und erinnerte sich an quietschende Holzdielen, das mußte die Treppe gewesen sein, die nach unten führte. Dann sah sie wieder die Hand, die gnadenlos den Duschschlauch auf den Unterleib des Großvaters gerichtet hielt, seinen Schrei erstickte; sein Gesicht war puterrot angelaufen, die Hand auf seinem Mund mußte unglaublich viel Kraft gehabt haben, eine große Hand, dunkle Haut, fast ledrig, von der Sonne verbrannt; es hatte ausgesehen, als ob sich die Goldkronen des Opfers durch die Finger preßten, die seinen Schrei erstickten. Das Gold hatte geblitzt, fast so wie ein Ring, wie ein Ehering ...

»Mutter!« Hanna sah eine Gestalt mit einer Rosenschere vor sich, die Hand erzählte vom Aufenthalt im Freien und Gartenarbeit, auch der Nacken war gebräunt.

Lisa schwieg. Sie neigte den Kopf, ihr Kinn berührte die Brust, die Augen waren geschlossen, die Liddeckel bläulich, fast lila. Unaufhörlich rannen ihr Tränen über die Wangen, tropften auf das weiße Hemd, durchweichten es.

»Außer uns war nur noch Mutter im Haus«, sagte Hanna langsam, fast war es ein Flüstern, die Worte wollten ihr kaum über die Lippen, trotzdem fuhr sie fort: »Vater war an jenem Abend im Stall, wegen dem Fohlen, das weiß ich noch genau.«

»Sei still!«

»Es war unsere Mutter! Unsere Mutter hat ...«

»Sie war außer sich, als ich zu ihr in die Küche kam. Sie wollte ihn dort bestrafen, wo alles Unheil herrührte. Sie hat mich ins Bett geschickt. *Du weißt von nichts, Lisa*, hat sie gesagt, ich mußte es ihr schwören. Nun habe ich den Schwur gebrochen.«

»Lisa ...« Wie sollte sie in Worte fassen, was sich in zweiunddreißig Jahren aufgetürmt hatte und nun zerbröselte? Nicht vollständig, es blieb etwas zurück, Schatten und ein dumpfes Gefühl der Scham. »Lisa«, sagte Hanna noch einmal, »und ich habe gedacht ... ich habe tatsächlich geglaubt ... Oh, Lisa, wie konnte ich nur so blind sein?«

»Es ist gut, Hanna, du warst erst fünf, halb so alt wie ich, und Großvater war zu dir immer sehr lieb, nur lieb, dafür habe ich gesorgt.«

»Lisa, sag's mir! Sag mir, was wirklich war! Er hat dich mißbraucht, stimmt's? Die ganze Zeit, nicht wahr? Lisa, sag es mir! Hat er es ... bei mir ... auch versuchen wollen ... hat er ... hast du mich vor ihm beschützt?«

»Hanna, es ist vorbei! Jetzt ist es wirklich vorbei, laß die Vergangenheit ruhen.«

»Nein, das kann ich nicht, nicht so. Was ist mit Mutter ... und Vater? Warum haben sie nichts getan? Sie hätten etwas tun können, früher, meine ich. Warum haben sie einfach zugesehen? Wie konnten sie einfach zusehen, wenn du ... wenn Großvater dich ...«

»Nein, so war es nicht. Vater hat nichts gewußt, er hätte

es auch nicht verstanden. Außerdem hat Mutter sich geschämt. Es war ihr Vater, sie hat sich so unsäglich geschämt und wollte es auf ihre Art regeln. Bis ganz zuletzt hat sie geglaubt, daß sie es schafft, bis er in ein Heim kommt. Das Heim war zu teuer, ihr Asthma wurde immer schlimmer, sie hat kaum noch Luft gekriegt, und ich wollte ihr helfen, ich war ja schon zehn. Sie hat mir auch nicht alles gesagt, nur daß der Großvater sehr krank sei und ich auf der Hut sein müsse. Und daß sie und ich aufpassen müßten, damit er dir nichts tut. Du warst immer so leichtsinnig, und man wußte nie, wie weit er geht, er war unberechenbar. Deshalb …«

»… wart ihr so streng zu mir! Und ich … ich habe immer gedacht, ihr mögt mich nicht. Ich war felsenfest davon überzeugt, daß Mama dich lieber hat als mich und daß sie mich nur quälen will. Erinnerst du dich noch an den wunderschönen Badeanzug mit dem Röckchen? Großvater hat mir Geld reingesteckt, da gab's Schelte und Hausarrest, weißt du noch? Und wie du meinen Puppenjungen, den Hansel, zugerichtet hast? Ich habe alles falsch verstanden und dich gehaßt. Immer, wenn mir was weh tat, habe ich mir gesagt, da ist bloß Lisa dran schuld. Und es paßte, irgendwie paßte es immer, und ich habe versucht, es dir heimzuzahlen. Alles. Dein ewiges Asthma, deine Nähe zu Mutter und später zu Antonia, das war am schlimmsten. Und jetzt hast du auch noch dein eigenes Kind verloren.«

»Ich habe auch etwas gewonnen …« Lisa sagte nicht, was das war.

Die Schwester kam herein, schimpfte, weil Lisa so bleich war, noch bleicher als vorhin, nur ihre Augen blickten nicht mehr so trübe. »Sie müssen gehen«, sagte die Schwester zu Hanna, »Sie müssen auf der Stelle gehen.«

»Ja«, sagte Hanna hilflos und verließ mit zögerlichen Schritten das Krankenzimmer.

Insel der Glückseligen

Am ersten August des folgenden Jahres

Ich habe meiner Bank im Central Park mit Blick auf »The Lake« die Treue gehalten. Jeden Sonntag, wenn ich hierherkomme, gehöre ich ein Stückchen mehr dazu. Der elegante Hochradfahrer mit dem Zigarillo im Mundwinkel – es sieht aus wie festgewachsen – hat eine Hasenscharte; als er über eine Wurzel am Seeufer gestürzt ist, habe ich es gesehen, aber natürlich verrate ich ihn nicht. Seitdem zieht er stets eine Extrarunde für mich. Und wenn die gepuderte East-Side-Lady mit den weißen Handschuhen sich neben mich setzt und mir von ihren Problemen mit dem Personal erzählt, nicke ich verständnisvoll, obwohl ich inzwischen weiß, daß sie selbst das Personal ist, sie kocht und putzt nämlich bei den Gasteltern von Paul in New Rochelle, das liegt sozusagen vor meiner Haustür. Paul hat spontan zugegriffen, als ich ihm vorschlug, die zehnte Klasse in den Staaten zu wiederholen, daheim wäre er sowieso nur aufgezogen worden: »Sieh dir mal deine Schwester an, die packt's im ersten Anlauf.«

Wenn ich »daheim« sage, meine ich Amrum. Ganz schön verrückt, daß ich bei dem Wort Heimat jetzt ohne Groll an diese Insel in der Nordsee denke. So, wie man als deutscher Auswanderer an einen typisch deutschen Weihnachtsbaum denken mag und das Nadeln und die Biederkeit ausspart, weil's das ja nur in echt gibt.

Ob Carl heute wirklich kommt, um mir persönlich zu gratulieren? Man hat ihn eingeladen, in Litchfield einen Vortrag über James F. Cooper zu halten, der aus diesem Dorf in Neuengland – das vor zweihundert Jahren allerdings noch die drittgrößte Stadt der USA war – stammt. Carls Essay über den Lederstrumpf-Autor hatte in Litchfield große Beachtung gefunden, und von dort bis nach New York ist es nur ein Katzensprung. Das Datum für seine Vortragsreise durfte Carl frei wählen, er will heute anreisen, heute ist mein Geburtstag.

Ob Lisa ahnt, was er vorhat? Sie selbst hat mir einen langen Brief geschickt, der gestern ankam. Darin wünscht sie mir Glück und vor allem Frieden. Sie schreibt mir oft und klappt dieses und jenes Türchen zu ihrem Leben für mich auf, dann wird mir ganz warm. Wir haben Frieden miteinander und mit der Vergangenheit geschlossen, das bindet mir die Hände, die sich noch immer an Carl erinnern. Nicht nur meine Hände erinnern sich.

Winfried ist ein Tausendsassa, der sich nur schwer auf eine einzige Sache konzentrieren kann. Das gilt natürlich auch für sein Liebesleben:
Zum einen verehrt er Lotta, die liebend gern ihre berufliche Karriere an den Nagel hängen würde, um Mutterfreuden entgegenzusehen. Leider kann sie selbst kein Kinder bekommen. Zum anderen schwärmt Winfried für die junge Ilka, die - allem Anschein nach - so wunderbar naiv ist.
Als Ilka eines Tages schwanger ist, wittert Winfried den perfekten Deal. Dumm nur, daß er die Rechnung ohne die beiden »Wirtinnen« gemacht hat ...

ISBN 3-404-14417-1

BASTEI LÜBBE